btb

Aus Freude am Lesen

Im Jahr 1954 brechen der junge Arzt Gerald und seine Frau Emma in das ferne Tibet auf, wo sie ihren Glauben als friedliebende Quäker vertiefen wollen. Das Paar verbringt dort eine glückliche Zeit und freundet sich schnell mit den Nachbarn Dorje und Rinchen an. Doch dann wird Gerald eines Tages von den Chinesen verhaftet. Er soll – so lautet die Anklage – ein amerikanischer Spion sein. Während Gerald in dem unmenschlichen Gefängnis nur die tiefe Freundschaft mit seinen beiden Mithäftlingen Lobsang und dem weisen Mönch Tenzin am Leben hält, flüchtet die schwangere Emma gemeinsam mit Dorje und Rinchen nach Kathmandu. Alle Versuche, Geralds Freilassung voranzutreiben, scheitern zunächst an der Angst vor dem kommunistischen Machtapparat. Doch Emma nimmt all ihren Mut zusammen, um ihre Familie wieder zu vereinen …

Jeanne M. Peterson ist neben ihrer Tätigkeit als Schriftstellerin als Psychologin in San Diego tätig. Ihre Arbeit mit Überlebenden kommunistischer Umerziehungslager hat sie tief geprägt. Für »Der Himmel über Tibet« wurde sie unter anderem mit dem San Diego Book Award ausgezeichnet. Sie lebt mit ihrer Familie in Kalifornien.

Jeanne M. Peterson

Der Himmel über Tibet

Roman

Deutsch von Beate Brammertz

btb

Die amerikanische Originalausgabe erschien 2009 unter dem Titel »Falling to Heaven« bei Thomas Dunne Books, St. Martin's Press, New York.

Mix
Produktgruppe aus vorbildlich bewirtschafteten Wäldern und anderen kontrollierten Herkünften
www.fsc.org Zert.-Nr. GFA-COC-001223
© 1996 Forest Stewardship Council
FSC

Verlagsgruppe Random House FSC-DEU-0100
Das FSC-zertifizierte Papier *Munken Pocket* für dieses Buch liefert Arctic Paper Munkedals AB, Schweden.

1. Auflage
Deutsche Erstveröffentlichung Juni 2010

Umschlaggestaltung: semper smile, München
Umschlagmotiv: INTERFOTO/mova/Stefan Auth
Satz: Uhl + Massopust, Aalen
Druck und Einband: CPI – Clausen & Bosse, Leck
UB · Herstellung: SK
Printed in Germany
ISBN 978-3-442-73745-1

www.btb-verlag.de

Prolog

Man stelle sich Gott mit Füßen vor. Mit zehn Zehen, Fußnägeln, womöglich sogar einer göttlichen Fußballen-Entzündung oder auch zweien. Und falls Gott mit diesen Füßen den Boden der Erde berühren wollte, dann stelle man sich vor, wie ein Fuß auf einer Wolke aufsetzt und der andere herabbaumelt, um auf dem rotierenden blauen Ball Halt zu finden. Was mag der göttliche Fuß als Erstes auf der Erde berühren, während er sich aus den himmlischen Sphären hinunterstreckt? Das Dach natürlich. Das Dach der Welt. Das am höchsten gelegene Land der Erde, das vom Himalaya, dem Karakorum- und dem Kunlun-Gebirge eingeschlossen ist wie ein Saphir, der sich in seine schützende Goldfassung schmiegt. Der Göttliche landet vielleicht auf den gezackten Bergkämmen des Himalaya, kauert sich auf diese kantigen Gipfel und atmet die dünne Luft ein, in der die Aasgeier und Lämmergeier kreisen.

Von seinem Aussichtspunkt aus könnte das göttliche Auge auf die ameisenhaften menschlichen Gestalten hinabblicken, die umhereilen in den kleinen Dörfern und größeren Städten des Landes, das auf dem Dach der Welt liegt, dem Land des Schnees, das in menschlichen Kreisen unter dem Namen Tibet bekannt ist.

Sollte sein Besuch irgendwann zwischen dem zehnten und neunzehnten Jahrhundert westlicher Zeitrechnung stattfinden, wäre das Bild, das er erblickt, nahezu einheitlich. Der Bauer mit dem schwarzen Haar, das ihm in einem langen geflochtenen Zopf auf den Rücken fällt, und der mit seiner Sense die Gerstenfelder mäht. Eine Frau mit bronzenem Teint, die sich über einen Bach beugt und singt, während sie die Wäsche in dem sauberen Wasser ausspült. Ein junges Mädchen, das in seiner Küche getrockneten Yakdung in den Ofen wirft. Ein Mann in einer roten Robe, den Geruch von Räucherstäbchen in der Nase, aufrecht dasitzend, mit einem Bewusstsein, das so leer und still ist wie ein zugefrorener Teich. Die Gebirgsketten, die das Land des Schnees einkesseln, machen es unzugänglich, sodass seine Bewohner seit Hunderten von Jahren verhältnismäßig ungestört und unverändert gelebt haben.

Sollte der Göttliche allerdings den Boden im Jahre des Herrn 1954 berührt haben, hätte das Allessehende Auge Vorfälle beobachtet, die in völligem Widerspruch zum vorangegangenen Jahrtausend stehen.

Scharenweise Männer in Uniformen, die die Farbe von Tibets Erde aufweisen. Sie kommen aus dem Osten, aus dem Land des Drachen, und jedes Bataillon rückt im Gleichschritt vor, wie sich die Beine einer mächtigen Spinne über eine riesige Wüste bewegen würden. Jeder trägt ein Gewehr im Arm, mit der Hingabe einer Mutter für ihren Säugling. In einem Kloster im Süden halten Mönche den Atem an. Sie sitzen im Kreis um ein heiliges *Mandala*, das sie aus unterschiedlich farbigen Sandkörnern geformt haben; ihre sonst gelassenen Gesichter verzerren sich, als der uniformierte Mann mit den schwarzen Stiefeln den Fuß auf ihr Kunstwerk setzt. Im östlichen Teil Tibets steigt Ruß in schwarzen Kringeln von einer brennenden Stadt auf, als sich eines der Beine der graubraunen Spinne von dort zurückzieht.

Harte Worte erheben sich in die dünne Gebirgsluft, Worte, die diese Region nie zuvor gekannt hatte, aus den Mündern der uneingeladenen Gäste aus dem Land des Drachen. *Wir werden euch befreien! Die imperialistischen Ausländer eliminieren! Lang lebe Mao Zedong!* Von den Häusern der Einheimischen ertönen Klagen und Worte wie *ins Gefangenenlager verschleppt* und *verschwunden.*

In Lhasa, der Hauptstadt, sitzt ein alter Mann namens Tenzin in rostroter Mönchsrobe auf dem feuchten Boden eines chinesischen Gefängnisses, sein Gesicht so faltig, dass es einer Landkarte gleicht. Obwohl sein Blick auf einem Urinfleck auf dem Steinboden vor ihm ruht, sehen seine Augen durch die Mauern hindurch, die ihn und seine Zellengenossen gefangen halten. Man hat ihn geschlagen, bis sein Rücken eine einzige offene Stelle ist. Seine Wunde schmerzt, aber er sitzt ungerührt da.

In der Stadt Shigatse weht Rauch durch die Löcher in den Flachdächern. Sollte das Allessehende Auge durch eines dieser Löcher in eine Küche schauen, erblickt es womöglich die Frau namens Rinchen, die auf schmerzenden Beinen steht und Ziegenfleisch schneidet. Neben ihr auf dem Herd brodelt eine köstliche Brühe, in der Knoblauch, schwarzer Pfeffer und zerhackte Zwiebeln tanzen. In diesen dampfenden Topf lugt ihr kleiner Junge, Champa, der auf einem Holzstuhl steht. Die Augen des Siebenjährigen beißen und tränen vom Dampf und den Zwiebeln. Rinchens Stimme klingt warm, als sie sagt: »Du unartiger Junge! Wenn du den Suppentopf noch einmal anrührst, schläfst du heute Nacht draußen bei den Ziegen!«

Vor dem Küchenfenster sieht sie ihren Ehemann, Dorje, der sich um die Tiere kümmert, die von den Mauern ihres Innenhofs geschützt werden. Er hält dem warmen, schnuppernden Maul seiner Lieblingsstute, die ihm aus der Hand frisst, Gerstenkörner hin. Er streichelt über den samtenen Hals des Pferdes, während er ihm süße Worte ins Ohr flüstert. Am anderen Ende des Viehpferchs stehen zwei riesige haarige Yaks ergeben da und suchen den Boden nach Leckerbissen ab. An der Mauer lehnen zwanzig Ballen Wolle, die auf die Rücken dieser geduldigen Tiere geladen werden müssen. Am folgenden Tag wird Dorje sie und andere ihrer Artgenossen auf die staubigen Pfade seiner Handelsroute führen.

Im Westen, auf einem Gebirgspass des Himalaya, sind ein Mann und eine Frau zu sehen, die in immer höhere Lagen hinaufstapfen. Sie tragen Kleidung, mit der sie einem weit entfernten Beobachter ihre Herkunft und weiße Haut vielleicht verbergen mögen – doch hinter diesem Anblick verbirgt sich mehr, etwas, das nur von den übernatürlichen Sinnen der Gottheit wahrgenommen werden kann. Das Blut, das der Frau nun schon seit Tagen tief in ihre Lederstiefel sickert und sich mit der Haut vermischt, die sich vom zarten Fleisch ihrer Fersen ablöst. Das Pochen im Kopf des Mannes, das den Beginn eines weiteren Höhenkopfschmerzes ankündigt, der den Reisenden blendet und seinen Grübeleien ein Ende bereitet, ob sie nun gefangen genommen und des Landes verwiesen werden, das sie illegal betreten haben. Das Gepäck, das die beiden auf dem Rücken tragen, wird gefährlich leicht, während ihre Essensvorräte schrumpfen. Nur der Allwissende versteht, welches geheimnisvolle Ziel diese zwei beharrlichen Reisenden mit ihrem Sherpa antreibt – ein Ziel, das niemand nachvollziehen mag, weder ihre Familienmitglieder noch ihre Freunde und besonders nicht ihre abweisenden Gastgeber.

Erster Teil

24. Mai 1954

Dorje

Meine Mutter hat mir die richtige Gebetshaltung erklärt, da konnte ich gerade einmal laufen. *Hände über dem Kopf zusammenbringen, dann vor die Brust, geh wie Abu auf alle viere, berühr mit der Stirn die Erde. Behalt die ganze Zeit deine Liebe für Seine Heiligkeit in deinem Herzen.* Abu war unser kleiner Welpe, und ich habe so getan, als wäre ich Abu. Sie brachte mich jeden Tag zum Tempel, zeigte mir, wie ich für alle fühlenden Wesen zu beten habe. Sie sagte: »Auch wenn dein Vater Chinese ist, wirst du lernen, ein guter Tibeter zu sein.«

Als ich ein bisschen älter wurde, hat meine Mutter bemerkt, dass es mir leichtfiel, mich in andere Menschen hineinzuversetzen. Sie sagte: »Vielleicht liegt es daran, dass zwei Sorten Blut in dir fließen. Es ist dein Schicksal, mit dem Tiger und dem Hasen befreundet zu sein, obwohl die beiden Feinde sind.«

Ich vermute, es ist gut, mit dem Tiger und dem Hasen befreundet zu sein. Damals war ich zu jung, um mir vorstellen zu können, auf welche Weise sich ihre Worte bewahrheiten würden. Aber in meinem Land ist die Zeit gekommen, in der wir die Reißzähne des Tigers spüren. Und die Zähne können sehr scharf sein, wie Messerklingen.

Ich spreche von den Chinesen. Wir Tibeter reden andauernd über die Chinesen. Wenn wir zusammensitzen und Tee trinken, erzählt mir jemand, die Chinesen haben Palden seine Yaks weggenommen. Oder wenn wir Gerste auf dem Dach dreschen und ich von meinem Nachbarn Tashi höre, dass die Volksbefreiungsarmee seine Gerste beschlagnahmt hat.

Die ganze Zeit, wenn wir über die Chinesen sprechen, denke ich an meine zwei Sorten Blut. Mein Vater stammte aus Amdo, wo es mehr Chinesen gab als hier in Shigatse. Er und meine Mutter wurden verheiratet, weil sich ihre Familien kannten, gleich nebeneinander wohnten, ohne irgendwelche Probleme.

In den letzten Jahren hat das Wort Chinese eine andere Bedeutung erhalten.

Sie sind gekommen, um uns zu *befreien*. Anfangs, als ich das hörte, musste ich lachen. Viele Tibeter haben ebenfalls über so eine alberne Vorstellung gelacht. Wir wollten fragen: *Wovon befreien?*

Aber dann veränderte sich alles. Ein schlimmes Gefühl kam hinzu, ein Verkrampfen des Magens, ein Gefühl der Wut. Und allmählich flößten sie uns Angst ein.

Die Chinesen kamen und gingen. Sobald sie verschwanden, tranken wir zur Feier *Chang* und redeten uns ein, der Ärger wäre vorbei. Doch sie sind zurückgekehrt, und zwar sehr bald. Seit ein paar Jahren geht das nun schon so. Jedes Mal bleiben sie etwas länger, und wir beten noch härter für ihr Verschwinden.

Wir haben es gar nicht gemocht, wenn wir unsere Gebete gesprochen und dabei einen Chinesen gesehen haben, der uns auslachte. Ganz offen, ohne jeglichen Respekt. Denn für uns Tibeter gibt es nichts Wichtigeres als unsere Religion.

Ich habe also die Wut meines Volks gespürt – und gleichzeitig konnte ich in das Gesicht eines dieser jungen chinesischen

Soldaten blicken und in sein Herz. Er hatte Stolz. Er glaubte fest daran, dass er uns die überlegene Weisheit Maos brachte. Er hat uns angeschaut und abergläubische Bauern mit dreckigen Gesichtern gesehen. Er hat auf die Erde unter unseren Füßen geschaut und chinesische Erde gesehen.

Ich spreche Chinesisch und Tibetisch, weshalb mein Volk zu mir kommt und mich um Hilfe bittet, wenn es ein Problem mit den Chinesen hat. In solchen Momenten stehe ich zwischen dem Tiger und dem Hasen, und ich werde an die warme Hand meiner Mutter erinnert, die meine Wange berührte, als sie mir das sagte, vor so langer Zeit.

Das ist schwer für meine Frau. Sie sagt: »Du hilfst anderen Menschen und bringst deine Familie in Gefahr.« Meine Frau ist sehr klug, aber ich kann doch zu meinem Volk nicht sagen: »Es ist schlimm, dass du Schwierigkeiten mit den Chinesen hast, da bin ich machtlos.« Wenn ich mein Wort gebe, so wie wir Tibeter das tun, berühre ich den Menschen mit der Hand, und das gilt als Versprechen. Es ist meine Bestimmung, den Menschen zu helfen, so wie meine Mutter es gesagt hat. Aber Rinchen sagt: »Mich interessieren der Tiger und der Hase und deine Bestimmung nicht.«

Einige Menschen hier verstehen meine Frau nicht. Sie sagen, sie habe keine Manieren. Aber sie ist mit ihrer Familie aus der Provinz Kham gekommen, da war sie noch ein kleines Mädchen, und deshalb hat sie das ungehobelte Benehmen der Khampa. Das kümmert mich nicht, denn ich weiß, es ist nur eine Fassade, im Innern ihres Herzens ist sie sanftmütig und gut.

Lama Norbu hat uns gesagt, dass Rinchen in ihrem früheren Leben ein Pandabär war, und das stimmt. Rinchen war eine Bärin, mit weichem schwarzem Fell und großen schwarzen Augen und gleichzeitig langen scharfen Klauen. Einmal habe ich die Bärin in Rinchen gesehen. Ein kommunistischer Soldat ist uns auf der Straße entgegengekommen, als wir mit Thermoskannen voller *Dri*-Butter zum Tempel gingen, um die Butterlampen nachzufüllen. Er ist auf uns zugegangen und wollte unseren Sohn Champa berühren. Der Soldat lächelte, denn Champa hatte es ihm wohl angetan. Jeder mag Champa, weil er ein Spaßvogel ist. Aber bei diesem Soldaten hat sich Rinchen mit geballten Fäusten vor unserem Sohn aufgebaut, entschlossen. Ich glaube, sie hat dem Soldaten Angst eingejagt, denn obwohl er eine Waffe trug, hat er sehr schnell das Weite gesucht. Vielleicht hat er die langen Klauen in Rinchens Seele gesehen, die ihn im nächsten Moment zerrissen hätten.

Mir ist Rinchen sofort aufgefallen, als sie aus Kham hierherzog. Alle in Shigatse haben von ihr als dem Mädchen gesprochen, das wilde Hunde zähmen kann. Womöglich lag es daran, dass sie in ihrem früheren Leben eine Bärin war und die umherstreunenden Hunde noch die Bärin in ihr riechen konnten und sich vor ihr gefürchtet haben. Das erste Mal, als ich sie gesehen habe, hat sie für ihre Mutter einen großen Sack vom Marktplatz getragen, da war sie so klein wie ein Schaf. Im Stillen nannte ich sie »klein wie ein Schaf und stark wie ein Bär«. Wenn sie an den Hunden in der Nachbarschaft vorbeiging, sind sie verstummt. Alle anderen mussten Steine nach ihnen werfen, um sie zu verjagen, aber Rinchen brauchte keine Steine. Ich habe sie vom ersten Stock unseres Hauses aus gesehen, als sie kam, und ich habe ihr nachgeschaut, bis ich sie nicht mehr sehen konnte, und die ganze Zeit über ging sie aufrecht und friedvoll, ohne dass ein Hund sie belästigt hätte.

Als ich dann zwölf wurde, habe ich herausgefunden, dass meine Eltern eine Hochzeit für mich mit einem Mädchen in Shigatse arrangiert hatten, dem Mädchen, das wilde Hunde zähmt. Ich war sehr glücklich, denn sie war ein starkes und mutiges Mädchen, und ich habe geglaubt, wir würden ein gutes Leben zusammen haben.

Doch meine Neugierde ist etwas, das Rinchen nicht mag. Meine Mutter hat mich früher ihre kleine Maus genannt, weil ich überall herumgeschnuppert habe, wo ich es nicht hätte tun sollen.

Damals, als ich kaum ahnte, welches Leid diese Eigenschaft über uns bringen würde, war ich die kleine Maus. Ich habe meine Nase in alles gesteckt und dann vor meiner Frau verschwiegen, wo ich gewesen war.

Wie an dem Tag, an dem ich unsere Nachbarin gegrüßt habe. Die Frau aus Amerika.

Sie waren im Monat zuvor angekommen, ein Mann und eine Frau, und haben das Haus nebenan bewohnt, das dem Regenten gehört. Es war erstaunlich, dass sie hier in Shigatse waren. Unsere Lamas hatten bisher keinem Fremden erlaubt, dauerhaft in Tibet zu leben. Ich konnte es mir einfach nicht erklären, also blieb dieser Gedanke wie ein Juckreiz in meinem Kopf.

Ich habe sie manchmal durch die Fenster gesehen, und ich musste unbedingt wissen, ob es stimmte, dass die beiden widerspenstige Haare hatten, die sich auf ihrem Kopf wie Wellen auf dem Ozean kräuselten, anstatt glatt anzuliegen. Und hatten sie wirklich so helle und klare Augen, dass ich durch sie hindurchsehen konnte, wenn ich ihnen fest ins Gesicht schaute? Warum waren sie hier? Ich habe mich außerdem gefragt, ob ich ihnen behilflich sein könnte. Ich spreche Englisch, das mir ein Engländer beigebracht hat, damals, als die Briten eine Mission hier hatten.

Vielleicht war es Schicksal, dass wir uns begegnet sind, denn eines Tages schaute ich auf, und da war sie. Die Frau mit dem ungebändigten Haar stand mit einem Besen in der Hand vor ihrer Haustür und hat Staub zusammengekehrt. Ihr Haar war zurückgebunden, aber kürzere Strähnen haben sich tatsächlich um ihr Gesicht gelockt. Sie war groß und trug eine rote *Chuba* aus Seide, was mich sehr überrascht hat. Schüchtern hielt sie sich eine Hand vor den Mund, doch dahinter habe ich ein Lächeln bemerkt. Ich wollte schon »Seid gegrüßt, Madam« sagen, aber stattdessen platzte sie mit »Tashi Delek!« in einwandfreiem Lhasa-Akzent heraus. Mir hat es vor Schreck die Sprache verschlagen, und ich blieb starr wie eine Statue stehen und habe in ihre grünen Augen gestarrt. Dann hat sie sich vor mir verbeugt, und ich verbeugte mich ebenfalls. Schließlich habe ich auf Englisch gestammelt: »Euch einen schönen Tag.« Ich wollte ihr wirklich nur einen schönen Tag wünschen, doch mir fiel ein, dass das die Worte waren, um sich zu verabschieden. Also musste ich natürlich weggehen. Ich habe mich erneut verneigt, und sie machte auch eine Verbeugung. Ich habe gespürt, dass sie mich für einen sehr unhöflichen Menschen hielt, weil ich so schnell verschwunden war. Ich kam mir so dumm vor.

Um mein schlechtes Verhalten wettzumachen, habe ich entschieden, ihnen den »Willkommens-*Chang*« zu bringen, einen Kessel mit Buttertee und einen Kessel mit *Chang*. Ich wollte sie besuchen, während Rinchen am Fluss war, um Wasser zum Kochen zu holen. Rinchen hätte gebrüllt und sich die Haare gerauft, wenn sie von meinem Plan gewusst hätte. Und hätte ich den Ärger vorausgeahnt, den ich uns allen bescheren würde, hätte ich auf meine Frau gehört.

Emma

Liebe Genevieve, *25. Mai 1954*

Grüße aus Tibet! Wir gewöhnen uns gerade ein, nachdem wir nun seit einer Woche hier in der Stadt Shigatse sind. Wir haben die Aufenthaltsgenehmigung vom hiesigen Adeligen erhalten, und er vermietet uns sogar eines seiner Häuser. Ich kann dir nicht sagen, wie überrascht ich war, dass wir bleiben dürfen. Ich hatte angenommen, er würde uns hochkant rausschmeißen. Gerald sagt, ich habe den Regenten entweder mit meinem fließenden Tibetisch bezirzt, oder die Hand Gottes sei im Spiel. Ich glaube, der Regent braucht einfach das Geld aus den Mieteinnahmen.

Wir haben vier Wochen gebraucht, um zu Fuß von der nepalesischen Grenze übers Gebirge nach Shigatse zu gelangen. Wir hatten einen Sherpa namens Tsultrim, der uns versprochen hat, uns bis zu unserer Ausweisung als Führer zu dienen – so sicher war er, dass wir zurückgeschickt würden! Welch einen sonderbaren Blick er uns zugeworfen hat. Es erinnerte mich an die Reaktionen, die wir während unserer Reisevorbereitungen normalerweise von offizieller Seite her bekommen haben: Man hielt uns für verrückt. Oder für Missionare (die ohnehin jeder für verrückt hält). Ich versicherte ihm, wir seien keine Missionare, sondern Touristen (und verrückt).

Zu unserem Glück war Tsultrim sehr gewitzt und führte uns über allerhand Umwege an den tibetischen Behörden vorbei. Die Reise selbst war eine solche Herausforderung, dass ich sie kaum beschreiben kann. Gerald dachte, sein Kopf würde explodieren, als wir eine Höhe von siebzehntausend Fuß erreicht hatten. Am Gipfel eines der höchsten Gebirgspässe verlor ich jegliches Gefühl im Gesicht. Tsultrims Ratschlag folgend, legte ich mich hin und ruhte mich aus. Gerald erzählte mir, dass ich völlig übergeschnappt war und ihn andauernd gefragt habe: »Haben wir uns gerade unterhalten?« Er bekam es mit der Angst zu tun, schlug seinen Ärzteton an und stellte mir Fragen zu Dingen, an die ich mich dunkel erinnerte, weil ich ihn vor seinem Examen in Neurologie abgefragt hatte. Als ich mich aufsetzen konnte und ihm sagte, er solle endlich den Mund halten, erklärte er Tsultrim: »Sie ist wieder ganz die Alte.« Tsultrim sagte: »Unten wird es ihr gleich besser gehen.« Während wir den Pass hinabkletterten, schoss mir das Blut zurück in die Wangen. Sie waren so heiß, als hätte ich einen Sonnenbrand.

Das Haus, in dem wir wohnen, steht voller wunderhübscher tibetischer Möbel aus geschnitztem Holz, die mit farbenprächtigen Blumen und Vögeln bemalt sind. Wir haben zwei Räume, einschließlich einer Küche mit einem gusseisernen Ofen, den man erstaunlicherweise mit getrocknetem Yakdung befeuert. Hier wird wahrlich nichts verschwendet! Es ist nicht besonders appetitlich, Yakausscheidungen im selben Zimmer mit all dem Essen zu lagern. Glücklicherweise hat der Regent einen Mann für uns gefunden, der uns hilft. Sein Name ist Phuntsog. Jede Woche stellt er uns gegen ein kleines Entgelt »Yakfladen« und Nahrungsmittel vor die Haustür. Der Umstand, dass ich nicht selbst »Yakpastetchen« einsammeln muss, bestärkt mich in meinem Glauben: Es gibt doch einen Gott, und er kennt meine Grenzen!

Wir arbeiten daran, wie Tibeter zu leben, deshalb benutzen wir ein großes Butterfass, um Buttertee herzustellen. Die Tibeter trinken diesen Tee andauernd, zum Teil bis zu sechzig Tassen täglich. Phuntsog braucht fünfundvierzig Minuten, um ihn zuzubereiten, bei mir hingegen dauert es eineinhalb Stunden! Zuerst hole ich Wasser vom Fluss, werfe Dungfladen ins Feuer und gebe Yakbutter und Salz in das zylinderförmige Fass. Ich bringe das Wasser zum Kochen, breche ein wenig Tee ab und verquirle alles. Allmählich verstehe ich, warum einige der Frauen hier ebenso kräftig aussehen wie ihr Vieh.

Das andere, was es in Bezug auf Essen gibt, ist »Tsampa«, ein Mehl aus gerösteter Gerste. Sein Geschmack erinnert an Puffweizen. Sonderbarerweise benutzt man es nicht, um irgendetwas daraus zu machen, sondern isst es einfach. Man fügt ein paar Tropfen Tee hinzu, formt das Mehl zu einem kleinen Klumpen und steckt ihn dann fein säuberlich in den Mund. Doch wie sich herausstellte, ist es viel komplizierter, als es aussieht. Normalerweise endet es damit, dass sich bei uns ein Mehlschwall über die Brust ergießt, peinlich. Ich hatte genug von der ganzen Schweinerei, weshalb ich mir gestern Abend ein Tuch als Lätzchen umgebunden habe. Gerald hat laut gekichert, also habe ich gesagt: »Schlag dir ruhig weiter den Bauch voll. Und glaub ja nicht, dass ich dir *ein Lätzchen mache, wenn du eines brauchst.« Er hat nicht aufgehört, und da habe ich ihn mit einem Tsampaball beworfen, der in einer Mehlwolke auf seinem schwarzen Pullover gelandet ist. Ha!*

Wenn uns Tsampa zum Hals raushängt, gehen wir zu anderen tibetischen Grundnahrungsmitteln über: Yakfleisch, Joghurt und vor allem Käse. Gewöhnungsbedürftig. Aber genug davon.

Wir schlafen in der Küche, und dann gibt es noch ein anderes Zimmer im Haus, in dem sich ein Altar befindet. Anfangs schien uns das eine sonderbare Aufteilung zu sein, doch Phuntsog sagte: »Wenn der Winter kommt, werden Sie verstehen, warum Sie in der Küche neben dem Herd schlafen.« Vermutlich werden wir das wirklich. Was den Altarraum betrifft, so verfügt hier jedes Haus über einen.

Gerald musste sich seiner Schmutzphobie stellen. Als wir in Kathmandu waren, um Tibetisch zu lernen, erzählte uns ein Nepalese: »Die Tibeter, die interessieren sich nicht für Sauberkeit. Sondern ausschließlich für ihre Religion.« Wir hatten ja nicht den blassesten Schimmer, wie wörtlich er das gemeint hat! Die Toiletten in den Städten sind einfachste Plumpsklos, die zum Himmel und bis hinab zur Hölle stinken. Anfangs wollte Gerald allerdings nicht zugeben, dass sie ihn stören. Während ich sie »himmlische Kloaken« und »Jauchegruben« nannte, reckte er das Kinn, als könnte er seinen Vater hören, der ihm zurief: »Kopf hoch, alter Junge!« Er hat so hart versucht, dieser kulturellen Eigenart hier mit Respekt zu begegnen, doch schließlich ist er von seinem hohen Ross heruntergestiegen – nachdem er die Klos wegen seines Durchfalls unzählige Male aufsuchen musste. Plötzlich stimmte er mit ein und nannte sie »Pestilenzpaläste«.

Die letzte große Neuigkeit lautet, dass wir unseren Nachbarn kennengelernt haben! Ich kann dir gar nicht sagen, wie aufgeregt wir waren, denn ansonsten hat noch niemand mit uns gesprochen. Ich hatte so inständig auf eine Gelegenheit gewartet, das Tibetisch anwenden zu können, das wir monatelang mit unserem Lehrer in Nepal geübt haben. Ich grüßte den Nachbarn von unserer Veranda aus, wollte ihn unbedingt in ein Gespräch verwickeln. Nun, an diesem Tag hat er mir lediglich zugewunken und sich verbeugt, aber am nächsten ist er herübergekommen und hat an unsere Tür geklopft. Als ich sie öffnete, stand er grinsend da und hielt zwei Kessel in Händen. Er war etwas kleiner als ich und hatte das Haar im Rücken zu einem langen Zopf geflochten. Er trug einen goldenen Ohrring, wie alle wohlhabenden Männer hier, und eine hübsche schwarze Chuba (sie sieht aus wie ein Bademantel mit ei-

nem Gürtel um die Hüfte). Er sagte auf Englisch: »Ich bringe Willkommens-Chang.« (Chang ist das Bier, das sie aus Gerste brauen.) Kaum hörte ich das Wort »Willkommen« aus solch einem freundlichen Gesicht, wäre ich beinahe in Tränen ausgebrochen. Er kicherte, als ich ihm erzählte, wie wir uns beim Tsampa-Essen anstellen, und dann hat er uns die richtige Technik dafür gezeigt. Wir unterhielten uns sogar über Religion, und wir haben ihm erklärt, dass wir Quäker sind. Gerald sagte: »Gott spricht zu uns, wenn wir in aller Stille warten«, woraufhin er geantwortet hat: »Das ist wie meditieren, nicht wahr?« Ich hielt es für unnötig, ihn darauf hinzuweisen, dass ich nicht wirklich gläubig bin, sondern warf die Quäker-Redewendung ein: »Es gibt das von Gott in jedem Menschen.« Er wirkte ein wenig verwirrt, aber hoffentlich haben wir bald die Gelegenheit, ihm darzulegen, dass es bedeutet, wir respektieren seine Religion, da sie ebenfalls von Gott kommt.

Wir haben zum ersten Mal mit jemandem gesprochen, der rein gar nichts über Quäker weiß. Deshalb hörten wir nicht die üblichen Reaktionen wie »Oh, die Frauen mit den Hauben« oder »die Pferde-und-Wagen-Menschen« oder etwas über Hafer.

Ich weiß, einige aus unserer Quäkerversammlung machen sich Sorgen wegen unserer Reise, weil die »Roten« angeblich die Macht an sich reißen. Versichere ihnen, dass wir keinerlei Gefahr sehen, obwohl die Anwesenheit der Chinesen allgegenwärtig ist. Die Tibeter scheinen ihr Leben ganz normal zu führen, also gibt es auch für uns keinen Grund zur Sorge.

Gerald hat für dich gebetet. Ich ebenfalls, auf meine eigene Art. Ich hoffe, das wärmere Frühlingswetter lindert deine Arthritisschmerzen. Bitte richte all unseren Freunden unsere Liebe und Grüße aus und danke ihnen, dass sie uns ins Licht halten.

Mit herzlichen Freundesgrüßen Emma

Ich saß am Küchentisch und wusste, dass ich Genevieve nicht erzählt hatte, was bei unserem Gespräch mit Dorje tatsächlich vorgefallen war. Seine Schüssel stand rechts von mir. Ich berührte ihren hölzernen Rand, der immer noch warm war, als könne er mir verraten, was an dem Mann mir Brustschmerzen bereitete.

Er hatte gefragt, warum wir hier waren. Ich habe gesagt: »Gerald will einen Guru finden, um mehr über die tibetische Religion zu erfahren.«

Dorje fragte ihn dann: »Sie suchen einen Lehrer?«

Gerald blickte auf seine schüchterne Weise zu Boden und sagte: »Oh, ich bin sicher, wir werden nicht genug Zeit hier haben, um einen zu finden. Wir bleiben nur so lange, wie es der Regent erlaubt.«

Dorje wirkte sehr ernst, als er sagte: »Lama Norbu sagt, wenn dein Herz rein ist, wird ein Lehrer zu dir kommen.« Bei seinen Worten öffneten sich seine Augen wie Blumen, und er faltete die Hände vor der Brust zu einer Gebetsmudra.

Neben Dorjes Schüssel lag ein Bild meines Vaters. Eine alte Schwarz-Weiß-Fotografie mit gewelltem Rand und einem Knick in der linken Ecke. Mein Vater in Bergsteigerkleidung, bestehend aus Lederstiefeln, einer pelzgefütterten Jacke und dicken Wollhosen. Arm in Arm mit einem Sherpa. Den anderen Arm hatte er ausgestreckt, als wollte er mit seinem straffen Bizeps angeben. Er hatte ein strahlendes Lächeln aufgesetzt, das viel zu breit für sein Gesicht war, während der Himalaya wie ein schwerfälliger Schatten hinter ihm aufragte.

Als mich Dorje nach den Gründen für mein Kommen fragte, wusste ich nicht, was ich sagen sollte. Ich *musste* einfach kommen. Irgendetwas, irgendein unsichtbares Seil hatte mich über dieses unerbittliche Gebirgsmassiv gezogen. Es war nicht Gerald gewesen; es war nicht unser Führer gewesen. Ich bin jeden einzelnen Schritt selbst gegangen, das Gesicht in einen Schal gewickelt, um mich vor dem beißenden Staub zu schützen. Während ich mich keuchend und zittrig den Weg hinaufschleppte, fühlte ich mich wie ein Fisch an Land, mit flatternden Kiemen, der verzweifelt dorthin zurückkehren wollte, wo die Luft dick und nahrhaft war. Aber ich habe meinen Beinen nicht erlaubt umzudrehen, nicht einmal in jenem Augenblick.

Ich habe so vielen Menschen von meinen Gründen für diese Reise erzählt. Doch als ich Dorjes freundlichem Gesicht gegenübersaß, der mir mit hochgezogenen Brauen lauschte, reichte ich ihm das Bild und brachte kein Wort über die Lippen.

Behutsam hielt er das Foto und musterte es eingehend.

Schließlich sagte ich: »Das ist mein Vater.«

»Das ist der Himalaya?«

Ich nickte. Seine Augen nahmen einen traurigen Ausdruck an, während er mich ansah. Ich fühlte mich sonderbar, beinahe nackt. Ich drehte das Gesicht weg und sagte: »Er … ist gestorben. Nomaden haben seinen Leichnam gefunden …« Ich hörte, dass sich meine Stimme verlor, und die Traurigkeit trieb mir Tränen in die Augen.

»Und Ihre Mutter?«

Gerald nahm meine Hand, er antwortete an meiner Stelle. »Sie ist gestorben, als Emma noch sehr klein war.«

»Und jetzt sind *Sie* hier«, sagte Dorje.

Ich blickte auf meine Schüssel mit Tee und schluckte.

Von diesem Moment an liebte ich Dorje. Und witterte keinerlei Gefahr.

Kriegsdienstverweigerung ist keine völlige Ablehnung von Gewalt; es ist die Ablehnung, die moralische Verantwortung für das eigene Handeln abzutreten.

Kenneth Barnes

1. Juni 1954

Gerald

Die braunen Augen starrten zu mir empor, glasig und leer. Ich trat zurück, konnte nicht atmen, und ihr Blick schien mir zu folgen. Ich drehte mich um und floh, hörte noch das dumpfe Knacken des Schlachtermessers auf Knochen und dann das erstickte Geräusch meines eigenen Atems. Ich rannte den Weg zurück zu unserem Haus und riss die Tür auf.

Erschrocken sah Emma hoch. »Ist alles in Ordnung? Du bist weiß wie ein Laken!«

Mein Mund war so trocken, dass ich kaum sprechen konnte. »Die Augen haben mich angestarrt … Ich bin die ganze Zeit hierher gelaufen. Ich krieg keine Luft.«

Emma kam zu mir und nahm meine Hand. Sie kannte meine Anfälle zur Genüge. Sie führte mich zum Bett und lockerte meine Kleidung. Setzte mich hin. Drückte mich an ihre Brust. Fasste mein Gesicht und sah mir in die Augen. »Tief einatmen, Geebs.«

Ich gehorchte und sog Luft in meine Lungen. Beim Ausatmen bebte meine Brust. Wie ich es hasste, mich so zu fühlen! Schwach und nutzlos und lächerlich.

»Erzähl mir, was passiert ist.« Ihre Stimme war beruhigend, samtweich.

Ich ließ mich von ihren Augen führen. »Ich habe einen alten

Mann verfolgt, weil er diese Stiefel mit den nach oben gerichteten Zehen trug.«

Sie lächelte mich an. »Du und diese Stiefel.«

Mein Kopf pochte. »Und ich glaubte, er würde zum Kloster oben am Berg gehen. Ich wollte einen besseren Blick auf das goldene Dach haben. Aber dann habe ich sie gesehen.« Ich schluckte. Ich war immer noch etwas kurzatmig. »Wir kamen zum … es muss wohl der Schlachtplatz gewesen sein. Ich habe das Blöken von Schafen gehört, und überall war Blut. Der Kopf ist auf den Boden gefallen, nachdem der Schlachter ihn abgeschlagen hatte. Und in dem Moment habe ich sie gesehen … braun wie … die Augen von Rufus.«

Würde ich Rufus jemals entkommen? In gewisser Hinsicht wusste ich, dass ich der Erinnerung an ihn nie entfliehen konnte, weil ich es nicht verdiente. Ich spürte, wie mir Tränen in die Augen schossen.

Emma schlang die Arme um mich und streichelte mir übers Haar. »Schon gut, Geebs. Es war nicht Rufus. Alles ist in Ordnung. Hör einfach auf meine Stimme.«

Sie begann, leise zu singen, fuhr mir jedoch immer noch mit den Fingern durchs Haar. Mein Herz konzentrierte sich allein auf diese liebenden Finger. Nach ein paar Sekunden beruhigte ich mich, auch wenn mir immer noch zum Weinen zumute war.

Ich setzte mich auf und sah sie an. »Ich bin so enttäuscht, Em. Und es ist so dumm, enttäuscht zu sein. Ich wusste, dass Tibeter Fleisch essen, und ich bin keinen Deut besser, denn ich tue es ja ebenfalls.«

»Ein solcher Ort hätte mich auch das Gruseln gelehrt, also was ist so dumm daran?«

»Irgendwie habe ich geglaubt, diese Prozedur würde etwas Heiligeres an sich haben. Doch es war einfach barbarisch. So viel zu meinen Träumen von Utopia. Du musst dich totlachen, mit einem solch lächerlichen Idealisten zusammen zu sein.«

»Genau das liebe ich an dir.« Sie küsste mich auf den Mund.

Später stand ich in unserem Innenhof, dachte an Rufus und rief mir die Bilder ins Gedächtnis, die ich seit so langer Zeit mit mir herumtrug. Ich war acht Jahre alt, gerade aus England in die Staaten gezogen, und Rufus verspottete mich täglich in der Schule. »Hört euch an, wie hochnäsig er redet!«

Ich wollte gar nicht anders sein. Ich wollte nur einen Freund, der den gleichen Schulweg hatte oder während der Mittagspause, die sich wie eine einsame Ewigkeit auf der hölzernen Bank anfühlte, neben mir saß. Ich war bereit, meine Interessen aufzugeben, kleine Spielzeugautos zu sammeln oder Kickball zu erlernen oder was auch immer sie von mir verlangt hätten. Als ich es Vater erzählte, sagte er: »Lass dich von den Yankees nicht ärgern. Beachte ihn einfach nicht, und schon bald wird er das alles vergessen.«

Aber Vater verstand nicht, warum mein Herz so laut in meiner Brust hämmerte, sobald ich Rufus auf mich zukommen sah. Vater saß nicht neben mir und spürte den Schweißausbruch unter meinen Armen oder wusste, dass ich die Faust in meiner Handfläche vergrub, während ich weinend nach Hause ging. Er hatte keine Ahnung, wie es sich anfühlte, acht Jahre alt und allein mit einem gemeinen Raufbold auf dem Schulhof zu sein. Also entschloss ich mich, die Angelegenheit auf dieselbe Art zu regeln wie alle anderen Jungen.

An einem regnerischen Oktobertag, ich stand gerade neben der Treppe zu dem Gebäude, in dem sich unser Klassenzimmer befand, verhöhnte mich Rufus wieder. Ich hatte das Gefühl, er könne meine Schwäche geradezu sehen. Es schien mir, als schaue er durch meinen Brustkorb hindurch und wisse, dass mein Herz zusammenschrumpfte, sobald er in meiner

Nähe war – was ihn anspornte und ihm noch mehr Macht verlieh. An jenem Tag verspottete er mich mit einer neuen Hänselei: »Angsthase, Angsthase, macht sich gleich in die Hose! Seht nur, wie er sich in die Hose macht!«

Das war das Schlimmste und Intimste, mit dem er mich je aufgezogen hatte, und ich war verzweifelt. Ich musste ihn zum Schweigen bringen. Eine Traube Kinder hatte sich um uns versammelt. Als er nicht mit seinem Sprechgesang aufhörte, spürte ich, wie mir die Röte ins Gesicht schoss, und ich traf eine verhängnisvolle Entscheidung: Ich schubste ihn mit aller Kraft.

Er fiel rücklings auf die Treppe und riss die Augen auf, als sein Kopf gegen die Kante einer Stufe knallte. Seine Augen starrten mich unentwegt an, schlossen sich nicht.

Sein Körper war vollkommen reglos. Aus seinem Hinterkopf floss Blut – so schrecklich viel –, wie konnte ein kleiner Junge so viel Blut in sich haben? Um mich herum vernahm ich zuerst eine Totenstille, dann begannen die anderen Kinder zu kreischen, und jemand schrie mich an: »Du hast ihn getötet!«

Kopfschüttelnd wich ich zurück. »Nein. Nein, das habe ich nicht. Ich habe ihn bloß geschubst.«

Doch Rufus *war* tot. Ein Krankenwagen kam, und sie bedeckten sein Gesicht mit einem Laken, und meine Eltern wurden herbeigerufen, und Rufus' Eltern kamen, und seine Mom weinte.

Von diesem Tag an hörte ich auf zu reden. Das restliche Jahr über und auch den Großteil des nächsten. Egal, was sie im Schulhof zu mir sagten, ich antwortete nicht. Ich gab im Klassenzimmer keinen Ton von mir, und nicht einmal zu Hause sprach ich ein Wort. Ich wollte mich einfach in Luft auflösen. Wenn mir das gelänge, würde nichts Schlimmes passieren.

Ich betete jeden Abend. Nicht aus dem *Allgemeinen Gebetbuch*, wie ich es in der Kirche gelernt hatte, sondern meine eigenen verzweifelten Worte. »Gott, ich verspreche, ich werde niemals wieder jemandem wehtun. Bitte hilf mir, dass ich dieses Versprechen halte. Bitte. Bitte vergib mir für … Rufus. Und segne seine Familie.«

Nach der Sache mit Rufus hat Vater nicht mehr mit mir gesprochen. Wir waren gerade erst in die Staaten gezogen, in die kleine Gemeinde Middletown in Connecticut, und Vater hatte sein Forschungsstipendium am Wesleyan College angetreten. Und obwohl er mir geraten hatte, mich von den Yankees nicht ärgern zu lassen, schmerzte es ihn, wenn uns die Stadtbewohner mit versteinerten Mienen ansahen. Morgens ging er mit erhobenem Haupt und zusammengebissenen Zähnen aus der Haustür.

Sobald ich ein Zimmer betrat, veränderte sich Vaters Gesichtsausdruck. Er blickte zu Boden, und seine Augenbrauen hoben sich, als habe er in einen sauren Apfel gebissen, bevor er sich wieder ganz auf die Tageszeitung konzentrierte. Mom war kaum einen Deut besser, mit ihrem verunsicherten, hasengleichen Gesicht, das die Spur von Vaters Meinungen aufnahm und ihr dann hinterherhüpfte.

Und so war mein Schweigen meine eigene, langsame Sühne. Ich betete: »Lieber Gott, bitte hilf Vater, damit er einsieht, dass es mir leidtut, und vergib mir.« Aber Vater redete nur mit Mom und meinem älteren Bruder Tyler.

Dann, als ich zehn war, lud Vater einen Freund zum Abendessen nach Hause ein. Einen Dr. Spence. Als er an der Tür erschien, in einem zerknitterten Button-Down-Hemd und einer Khakihose, das Gesicht rasiert bis auf eine Stelle am Kinn, sahen Tyler und ich uns erstaunt an. Das war nicht die Sorte Kollege, mit der Vater sich früher getroffen hätte. War er etwa so tief gesunken, wie wir uns das niemals hätten träumen lassen?

Ich mochte Dr. Spence. Er war warmherzig und lustig und rauchte sonderbar riechende, französische Zigaretten. Mom erzählte uns am nächsten Tag, seine achtjährige Tochter würde von Zeit zu Zeit bei uns wohnen, wenn er in Übersee seinen Forschungen nachging.

Und so lernte ich Emma kennen. Sie trug Hosen. Nie zuvor hatte ich ein Mädchen gesehen, das Hosen trug oder auf Befehl rülpsen konnte oder besser die Bäume hochkletterte als ich. Emma ließ nicht zu, dass ich mich in meiner stillen Welt versteckte. Sie zerrte mich aus meiner Isolation, indem sie Murmeln spielte und mir mit dem Baseballschläger Bälle zuschlug, ihre Hand an mein Ohr legte und mir Geheimnisse anvertraute.

Ich konnte nicht glauben, dass sie meine Gesellschaft suchte. Niemand sonst tat das. Es war berauschend, ihren warmen Atem an meinem Ohr zu spüren, während sie mir etwas zuflüsterte. Eines Tages fragte ich sie: »Weißt du eigentlich nicht … was letztes Jahr geschehen ist?«

»Doch, sicher. Du meinst diesen Rufus, der gestorben ist?«

»Mhm.« Ich wollte meine Schuld eingestehen. »Ich …«

»Ja, das hab ich gehört. War da wirklich alles voll Blut? Ich meine, musstest du dich vielleicht übergeben?«

Ich war so verdutzt, dass ich kaum antworten konnte. »Äh, nein. Ich glaube, das habe ich nicht.«

»Ja, die Housers haben es meinem Dad erzählt und durchblicken lassen, wir sollten uns von dir fernhalten, aber er hat bloß mit den Augen gerollt und gesagt: ›Der arme englische Junge … Sein Leben muss die Hölle sein mit Leuten wie Ihnen hier in der Stadt.‹« Beim Reden hatte sie die Arme in die Hüften gestemmt und den Kopf in den Nacken geworfen.

»*Das* hat er gesagt?« Mir wurde beinahe schwindelig vor Erleichterung und Dankbarkeit.

»O ja, er liebt es, anderen Menschen das zu sagen, was er denkt, und wenn es ihnen nicht gefällt, sollen sie sich zum Teufel scheren.« Sie lächelte.

Ich blinzelte, als ich sie ohne ein Blatt vor dem Mund sprechen hörte, und mir entschlüpfte ein Lachen, das erste Lachen seit einer Ewigkeit. Es fühlte sich so gut an. Und als Emmas Vater starb und meine Eltern beschlossen, sie in unserer Familie aufzunehmen, war ich überglücklich.

Sonntags saßen wir nebeneinander auf dem Hocker, während ich Klavier übte. Und sobald Mom sie an meiner Schule eingeschrieben hatte, war da jemand, mit dem ich reden konnte. Ich erzählte ihr lange Geschichten von weißen Kaninchen, die Karten spielten, oder Kängurus, die lieber Spazierstöcke benutzten als herumzuhüpfen. Mich durchströmte ein Gefühl der Glückseligkeit, wenn ihre Augen vor Freude strahlten.

Obwohl mich Emma zurück ins Leben brachte, betete ich weiterhin jeden Tag um Vergebung für Rufus' Tod. Ich versuchte, die Sache zu vergessen. Aber als ich vierzehn wurde, kannte die ganze Welt nur noch ein Thema, den Tod. Verwandte erzählten meinen Eltern von dem Schrecken, den Hitler in Europa verbreitete. Daraufhin saßen sie ständig im Wohnzimmer und hörten die Radiosendungen aus London.

Eines Abends saßen wir genau nach einem solch erschütternden Frontbericht beim Essen zusammen. Vater räusperte sich. Ohne den Blick vom Teller zu wenden, sagte er: »Es gibt nichts Wichtigeres als die Pflicht. Und wenn einen das Vaterland ruft, um es zu verteidigen, darf man sich nicht taub stellen.«

Am nächsten Morgen ging Tyler gemeinsam mit Vater zum Einberufungsamt, während Mom im Korridor stand und ihre Zweifel zwischen geschürzten Lippen zurückhielt. Wie stolz Vater an diesem Tag war. Mutiger Tyler, der seinen Teil beitrug und sein Land nicht im Stich ließ.

Ich wusste, was mein Vater von mir erwartete. Aber jedes Mal, wenn ich darüber nachdachte, sah ich Rufus' reglosen Leichnam vor mir. Dann überkam mich das erdrückende Gefühl, so niederträchtig zu sein, dass ich keinen weiteren Atemzug verdiente.

Im Laufe der Jahre wuchs eine düstere Vorahnung wie ein Geschwür in mir. Schon bald wäre ich achtzehn, und Vater würde erwarten, dass ich mich freiwillig zum Militär meldete. Da sah ich eines Tages einen Mann an einer Straßenecke, der Flugblätter verteilte. Eine Frau nahm eines. Sie warf einen Blick darauf, schleuderte es ihm dann vor die Füße und schrie im Weggehen: »Verräter!« Als ich näher kam, bemerkte ich, dass seine Augen freundlich waren, trotz der harten Worte. Er sagte: »Sohn, es gibt einen anderen Weg«, und reichte mir ein Flugblatt.

So wurde ich zum Kriegsdienstverweigerer. Ich schrieb mich zum »zivilen Ersatzdienst« unter Roosevelts Verordnung ein. Ich arbeitete drei Jahre mit psychisch Kranken in einer Irrenanstalt, was die reinste Hölle war: nackte Patienten, die in ihrem eigenen Dreck lagen, männliche Patienten, die sich an den armen Mitpatientinnen vergingen, Patienten, die ihre eigene Haut abkauten.

Vater kochte vor Wut, und es spielte keine Rolle, dass ich dem Beispiel Christi folgte, so wie wir es in der Kirche gelernt hatten: Kleide die Nackten, speise die Hungrigen, tröste die Kranken. Als ich andere Kriegsdienstverweigerer traf, stellte sich heraus, dass viele von ihnen Quäker waren, die den Eid geleistet hatten, unter keinen Umständen einem anderen Menschen das Leben zu nehmen. Die Stille der Quäkerversammlungen wurde zu meiner Zuflucht. Gott hatte mich an einen Ort geführt, an dem ich womöglich eines Tages Vergebung fände.

Als Kriegsdienstverweigerer zog ich den Groll vieler Menschen auf mich. Ein solcher Mann war Deacon Pratt von der Holy Trinity. Mr. Pratt war Mitglied der Amerikanischen Legion, ein Veteran, in dessen linkem Bein noch immer Granatsplitter aus dem Ersten Weltkrieg steckten. Ich war neunzehn und wollte Mom eine Freude bereiten, indem ich mit ihr und Vater die Kirche besuchte. Selbst Em hatte zugestimmt, uns zu begleiten. Während wir im Gemeindesaal Donuts aßen, kam Mr. Pratt zu uns herüber, packte mich am Arm und fragte: »Bist du beim Militär, junger Mann?«

Mir graute vor dem, was folgen würde, aber ich blickte ihm in die Augen und sagte: »Nein, ich bin Kriegsdienstverweigerer, Sir.«

»Was?« Er beäugte mich argwöhnisch.

Emma lächelte reumütig. Pratt kniff die Augen zusammen. Zuerst sah er Vater an, der auf seine polierten Budapester starrte. Ich bemerkte, wie sich Vaters Hals um seinen Kragen rötete. Meine arme Mom behielt einen freundlichen Gesichtsausdruck bei, während sie sich an den Riemen ihrer Handtasche krallte, als wolle sie sagen: Ist nicht schlimm, ist nicht schlimm.

Mr. Pratt spuckte die Worte regelrecht aus: »Hitler dort drüben ermordet Frauen und Kinder, und du hast Angst, getötet zu werden.«

Da mischte sich Emma ein. »Er hat keine Angst zu sterben. Er will nur niemanden *umbringen*, verstanden?«

»Oh, als hättet *ihr beide* eine Ahnung davon!«

Mein Herz klopfte. Die Sache lief aus dem Ruder. »Bei allem gehörigen Respekt, Sir, ich …«

Aber Emma fiel mir ins Wort: »Bei allem gehörigen Respekt, er *hat* schon mal jemanden umgebracht, also hat er genug Ahnung, um zu wissen, dass er es kein zweites Mal tun will!«

Emma und ihr loses Mundwerk. Trotz ihrer guten Absicht war ich tief beschämt.

Vaters Augen quollen hervor. »Das *reicht* jetzt, und zwar von euch beiden«, sagte er durch zusammengepresste Zähne. »Es tut mir *schrecklich* leid, Mr. Pratt. Wenn Sie uns nun entschuldigen würden.«

Vater nahm meine Hand und die von Emma und eilte zur Tür.

Ich wurde aus meiner Träumerei gerissen, als Em aus unserem tibetischen Haus trat und sich neben mich setzte. »Bei dir alles in Ordnung, Geebs?«

Ich legte ihr den Arm um die Schulter, während sie sich an mich kuschelte. »Jetzt schon.«

Am Tag nach dem Schlachter-Vorfall ging ich in Shigatse spazieren. Von nun an machte ich einen großen Bogen um diesen Platz, wollte mich aber auch nicht zu Hause verstecken. Ich beobachtete eine junge Frau, die eine *Kora* durchführte: eine rituelle Umrundung, bei der sie einem heiligen Pfad folgte. Sie murmelte Gebete und drehte eine Gebetsmühle, in deren Innern sich auf Papierrollen gedruckte Gebete befinden.

Der Anblick des *Ragyapas*, der die Tierkadaver ausnahm, hatte mir die Widersprüchlichkeit Tibets deutlich vor Augen gehalten. Tibeter waren strenggläubig und friedliebend. Sie besaßen kein stehendes Heer und versuchten sogar beim Bestellen des Landes, keinen Wurm zu stören. Dennoch aßen sie Fleisch, und der niedrigen Kaste der *Ragyapas* war der Karma zerstörende Akt des Schlachtens zugefallen, damit die anderen essen konnten, ohne schlechtes Karma auf sich zu laden.

Wir alle hatten unsere Eigenheiten, aber ich erinnerte mich immer noch genau an den Tag vor langer Zeit, als ich in einem der Bücher, die Emma von ihrem Vater bekommen hatte, über die Tibeter las: »*Tibeter tragen Stiefel mit nach oben gerichteten Zehen, damit sie beim Gehen keine Insekten töten.*« Ich wollte auch solche Stiefel tragen!

Ich sprach Emma darauf an, und sie sagte: »Ja, mein Dad meinte, sie halten nichts vom Töten. Muss irgendwas mit der Wiedergeburt zu tun haben, denn wenn du jemanden umbringst, könnte es sein, dass du zur Strafe dein nächstes Leben als Yak oder Esel fristest.«

»Vielleicht sollten wir irgendwann einmal dorthin reisen.«

»Das scheint mir etwas übertrieben, nur um vor Mr. Pratt zu fliehen, Geebs.«

Ich lachte. »Denk doch nur mal: ein Ort, an dem das Leben einen solch hohen Stellenwert hat? Ich müsste mich vor niemandem rechtfertigen.«

»Ich hasse es, dich zu enttäuschen, Geebs, aber wir würden wahrscheinlich irgendwo auf dem Weg durch den Himalaya den Löffel abgeben.«

Es war ein unbeschwerter Moment, und keiner von uns hätte auch nur im Entferntesten geglaubt, dass wir tatsächlich einmal hierherkämen. Genau genommen war Emma anfangs wenig begeistert von der Idee gewesen – bis sie die Möglichkeit sah, durch diese Reise ihren Vater besser kennenzulernen.

Auf der anderen Straßenseite kauerte sich ein etwa dreijähriges Mädchen in ihrer *Chuba* hin und urinierte. Bei dem Gedanken, wie empört meine Eltern wären, musste ich lachen. Nicht, dass ich selbst ein solches Verhalten guthieß.

Ich vermisste Mom und Vater. Ich wollte ihnen erzählen, wie es uns erging und dass die Stadt, in der wir lebten, in einem Tal lag. Vierzehntausend Fuß über dem Meeresspiegel war es *dennoch* ein Tal. Ich wollte, dass Vater die Klöster betrachtete, sich übers Kinn rieb und dann die Architektur studierte. Er würde es lieben, wie sich die Gebäude von ihrem weiß getünchten Fundament aus verengten, und wäre für die rötlich braunen und goldenen Dächer voller Bewunderung. Ich stellte mir auch Mom hier vor: mit untergeschlagenen Beinen, wie sie sich in dem gleichbleibenden Rhythmus einer Weberin verlor, während die leuchtenden Fäden einer Schürze auf dem Webstuhl gespannt waren.

Em hätte gesagt: »Geebs, du bist verrückt. Sie würden eher mit einem Kanu zum Mond paddeln, als hierherzukommen.«

Doch Vater und Mom sind anständige Menschen. Ich kann das in den Händen meiner Mutter sehen, wenn sie den Teig sanft knetet, als wolle sie ihm nicht wehtun. Und Vater, obwohl er sich hinter der Zeitung versteckt – nun ja, das ist sie letztlich, ein Versteck eben –, weil er Angst hat. Es verunsichert ihn, wie er sich in der Welt geschlagen hat, und das, wo er immer nur das Richtige hatte tun wollen. Ich hingegen wollte nichts anderes, als die Sache zwischen uns zu klären, bevor die beiden ganz verschwunden wären.

Emma kann sich nie einen Kommentar verkneifen, wenn sie hört, dass ich für sie eintrete. »Wie kannst du sie verteidigen, wo sie noch nicht einmal unsere Hochzeit besucht haben?«

»Em, sie waren erschrocken, weil wir Bruder und Schwester sind.«

»*Adoptiv*bruder und -schwester.«

»Es war schwer für sie, das zu verstehen.«

»Oh, nun komm schon. Wir haben die Majestäten beleidigt, und das war unsere Strafe.«

Aber das ist eine andere Geschichte, von der Liebe zwischen meiner Em und mir und von ihrer scharfen Zunge.

8. Juni 1954

Dorje

Kurz nachdem ich mich mit den Amerikanern angefreundet hatte, begann die Pechsträhne meiner Familie. Mein jüngster Sohn Champa verlor alles Wasser in seinem Körper. Rinchen bemerkte, wie er sich den Bauch hielt, sich schmerzhaft nach vorne beugte und oft hinausging, um *Kaka* zu machen. Schon bald konnte er nicht einmal mehr aufrecht stehen, so schwach war er. Rinchen hat den ganzen Tag geweint, meinen Sohn in ihren Armen gehalten, und sobald er *Kaka* machte, was aussah wie ein dünner Faden, ihn anschließend gesäubert. Lama Norbu ist gekommen, um unser Haus von bösen Geistern zu befreien, aber meinem Sohn ging es nicht besser. Ich rief den tibetischen Arzt herbei, doch er war in die Provinz Kham abgereist. Unser Haus war ein dunkler Ort, es roch nach Krankheit und *Kaka*, und Rinchens Weinen erfüllte die Luft.

Meine Mutter Ama-la übernahm das Kochen. Während der ersten Tage huschte sie gackernd in der Küche umher, froh, sie wieder ganz für sich allein zu haben, da sich Rinchen nur noch um Champa kümmerte. Doch schon bald spürte Ama-la die Angst, die wir nicht offen auszusprechen wagten, nämlich dass Champa sich nicht erholen könnte.

Manchmal war es gut, dass Ama-la bei uns kochte, aber andererseits war es furchteinflößend. In meiner Kindheit war

Ama-la eine wunderschöne Frau mit fest geflochtenen Zöpfen und herrlichem Seidenbrokat am Körper gewesen. Sie hatte unsere Familie geführt, zum Teil mit Güte, zum Teil mit dem Stock. Jetzt fehlten ihr alle Zähne, und ihre trüben Augen waren blind. Nicht sie selbst hatte ihre Zöpfe geflochten, sondern Rinchen. Sie lachte über Dinge, die der Rest von uns nicht sah. Manch einer nahm an, sie hätte den Verstand verloren. Aber ich wusste, dass Ama-las Geist einem Fluss glich, in dem Dinge schwammen, die dort nicht lange blieben, nicht so wie im Geist anderer Menschen. Sie hat sich kaum mehr an meinen Vater erinnert, was gut war. So hatte sie vergessen, dass ihr sein Tod das Herz gebrochen hatte. Konnte sie sich nicht glücklich schätzen, all ihre Schicksalsschläge vergessen zu haben?

Ich musste auf Ama-la aufpassen, weil sie immer vergaß, was sie gerade am Herd kochte, und dann erfüllte Rauch den Raum, und wir sorgten uns alle, das Haus könnte abbrennen. Sobald sich der Rauch sammelte, kam ich aus meiner Ecke und schlich mich hinter sie, füllte den Topf mit Wasser auf, das verdampft war, oder nahm die *Thukpa* vom Herd, weil sie anbrannte. Ich habe Ama-la nichts davon erzählt, da sie wütend wäre, wenn ihr jemand in ihrer Küche etwas vorgeschrieben hätte, insbesondere ein Mann. Sie war nicht häufig wütend. Aber wenn sie krank war, haben sie und Rinchen sich wie zwei Hennen aufgeführt, die eine auf der anderen herumpickten, denn Ama-la gab Rinchen dann gerne Anweisungen.

Hier also lag Rinchen auf der Matratze und hielt Champa, dessen wässrige Augen zur Decke starrten, in den Armen. Und hinter dem Herd kochte Ama-la Wasser für den Tee auf, während ich in einer Ecke Wache stand, ratlos wie alle Männer, sobald ein Kranker im Haus war. Ich habe mich in den Arm gezwickt, um nicht um Champa zu weinen. Samten, Rinchens

Bruder, stand ebenfalls hilflos herum und hat die Tränen zurückgedrängt, indem er sich auf die Lippe biss. Er half dabei, Champa zu säubern, wenn er *Kaka* machte. Er fuhr mit einem feuchten Lappen über Champas Gesicht und summte Lieder, wollte seine Schwester beruhigen.

Wir waren eine kleine Familie, die in diesem Haus lebte, nur fünf, um uns gegenseitig Trost zu spenden und zu helfen, wenn eine solche Krankheit uns traf. Ich glaube, wir haben uns alle dieselbe grässliche Szene vorgestellt, und ich und Samten und Ama-la zitterten bei dem Gedanken: Was würde Rinchen tun, falls Champa etwas zustieß? Wir hatten noch einen anderen Sohn, Dawa, aber der war erwachsen und weit weg im Kloster. Wir dachten an Rinchens Herz und sahen scharfe Steine, die wie Kieselsteine in ihren Schuhen schmerzhaft rieben.

Samten war Rinchens einziger Verwandter hier in Tibet. Sie hatten sich schon immer sehr gemocht. Als Kinder waren Samten und Rinchen eines Tages in der Obhut ihrer Großmutter zurückgelassen worden, während der Rest der Familie – Rinchens Mutter und Vater und die drei älteren Brüder – eine Pilgerreise unternahm. Beim Überklettern eines Passes war ein lautes Grollen zu hören, ein Geräusch, das jeder Tibeter in seinem Herzen fürchtet. Und dann war der Schnee vieler Winter von den steilen Gebirgswänden herabgerutscht und hatte die gesamte Reisegruppe unter sich begraben. Das war geschehen, nachdem die Familie nach Shigatse gekommen war, deshalb wusste die ganze Stadt von Rinchen und Samtens Unglück. Jeder in der Stadt brachte Rinchens Großmutter *Tsampa* und Joghurt und Käse, weil Rinchen und Samten alle Herzen zuflogen. Die Lamas haben besondere Gebete für sie aufgesagt. Samten hat nie geheiratet oder eine eigene Familie gegründet, damit er in der Nähe seiner Schwester bleiben konnte. Er hat mir auf meinen Handelsrouten geholfen, und er war ein guter Mann. Während unserer Reisen hat er mich mit Geschichten und Liedern unterhalten. Und die Yaks und die Schafe haben uns nie Probleme bereitet, wenn er zu ihnen sang.

Rinchens Gesicht war heute das eines Kriegers, hart wie die Holzschüssel, die sie in Händen hielt. Sie hatte eine große Prise Salz in die Schüssel mit Ama-las Tee gegeben, weil sie für Champa bestimmt war. Mit ihrem Gesicht versuchte sie, alle Dämonen zu vertreiben, die unserem Sohn etwas antun könnten. Sie war unerbittlich, wenn es darum ging, ihre Familie zu beschützen, denn sie hatte schon so viel verloren. Nach dem Unglück mit ihrer Familie hat sie sogar noch zwei Kinder kurz nach der Geburt verloren. Jedes Mal, wenn sie ein Kind verloren hat, lag sie monatelang reglos auf ihrer Matratze. Und war so traurig, dass sie ihr eigenes Dasein hasste.

Sobald Rinchen trauerte, existierte gewissermaßen die Welt nicht mehr. Sie hat dann wie ein kalter Berg im Bett gelegen, und es schien, als hätten die Flüsse aufgehört zu fließen, die Sonne aufgehört zu scheinen, die Schafe aufgehört zu grasen. Das zweite Mal, nachdem sie ein Kind verloren hatte, blieb Rinchen sehr lange auf ihrer Matratze. Wir alle haben uns um sie gekümmert, aber Rinchens Brust ist mit einem gebrochenen Herzen angeschwollen, und ihre Tränen waren wie der Monsun.

Doch selbst wenn sie kein Kind verloren hatte, gab es Zeiten, in denen sich Traurigkeit über Rinchen senkte, wie die Jahreszeiten auf die Erde herabschweben. Samten und Champa ist es immer am besten gelungen, sie aus dieser Traurigkeit zu holen. Champa hat ihr alle Lieder vorgesungen, die er in seinen sieben Lebensjahren gelernt hat. Und Samten hat sie aus dem Bett gezwungen, indem er sie geneckt hat, wie es nur ein Bruder kann. Einmal, als sie sehr bedrückt war, hat er gesagt:

»Oh, ich bin während all der Jahre, in denen du im Bett liegst, ein alter Mann geworden. Siehst du die grauen Haare auf meinem Kopf?« Er zeigte auf seinen Kopf. »Alle Schafe sind gestorben. Die Kakerlaken haben ein Königreich in der Küche errichtet. Und Champa ist durchgebrannt, um ein hässliches Mädchen ohne Ohren zu heiraten. Ehrlich – und noch dazu hat sie eine Glatze. Es ist so traurig. Keine Mutter konnte ihm einen Rat geben, und deshalb hat er diesen schrecklichen Fehler begangen.«

Sie hat sich die Decke über den Kopf gezogen und gesagt: »Lass mich in Ruhe. Mein Herz ist so schwer, dass ich mich nicht bewegen kann.«

»Oh, sieh dich nur an, wie du hier im Bett liegst, mit Fliegen, die durch dein Haar krabbeln!« Er hat einen Arm unter die Decken geschoben und mit den Fingern gegen ihren Kopf geklopft. »Da, ich hab eine! Und Kakerlaken, die in dein Bett klettern, um es warm zu haben, und glauben, für immer die Küche regieren zu können. Und mein leerer, leerer Magen, der laut schreit: Füttere mich! Was für eine traurige Geschichte. Ich denke, ich muss weinen.« Er hat so lange geschluchzt, bis Rinchen sich aufsetzte und das Lächeln nicht länger unterdrücken konnte.

Dann sagte er: »Was ist das? Was ist mit deinem Gesicht geschehen? Es hat sich bewegt!«

»Oh, sei still!«, sagte sie. »Du bist ein schreckliches Kind!« Rinchen war vor Samten geboren, und das ließ sie ihn nie vergessen.

»Wer hat sich hier aufgesetzt?«, rief er. »Das kann doch nicht meine faule ältere Schwester sein – ich hole Lama Norbu, damit er diesen Geist vertreibt!«

»Genug, Samten! Sei still, dann bereite ich dir etwas zu essen zu!«

»Vielleicht ein paar Kakerlaken?«

Sie hat ihn in den Arm gekniffen und stand von der Matratze auf. An diesem Abend gab es Rinchens köstliche Nudeln.

Es war eine wundervolle Erinnerung, wie Samten seine Schwester geärgert hatte. Aber das lag schon viele Jahre zurück. In diesem Moment waren wir angespannt und verängstigt.

Da hörten wir ein Klopfen an der Haustür. Ich bin hingegangen und habe sie langsam geöffnet. Vor mir standen meine beiden amerikanischen Freunde. Emma hat sich verbeugt und mich mit fragendem Gesicht angesehen, da sie nicht wusste, ob sie willkommen waren. Sie sagte: »Tashi Delek, Dorje. Wir wollen nicht stören – es ist nur so, dass wir … Weinen gehört und Ihre Frau gesehen haben, die Ihren Sohn hält. Geht es ihm gut?«

Mein Herz machte einen Freudensprung vor Hoffnung, weil sie vielleicht helfen konnten. Und gleichzeitig fühlte ich mich unwohl, denn ich hatte Rinchen nichts von ihnen erzählt. Ich sah zu ihr. Sie hatte immer noch einen versteinerten Gesichtsausdruck, und ihre Augen waren traurig und starrten in die Ferne.

»Champa ist sehr krank«, erklärte ich ihnen.

»Gerald ist Arzt.«

Gerald ging zu Champa. Rinchen öffnete die Arme, damit er unseren Sohn untersuchen konnte. Während Gerald neben Rinchen auf der Matratze saß, holte er Instrumente aus einer schwarzen Tasche und berührte damit Champa. Gerald stellte Rinchen in seinem gebrochenen Tibetisch Fragen. Selbst Amala kam herüber, hörte zu und setzte sich auf den Boden. Samten ging einen Schritt zurück und sah mich an, als wolle er sagen: *Wer sind diese Menschen?*

Geralds Hände waren groß, mit langen Fingern. Die Art,

wie sie Champa berührten, war vorsichtig und sanft. Emma schloss sich unserer Versammlung um die Matratze an. Gerald drehte sich zu ihr und sagte: »Ich denke, die Ruhr.« Emma kniete sich neben Ama-la, nahm ihre Hand, und Ama-la lächelte breit.

Gerald sagte auf Tibetisch: »Champa hat einen … es ist wie ein Käfer, ein schlimmer Käfer, der in seinem Körper steckt, sein Essen stiehlt und es dann ausscheidet.«

Meine Frau nickte und sagte: »Ja, wir wissen, dass er das hat. Aber haben Sie eine Medizin dagegen?«

»Ja, ich habe eine Medizin, die ihm hilft.«

In Rinchens Augen lag die bedeutungsvolle Frage: *Wird er überleben?*

Emma schien die Sprache der Augen zu verstehen und sagte: »Er wird sich erholen.«

Gerald nahm ein Fläschchen aus seiner Tasche. Er holte mehrere kleine Pillen heraus, sie waren weiß, nicht braun wie die, die wir von unserem tibetischen Doktor bekommen. Gerald legte sie meiner Frau in die Hand. »Geben Sie Champa jeden Tag eine Pille.« Dann schob er Champa eine Pille in den Mund. Er und Emma standen auf. Sie haben sich verbeugt und sind zur Tür gegangen.

Ich sagte: »Sie müssen bleiben und Tee mit uns trinken und zu Abend essen.«

Aber Emma schüttelte den Kopf. »Vielleicht wenn es Champa besser geht. Sie alle brauchen Ruhe.«

Ich habe mich vor beiden verneigt und mit zugeschnürter Kehle gesagt: »Danke, danke, ich werde für Sie beten, für ein langes Leben und Gesundheit und dass Sie viele Kinder bekommen.«

Bei meinen Worten glitt ein sonderbarer Ausdruck über Emmas Gesicht. Er erinnerte mich an Winter. Ich fühlte eine

Leere in meiner Brust und wusste nicht, warum. Dann sind sie verschwunden.

Als sich die Tür schloss, fragte Rinchen: »Woher kennt diese Frau deinen Namen?«

»Ich kann dich nicht belügen, Rinchen. Vor ein paar Wochen habe ich ihnen den Willkommens-*Chang* gebracht.«

»Das ist vielleicht der Grund, warum Champa krank wurde, eine Strafe der Götter. Du hättest nicht …«

»Rinchen, haben sie uns nicht gerade Medizin gegeben und das Leben unseres Sohnes gerettet?«

Da sprach Samten: »Das stimmt, Rinchen. Du solltest den Göttern für diese gütigen Nachbarn danken.«

Sie hielt die Hand hoch, um ihm das Wort abzuschneiden. »Also schön, vielleicht hast du recht.«

Champa wurde gesund. Er spielte wieder draußen mit den anderen Kindern und war ganz der Alte, unser kostbarer kleiner *Bö*. Wir haben Opfergaben zum Kloster getragen, um unsere Dankbarkeit auszudrücken. Und Rinchen wollte alles, was wir besaßen, unseren neuen Freunden geben. Ich sollte ihnen frische Yakbutter vorbeibringen. Ich habe ihr erklärt, dass sie wirklich frisch sein müsste, weil Ausländer sehr eigen seien. Dann sollte ich sie für den Nachmittag zu einer Feier einladen. Wir haben alle geholfen, das Haus für das Fest vorzubereiten, haben die Böden und Fenster geputzt. Die Luft, die bis vor kurzem voll Tränen gewesen war, erfüllte nun der Duft nach Ingwer und Knoblauch und den Teigtaschen, die Rinchen kochte. Sie bereitete auch eine *Thukpa*-Suppe mit Gemüse, Yakfleisch und Lamm zu.

Ich habe mit meiner Frau über die amerikanische Lebensart gesprochen und versucht, ihr das Nötigste beizubringen, damit sie unsere Gäste nicht beleidigte. »Denk dran, Rinchen, es ist unhöflich, nach ihrem Alter zu fragen. Besonders die Frauen. Aus irgendeinem Grund mögen sie diese Frage nicht.«

Sie sagte: »Ich möchte es doch nur wissen, damit ich ihr den Respekt entgegenbringen kann, der ihrem Alter zusteht. Wie könnte sie deshalb beleidigt sein?«

»Ich kenne den genauen Grund nicht, aber du musst mir vertrauen. Mein englischer Freund hat mir erzählt, dass diese Frage Engländer und Amerikaner nervös macht.«

Meine Frau sah mich mit zusammengekniffenen Augen von der Seite an, als würde sie glauben, dass ich mir das nur ausdenke. »Ich weiß nicht, Dorje. Wenn ich sie nicht frage, werde ich nicht wissen, wie ich mich ihr gegenüber verhalten soll.«

»Sie ist sehr freundlich. Stell ihr Fragen über andere Dinge, über ihr Leben in Amerika, *bloß nicht über ihr Alter.*«

Rinchen hob ihr eigensinniges Kinn. »Wir werden sehen. Ich denke darüber nach. Sag mir noch eines, Dorje: Warum sind sie so dürr? Sie sind groß, mit langen Knochen, und der Mann hat eine riesige Nase im Gesicht. Sie haben also lange Knochen, aber kein Fleisch drauf? Ist Amerika ein armes Land, wo es nicht genug zu essen gibt?«

Ich dachte kurz nach. »Nein, das glaube ich nicht. Frag sie das lieber auch nicht.«

Der Kiefer meiner Frau spannte sich an, sie wollte etwas antworten.

Da hörte ich das Klopfen an der Haustür. Rinchen huschte zur Tür und öffnete sie. Unsere Gäste brachten weiße Begrüßungsschals, *Khatas*, wie es die tibetische Tradition verlangt. Meine Frau bekam einen *Khata* von Emma. Sie legte ihn Emma um den Hals, während sie sich verbeugte. Dann tat Rinchen dasselbe bei Gerald. Sie gingen zum Tisch, und Ama-la goss ihnen *Chang* ein.

»Jetzt haben wir den richtigen Willkommens-*Chang* für

Sie«, sagte Rinchen mit einem breiten Lächeln. »Nicht den, den Ihnen mein ungezogener Mann ohne mein Wissen gebracht hat! Bitte, trinken Sie!«

Dann hat Rinchen Emma an der Hand in die Küche geführt und sie leise gefragt: »Wie alt sind Sie?«

Oh! Dachte sie wirklich, ich könnte nicht hören, was sie da sagte? Emmas Augenbrauen sind in die Höhe geschossen, wie Schafe, die erschrocken in die Luft springen. Aber sie antwortete: »Ich bin achtundzwanzig.« Dann zögerte sie, als wüsste sie nicht, was sie nun sagen sollte, und ich lachte im Stillen.

Emma war sehr freundlich und fragte: »Machen Sie etwa Teigtaschen? Würden Sie mir das beibringen?«

Rinchen schaute mich stolz über die Schulter an, als wollte sie sagen: *Siehst du, ich weiß, wie man mit anderen Frauen Freundschaft schließt, selbst mit einer aus Amerika*. Sie sagte: »*Momos* zu machen ist ganz einfach. Es ist ein sehr wichtiges tibetisches Gericht für Feste und Feiern.«

Rinchen hatte die Fleischfüllung für die *Momos* in einer Schüssel und den bereits in Stücke geschnittenen Teig auf der Arbeitsplatte daneben. Emma beugte sich über die Schüssel und roch an der Füllung. Sie fragte: »Was ist da drin?« Dann steckten sie die Köpfe zusammen, und Rinchen erklärte ihr alles.

Ama-la kam in die Küche und stellte sich hinter die beiden Frauen, die am Tisch knieten. Sie hörte ihnen gebannt zu. Rinchen hatte etwas von der Füllung in einen der Fladen gegeben und wollte Emma gerade zeigen, wie man den Teig um die Füllung schloss. Da sagte Ama-la: »Tochter, du musst den Teig *so* drücken, um ihm die richtige Form zu geben.« Meine Mutter deutete es mit den Fingern an, obwohl sie gar nicht sehen konnte, ob Rinchen es falsch oder richtig machte. Meine Frau hat die Stirn gerunzelt und einen Blick zu Emma geworfen, die sie anlächelte. Und als ich mich in sie hineinversetzte, spürte ich, dass diese zwei Frauen eines wussten: wie es war, mit der Schwiegermutter unter einem Dach zu leben. Ein zaghaftes Lächeln erschien auf Rinchens Gesicht. Sie atmete ein und sagte: »Ama-la wird uns jetzt beibringen, wie man *Momos* macht.« Ama-la hatte vergessen, dass Rinchen alles über *Momos* von ihrer eigenen Mutter gelernt hatte. Denn welche tibetische Frau weiß nicht, wie man *Momos* macht?

Ich schaute in Emmas lächelndes Gesicht: Ihre Augen strahlten.

Später hatten wir ein Festessen aus Lammbraten, *Momos*, *Thukpa*, Joghurt und als Nachspeise getrocknete Früchte. Wir haben alle so viel gegessen, dass wir beinahe geplatzt wären.

Nach dem Essen hat uns Samten Lieder vorgesungen, während Champa zu seinen Füßen saß. Um sich zu verkleiden, trug Samten seinen fellbesetzten Hut. Er hatte ihn umgekrempelt, mit dem Fell nach außen, weil er über einen Fuchs sang und deshalb ein Fell brauchte. Champa kicherte, als sein Onkel kleine fuchsartige Bewegungen machte, über den Fußboden kratzte und sich hinter dem Ofen versteckte, damit er hervorspringen und Champa fangen konnte.

Ama-la saß neben Emma am Esstisch. Sie hatte die Arme um unseren Gast gelegt, und Emma schien es zu gefallen. Zuerst sagte Ama-la zu ihr: »Sie haben unseren Champa gerettet!« Dann, ein paar Minuten später, mit einem Grinsen: »Mein Enkel, er ist wieder gesund.« Jedes Mal, wenn wir über Samtens Bewegungen lachten, lachte Ama-la ebenfalls. Wahrscheinlich weil sie zu viel *Chang* getrunken hatte; ihre trüben Augen konnten ja nicht sehen, was Samten tat.

Sie beugte sich zu Emma und sagte: »Hmm. Sie riechen gut!«

5. Juli 1954

Emma

»Wenn wir heute mit Dorje das Kloster besuchen, werde ich mich verbeugen, aber ich werfe mich nicht vor irgendeinem Lama auf den Boden.« Wir hockten am Tisch und tranken gesüßten Tee, um die morgendliche Kälte zu verscheuchen, die an unseren Knöcheln emporkroch.

»Emma, du bist Hunderte von Meilen über höllisches Gelände gewandert, um hierherzukommen, du trinkst widerlichen Tee mit Yakbutter, und jetzt beißt du dich an diesem winzigen Punkt fest.« Er sah mich mit einem liebevollen Grinsen im Gesicht an.

»Geebs, was soll ich dagegen tun, mir gefällt es einfach nicht, dass die Tibeter nur männliche Lamas haben – oh, natürlich, Frauen können Nonnen werden, aber nie das Sagen haben.«

»Du hast recht, Em. Ich will bloß keine Gefühle verletzen oder jemanden beleidigen.«

Das war Geebs, wie er leibte und lebte. Mein erster Gedanke galt immer mir, meinen Gefühlen und wie man mich verärgern konnte. Doch Geralds Herz war so groß, dass er an jeden dachte. Zuweilen zerriss es ihn schier, wenn er glaubte, jemand könne verletzt werden.

Während wir mit Rinchen und Dorje und Champa die staubige Straße zum Kloster hinaufspazierten, verlor ich mich in meinen Gedanken und ging den gesamten Katalog der Dinge durch, die ich hasste und liebte. Als mich gerade das Verbeugen empörte, stolperte ich über ein Schlagloch. Beinahe wäre ich in Champa hineingerannt, weil ich Dorjes und Rinchens Gespräch gebannt lauschte und mir dachte, wie hübsch das gesprochene Tibetisch war, mit den weichen Konsonanten, die meine Ohren samtig streichelten, und den härteren, die sie wie ein fester Luftzug kitzelten. Und die angenehme, höfliche Art der Tibeter, Dinge auszudrücken: sanft und nachgiebig, niemals fordernd. Ich liebte es, mich vor Rinchen oder Dorje zu verbeugen und meine Stirn an ihre zu drücken, während sich unsere Augen voll Wärme trafen.

Beim Gehen beobachtete ich Gerald und lachte still. In seinen tibetischen Stiefeln schlich er auf Zehenspitzen, um keinesfalls ein Insekt zu zertreten. Ich neckte ihn und sagte: »Käfer! Nicht drauftreten!«

Er blieb wie angewurzelt stehen. »Wo?«

Ich lächelte ihn frech an, und wir gingen weiter.

»Em, du bist schrecklich und wirst als Käfer wiedergeboren werden.«

»Aufpassen, da ist noch einer!«

»Also schön, junge Dame.« Er packte mich am Arm und zog mich hinter sich her, damit wir Dorjes Familie nicht verloren. »Em, sei mir nicht böse, aber obwohl ich weiß, dass du es nur witzig meinst, verletzt es mich doch.«

»Das kann nicht dein Ernst sein.«

»Denkst du wirklich, ich möchte gehänselt werden, weil ich kein Lebewesen töten will?«

Das Herz wurde mir schwer. »Oh, Geebs, es tut mir leid. Ich habe einfach nicht nachgedacht.«

»Ist schon in Ordnung.«

Nach vielen Meilen erreichten wir schließlich staubig das Kloster. Wir betraten den Tempel und reihten uns in eine lange Schlange von Pilgern ein. Im Dämmerlicht sah ich niedrige Bänke, auf denen Mönche saßen und Sprechgesänge anstimmten, und Buddhastatuen, um die *Khata*-Schals in sämtlichen Farben gewickelt waren. Die Pilger waren alle zum Beten gekommen, und viele hatten als Opfergabe Thermoskannen mit Yakbutter mitgebracht. Sandelholzduft stieg mir in die Nase. Ein Mann sprach leise ein Gebet, und als ich mich umdrehte, sah ich, dass er gleichzeitig eine Gebetsmühle drehte. In meinem Rücken spürte ich die Frau hinter mir, und mir fiel auf, dass jeder in der Schlange nach vorne drängte. Es war jedoch nicht unhöflich, sondern ein heftiges Verlangen. Es war die Sehnsucht, ein Gefühl auszudrücken, das tief von Herzen kam. Die Menschen berührten die Füße der Buddhastatuen, warfen sich vor ihnen auf den Boden und rieben sogar Yakbutter als Dankesgabe auf die Tempelsäulen. Nie zuvor hatte ich eine solch inbrünstige Begierde erlebt. Und bei den Denkmälern, in denen die Asche der heiligen Lamas aufbewahrt wurde, geschah es, dass ich mich verbeugte, und zwar auf genau dieselbe Weise wie die Pilger vor mir und hinter mir. Ich konnte dieses Verlangen um mich herum einfach nicht mit meiner respektlosen Art vor den Kopf stoßen. Es ähnelte einer Sehnsucht nach Gott, obwohl ich mir nicht einmal sicher war, ob diese Menschen überhaupt an Gott glaubten.

Mein eigenes Verhalten überraschte mich derart, dass ich mich fragte, warum ich es so sehr hasste, Respekt für die Regeln anderer aufzubringen. Ich erinnerte mich, wie Abigail meine knabenhaften Beine in Strumpfhosen gezwängt hatte. Meine armen Beine glichen blauen Würstchen, die oben in einem karierten Faltenrock endeten und unten in harten, glänzenden Schuhen steckten. Die Schuluniform einer Privatschule. Igitt! Als ich zur Kittredge-Familie kam, war Tyler vierzehn und Gerald zehn. Ihre verkniffenen Gesichter und Schuluniformen jagten mir Angst ein. Es gab für einfach *alles* die richtige Art, es zu tun: Wie man sich eine Serviette auf den Schoß legte, wie man ans Telefon ging, wie man tief einatmete, während man »Leibesübungen machte«. Selbst hier, in Tibet, hielt Gerald seinen Tee richtig und hatte den kleinen Finger seiner rechten Hand leicht abgewinkelt. Herrgott, er tat das, obwohl er den Tee aus einer *Schüssel* trank!

Der Schuldirektor erklärte mir einmal, dass ich Abby und Eddy dankbar sein müsse, weil ich ein armes Waisenkind sei und sie mich aufgenommen hatten. Am liebsten hätte ich ihn angespuckt, doch dann überwältigte mich eine Hilflosigkeit. Es wäre mir nie gelungen, ihm zu verdeutlichen, wie verloren ich mich fühlte. Wie wütend ich war, dass sie mich mit aller Gewalt zu einem Menschen trimmen wollten, der ich nicht war, dass sie jede Faser des eigensinnigen Mädchens aus mir herauszureißen versuchten, zu dem mich mein Vater erzogen hatte.

Vor allem hasste ich es, in die Kirche gezwungen zu werden, denn mein Dad hatte immer gesagt: »Das ganze Universum ist Gottes Kirche, Emma.« Jeden Sonntag schrubbte uns Königin Abby von Kopf bis Fuß, und wir gingen alle den Hügel hinab zur Holy Trinity Episcopal Church in der Main Street. Beim ersten Mal, als ich sie begleitete, fragte ich mich verwundert, ob ich Gott spüren würde oder zumindest irgendetwas, da es doch einen triftigen Grund geben musste, warum Menschen in ein Gebäude strömten und einem Kerl zuhörten, den sie nicht einmal sahen. Obwohl die Kirchenbank ein gepolstertes Kniebrett hatte, konnte ich nach diesem ersten Gottesdienst an nichts anderes als an meine schmerzenden Knie denken. Aufstehen, hinsetzen, knien, dies und das sagen, singen, aufstehen, wieder hinsetzen, Amen. Ich flüsterte Geebs ins Ohr: »Ich glaube, der Pfarrer hat Blähungen«, und er hat gekichert, auch wenn seine Augen weiterhin starr nach vorne gerichtet waren.

Gerald konnte die Holy Trinity ebenfalls nicht ausstehen. Irgendwann nach seinem achtzehnten Geburtstag ist er in mein Zimmer gekommen und hat sich auf mein Bett gesetzt. Ich hatte gerade gelernt. Ohne ein Wort zu sagen, begannen wir unser heimliches Liebesspiel, wie schon viele Male zuvor: Wir lagen jeder auf einer Seite meines Betts und sahen uns in die Augen, mit meinen Büchern zwischen uns. Wenn unsere Eltern an die Tür klopften, konnten wir uns in Windeseile aufsetzen und so tun, als hätte mir Geebs bei den Hausaufgaben geholfen.

Immerhin knutschten und fummelten wir schon seit über einem Jahr. Hätten der König und die Königin davon Wind bekommen, hätten sie mich sicherlich als Hure beschimpft und als Sündenbock benutzt, aber Geebs war auch kein Engel. Ganz bestimmt nicht. Wir waren geschickt darin, uns zu verstellen, kicherten nie in der Anwesenheit des anderen und warfen uns am Frühstückstisch keine schmachtenden Blicke zu, die verraten hätten, dass ich in der Nacht zuvor meine nackten Beine um Geebs nackte Hüften geschlungen hatte oder dass Geebs Pariser durchaus von Pariser Einwohnern unterscheiden konnte.

»Ich hatte eine Offenbarung, Em.« Seine Augen leuchteten vor Aufregung und Freude. Er strich langsam mit der Hand an meiner Seite herab.

»Wirklich?«

»Ich denke, ich habe Gott gefunden.«

»Und wo *war* er?«

»Em! Ich meine es ernst.«

»Du lenkst mich mit deiner Hand ab, also ist es deine Schuld.«

Er hörte auf, mich zu streicheln, und ließ seine Finger auf meiner Hüfte liegen. »Ich bin heute Morgen mit einem Freund, der auch den Kriegsdienst verweigert, zu einer Quäkerversammlung gegangen.«

»Was ist das?«

»Eine Religionsgemeinschaft. Ihr Glaube ist echt – sie sitzen stundenlang schweigend da.«

»Ach.«

»Im Gegensatz zur Holy Trinity gibt es kein unnützes Gerede, keine Gebetbücher, keine Predigten.«

»Na, *das* ist doch schon mal was. Und? Wie war Gott?«

»Er war *Liebe*. Ich habe mich einfach von Ihm geliebt gefühlt. Er war ein aus tiefstem Herzen Liebender, wie ein wärmender Sonnenstrahl, der auf meinen Kopf scheint. Ein unglaubliches Erlebnis. Irgendwann musst du mich begleiten.«

»Aber Geebs, du weißt doch, dass ich für so was nicht geschaffen bin.«

»Em, ich weiß, es würde dir gefallen, wenn du dich nur darauf einlassen würdest. Bei den Quäkerversammlungen gibt es Mystiker und es gibt Rebellen, und einige sind beides gleichzeitig. Sie stellen ihr Gewissen über alle Gesetze. Dieser George Fox hat die Bewegung vor dreihundert Jahren in England gegründet, und seitdem sind Quäker andauernd ins Gefängnis geworfen worden, weil sie Rebellen sind. Du würdest es nicht glauben, Em. Lauter Exzentriker. Und sie klingen ganz nach deinem Vater – sie sagen, Gott sei in jedem.« Er lächelte mich frech an.

Er wusste, wie er mich ködern konnte. Wenn diese Leute meinem Dad ähnelten, schadete es vielleicht nicht, darüber nachzudenken.

Ich erinnere mich an meine erste Quäkerversammlung. Gerald und ich betraten einen Saal mit kahlen weißen Wänden und Klappstühlen. Wir setzten uns. Jeder saß mit geschlossenen Augen da. Ich war unruhig, deshalb hockte ich mich auf meine Hände und hoffte, mich anständig zu benehmen. Ich sagte meinem Verstand, dass er sich genauso auf Gott einlassen sollte, wie Gerald das gelungen war. Aber ich konnte mich einfach nicht konzentrieren. Verstohlen beobachtete ich alte ernste Quäker und junge Quäker, die ich sonst für Künstler gehalten hätte. Eine Frau, mir genau gegenüber, war völlig in Grau gekleidet, von ihren vernünftigen Schuhen bis zum welligen silbrigen Haar auf ihrem Kopf. Sie saß mit einem erwartungsvollen Blick da, und ihr Gesicht schimmerte wie ein Leuchtfeuer in einem Meer aus Grau. Zwischen ihren lächelnden Lippen schien sie ein Geheimnis zu bewahren. Nach fast zwei Stunden hörte ich ein Rascheln und leise Stimmen. Ich öffnete die Augen und sah, dass sich alle Anwesenden die Hände schüttelten.

Es ist schwer vorstellbar, wie ich überhaupt Quäkerin wurde. Denn eigentlich bin ich eine recht mittelmäßige Quäkerin. Mir hat sich nie die unendliche Liebe Gottes in einer der Versammlungen offenbart, und manchmal bin ich sogar während eines Treffens eingeschlafen. Aber ich wurde von der Ruhe angezogen, und etwas Magisches schien zu geschehen, wenn wir alle zusammen waren.

Und ich habe eine Mutter gefunden. Nach den Ankündigungen bemerkte ich, wie die alte Frau in Grau auf mich zusteuerte. Ich beobachtete jeden Schritt ihrer klobigen Schuhe über dem Holzparkett. Ich spürte Panik in mir aufsteigen. *Was, wenn sie meine heimlichen Blicke bemerkt und mich jetzt als Opfer für irgendein kirchliches Geschwafel auserkoren hatte?* Bevor ich die Flucht ergreifen konnte, packte sie mich mit ihrer weichen, runzligen Hand am Ellbogen.

»Hallo, meine Liebe«, sagte sie. Ihre Stimme zitterte in einem gleichmäßigen, unkontrollierbaren Vibrato.

»Hallo.« Ich fühlte mich schlecht, eine solch harmlose Fliege zerquetschen zu wollen.

»Ich bin so beeindruckt von deiner aufrechten Körperhaltung«, sagte sie. »Du musst einen starken Rücken und kräftige Schultern haben. Bewundernswert!« Sanft glitt sie mit der Hand an meinem Rücken hinauf.

Ich schmolz dahin, als ich lächelnd in ihre strahlenden Augen sah und sie zurücklächelten. Ein warmes Licht entzündete sich in meinem Innern. »Vielen Dank«, hörte ich mich sagen. »Wie heißen Sie?«

»Genevieve«, antwortete sie mit einem breiten Lächeln, wobei sich ihr Gesicht in Falten legte, »aber du musst mich duzen.« Sie nahm meine Hand in ihre warmen Finger und schüttelte sie energisch. »Ich könnte wirklich deine Hilfe gebrauchen. Warum kommst du nicht Montagnachmittag so gegen drei hier vorbei?«

»Äh … nun ja, wofür genau brauchst du mich denn?«

Ihr Ausdruck wurde ernst. »Denn ich bin hungrig gewesen, und ihr habt mich gespeist«, sagte sie. »Ich bin gefangen gewesen, und ihr seid zu mir gekommen.«

Na schön, sie ist vielleicht ein bisschen durchgeknallt. Doch ich konnte die Bitte nicht ausschlagen. »Hm, okay.«

»Wunderbar«, sagte sie. Sie nahm meine Hand zwischen ihre und sagte: »Wir gehen auf eine Tanzgesellschaft!« Mit diesen Worten drehte sie sich um und schlurfte zurück durch den Saal.

Der Montag war ein verregneter und nasskalter Tag. Ich wollte sie nicht treffen, aber bei dem Gedanken, einfach nicht aufzutauchen, stieg das Bild in mir hoch, wie sie geduldig im Wolkenbruch wartete, mit krummem Rücken und schrecklich enttäuscht. Als ich ankam, kauerte sie unter einem zerschlissenen schwarzen Regenschirm.

»Oh, ja-a!« Ihre zittrige Stimme hatte einen wohlklingenden Tonfall. Beim *oh* nach oben, ein Stückchen hinunter bei dem *j* und dem *a*, und abschließend hörte ich eine deutliche zweite Silbe bei dem *ja*. »Wir laden nur rasch die Kuchen ein, und dann machen wir uns am besten auch schon auf den Weg.« Sie krallte ihre Finger in meinen Ärmel und zog mich mit sich. »Ich habe sie in Jessies Küche gebacken, weil das genau hier neben dem Versammlungshaus ist.«

Ihre linke Wange war mit einer dünnen Linie Mehl bestäubt. Ein solch starker Wille und steckte so friedvoll in einem derart kleinen Körper. Ich ließ zu, dass dieser Wille über mich hinwegrollte wie ein Nudelholz über einen Teigklumpen, als sie mich zu Jessies Hintertür trieb. In ihren Augen funkelte eine Spur Blau. Als wir ihren Wagen mit der fünften Ladung faustgroßer Kuchen erreichten, sagte ich: »Ist mir die Frage gestattet, was wir hier eigentlich tun?«

»Wir laden die Pflaumenkuchen für die Insassen ein«, sagte sie.

»Pflaumenkuchen?«, sagte ich.

»O ja. Hält alle bei Laune, die Wachen wie auch die Insassen.«

Mein Gehirn erwachte mit einem Schlag. »Insassen? Welche Insassen?«

»Gefängnisinsassen«, sagte sie fröhlich.

Ich malte mir aus, wie sie Pflaumenkuchen an eine Horde Rüpel verteilte, die mir obszöne Worte entgegenschleuderten. »Hm … Genevieve? Wirst du von den Kriminellen … anständig behandelt?«

»Aber natürlich, meine Liebe. Das sind doch nur junge Mädchen, die den rechten Weg verfehlt haben.«

»Mädchen? Es sind weibliche Gefangene?«

»O ja. Sei unbesorgt, Süße, die Liebe Gottes ist überall an

diesem Ort zu spüren. Du wirst sehen«, sagte sie und schlurfte zur Fahrertür, während ich betreten zur Beifahrertür tappte. Ich war bereits im Auto, das vom köstlich süßen Duft nach Pflaumen erfüllt war, als sie ihre Wagentür öffnete. Sie legte ihre beigefarbene Vinylhandtasche auf das Polster und setzte sich dann darauf. »Ich nehme meine kleine Sitzerhöhung überallhin mit«, sagte sie, zeigte auf ihre Handtasche und hob ihr Hinterteil, um mir einen besseren Blick zu gewähren. »Andernfalls kann ich nicht übers Lenkrad schauen.«

Ich kicherte still in mich hinein, bis wir vor dem eindrucksvollen Schatten des Gefängnisses hielten. *Middlesex County Detention Center* stand in eisernen Buchstaben, die sich längst vor Ruß schwarz verfärbt hatten, auf der strengen Fassade. Eiskalt kroch es mir den Rücken hinab. Wir holten die Tabletts aus dem Wagen und näherten uns schweren hölzernen Doppeltüren. Mit der rechten Hand drückte Genevieve sie auf, mit der linken balancierte sie ihre zwei Lagen Kuchen. Ich trottete artig hinterher, während sie mit einem Lächeln, so breit wie ein offenes Scheunentor, voranging.

So viele Eindrücke dieses ersten Besuchs verankerten sich in meinem Bewusstsein: der feuchte Geruch nach Beton, das grauenvolle Scharren von Eisen auf Eisen, als die Türen hinter uns zuknallten, das Rasseln von Schlüsseln, das Geräusch von Genevieves schlurfenden Schritten und die Luft, die immer abgestandener roch. Auf unserem Weg in die Hölle passierten wir sieben Schleusen, jede markiert durch amazonenhafte Wärterinnen und eine grüne Gittertür. Genevieve schritt voran, ohne zu bemerken, dass ich auf Zehenspitzen trippelnd, wie ein Schatten, hinter ihr herschlich. Die rauen Stimmen der Wärterinnen nahmen in ihrer Gegenwart einen weicheren Ton an, was mir sagte, dass sie die Frauen ebenfalls gerührt hatte. Eine Wärterin wischte sanft das Mehl von Genevieves Gesicht.

Nachdem wir den Wärterinnen zwei volle Tabletts mit Kuchen gegeben hatten, erreichten wir schließlich unser Ziel: Zellenblock D. Die Zellen waren zu beiden Seiten eines langen grauen Korridors angeordnet. Der Geruch glich einem Tier mit vielen Gliedmaßen: Zigaretten, Urin, Schweiß und Desinfektionsmittel. Der Gestank nach Langeweile, Leiden und vergeudetem Leben. Die Frauen trugen leuchtend orangefarbene Overalls, auf deren Rücken der Name der Strafvollzugsanstalt gedruckt war. Es gab hier alle Hautfarben, in jeder Schattierung, vom dunkelsten Schwarz bis zum hellsten Elfenbein, es gab alles von dick bis dünn, von rabenschwarzem Haar bis Platinblond.

Was sich mir am stärksten ins Gedächtnis brannte, war Genevieve, die ihre winzigen, siebzigjährigen Hände, eine oben, die andere unten, um die Hand einer jeden Frau schloss, mit der sie sprach. Es war eine fast unerträglich zärtliche Geste. Sie hat nicht gepredigt; sie hat zugehört. Jede Gefangene fühlte sich von diesen funkelnden Augen angezogen, wie eine Katze, die von einem Kaminfeuer zum Schlaf verführt wird. Genevieve hatte mit ihren Worten recht behalten: »Die Liebe Gottes ist überall an diesem Ort zu spüren.« Sie hat sie gegeben, und sie hat sie zurückbekommen.

Nachdem wir wieder aus dem Gefängnis ins Freie getreten waren und Genevieve sich im Auto auf ihrer Tasche niedergelassen hatte, berührte ich ihren mit Adern durchzogenen Arm. »Warum hast du gerade *mich* dafür ausgewählt?«, fragte ich.

»Ich bin nur dem Licht gefolgt«, sagte die zitternde Stimme. Sie deutete mit dem Zeigefinger zum Wagendach und sagte: »Er hat es mir aufgetragen.«

»Er hat dir gesagt, geh rüber und lad das Mädchen dort ein?«

»O nein. So deutlich hat er sich nicht ausgedrückt. Ich habe gespürt, wie mich der Geist durch den Saal zu dir geführt hat. Ich hatte keinen Schimmer, was ich sagen sollte, sobald ich tatsächlich vor dir stand. Aber es hat doch alles ganz famos geklappt, nicht wahr?«

Diesmal umschloss ich ihre Hand mit *meinen* beiden Händen. »Vielen Dank. Das werde ich nie vergessen.«

»Dann begleitest du mich also nächsten Monat wieder?«

»O ja«, erwiderte ich grinsend.

Genevieve sagte immer: »Es ist wichtiger, etwas zu tun, als herumzusitzen und darüber zu reden.« Ich war immer noch nicht sicher, was ich von Gott halten sollte. Falls er existierte, schuldete er mir ein paar Erklärungen, etwa, warum er mir beide Elternteile genommen hatte. Das Einzige, woran ich felsenfest glaubte, war, dass Gott in zwei Menschen lebte: Gerald und Genevieve.

Ich öffnete die Augen und sah das leuchtende Kastanienbraun der Mönchskutten. Vorhin, als ich die geradezu verzweifelte Ehrerbietung der Pilger gespürt hatte, hatte mich ein sonderbares Gefühl in Bezug auf Gott überkommen. Vielleicht, weil er mir größer erschien, da er auch in ihnen lebte. Was nicht besonders viel Sinn ergab, wenn man berücksichtigte, dass ich eigentlich gar nicht wirklich an ihn glaubte.

Gerald

Ich saß im Tempel, blickte mich um und dankte Gott, dass ich all das hier sehen durfte. Denn Ihn sah ich. Überall. Es war zu schön, um Ihn dort nicht zu sehen und zu spüren, in dem sanften Licht der Butterlampen und dem Zischen, das sie beim Verbrennen von sich gaben. Ich sah Sein Licht in den Augen der Lamas. Zumindest kam es *mir* so vor. Die Menschen zu Hause haben mich manchmal auf die Probe gestellt und gesagt: Beweise, dass Gott existiert. Und ich wusste, ich konnte es nicht beweisen, aber das kümmerte mich nicht. Es war einfach das Gefühl Seiner Gegenwart, das ich hatte, und ich konnte jederzeit entgegnen: Beweise, dass Gott *nicht* existiert. Und ich wusste, sie konnten ihren Standpunkt ebenso wenig beweisen wie ich meinen, und ich wollte sie auch nie zu meinem Glauben überreden oder zu irgendetwas, das ihnen unvernünftig erschien.

Während ich die Mönche hier beim Beten beobachtete, dachte ich: Musste nicht das tagtägliche und stundenlange Gebet für alle fühlenden Wesen einen Menschen verändern? Das musste es. Ich fühlte mich eingehüllt von Jahrhunderten dieser Gebete und glaubte, sie wanderten bei jedem Atemzug in meine Lungen. Was würde es mit mir anstellen, fragte ich mich, wenn ich sie einatmete? Sprechgesänge drangen vibrierend aus den Kehlen der Mönche, Sprechgesänge, die einschüchternd klangen, einer anderen Welt zu entstammen schienen.

Ich blickte zu Emma, die die kreischenden Farben ringsherum musterte – das Feuerrot, die eindrucksvollen Goldtöne, das satte Grün und lebhafte Purpur, die von den Bildern der Buddhas auf erlesenen Wandbehängen aus Seide auf uns herabfunkelten. Ich liebte es, aber ich war überzeugt, dass sich die alten Quäker mit ihren schlichten Hauben bei all diesem Prunk im Grabe umgedreht hätten. Ich sah ein weiteres Mal zu Emma, und ihre Augen schimmerten, beinahe so, als weinte sie. Ich verwarf den Gedanken. Sie war eine Spur zu zynisch und außerdem besorgt, sich vor den Lamas zu verbeugen, um jetzt zu weinen.

Dungchen, tibetische Hörner, wurden von Mönchen auf dem Dach geblasen und brachten die Luft mit ihren erderschütternden Stößen zum Erzittern. Ihr tiefer Klang grollte in meiner Brust. Während ich zu seiner Quelle blickte, sah ich Hunderte Holzbalken in einer parallelen kobaltblauen Linie, zwischen denen leuchtend gelbe Flecken aufblitzten. Ein Mönch reichte eine große Schüssel mit *Tsampa* herum und warf ein wenig davon als Opfergabe in die Luft. Ein eisiger Luftzug wehte über meine Arme, sodass ich wünschte, ich hätte das Gewand eines Mönchs, in das ich mich wickeln konnte.

Emma beugte sich zu mir und drückte meine Hand. Mir kam eine Erinnerung: wie ich im Versammlungshaus der Quäker schrecklich aufgeregt gewesen war, weil ich neben ihr saß, weit weg von unseren Eltern – sie begleitete mich zum ersten Mal. Unsere Oberschenkel hatten sich berührt, als wir dasaßen, unbeholfen, beide nach vorne starrend. Mit hämmerndem Herzen suchte ich ihre Hand und war erschrocken über das warme, samtweiche Gefühl. Ihre Hand reagierte, nicht mit dem keuschen Aneinanderdrücken von Handflächen, sondern dem Verschränken von Fingern. Ein köstliches Kitzeln jagte zu geheimen Stellen meines Körpers. Ich fühlte mich betrunken. Konnte kaum atmen.

Mit der geselligen Emma an meiner Seite machte ich die Bekanntschaft mehrerer Quäker, und ihr Willkommen war herzlich. Wir kamen in der nächsten Woche wieder. In der darauffolgenden Woche bin ich allein gegangen, und Genevieve fragte mich: »Wo ist dein Schatz heute?« Ich konnte nicht sofort antworten, da sich mein Herz vor Freude zusammenzog, dass sie jemanden meinen Schatz nannte.

»Ähhh … Sie fühlt sich nicht gut«, log ich. Den ganzen restlichen Tag konnte ich das Lächeln nicht aus meinem Gesicht wischen. Und so hatten Emma und ich einen Ort gefunden, an dem wir zusammen sein konnten.

Ich hob den Kopf und sah, dass Dorje und Rinchen ihre Gebete beendet hatten. Ich drehte mich um und blickte zu meiner Frau. Ihre Augen waren geschlossen und ihre Brauen gefurcht, als konzentrierte sie sich. Irgendetwas schien mit ihr nicht zu stimmen. Dorje ging zur hinteren Wand, und ich tippte Emma auf den Arm.

Während wir das Kloster verließen, bemerkte keiner von uns die Augen, die unsere bunt zusammengewürfelte Gruppe argwöhnisch beobachteten.

Emma

»Was war mit dir da drinnen los? Ist alles in Ordnung?«, wollte Gerald wissen.

»Natürlich.« Meine Stimme klang metallisch.

»Ich dachte schon, du weinst, Em.«

»Mir geht's gut«, beharrte ich, aber in meiner Stimme lag der Hauch eines Zitterns.

Er betrachtete mein Gesicht. »Sagst du mir auch die Wahrheit? Ich schwöre, ich habe Tränen in deinem Gesicht gesehen.«

»Das ist doch keine große Sache!«

»Du weinst ungefähr einmal alle zehn Jahre.« Er lächelte mich an.

Ich verdrehte die Augen. »Wenn ich darüber reden wollte – denkst du nicht, dass ich es von mir aus angesprochen hätte?«

»Autsch. Dann willst du es mir also nicht erzählen.«

Während wir Dorje und seiner Familie folgten, kamen wir an einem Bettler vorbei, der nur noch einen einzigen verfaulten Zahn besaß. Wir waren auf dem Weg zum Fluss, um dort zu picknicken.

»Okay, ich verrat's dir. Ich hatte dort drinnen eine Erleuchtung«, sagte ich in spöttischem Ton.

»Wirklich?«

»Ich finde es selber albern. Irgendwie habe ich die Gegenwart meines Dads gespürt … und das ist lächerlich, Gerald.«

»Wirst du mir verdammt noch mal erzählen, was los war?«

»Also schön, ich hatte das Gefühl, als wollte er mir erklären, aus welchem Grund er damals nach Tibet gekommen ist. Ich meine, da war keine Stimme. Ich habe es einfach gespürt. Ich habe mich umgeblickt, und es war wundervoll, und die Luft war von Weihrauch erfüllt, und es fühlte sich … nun ja, heilig an – was auch immer das bedeutet –, und ich habe auf einmal verstanden, warum er es sich damals nicht aus dem Kopf schlagen konnte.«

Gerald lächelte. Seine Augen waren voller Liebe. »Das freut mich für dich, Em.«

»Ich habe ihm aber immer noch nicht verziehen.«

»Und dafür kannst du dir so viel Zeit lassen, wie du willst.«

»Na gut, dann hatte ich also Tränen in den Augen. Und ich war ihm gegenüber versöhnlich gestimmt, und ich habe ihm gesagt, dass sich mein gebeuteltes Herz der ganzen Sache verschrieben hat. Das war's.«

Er grinste. »Bemerkenswert. Und ich liebe dich, mein kleiner knallharter Marshmallow mit dem samtweichen Kern.«

Er küsste mich, und ich war froh, die Augen schließen zu können, damit er nicht sah, dass ich ihm etwas verschwiegen hatte. Ein zittriges Gefühl hatte mich bereits auf dem Weg zum Kloster beschlichen, als der kleine Champa meine Hand genommen hatte. Diese Geste hatte mir die Kehle zugeschnürt. Er ergriff meine Hand wie einen Besitz. Ich ging ungläubig neben ihm her und dachte, es wäre ein Versehen gewesen. Doch er ließ sie den ganzen Spaziergang über nicht los. Seine Hand war so süß in meiner. Er tat auch andere Dinge, um mich zu bezirzen. Marschierte steif wie ein chinesischer Soldat, den er auf der Straße gesehen hatte. Zeigte mir ein kleines Stofftier, dem er den Namen Aba gegeben hatte. Warum wollte ein Kind meine Hand? Die Hand von Emma, der unfruchtbaren Verrückten. Die Biologie oder der Kerl da oben hatten entschieden, dass ich in meinem Leben keine Kinder bekommen sollte. Deshalb machte mich Champas Umarmung zu einem weinerlichen Wrack. Ich hatte gehofft, meine Selbstbeherrschung zurückzugewinnen, sobald wir Dawas Kloster erreichten.

Dawa sah genau so aus, wie ich mir seine Mutter Rinchen als Mann vorstellte. Sie besaßen das gleiche runde Gesicht, doch anstelle von Zöpfen hatte er die raspelkurzen Haare eines Mönchs. Seine Iris waren brennend braun, und seine Augen weltoffen. Er jagte Champa vor dem Kloster hin und her, packte und kitzelte ihn, bis der Junge zu müde war, um weiterzurennen. Dawa besaß viel mehr Energie, als ich von einem Mönch erwartet hätte.

Wir ließen uns alle am Fluss nieder und schlemmten Lamm und grüne Glasnudeln und frischen Rettich, der so scharf war, dass er auf der Zunge brannte. Ich fühlte mich voll, nicht vom Essen, sondern vom wärmenden Gefühl der Zugehörigkeit.

Dawas Augen waren fröhlich, doch als ich ihm erzählte, wie Champa auf dem Hinweg einen kommunistischen Soldaten nachgeahmt hatte, veränderten sie sich. In sein Gesicht gruben sich Linien ein, und er wurde ruhig. »Also hat sich Champa an die Anwesenheit der Chinesen gewöhnt.«

Rinchen sagte streng: »Wir sind hier, um zu feiern und Zeit miteinander zu verbringen, Dawa, nicht um über die Chinesen zu reden. Außerdem haben wir einen besonderen *Torma* aus Butter gekauft, also werden uns die Götter beschützen.«

Mussten Mönche nicht alles mit stoischer Gelassenheit hinnehmen, egal was geschah? Hatte er etwa kein Vertrauen, obwohl er ein Mönch war?

Champa kam mit einer Blume in der Hand zu mir. Ich

schluckte. Rinchen schien dankbar für die Ablenkung zu sein. Dawa richtete sein Gewand, schob den Stoff über die linke Schulter und sagte zu Gerald: »Champa mag deine Frau. Er will, dass sie seine Tante ist.«

»Ich wäre gerne eine *Mutter*«, hörte ich meine Stimme sagen. Die Worte sprangen aus mir heraus wie eine kleine Kröte.

Gerald warf mir einen erschrockenen Blick zu. Dieses Thema hätte ich normalerweise *nie* angeschnitten. Ich gestattete nicht einmal, dass *er* darüber sprach.

Dawa fragte: »Dann wirst du also Kinder haben?«

Ich holte tief Luft und hielt den Atem an, während ich wünschte, ich hätte meinen Mund nicht so weit aufgerissen. »Das kann ich nicht«, sagte ich leise.

Die brennenden braunen Augen sahen direkt in meine. Dawa schwieg.

Ich saß da und fragte mich, was gerade mit mir geschehen war.

20. Juli 1954

Dorje

»Sie sind Dorje Thondup?«

Es war eine Stimme, die ich nicht kannte und die Chinesisch mit mir sprach. Ich war draußen im Freien und behandelte die Schulterverletzung eines meiner Yaks. Ich drehte mich um. »Ja«, antwortete ich mit einer Verbeugung.

Er hat gelächelt und sich verneigt. Er trug die Uniform, die ich an den unzähligen Soldaten gesehen hatte, die in den vergangenen Monaten angekommen waren. Er war dünn und größer als ich. Seine Augenbrauen wirkten zu groß für sein Gesicht, sie ähnelten dem dicken Fell auf dem Yak neben mir. Ich muss nervös gewesen sein, denn mir kam der dumme Gedanke, dass sie wie zwei pelzige Tierchen wegkrabbeln könnten.

»Kommen Sie bitte ins Haus, und trinken Sie etwas Tee«, sagte ich.

»Vielen Dank«, sagte er freundlich.

Auf dem Weg zum Haus habe ich zwei Dinge gespürt: Mein Herz schlug schnell, und sonderbarerweise war mir der pelzige Mann sympathisch. Er sah mir in die Augen, als hätte er nichts zu verbergen.

Wir gingen ins Haus, und Rinchen blickte auf. Eindringlich starrte sie Genosse Wei an, mit den glasigen dunklen Augen einer Bärin. Sie stand reglos da, beschnupperte den Fremden.

»Das ist meine Frau Rinchen.«

»Es ist wundervoll, Sie kennenzulernen, Madam, und auf solch eine stolze Arbeiterfamilie zu treffen.« Er verbeugte sich, und sie verneigte sich langsam vor ihm, ließ ihn aber keinen Moment lang aus den Augen.

Ich sagte zu ihr: »Haben wir etwas Tee für Mr. …«

»Wei. *Genosse* Wei«, sagte er.

»Ja, ich habe gerade welchen gemacht.«

Wir haben uns an den Tisch gesetzt. Er saß sehr gerade, und ich habe mich gefragt, ob er vielleicht auch ein bisschen nervös war. Er sagte: »Ich bin hier wegen Ihrer besonderen Verbindung zu unserem Mutterland.«

»Meiner … was?«

Rinchen brachte uns Teeschalen. Dann ging sie der Höflichkeit wegen in den Altarraum. Allerdings wusste ich, dass ihre Bärinnenohren vom anderen Zimmer aus zuhörten.

»Ihrer Verbindung zu China. Wir haben gehört, Sie sprechen Chinesisch.«

»Ja, mein Vater war Chinese.«

»Nun, hier wartet noch jede Menge Arbeit auf uns, und wir brauchen eine Person, die Chinesisch spricht und gleichzeitig mit dem tibetischen Proletariat kommunizieren kann.«

»Dem was?«

»Dem Proletariat. Wir brauchen jemanden, der uns hilft, unsere tibetischen Brüder zu befreien.« Er lächelte, als hätte er mir gerade ein Geschenk überreicht.

Ich war verwirrt, also schwieg ich. Aber ich hörte, wie mir das Herz in der Brust hämmerte. Ich fragte mich, ob er es ebenfalls hören konnte.

»Ich glaube, Sie verstehen noch nicht ganz die Chance, die wir Ihnen bieten.« Die Augenbrauen hüpften auf seiner Stirn auf und ab. »Wir wollen, dass Sie nach China gehen.«

Ich habe ein Keuchen aus dem Altarraum gehört. Auf einmal fiel mir das Atmen schwer.

»Wir wollen, dass unsere wichtigsten neuen Genossen nach China gehen, damit wir ihnen zeigen können, wie uns unser Vorsitzender Mao die Augen geöffnet hat und wie uns die Arbeiterklasse zu einer vollkommenen Gesellschaft führt. China erstarkt. Wir treten unser glorreiches chinesisches Erbe an und geben unseren Städten ihre Namen zurück – ihre echten, nicht die Namen, die ihnen von den Imperialisten aufgezwungen wurden.«

Ich habe versucht, meine Ängste zu verbergen.

»Sie müssen eines verstehen, Dorje. So viele Male sind Fremde in unser Land eingefallen, dass wir schwach wurden. Wir haben auf unsere Unterdrücker gehört, die sagten, sie seien uns überlegen, während sie uns doch alles raubten, was sie gebrauchen konnten. Unser großer Vorsitzender Mao wird das nicht mehr zulassen. Und er wird auch nicht zulassen, dass in Tibet Imperialisten an die Macht kommen.«

Mein Verstand war wie ein Schneesturm. Flocken wirbelten herum, alles flimmerte weiß vor meinen Augen, und ich wusste nicht, wo ich als Nächstes hintreten sollte. Wer war nur dieser Mao? Und wer die »Unterdrücker«? Ich erinnerte mich, dass er gesagt hatte, in Tibet gäbe es Imperialisten. Ich kannte niemanden, auf den diese Bezeichnung passte. »Imperialisten? Was bedeutet das?«

»Die Japaner, die Europäer. Die Europäer sind gekommen und haben ihre eigenen Häuser, Restaurants und Hotels gebaut, in *unserem* Land. Wussten Sie, dass die Europäer ein Schild in einem Park hingestellt haben, auf dem *Keine Hunde, keine Chinesen* steht? Und die Japaner …« Er machte ein Geräusch, das nach einem schnaubenden Pferd klang. »Sie hatten unser Land sieben Jahre lang in ihrer Gewalt – haben uns gezwungen, Ausweispapiere bei uns zu tragen. Ich habe gesehen, wie sie alte Männer und Frauen nötigten, vor ihnen den Kotau zu machen. Wir haben unsere Würde verloren, Dorje. Aber der Vorsitzende Mao hat uns befreit. Und wir werden euch erziehen und *euch* von euren Ketten befreien.«

»Meinen Ketten?«

»Ja! Sie arbeiten hart, aber *wer* zieht einen Nutzen daraus?« In seiner Stimme klang Wut mit, und seine Hände zeigten erst auf mich und dann in die Luft, als er von dem Nutzen sprach.

Ich entschied zu raten. »Rinchen?«

Seine Augenbrauen schossen nach oben, und Mr. Wei lachte. »Sie haben einen Sinn für Humor, Genosse! Wie dem auch sei, wir reisen in zwei Wochen ab«, sagte er freundlich. Die Brauen senkten sich ernst über seine Augen. »Das wird eine Reise, die Ihnen die Augen öffnet und Sie für immer verändert.«

In dieser Nacht konnte ich nicht schlafen. Mein Kopf war so voll, als schwirrten tausend Insekten darin herum. Ich bin den Großteil der Nacht im Altarraum geblieben und habe um Weisheit gebetet. Warum war es wichtig für mich, dorthin zu fahren? Wenn ich ging, würde ich sicher nach Hause zurückkehren? Und was würden sie mit mir tun, wenn ich nicht ging? Am Ende seines Besuchs hatte Genosse Wei ernst gesagt: »Sich zu weigern, wäre keine kluge Entscheidung, Dorje. Sie könnten ansonsten als schwarze Hand bezeichnet werden.«

Ich mochte seinen ernsten Ton nicht, also habe ich mich entschlossen, einen Witz zu machen. »Eine schwarze Hand? Ist das etwas Schlimmes? Ich habe nur schwarze Hände, wenn ich sehr hart arbeite!«

Er blickte sich nervös um. Dann hat er meine Schulter berührt und seinen Mund nah an mein Ohr gebracht. »Mein Freund«, hat er leise gesagt, »eine schwarze Hand ist ein Feind der Kommunistischen Partei, ein Feind der Befreiung. Wir machen keine Scherze über solche Dinge. Zu mir können Sie so etwas sagen, aber das gilt nicht für alle Genossen. Sie müssen lernen, korrekt zu denken und zu sprechen. Der Tag wird kommen, an dem Sie dankbar sind, ein Freund der Kommunistischen Partei zu sein.«

Ich habe in das Gesicht des Buddhas auf dem Altar gesehen. Rinchen betrat den Raum und begann zu reden, noch bevor sie sich neben mich gesetzt hatte. »Es ist nicht richtig, dass du weggehst, Dorje. Ich verstehe nicht, weshalb du es auch nur erwägst.«

»Genosse Wei sagt, ich soll etwas über den Kommunismus lernen.«

»Warum? Wird es dir helfen, gutes Karma für deine Wiedergeburt zu sammeln? Wird es dich zu einem besseren Händler oder einem besseren Vater für deine Kinder machen?«

»Nein, Rinchen. Das hat nichts damit zu tun.«

»Wozu ist es dann gut?«

»Er hat gesagt, *sich zu weigern wäre keine kluge Entscheidung.*«

»Und was weiß dieser Mr. Genosse schon von Klugheit? Er ist kein Lama. Die Chinesen werden also verärgert sein, wenn du nicht gehst. Aber was können sie dir schon antun? Dich beim Regenten anschwärzen? Dich böse anschauen?«

»Rinchen, ich habe gehört, man macht sie sich besser nicht zum Feind. Egal, ich werde morgen zu Lama Norbu gehen, damit er eine Weissagung zu meiner Entscheidung durchführt.«

»Aha. Und du wirst dich besser fühlen, wenn Lama Norbu dir sagt, dass du nicht gehen sollst.« Sie stand auf und verließ das Zimmer, als wäre die Entscheidung bereits getroffen.

Ich habe ins Gesicht des Buddhas gestarrt, doch er hat mir keine Antwort gegeben.

Nachdem ich im Kloster angekommen war, habe ich darum gebeten, mit Lama Norbu zu sprechen. Während ich darauf wartete, zu ihm vorgelassen zu werden, ging ich zum Zimmer meines älteren Sohnes. Als er mich sah, sprang er grinsend auf. Wir haben uns mit der Stirn berührt, und ich zog die Süßigkeiten heraus, die Rinchen für ihn in ein Tuch gewickelt hatte.

»Hmm. Meine Lieblingssüßigkeiten! Aber du bist sicher nicht hergekommen, nur um sie mir zu bringen!«

»Ich bin gekommen, um mit Lama Norbu zu sprechen.« Ich zögerte. »Die Volksbefreiungsarmee hat mich aufgefordert, nach China zu gehen.«

Dawas Kinnlade klappte herunter, und er blieb still wie ein Stein stehen. Dann hat er den Kopf geschüttelt.

»Es wären vier Wochen in China, damit ich mit eigenen Augen sehe, was die Kommunistische Partei dort tut.«

»Warum?« Dann hat er fassungslos seine eigene Frage beantwortet. »Weil du zur Hälfte Chinese bist. Sie wollen, dass du mit ihnen zusammenarbeitest.« Seine Stimme zitterte, als hätte ich ihm die Nachricht vom Tod eines Familienmitglieds überbracht. Dann verkrampfte sich sein Gesicht vor Wut. »Oh, warum können sie uns nicht in Ruhe lassen! Was wirst du tun, Pa-la?«

»Alles wird gut. Ich bin hier, um Lama Norbu eine Weissagung durchführen zu lassen.«

»Hm.« Dawa schien diese Antwort nicht zu beruhigen.

»Und mein Sohn, ein künftiger Lama, wird für mich beten.« Ich habe ihn voll Zuneigung angelächelt, in dem Versuch, die Furcht aus seinen Augen zu vertreiben. »Dawa. Seit Jahrhunderten vertragen wir uns mit den Chinesen, und wir werden uns auch weiterhin mit ihnen vertragen.« Jetzt verbreitete ich eine Zuversicht, die ich nicht wirklich teilte.

Ein junger Mönch kam in Dawas Zimmer und sagte: »Lama

Norbu wird Sie nun empfangen.« Als ich Lama Norbus Zimmer betrat, folgte mir Dawa. Er bat um Erlaubnis, bei der Weissagungszeremonie zusehen zu dürfen, und Lama Norbu nickte. Ich habe mich dreimal vor ihm niedergeworfen und ihm einen *Khata* und einen Beutel getrockneter Erbsen überreicht. Lächelnd forderte er uns zum Hinsetzen auf. Ich erzählte ihm von meinen Schwierigkeiten.

Er sagte: »Wir werden würfeln, und die Zahlen werden uns den Weg weisen.«

Er hat die Zeremonie begonnen, indem er über den Würfeln Gebete sprach. Er schüttelte die Würfel in seinen hohlen Händen und ließ sie auf den Tisch vor sich fallen. Mehrmals wiederholte er das Ritual und schrieb die Zahlen nieder. Dann zog er die Schriften zu Rate und deutete die Zahlen. Schließlich sah er zu mir und sagte: »Dorje Thondup, die Weissagung legt nahe, dass Sie das Land des Schnees verlassen und nach China reisen werden.«

»Was?« Es war Dawa, dessen Stimme die Luft durchschnitt.

Daraufhin folgte eine Stille. Lama Norbu hat Dawa bedächtig angesehen. Ich war peinlich berührt vom Gefühlsausbruch meines Sohnes und sagte leise: »Vielen Dank, Rinpoche. Die Götter haben gesprochen.« Ich senkte den Blick, um ihm meinen Respekt und mein Vertrauen in seine Worte zu beweisen, aber mein Magen fühlte sich wie ein reißender Fluss an.

»Rinpoche, ich beschwöre Euch, bitte wiederholt die Weissagung«, sagte Dawa.

Lama Norbu hat meinen Sohn teilnahmsvoll angelächelt. Offenbar wurde die Unfähigkeit meines Sohnes, stillzuhalten – selbst seinen Mund –, im Lama-Kloster geduldet.

Lama Norbu betete, rollte die Würfel und notierte die Zahlen. Als er fertig war, sagte er: »Die Weissagung hat den richtigen Weg aufgezeigt. Sie sollen nach China gehen.«

Da hörte ich das erschrockene Ausatmen meines Sohnes. Er sagte: »Wie kann das sein? Wie kann es für meinen Vater *gut* sein, dorthin zu reisen? Etwas Fürchterliches mag ihm zustoßen. Rinpoche, Euch sind die Gerüchte über die Dinge bekannt, die die Chinesen in Osttibet tun.«

Der Lama nickte. »Wir verstehen nicht immer alle Schritte des Weges, der vor uns liegt.«

Schweiß ist mir auf den Handflächen ausgebrochen. Es stimmte. Ich verstand die Schritte des Weges *nicht*, der vor mir lag.

»Könntet Ihr die Weissagung *noch einmal* machen?«, bat mein Sohn voller Respekt, die Hände flehentlich gefaltet. »Ich verspreche, die Antwort zu akzeptieren.«

Ich habe mich in Lama Norbu hineinversetzt und große Güte in seinem Herzen gespürt. Als ich meinen Sohn durch die Augen des alten Lamas betrachtete, sah ich einen Jungen mit kleinen Händen, der sich an die *Chuba* seines Vaters klammerte.

Und während Dawa und ich gespannt warteten, führte Lama Norbu die Weissagung erneut durch. Dann zuckte er mit den Schultern. »Das Ergebnis ist dasselbe. Sie sollen nach China gehen.«

Ich habe zu meinem Sohn gesehen. Seine Hände bedeckten seinen Mund. Seine Augen waren weit aufgerissen und verängstigt. Aber er sagte leise und entschlossen: »Ich akzeptiere die Antwort.«

Seufzend starrte ich zu Boden.

5. August 1954

Dorje

Ein Freund der Kommunistischen Partei sein. Genosse Weis Worte wirbelten in meinem Kopf herum. Wir ritten auf Pferden zur chinesischen Grenze. Auf dem Weg haben wir weitere Tibeter eingesammelt, die Mr. Wei »Genossen« nannte. Auch mich hat er »Genosse Thondup« genannt. Ob mich allein diese Anrede schon zu einem machte? War ich ein Genosse, nur weil ich mich in seiner Gesellschaft befand? Und warum hatte die Weissagung gezeigt, dass ich diese Reise machen sollte?

Ich spürte, wie sich meine Augenbrauen zusammenschoben, während ich über eine aufwühlende Erinnerung nachdachte: Dawas Gesicht, nass vor Tränen, als er sagte: »Pa-la. Du weißt, ich werde für dich beten. Aber da sind Tibeter auf der Flucht. Sie sagen, dass jeder, der den Kommunisten Probleme bereitet, am nächsten Tag fort ist. Verschwunden. Also Pa-la, tu alles, was sie sagen, und verhalte dich ruhig. Bitte versprich mir das.«

»Das werde ich, Dawa. Das ist mein Weg.«

Mein Pferd blieb stehen und knabberte an einem Grasbüschel. Zu diesem Zeitpunkt schien das Tier mein einziger Freund zu sein.

Von all den Tibetern auf dieser Reise war ich der Einzige,

der Chinesisch sprach. Deshalb hat Wei mit mir geplaudert, insbesondere wenn er müde war. Er hat mir viel von sich erzählt.

Heute Morgen bei Sonnenaufgang habe ich ihn gefragt, wie er sich den Kommunisten angeschlossen hatte.

»Ah, Genosse, das ist eine gute Geschichte«, sagte er mit der Art von Grinsen, die tibetische Männer einander zuwerfen, wenn sie sich ein *Chang* teilen. »Es gibt nur wenige Menschen, die die *Hoffnung* der Revolution *wirklich* verstehen. Aber ich tue es.« Er zeigte auf seine Brust und ließ wieder die Brauen nach oben schießen. »Können Sie sich vorstellen, was ich vor der Revolution getan habe?« Ohne auf eine Antwort zu warten, tanzten seine Worte weiter: »Ich habe eine Rikscha gezogen! Ich war ein menschliches Tier. Und hier bin ich nun. Einer von Maos leuchtenden Soldaten.« Seine rechte Hand wanderte von seinen Füßen zu seinem Kopf, und er setzte sich kerzengerade auf sein Pferd. »Ein Funktionär hat mein Leiden gesehen und mich ins Hauptquartier der Partei gebracht. Sie sagten, ich bräuchte keine Rikscha mehr zu ziehen – ich könnte ein Revolutionär sein!« Seine Augen wurden groß vor Aufregung. »Noch am selben Abend bin ich in dieser Uniform aus dem Hauptquartier herausspaziert!«

Dann hat sich sein Gesicht verdunkelt. »Welche Bedeutung konnte mein Leben als Rikschavieh schon haben? Aber jetzt verändere ich die Welt, Dorje! Deshalb werde ich wütend, wenn ich jemanden sehe, der sich zum Nutzen anderer abquält!« Seine Stimme senkte sich zu einem traurigen Flüstern. »Und in Tibet sehe ich es überall. Die alten Frauen, die Wasser Hunderte von Stufen hinauf zu den faulen Lamas tragen, die keinen Finger rühren!« Er wurde lauter. »Die armen Bauern, die ohne Hoffnung arbeiten, so wie ich damals, geben einen Teil ihrer Ernte den Landbesitzern, in dem Wissen, dass sie nie selbst Land besitzen werden!« Spuckebläschen flogen aus seinem Mund. »Und die Klöster besitzen so viel – wie sehr sie die Menschen ausnützen, während sie im Gegenzug nur ein paar Gebete für sie murmeln!«

Er drehte sich zu mir um. Seine Augenbrauen waren nun eine einzige durchgehende Linie. »Spüren Sie nicht den Zorn des Proletariats in sich selbst, Genosse Thondup?«

Ich habe geblinzelt und angestrengt versucht, eine Antwort zu finden. »Sie meinen den Zorn der …«

»Der armen Menschen, die keine Hoffnung haben. Aber seien Sie unbesorgt, Dorje, Sie sind jetzt Teil von Maos Armee. Gemeinsam werden wir die Mönche aus den Klöstern werfen«, sagte er und machte eine entsprechende Handbewegung, »hinein in die Felder, damit *die* mal sehen, wie es sich anfühlt, wenn man sich für andere zu Tode schuftet.«

Ich habe mir ausgemalt, was die Kommunisten mit Menschen wie Dawa vorhatten, und spürte den Schneesturm, der in meinem Kopf wütete. Ich sagte: »Aber sind die Tibeter glücklich, dass die Chinesen nach Tibet gekommen sind?«

»Darüber mache ich mir keine Gedanken, Dorje, denn die Menschen hier sind ungebildet. Sie sehen ihre Ketten nicht, also können sie noch nicht dankbar für ihre Befreiung sein.«

Wie sehr die Kommunisten uns missverstanden! Ein Tibeter, der von seiner Religion getrennt wird, ist kein Tibeter mehr. Die Kommunisten wussten nicht, mit welcher Freude wir Wasser für unsere Lamas schleppten oder ihnen Essen von unseren Feldern brachten. Das entsprach unserem innigsten Seelenwunsch. Diese bescheidenen Taten der Güte waren der Weg, gutes Karma für unser nächstes Leben anzuhäufen. Wenn uns die Kommunisten diese Möglichkeit nahmen, was sollten wir dann tun? Sie verdammten uns zu einem Leben des Leidens nach dem nächsten, in denen wir in einem endlosen Kreislauf als Tier oder Höllenwesen wiedergeboren würden.

Ich habe auch die Idee mit den »Unterdrückern« nicht verstanden. Jedem von uns wurde sein Platz in der Welt vom Karma zugeteilt, dem Resultat unserer Handlungen in unseren früheren Leben, was hatte es also mit diesen »Unterdrückern« auf sich? Nicht »Unterdrücker« legten unseren Platz fest. Sich die »faulen Mönche« zu schnappen und sie auf ein Feld zu werfen, wo sie für unser Essen arbeiten mussten, würde eine schreckliche Wiedergeburt bedeuten! Die Kommunisten sahen die Weisheit und Barmherzigkeit eines Lama Norbu nicht, der freiwillig in menschlicher Gestalt zurückgekehrt war, um allen fühlenden Wesen zu helfen. Wenn man bloß in die freudigen Augen eines solchen Bodhisattvas sah, konnte jedes Leiden gelindert werden.

Doch Weis wilde Augenbrauen und rudernden Arme beim Sprechen haben mir seinen aufrichtigen Wunsch bewiesen, das Leiden in der Welt zu beenden. Ich wollte ihm von unseren Traditionen erzählen. Immer wieder fragte er: »Sie arbeiten hart, aber wer zieht einen Nutzen aus Ihrer Arbeit?« Und so geschah es, dass ich ihm doch geantwortet habe: »Spielt es denn eine Rolle, wer daraus einen Nutzen zieht? Für uns ist es das größte Privileg, anderen fühlenden Wesen Nutzen zu bringen, und die beste Gelegenheit, gutes Karma für eine gute Wiedergeburt im nächsten Leben anzuhäufen.«

Mit einem wohlwollenden Lächeln sagte er: »Da haben Sie's, Genosse Thondup! Genau diese Gedanken *sind* Ihre Fesseln.«

Seine Antwort hat mich verblüfft. Die Kommunisten hätten eine sehr schwierige Zeit vor sich, wenn sie meine Landsleute davon überzeugen wollten, diese Gedanken seien Fesseln! Ich habe mir sogar im Stillen gedacht, dass diese Revolution in Tibet niemals stattfinden wird. Die Chinesen würden schon bald genug davon haben, unsere Traditionen zu ändern, und nach Hause zurückkehren. Dann habe ich mich an Dawas Warnung über Menschen erinnert, die spurlos verschwanden, und ein Schauder lief mir den Rücken hinab.

In Qinghai haben wir den Zug genommen, und ein Gefühl der Anspannung breitete sich langsam in mir aus. Während all der Stunden unserer Zugfahrt habe ich darauf gewartet, dass jemand das Schweigen durchbricht. Es war kein friedvolles Schweigen. Ich habe die Augen geschlossen und versucht, mich in seine Gestalt hineinzudenken. Aber es hatte keine klare Gestalt – es war wie ein Bienenschwarm, der über unseren Köpfen schwirrte, und jeder von uns hat so getan, als wären die Bienen nicht da.

Sobald wir an einem Bahnhof hielten, sind Menschen herbeigeeilt, und alle trugen graublaue Mao-Anzüge und sahen aus wie aufgedunsene blaue Stöcke mit einem blassen, müden Gesicht obendrauf.

Wir haben Shanghai, unser Ziel, am Abend erreicht. Es gab Hunderte dieser Blauen-Stöcke-Menschen, die mit gesenktem Kopf durch die Straßen schlurften. Sie haben sehr leise gesprochen, ihre Augen sind hin und her gehuscht, sie waren immer auf der Hut und haben sich gefragt: Belauscht mich da jemand?

Mr. Wei hat uns zu einer politischen Versammlung geführt, die *Thamzing* heißt, das bedeute übersetzt Kampfsitzung. Ich habe mich verwundert gefragt, worum der Kampf ginge. Als wir eintraten, sagte er zu unserer Gruppe: »Eine Kampfsitzung ist gelebter Kommunismus, etwas, das wir auch nach Tibet bringen wollen.«

Ein alter Mann saß auf einem Stuhl im vorderen Teil des Raums. Er trug einen westlichen Anzug, und den trug er offenbar schon viele Tage lang. Ein dunkler Blutfleck war auf dem rechten Kragen seines weißen Hemds zu sehen. Er saß nach vorne gebeugt da. Er erinnerte mich an einen streunenden Hund, den ich in Shigatse beobachtet hatte, einen Hund, der vorsichtig auf allen vieren herumgeschlichen war, mit durchgedrücktem Rücken, verängstigt.

Genau vor ihm waren Stühle aufgereiht, und wir haben uns gesetzt. Eine junge Frau in einem Mao-Anzug ist nach vorne gegangen. Sie hatte zwei kurze Zöpfe. Ein höhnisch grinsender Mann verkündete: »Unsere junge Genossin hier hat einen Beweis, der darlegt, dass es sich bei diesem alten Mann tatsächlich um einen Volksfeind handelt.«

Während die Frau nun redete, habe ich zu dem alten Mann geblickt und mich in ihn hineinversetzt. In seinem Herzen spürte ich eine Mischung aus Zuneigung für das junge Mädchen und gleichzeitig die Hoffnung, sie möge Mitleid mit ihm haben. Er sah sie sanftmütig an. Sie hat von einem Stück Papier abgelesen, das in ihren Händen bebte. Sie hatte schmale Gesichtszüge wie ein Kolibri. Sie sagte, der alte Mann leite eine Fabrik, in der Korn für die kommunistische Regierung gemahlen wurde. Dann hat sie gestockt, schaute auf ihr Papier.

Rufe erklangen von überall aus dem Zimmer: »Mach weiter!«, »Schickt *sie* doch ebenfalls ins Arbeitslager!« Jemand brüllte: »Lang lebe unser Vorsitzender Mao!«

Sie öffnete den Mund, sagte aber nichts. Ich konnte ihre weißen Zähne sehen. Sie schloss den Mund und richtete sich kerzengerade auf, wie eine Eissäule. Sie stand vor dem alten Mann und hat sich hinuntergebeugt, bis ihr Kopf beinahe den seinen berührte. Dann hat sie ihn angespuckt.

Er ist zusammengezuckt, und ich auch.

Die Spucke landete neben seinem rechten Mundwinkel. Zu meiner Überraschung hat er sie einfach an seinem Kinn herabrinnen lassen. Seine Augen wurden traurig. Sein Kinn zitterte. Auch in *ihren* Augen waren Tränen zu sehen, und deshalb dachte ich schon, die Eissäule in ihrem Rücken würde vielleicht schmelzen. Doch stattdessen richtete sie sich wieder auf. Sie zeigte mit dem Finger auf ihn und rief: »Er hat dem Volk Geld gestohlen! Er hat die Preise für das Mahlen von Korn erhöht, damit er auf Staatskosten Gewinn erzielt! Er hasst unseren Vorsitzenden Mao! Er ist ein Ausländer liebender Kapitalist, der unserem Volk das Blut aussaugt!«

Der alte Mann schüttelte den Kopf, während er den kalten Kolibri ansah, der ihn mit seinem spitzen Schnabel vernichtete. Dann hat er etwas gesagt, das ich kaum glauben konnte.

»Tu es nicht, Enkelin.«

Sie kreischte zurück: »Ich bin nicht länger deine Enkelin!« Ihre Stimme zitterte wie der rasende Herzschlag eines kleinen Vogels. Ich habe mir ein scharfes Messer vorgestellt, das sich durch Federn bohrte. Ich drehte mich um zum Genossen Wei. Sein Gesicht war eine Maske, als er mich aus den Augenwinkeln heraus beobachtete. Das hat mir verraten, dass es nicht gespielt war. Dieses Mädchen hatte ihr eigen Fleisch und Blut angezeigt.

Ich sah zu meinen tibetischen Gefährten. In ihren Gesichtern war Verwirrung und Besorgnis zu lesen. Sie wussten nicht, dass sie ihren eigenen Großvater verdammte, aber das war auch gar nicht mehr nötig: denn mit anzusehen, wie sich das Mädchen vor einem Älteren aufbaute und den Kopf höher als seinen trug, genügte, um meine Landsleute anzuwidern. Unser ganzes Leben waren wir erzogen worden, uns niemals über andere zu stellen. Diese Versammlung, die man Kampf nannte, war das genaue Gegenteil von allem, woran wir glaubten.

Der Kolibri war fertig. Die Strafe des Mannes wurde verkündet. »Der kapitalistische Hund wird in ein Arbeitslager auf dem Land geschickt, damit er von den Bauern lernt, was ehrliche Arbeit bedeutet!«

Es war weit nach Mitternacht, als wir zu unserem Gästequartier kamen, denn das *Thamzing* hatte so lange gedauert. Obwohl meine Kehle staubtrocken war und meine Knochen vor Kälte und Müdigkeit schmerzten, habe ich in dieser Nacht nicht geschlafen. Ich wollte alles aus mir herausspeien, was ich gesehen hatte, meine Haut und selbst meinen Geist sauberschrubben.

Während ich auf meiner Matratze lag und in die Dunkelheit starrte, ist mir Lama Norbu erschienen. Seine Augen haben wie winzige Sterne an einem riesigen Himmelszelt geleuchtet, und er sah zu mir hinunter.

Da habe ich verstanden, warum es mein Schicksal war, hierherzukommen. Meines und das der anderen tibetischen Männer, die bei mir waren. Wir mussten mit eigenen Augen sehen, was die Chinesen mit unserem Land vorhatten.

Es war Morgen. Mein Hals tat weh, und mein Kopf vibrierte wie eine der Klangschalen, die die Lamas bei ihren Zeremonien anschlagen. Mein Herz klopfte in meiner Brust wie die galoppierenden Hufe eines verängstigten Pferds. Ich habe die Schlafgeräusche der anderen gehört und mich gewundert, dass sie hatten schlafen können. Ich habe mir ausgemalt, ich würde zu Genosse Weis Matratze gehen, vor ihm auf die Knie fallen und sagen: Bringen Sie uns nach Hause, bitte. Aber ich hatte zu große Angst, um so etwas zu erflehen.

Während unseres Morgentees habe ich dieselbe schwirrende Stille gehört, die als dunkle Wolke über ganz China hing – davon war ich überzeugt. Wir sind wie stumme Schafe durch die Straßen Shanghais spaziert, mit einem Funktionär vor unserer Gruppe und Genosse Wei hinter uns. Er hat ununterbrochen in seiner hoffnungsvollen Stimme geredet, und jetzt habe ich ihn überhaupt nicht mehr verstanden. Leise sagte ich Gebete auf. *Om mani padme hum.* Und stellte mir Champas liebes Gesicht vor. *Om mani padme hum.* Schon bald fühlte ich mich wieder wie Dorje.

Als wir in eine andere Straße in Shanghai bogen, bewegte sich etwas hoch oben. Ich hob den Kopf, und meine Füße blieben wie angewurzelt stehen. Ein Mann in einem Mao-Anzug stand auf einem Balkon, vier Stockwerke über uns. Er war zur Balkonbrüstung geschritten, und sein Bauch drückte gegen das Geländer. Er hatte seine Jacke aufgeknöpft. Sein Gesicht zeigte einen mitleidsvollen, wilden Ausdruck, in dem gleichzeitig auch Freude lag. Ich habe gesehen, dass auf seinem Hemd, das er unter der Jacke trug, etwas geschrieben stand, aber ich konnte es nicht entziffern. Elegant hob er das rechte Bein über die Brüstung, als würde er tanzen. Er verlagerte sein Gewicht auf die eine Zehe des Fußes auf dem schmalen Sims vor dem Geländer. Dann hat er beide Hände auf die Brüstung gelegt, und ganz langsam folgte das andere Bein, woraufhin er mit zwei Zehen auf der Kante stand. Er hat die Arme ausgebreitet und die Finger gespreizt. Und jetzt konnte ich lesen, was in roter Farbe auf seinem Hemd stand: ICH TUE ES FÜR DAS VOLK.

Ich habe mich in den Mann hineinversetzt. Ich spürte, wie meine Zehen auf dieser schmalen Kante standen. Ich spürte seinen Wunsch, die gesamte Welt möge die Worte sehen, die auf seinem Hemd geschrieben waren – dass er starb, *starb, um die Wahrheit zu verkünden.* Dass sein Körper mit Lügen angefüllt gewesen war, wie eine Wunde, die stark eiterte. Dass er so klein geworden war und sich schämte, weil er den Kotau vor der Partei gemacht hatte. Dass diese eine Tat alles war, was ihm blieb. Dass seine Brust sich so weit wie die ganze Welt anfühlte, er vor Erleichterung und Freude und Bedauern zitterte, denn das alles durchbohrte ihn wie ein Dorn.

Er hob den Kopf und rief mit einer Stimme, die aus dem Tiefsten seines Inneren kam: »DAS ist Freiheit!« Als seine Zehen von der Kante sprangen, sog ich scharf die Luft ein. Ich hatte das Gefühl, mit ihm in die Tiefe zu stürzen. Seine raue Kehle war meine. Die blaue Jacke hat sich aufgebauscht, als sein Körper in die Horizontale ging, und beide Enden der Jacke flatterten um seine Arme.

Der laute Aufprall seiner Landung, mit dem Gesicht nach unten, war so kurz. Er war vorbei, noch bevor ich darüber nachdenken konnte. Dann sammelte sich bereits das Blut in einer roten Lache um seinen Kopf. Ich stand da, ohne zu atmen, ein großer Stein hatte meine beiden Füße festgenagelt. Mir ist eines aufgefallen: Die Ruhe. Nicht einmal ein Keuchen war zu hören. Ich habe im Stillen gedacht: *Die Menschen in China sind so verängstigt, dass sie nicht einmal zu keuchen wagen.* Ich habe die Augen der Menschen gesehen, die zuerst zum Leichnam starrten, sich dann umblickten und heimlich fragten, wer sie hier wohl gesehen hatte. Dann eilten sie alle fort.

Mein tibetisches Herz erwachte, als ich den leblosen Körper sah. Ich habe diesen Mann, der sich mit dem allerschlimmsten Karma verdammt hatte, so sehr bedauert. Er würde für diese Tat mit unzähligen Leben voll unerträglichem Leiden bezahlen. Ich hatte warme Tränen in den Augen, während ich das glänzende schwarze Haar auf seinem blutenden Kopf betrachtete. Schweigend habe ich Gebete für seine Seele und ihre Reise durch den *Bardo* rezitiert. *Om mani padme hum …*

Da spürte ich eine Hand auf meinem Arm, und Mr. Wei zog mich so fest weiter, dass ich beinahe gefallen wäre. Er sagte: »Wo sind Sie *gewesen*? Schnell, schnell! Sie können hier nicht bleiben, Dorje!«

Bereitwillig ließ ich mich von ihm führen, denn ich konnte weder denken noch allein gehen. Nach ein paar Minuten seines Ziehens und meines Taumelns befanden wir uns auf einer anderen Straße.

»Was haben Sie getan? Wir konnten Sie nicht finden!«

»Tut … tut mir leid.«

»Es ist sehr gefährlich, eine solche konterrevolutionäre Tat zu beobachten!« Aus seinem Mund kam ein erhitztes Flüstern, das an seiner Kehle kratzte.

»Warum?«

»Das war ein *Selbstmord aus Protest*! Wir dürfen bei solchen Selbstmorden nicht zusehen!«

Ich war verwirrt. »Sie meinen, es gab auch schon … andere Selbstmorde?«

»Ja, es gab sehr viele. Aber man darf dabei nicht zusehen, sonst denken die Funktionäre, man hätte Mitleid mit ihnen!«

Ich kam mir wie ein dummes Kind vor. »Das verstehe ich nicht. Sie haben doch gesagt, dass diese Revolution das ist, was … was das Volk will.«

»Sie wissen nicht … nicht immer, was das Beste für sie ist.« Die Worte kamen in einem Tonfall, der voller Zweifel war. Dann sagte er trotzig: »Man darf sich nicht von der Gruppe entfernen!«

Ich blinzelte, als ich seine Wut spürte. Ich habe mich umgeschaut und ihn schließlich wieder angesehen. »Aber sie sind so unglücklich, so verängstigt.«

In diesem Moment schien ich ihn aus seinem Versteck gelockt zu haben. Seine Augen huschten hin und her, Augen, die nackt und schwer vor Traurigkeit waren.

Er flüsterte: »Ich weiß, Dorje. Vielleicht … Es gibt Auswüchse. Ich verstehe nicht alles.« Er verstummte, als wartete er auf eine Antwort.

»Dieses Leiden …«

»Ich *sehe* das Leiden. Das tue ich. Doch ich weiß, dass die Partei *Gutes* tun will. Sie nimmt jemanden wie mich, einen Rikschazieher, und gibt meinem Leben einen tieferen Sinn, als bloß ein Zugtier zu sein. Es ist keine vollkommene Bewegung, doch das *Ende* wird vollkommen sein.«

Ich habe gespürt, wie sehr es ihm am Herzen lag, dass ich ihn verstand. Seine Augen wurden feucht.

»Aber mein Freund, wann kommt dieses Ende?«, fragte ich ihn.

Er gab keine Antwort.

Zweiter Teil

15. September 1954

Emma

Es war ein Korb voll Glasnudeln aus Erbsen, der uns ins Verderben stürzte. Sie lagen in getrockneten Bündeln da, mit einem Stich Grün wie meine Augen. Durch das Trocknen zur Reglosigkeit verdammt, wirkten sie dort auf dem Marktplatz, in ihrem Korb von der Farbe von Ochsenblut, völlig unschuldig.

Und die Nudeln *waren* unschuldig. Genauso wie Gerald, wie ich und selbst wie der junge kommunistische Soldat, der gegen den Korb stieß und ihn umkippte. Selbst *er* war zu Beginn unschuldig. Mein Herz weiß das.

Wir spazierten über den tibetischen Markt, atmeten Staub und den Geruch nach ungewaschenen Körpern ein und ließen die Sonne unsere Schultern liebkosen. Wir hielten Händchen. Ich erprobte mein Tibetisch an einer untersetzten Frau, die aussah, als habe sie nur vier Zähne im Mund. *Wie viel für die sieben Altarschalen aus Messing?* Wir kauften für Dorje und Rinchen ein, wollten unsere Dankbarkeit in einem Geschenk ausdrücken. Unsicher, ob es das richtige Geschenk war, schlenderten wir weiter, ohne zu ahnen, dass uns jeder Schritt unaufhaltsam zur Katastrophe führte.

Ein solch einfältiges Vertrauen floss durch unsere Hände, das Vertrauen auf eine freundliche Welt und ein gütiges Universum. Dieses Vertrauen brennt nun wie ein heißer Stein in meiner Brust. Ich sah die Uniform des chinesischen Soldaten, der zufällig – und ich halte es tatsächlich für einen Zufall – vor uns herging. Vorsichtshalber hielten wir einen gewissen Abstand, waren aber immer noch nah genug, dass ich seinen Hals sah, der im Nacken fein säuberlich bis zu der Stelle rasiert war, wo seine kohlschwarzen Haarspitzen unter der Kappe hervorschauten. Der Schnitt der Uniform unterstrich seinen breiten Rücken und wies Bügelfalten auf, was die jugendliche Eitelkeit seines Besitzers andeutete. Er konnte nichts für einen solchen Rücken und für seinen Stolz, der sich im gedankenlosen Schlurfen seiner Stiefel widerspiegelte. Mit dem rechten Stiefel stieß er gegen das Weidengeflecht des Korbs und warf ihn um. Der Soldat errötete vor Scham über seine Ungeschicklichkeit – in diesem Moment wirkte er so jung –, aber dann verhärteten sich seine Gesichtszüge. Seine Kiefer spannten sich an, und ihm schoss wohl ein flüchtiger Gedanke durch den Kopf, ein *Wie-es-eigentlich-sein-sollte*, das ihn noch mehr beschämte, ein Gedanke über soldatische Würde und Dienstanweisungen. Er zögerte kurz und streckte sogar in einem gütigen Impuls die Hand aus, um den Korb umzudrehen, doch dann zog er die Hand zurück, rümpfte die Nase über die angsterfüllten Augen der Frau mit den Nudeln und genoss seine Macht.

Er konnte weggehen. Genau das sagten mir seine durchgedrückten Schultern.

Gerald riss überrascht den Mund auf, als der Korb umkippte, und wartete die Reaktion des Soldaten ab. Er betrachtete die Frau mit den Nudeln, die dort kauerte, und seine blonden Augenbrauen zogen sich besorgt zusammen. Sie wollte schon ihre Nudeln retten, aber sie erstarrte unter den düsteren Augen des Soldaten in ihrer gebeugten Haltung. Er schlurfte mit ausgefeilter Gleichgültigkeit fort, wobei er puderige Staubwolken aufwirbelte. Im nächsten Moment bewegten sich Gerald und die Verkäuferin wie eine Person und bückten sich tief, um die Nudeln aufzusammeln, er mit geschürzten Lippen in Form einer Entschuldigung und himmelblauen Augen, die in ihre mandelförmigen hochsahen.

Mein Blick wanderte zurück zu dem Soldaten, denn auf meiner kribbelnden Haut spürte ich seine Augen, die klein und stechend wurden, während sie Gerald aus zwanzig Metern Entfernung musterten, Augen, die beobachteten, wie mein Liebster den Korb aufstellte, den Staub von den Nudeln blies und sie der alten Frau reichte, die sich dankbar verneigte. Nachdem sie sich das Haar gerichtet hatte, griff sie in den anderen Korb mit den sauberen Nudeln und holte eine Handvoll heraus. Schüchtern nahm sie die Hand meines Mannes, drehte sie um und legte ihm die grünen Glasnudeln in die geöffnete Handfläche. Das Lächeln auf seinem Gesicht war freundlich und vergnügt. Das sah ich an der Art, wie sich seine Ohren leicht bewegten, herabgezogen von der Haut an seinem Hals und dem Adamsapfel, der in stillem Gelächter auf und ab hüpfte. Wahrscheinlich dachte er: Vielen Dank, aber wir *hassen* leider alles mit Erbsen.

Der junge Mann blickte einen Moment auf seine Stiefel, fühlte sich wohl bloßgestellt durch Geralds Ritterlichkeit, während er das verdächtige Verhalten von weißen ausländischen Imperialisten und dem einheimischen Proletariat beobachtete. Dann stemmte er die Hände in die Hüften, fand seinen Stolz in seinem starken Rücken wieder und stand so steif wie ein Türrahmen da. Seine Augen starrten mich ausdruckslos an. Zunächst stieg ein Gefühl der Mütterlichkeit in mir auf, und ich wollte seine innerlichen Wogen glätten, bis ich die Kälte spürte, die von ihm ausging, eine Kälte, die sich über die zwanzig Meter bis zu mir ausdehnte, meinen Nacken emporglitt und sich dort wie ein Eisklumpen festkrallte – sein Wunsch, uns mit seinen staubigen Stiefeln zu zermalmen.

Und das konnte er, wurde mir schlagartig bewusst.

Wir haben uns am Abend ins Bett gekuschelt und eine warme Nacht verbracht. Ich hatte die böse Vorahnung vom Marktplatz in die hinterste Ecke meines Bewusstseins gestopft. *Warum habe ich das verdrängt?* Wir waren aneinandergeschmiegt eingeschlafen, unter dem wohligen Gewicht unserer indigofarbenen Wolldecke.

Ich hätte es besser wissen müssen. Ich *wusste* es besser – ich habe die Warnung in den Augen des Soldaten gesehen, habe das Kribbeln gespürt, als sich mir die Härchen aufstellten. Wir hätten im Schutz der Dunkelheit verschwinden können. Wir wären bereits unterwegs zu einem Gebirgspass, auf unserer Flucht aus Tibet!

Doch stattdessen sitze ich nun in unserem Haus, raufe mir die Haare und trommle mit den Fäusten gegen meinen törichten Kopf. Es ist unheimlich still und so leer, dass mir eine Gänsehaut die Arme hinabläuft.

Heute Morgen sind wir zum Fluss gegangen, Rinchen, ich und Champa. Er sprang über die Steine, während wir die Kleidung bearbeiteten und im Fluss ausspülten. Wir lachten über Champa, der wie ein Frosch hüpfte und dann wie ein Reh lief. Daran erinnere ich mich noch gut. Mit kalten, schweren Kleidungsstücken im Arm gingen wir zurück. Rinchen sang ein Lied über einen Schneeleoparden, und ihre Stimme war tief und dunkel wie Baker's Schokolade.

Wir kamen in den Innenhof. Rinchens Gesang verstummte schlagartig. Die Tür zu ihrem Haus stand offen. Wir sahen uns verunsichert an. Als wir die Tür erreichten, befahl sie Champa, er solle draußen bei mir warten. Sie ging hinein. Ich hörte einen erstickten Schrei. Ich trat mit einem Fuß in den Eingangsbereich, wobei ich Champa eine Hand auf die Brust drückte und ihn zurückhielt. Ein Messer, das ein großes Plakat mit Mao Zedongs fleischigem Gesicht fixierte, war in die Holzplatte des Tisches gerammt worden. Rinchen rief: »Samten? Samten-la!« Ich hörte, wie ihre Füße aus der Tür stürzten, das Kratzen ihrer Stiefel, als sie hinter den aufgestapelten Heuballen nach ihrem Bruder suchte. »Samten!«

Ich legte Champa die Hände auf die schmalen Schultern.

»Tashi Delek, Emma.« Über der niedrigen Mauer des Innenhofs sah ich Dorje kommen. Er sagte: »Samten ist nicht hier, Rinchen. Ich glaube, er ist zum Markt gegangen, um Fleisch für unsere Reise zu kaufen.«

»Nein, Dorje! Die Kommunisten waren hier – sie haben ein Messer und ein Bild von einem chinesischen Mann auf dem Tisch zurückgelassen!«

Dorjes Augen waren nach innen gerichtet. »Ama-la! Wo ist Ama-la?«

Dorje führte Rinchen im Laufschritt ins Haus, an mir und Champa vorbei. Ich war immer noch ahnungslos, machte mir lediglich Sorgen um meine Freunde.

Dorje hastete in den Altarraum. »Ama ...« Dann eine Pause, während der es ihm die Luft aus den Lungen presste. Schließlich ein ersticktes »Ama-la«.

»Bleib hier«, sagte ich zu Champa. Er blinzelte mit seinen großen braunen Augen. Ich ging ins Haus, um nachzusehen, was Dorje gefunden hatte, und hörte, wie mir Champas Schritte folgten. Ama-la saß uns seitlich zugekehrt da, mit untergeschlagenen Beinen, hinter dem Altar, teilweise versteckt von einer hüfthohen Buddhastatue. Dorje berührte Ama-las Handgelenk, um das sich Gebetsperlen wanden. Er suchte nach einem Puls, doch die Reglosigkeit ihres Körpers war unverkennbar. Mit der linken Schulter lehnte sie zusammengesunken an der Wand. Ihr Mund stand offen, der Kiefer hing schlaff herab. Ihre Augen starrten ins Leere.

Dann hörte ich Dorjes gepeinigte Stimme: »*Eh Ma Ho! In der Mitte befindet sich der wunderbare Buddha Amitabha des Grenzenlosen Lichts …*«

Das Gebet für die Toten.

Gerald. Nadeln stachen in meine Haut. Selbst als meine Füße zur Tür rasten, wusste ein Teil von mir bereits, was ich mir nicht eingestehen wollte.

Dass er nicht zu Hause sein würde.

Ich prallte mit einer winzigen alten Frau zusammen, als ich durch Dorjes Haustür hastete. Ihre Stimme war durchdringend. »Sie haben ihn mitgenommen, und den anderen Mann auch.«

Rinchen stürzte aus dem Altarraum. »Was?«

»Samten haben sie mitgenommen, und den weißen Mann. Die Chinesen.«

Ich lief aus dem Innenhof, überquerte die dreckige Straße und riss mein Tor auf.

Die Haustür stand offen. Das Mao-Plakat lag auf dem Tisch, aufgespießt mit einem Messer. Im Zimmer war es still wie in einer Leichenhalle.

Ich stand erstarrt da. Dieser Moment glich einer Bestrafung, von der ich gewusst hatte, sie käme. Innerlich konnte ich die hasserfüllten Augen des Soldaten sehen, der Gerald gestern gemustert hatte.

Ich hörte Schritte hinter mir, dann tauchte Dorje neben mir auf. Er berührte mich am Arm und führte mich hinüber in sein Haus. Er sprach zu uns allen, und es kam mir vor, als schwebte ich an der Decke. »Mr. Wei wird uns helfen«, sagte er. »Das ist nur ein Missverständnis. Ich erkläre ihm die Situation, und die Kommunisten werden beide freilassen.«

Er machte sich auf die Suche nach Mr. Wei. Ich taumelte blindlings zurück in mein Haus und sank aufs Bett. Tränen fielen auf die Decke, hinterließen dunkle regentropfenförmige Punkte. Ich schloss die Augen, kauerte mich zu einem kleinen Ball zusammen und drückte die Stirn in die Decke.

15. September 1954

Dorje

Ich bin zum Hauptquartier der Kommunisten geeilt und habe inständig gehofft, dass meine Beine schneller laufen könnten. Ich dankte den Göttern, die mich in ihrer Weisheit nach China geschickt hatten, denn andernfalls hätte ich Mr. Wei nie kennengelernt und nicht gewusst, was ich tun sollte. Schweiß ist mir das Gesicht herabgerannt, und meine *Chuba* war feucht. Meine Beine zitterten vor Angst, aber ich zwang mich, mir Weis gütiges Gesicht ins Gedächtnis zu rufen. Ich betete, er möge einsehen, dass die Verhaftung von Samten und Gerald ein Missverständnis war.

Während ich lief, brannten Schuldgefühle in meiner Brust. Ich war bis nach China gereist, und als ich nach Hause zurückgekehrt bin, habe ich da meine Familie an einen sicheren Ort gebracht? Habe ich meine Nachbarn gewarnt, dass ihre Liebsten verschwinden könnten? Nein. Warum war ich nur so dumm? Wie ein Tier, das die Macht der Sprache nicht kennt. Ich sah die Lawine herabstürzen, habe aber nichts getan, um diejenigen auszugraben, die unter dem schweren Schnee erstickten.

Oh, Guru Rinpoche, lass bitte mich für mein Versagen büßen.

Ich bin zur Hintertür des kommunistischen Lagers gehastet. Ich hatte eine staubtrockene Kehle. Auf Augenhöhe befand sich eine Klappe. Nach unserer Rückkehr aus China waren wir zu dieser Tür gekommen, Mr. Wei und ich. Er hatte geklopft, die Klappe war von innen geöffnet worden, und zwei Augen hatten das kleine Rechteck ausgefüllt. Er hatte gesagt: »Neues von der Revolution.« Sie hatten ihn eintreten lassen.

Mit zitternder Hand klopfte ich an die Tür. Die Klappe öffnete sich quietschend. Ich sagte: »Neues von der Revolution … für Genosse Wei.«

»Das glaube ich nicht«, sagte die Stimme der Augen, die mich argwöhnisch und mit schmalem Blick ansahen.

Ich schluckte meine Angst hinunter. »Bitte, ich bin Genosse Thondup und möchte Genosse Wei sprechen.«

»Er ist nicht hier.« Es war eine ausdruckslose Stimme, wie ein gefrorener Fluss.

Schweiß sammelte sich unter meinen Armen. Mein Kopf war leer. Ich sagte: »Wo ist er?«

»Man hat ihn für politisch unzuverlässig befunden.«

Ich habe diese Worte nicht verstanden. Ich bekam Panik, das Herz klopfte mir immer schneller in der Brust.

Der Mann an der Klappe fuhr fort: »Er wurde dabei erwischt, wie er Gemüse für seinen elitären Gaumen angepflanzt hat, deshalb wurde er nach China zurückgeschickt, damit dort sein Denken berichtigt wird. Ich hole Kommandant Liu.«

Die Klappe hat sich geschlossen. Ich stand reglos wie ein Stein da, habe meinen Atem in meinen Ohren gehört. In meinem Hinterkopf leuchtete ein roter Gedanke auf.

Lauf los. Lauf sofort los.

15. September 1954

Gerald

Es geschah blitzschnell. Wie konnte sich mein Leben so rasch verändern?

Ich hatte gerade Samten in Dorjes Innenhof geholfen. Er war hinter mir und stapelte die Vorräte auf, die er und Dorje für ihre Reise benötigten.

Ich saß auf der Erde und stopfte ein Loch in einem Wollsack, als ich seine erstickte Stimme hörte. Ich drehte mich um und sah, wie zwei chinesische Soldaten Samten aus dem Innenhof zerrten. Sie hielten ihm den Mund mit der Hand zu. Ich öffnete den Mund, um einen Schrei auszustoßen, da spürte ich einen kalten Gewehrlauf an meiner Zunge. Sie packten mich von hinten am Kragen und an den Armen, zogen mich aus dem Innenhof und schleppten mich zu einem Lastwagen, der mehrere hundert Meter entfernt stand. Samten befand sich bereits auf der Ladefläche eines anderen Lasters. Seine Hände hatte man ihm hinter dem Rücken gefesselt. Seine Augen waren rund, starr vor Entsetzen. Ich spürte eine scharfe Spitze in meinem Rücken und Hände, die mich auf die Ladefläche schoben.

Ein Soldat richtete ein Gewehr auf meinen Kopf und zwang mich zum Hinsetzen. Ich konnte Samten nicht mehr sehen. Ich blickte zu meinem Haus, für den Fall, Emma wäre nach

Hause gekommen. Es gab keine Spur von ihr. Ich dankte Gott, dass sie immer noch am Fluss unsere Wäsche wusch. Dann fuhr der Lastwagen abrupt los. Während wir davonrollten, beobachtete ich, wie mein Haus immer kleiner wurde. Wir bogen um die Ecke, und es verschwand gänzlich.

Ich schaute mich um. Die Seiten der Ladefläche bestanden aus hohen Holzbrettern, aber die Rückseite war offen. Ich hätte hinausspringen können. Ich spähte durch das Fenster ins Fahrerhaus und sah schmale Augen, die mich genau beobachteten. Augen, die meine Gedanken kannten.

Was ist mit Emma? Würden sie später zurückkommen und sie ebenfalls holen?

Der Motor heulte auf, während der Laster die Straße hinabrumpelte und eine Staubwolke hinter sich herzog. Wir fuhren in Richtung der großen Straße, die nach Gyantse und zur Hauptstadt führte. Ich lockerte den Kragen meines Hemdes, ich bekam keine Luft, spürte Sand auf meiner Zunge. Die Luft war stickig vor Abgasen, als würde ich sie direkt aus dem Auspuff einsaugen. Durch das Fenster zum Führerhäuschen sah ich zwei Soldaten, die lachten. Derjenige auf dem Beifahrersitz hielt ein Gewehr, dessen Lauf gegen die Windschutzscheibe lehnte.

Außer mir befanden sich noch zwei Tibeter auf der Ladefläche. Einer trug eine saubere braune *Chuba* und wirkte sehr jung, vielleicht wie sechzehn. Er hatte zwei Zöpfe, die am Hinterkopf zu einem Haarknoten festgesteckt waren. Er besaß eine gerade, edle Nase und riesige Augen, die ihn naiv aussehen ließen. Er starrte mich glasig an, während er sich mit dem Ärmel seiner *Chuba* Nase und Mund zuhielt. Neben ihm saß ein alter Mönch. Er war dünn, mit eingefallenen Augen und ledriger Haut. Sein Gesicht war rund und gelassen, er hatte schneeweiße Stoppeln auf seinem rasierten Kopf.

Seine Augen waren geschlossen, seine Lippen bewegten sich. Blut besudelte den Boden der Ladefläche. Ich schluckte, entsetzt von dem Anblick. Ein weggeworfener Strang Gebetsperlen hüpfte und klapperte bei jedem Schlagloch. Ich fragte mich, was mit demjenigen geschehen war, dessen Hände sie einst gehalten hatten.

Ich betete. *Bitte, lieber Gott. Bleib bei mir. Lass mich nicht im Stich.*

Der Lastwagen fuhr über ein Schlagloch, das uns in die Höhe katapultierte. Ich landete unsanft auf meinem Steißbein. Beim Geräusch eines Gewehrschusses sprang ich erschrocken auf, nur um festzustellen, dass es eine Fehlzündung des Motors war.

Die Minuten verstrichen, und eine schreckliche Hilflosigkeit überkam mich. Vor meinem geistigen Auge sah ich mein Haus. Spürte, wie es in immer größerer Ferne verschwand. Ich fragte mich, ob Emma bereits nach Hause gekommen war und was sie täte, sobald sie herausfand, dass ich nicht da war. Mein Herz raste. *Bitte, lass sie es nur auf mich und Samten abgesehen haben. Herr, wenn das mein letzter Tag auf Erden ist, führe und tröste zumindest meine Emma.*

Ich blickte zu dem jungen Mann, der neben mir saß. Er hatte die panischen Augen einer eingesperrten Ratte. Mit wackeligen Beinen stand er auf und ging zum Ende des Lastwagens.

Der alte Mann sagte: »Spring nicht runter … Ich habe miterlebt, wie sie einen erschossen haben, der das versucht hat.« Der junge Mann setzte sich, und der Mönch schloss erneut die Augen. Wir kamen an einer Stadt vorbei, und dann an noch einer. Die ganze Zeit heulte der Motor. Mein Herz hämmerte seit Stunden. Furcht lag mir wie ein Ziegelstein im Magen. Jedes Mal, wenn ich zur Sonne sah, stand sie ein wenig tiefer am Himmel, bis ihre Strahlen schräg auf die Berghänge fielen und die Landschaft in ein goldenes Braun hüllten. Wir fuhren durch eine Schlucht, die diesen braunen Teppich durchschnitt.

Der Lastwagen kletterte langsam einen Gebirgspass hoch. Schlagartig wurde die Straße steil, und wir drei rutschten zum hinteren Teil des Lasters. Die Augen des alten Mönchs sprangen auf. Wir krallten uns an den Holzbrettern der Seitenwand fest. Der alte Mann konnte sich nicht länger halten, fiel bäuchlings zu Boden und schlitterte kopfüber die Ladefläche hinab. Ich griff nach seiner Robe, aber der Stoff entglitt meinen Fingern, und der Mönch fiel über die Kante. Der junge Mann und ich starrten uns an, verunsichert, was wir tun sollten.

Schon blieb der Laster stehen. Der Soldat auf dem Beifahrersitz kam heraus und schnippte seine Zigarette mit einer wütenden Handbewegung fort. Er warf uns einen düsteren Blick zu, und seine üble Laune jagte mir Angst ein. Wir zwei auf der Pritsche gingen langsam zum hinteren Ende, da wir ihn nicht verärgern wollten. Ich sah ihn an und zeigte auf mich, um ihm zu verdeutlichen, dass ich aussteigen und dem alten Mann helfen wollte. Der Soldat kniff die Augen zusammen und starrte mich argwöhnisch an.

Der alte Mönch lag stöhnend am Boden, mit dem Gesicht nach unten. Sein rechter Arm war unter ihm eingeklemmt. Ich stand reglos da. Noch einmal versuchte ich dem Chinesen pantomimisch zu erklären, dass ich aussteigen wollte, und schließlich nickte der Soldat. Ich kletterte hinunter und drehte den Mönch vorsichtig auf den Rücken. Sein Gesicht war mit Staub bedeckt, aber seine Augen leuchteten. Ich half ihm beim Aufstehen und sagte ihm, ich sei Arzt in Tibet. Er hielt mir den Arm hin, damit ich ihn untersuchen konnte.

Der Soldat beobachtete uns misstrauisch. Er zündete sich eine weitere Zigarette an und setzte sich auf die Stoßstange.

Der Arm schien verletzt zu sein. Ich glitt mit den Fingern

darüber und ertastete den versehrten Knochen. »Ihr Arm ist gebrochen«, erklärte ich ihm auf Tibetisch. »Ich kann es richten, aber es wird wehtun.«

»Vielen Dank«, sagte er, und ein Lächeln erhellte sein Gesicht. Er drehte sich zum Soldaten um, und mithilfe von Wörtern und Gesten erklärte er ihm, was nun geschehen sollte. Der Soldat rollte mit den Augen und deutete auf seine Armbanduhr, rauchte jedoch weiter seine Zigarette. Ich bat den jungen Mann, ebenfalls auszusteigen und den Mönch um die Hüfte zu halten. Ich packte die Hand des alten Mannes und zerrte daran. Er verzog das Gesicht. Nachdem ich seine Hand losgelassen hatte, war der Arm wieder gerade. Ich suchte den Boden nach einem Ast ab, um ihn als Schiene zu benutzen. Kaum hatte ich mich einen Schritt vom Lastwagen entfernt, fuhr der Soldat hoch und zeigte mit dem Gewehr auf mich. *Die Schiene vergesse ich lieber*, entschied ich. Ich hob die Arme, um ihm zu zeigen, dass ich wusste, wer hier das Sagen hatte. Er senkte die Waffe. Ich ging zurück zum Mönch und berührte den langen roten Stoff um seine Schultern. Unter diesem Obergewand trug er ein enges, ärmelloses Leibchen, das seine Brust bedeckte. »Darf ich?«, fragte ich und zog sanft an dem Stoff. Er nickte. Ich riss einen langen Streifen ab, um eine Schlinge bilden zu können. Während er die Augen gegen den Schmerz zukniff, beobachtete er mich durch die schmalen Schlitze und lächelte ganz leicht, als genieße er den Anblick, wie ich sein Gewand zerriss. Er rieb sich den Arm und zuckte zusammen. Ich umwickelte seinen Arm mit dem Stoff und knotete die beiden Enden an seinem Hals zusammen. Seine braunen Augen blickten in meine. »Vielen Dank.«

»Den Arm nicht bewegen«, sagte ich zu dem Mönch. Er nickte und legte den gebrochenen Arm schützend auf seinen gesunden.

Der Soldat schleuderte mir seine Zigarette vor die Füße. Ich blickte zu ihm auf, um seine Stimmung zu beurteilen. Er wirkte gelangweilt. Mit einer Kopfbewegung gab er uns zu verstehen, dass wir zurück in den Laster sollten. Der jüngere Mann half dem Mönch, und auch ich zog mich auf die Ladefläche. Jetzt saßen wir eng beieinander. Der Soldat murmelte ein Wort, während er zur Fahrerkabine ging.

Die aschfahlen Augenbrauen des alten Mannes hoben sich. »Ich bin Lama Tenzin. In Ihren Händen steckt Mitgefühl, und Sie sprechen sehr gut Tibetisch«, sagte er lächelnd.

Ich lächelte zurück und deutete eine Verneigung mit dem Kopf an. »Vielen Dank. Ich bin Gerald. Ich bin zu Besuch aus Amerika.«

»Mein Name ist Lobsang«, sagte der junge Mann.

»Was hat der Soldat gemurmelt?«, fragte ich. Wir rutschten zur Fahrerkabine, als der Lastwagen den Berg hinabrollte.

»*Latseng*«, sagte Tenzin. »Er hat uns auf Tibetisch Müll genannt.« Seine Stimme war ruhig, als verkündete er lediglich, es gebe gutes Wetter.

Lobsang blickte finster und beleidigt drein. »Ich habe nicht gewusst, dass er *das* gesagt hat!«

»Oh, nicht aufregen«, sagte Tenzin. »Es versüßt ihm den Tag, wenn er uns beleidigt.«

»Aber was haben sie mit uns vor?«, fragte Lobsang.

»Sie bringen uns ins Gefängnis. Geben uns schreckliches Essen. Befragen uns, wollen wissen, wie wir zu Seiner Heiligkeit stehen. Setzen alles daran, dass wir Verbrechen zugeben.« Tenzins Stimme klang müde, beinahe gelangweilt.

»Welche Verbrechen? Ich habe kein Verbrechen begangen!«, rief Lobsang. »Sie kamen, um das Ackerland meines Vaters zu stehlen, und jetzt ist er allein, weil sie mich mitgenommen haben.«

»Oh, man muss nichts verbrochen haben. Sie denken sich schon ein Vergehen für dich aus. Wenn man ihnen widerspricht, hat man eben falsche Gedanken. Und sie sind dann so gütig, dich umzuerziehen.« Tenzin seufzte und lächelte uns traurig an. »Es tut mir leid, dass ihr beide hier seid. Es wird schwer für euch werden.«

»Aber warum haben sie mich mitgenommen?«, fragte ich Tenzin. »Ich bin nicht einmal aus Tibet.«

»Ach, Sie sind Amerikaner. Und deshalb natürlich ein Kapitalist.« Er bedachte mich mit einem gequälten Blick.

In meinem Kopf spielten sich Schreckensszenarien aller Dinge ab, die sie mit einem mutmaßlichen Kapitalisten anstellen würden.

Tenzin zog die Augenbrauen hoch: »Es gibt nicht viele Ausländer in Tibet.«

»Meine Frau und ich sind hierhergekommen.« Allein ihre Erwähnung war wie ein quälender Schmerz.

»Geht es Ihrer Frau gut?«

»Ich … ich weiß nicht.« Meine Kehle schnürte sich zusammen. »Das hoffe ich. Sie war nicht zu Hause, als sie mich mitgenommen haben.«

Tenzin sagte: »Dann werde ich für ihre Sicherheit beten.«

Lobsang hatte beide Hände unter seine *Chuba* gesteckt, saß mit großen und besorgten Augen da. »Ich weiß nicht, was mein Vater jetzt tut. Ich bin nicht mehr da, um seinen Tee und das Mittagessen zuzubereiten.« Seine Nase war gerade und dünn, seine Wimpern waren lang, seine Lippen voll wie die eines Mädchens. Er erinnerte mich an eine filigrane Porzellantasse, und der Gedanke, ihn in den dicken, plumpen Händen der Soldaten zu wissen, erfüllte mich mit Entsetzen.

Traurigkeit bahnte sich einen Weg meine Kehle hinab und kroch in meine Brust. Es wurde still. Ich betrachtete die Landschaft, und der Lastwagen vibrierte, während wir unaufhaltsam weiterfuhren.

Nachdem die Sonne längst untergegangen war, hielten wir in einem kleinen Dorf. Lichter glühten gelb hinter den Fenstern, und ich sehnte mich nach meinem Zuhause.

Wir mussten aussteigen und sollten uns erleichtern. Insekten schwirrten vor den Scheinwerfern des Fahrzeugs und leuchteten wie winzige Flammen auf. Das Knacken des trockenen Grases unter unseren Füßen durchbrach die Stille, während die Soldaten uns zurück zum Lastwagen stießen. Als wir uns hinsetzten, schalteten sie die Scheinwerfer aus, und die Dunkelheit umschloss uns wie eine zähe schwarze Flüssigkeit. Ein Soldat stand Wache. Wir drängten uns mit Lama Tenzin in der wärmsten Ecke zusammen.

Meine Sorgen nagten an mir. Ich war beunruhigt, wie sie uns im Gefängnis behandeln würden. Und ich hatte Angst, wir könnten auf der Ladefläche des Lastwagens erfrieren. Ich erinnerte mich an unseren Weg nach Tibet – ebenfalls im eiskalten Wind hatten wir unser Lager aufgeschlagen. In einem Wind, der meine Nase gekitzelt hatte, als der Schleim bei jedem Ein- und Ausatmen gefroren und wieder geschmolzen war. Der Himmel hatte wie ein riesiger kalter Saphir über uns gehangen und mir verdeutlicht, wie klein ich war. Mein leerer Magen knurrte. Ich schlief ein und träumte, meinen eigenen steifgefrorenen Leichnam zu finden.

15. September 1954

Dorje

»Du willst warten, bis die Kommunisten uns alle holen? Nun, Champa und ich verschwinden!« Bei dem letzten Wort hat meine Frau einen Suppentopf auf den Herd geknallt.

»Rinchen, beruhige dich. Ich weiß, dass wir wegmüssen. Aber … Ama-la … Wir können ihren Leichnam nicht zurücklassen, wo es niemanden gibt, der ihn anständig begräbt. Anschließend brechen wir auf.«

Sie schüttelte wild den Kopf. Sie hatte die Augen eines verängstigten Pferdes.

»*Also schön*, Rinchen. Ich gebe auf. Ich werde Lama Norbu bitten, sie anständig zu beerdigen, und dann reisen wir im Laufe der Nacht ab.« Ich trat aus der Tür, um unseren Nachbarn Yeshe zu suchen. Es war eine Erleichterung, die Luft draußen einzuatmen. Sich von der Lawine zu entfernen, die mein Haus überrollt hatte. Ich mochte ihn nicht um einen Gefallen bitten, denn er genoss die Aufregung, selbst die eines Unglücksfalls, viel zu sehr. Doch ich hatte keine andere Wahl. Ich bat ihn außerdem, sich so gut wie möglich um unsere Tiere zu kümmern, und er hat eingewilligt. Wenige Augenblicke später sah ich, wie er auf seinem Pferd losritt, um Lama Norbu zu holen. Der Himmel war so dunkel wie chinesische Tinte.

Als ich nach Hause zurückkehrte, zerrte Champa einen

Beutel mit *Tsampa* aus der Tür. Rinchen packte Tee und getrocknetes Fleisch in einen Sack. »Ich kann einfach nicht glauben, dass wir immer noch hier sind.« Ihre Stimme war scharf wie Nadeln. »Vielleicht sollte ich das Totengebet für meinen Bruder aufsagen, aber ich weiß nicht, wo er ist. Und wenn wir lang genug warten, muss Lama Norbu womöglich Totengebete für unsere gesamte Familie sprechen!«

»Rinchen! Hör auf!«

Sie blinzelte. Da habe ich das Zittern ihres Kinns bemerkt, das einzige Zeichen, dass sie gleich in Tränen ausbrechen würde. Der Anblick zerrte an meinem Herzen wie ein Geier, der mit seinem Schnabel nach mir hackt. Ich wollte meine Arme um sie legen, aber sie drehte sich weg. *Rühr mich nicht an, oder ich zerfließe auf dem Boden*, sagte ihr Rücken.

Ich ging in den Altarraum. Sanft hob ich Ama-la auf. »*Om ami dewa hri*. Es tut mir so leid, Ama-la.« Ich habe sie auf ihr Bett gelegt und ihr die Decke bis übers Kinn gezogen.

Champa kam herein und nahm meine Hand. Er hat Ama-las Gesicht gemustert. »Sie sieht aus, als würde sie schlafen, Pa-la.«

»Dieses Gebet musst du sprechen, bis Lama Norbu kommt, Champa: *Om ami dewa hri. Om ami dewa hri.*« Seine kindliche Stimme betete mit mir.

Mein Gesicht war voll Traurigkeit, als ich in den Innenhof trat. Rinchen band gerade einen Beutel auf einem Yak fest. »Ich hole Emma, damit du ihr Haar färben kannst«, sagte ich zu ihr.

Sie gab keine Antwort.

Ohne Emma nach ihrer Meinung zu fragen, hatten wir entschieden, dass sie mit uns kommen sollte, und Rinchen würde versuchen, sie wie eine Tibeterin aussehen zu lassen. Aber jetzt, da ich Emma von unserem Plan erzählte, schüttelte sie energisch den Kopf. »Ich darf doch Gerald nicht zurücklassen. Ich muss wissen, wo er ist!«

»Emma, dabei kann ich dir nicht helfen … Wir können unsere Suche beginnen, sobald wir Kathmandu erreicht haben.«

»Gib mir einfach ein Pferd, und ich werde selbst nach ihm suchen!« Ihre Hand flog in die Luft, als zeigte sie mir den Weg ihrer Suche.

Ich kam mir vor wie ein verrückter Schäfer, der ein Schaf aufzuhalten versuchte, das von einer Klippe springen wollte. »Wirst du mit den Kommunisten persönlich reden? Wirst du mit ihnen auf Englisch sprechen, oder wirst du Chinesisch lernen?« Mein Ton war nicht freundlich, aber ich musste ihr den Ernst der Lage verständlich machen. »Wie willst du Gerald helfen, wenn *du* ebenfalls von den Kommunisten geschnappt wirst?«

Tränen sickerten aus ihren Augen. »Bitte mich nicht, dass ich ihn hier zurücklasse.«

»Ich *bitte* dich nicht, Emma-la. Du kommst mit uns!« Ich habe sie fest am Arm gepackt, so wie ich auch Schafen die Füße zusammenbinde, um sie zurück in den Innenhof zu bringen. Sie hat sich nicht gewehrt.

Als Yeshe mit Lama Norbu kam, hatte Rinchen bereits mit der Arbeit an Emmas Haar begonnen. Wir haben uns alle vor Lama Norbu verbeugt. Rinchen brachte ihm und Yeshe Buttertee.

Lama Norbu sagte: »Was ist geschehen, Dorje? Yeshe war so aufgebracht, dass ich kein Wort verstanden habe.«

Ich bat ihn in den Altarraum. »Die Kommunisten sind in unser Haus gekommen. Sie haben Samten mitgenommen. Ama-la … nun, deshalb habe ich nach Ihnen geschickt, damit Sie die Gebete für ihre Reise durch den *Bardo* sprechen.«

»Oh, Dorje, das tut mir leid«, sagte er. »Aber was ist ihr zugestoßen?«

»Ich denke, dass der Schreck über den Besuch ihr Herz angehalten hat.«

»Oh, die Arme! Aber deine Frau packt gerade. Und was tut sie mit dem Haar der Ausländerin?«

»Sie versucht, sie wie eine Tibeterin aussehen zu lassen. Wir reisen nach Kathmandu. Meine Frau, sie will noch heute Nacht los.«

»Ihr verlasst Tibet?«

»Ja.« Ich senkte den Blick. Es war mir unangenehm, dass wir eine Entscheidung getroffen hatten, ohne vorher Lama Norbu zu befragen. Vielleicht war er nun wütend auf uns.

»Also brauchst du mich, damit ich deine Mutter beerdige.«

»Ja, das wäre sehr gütig.« Ich brachte es nicht über mich, ihm in die Augen zu sehen.

»Ich kümmere mich um sie. Und ich werde für dich und deine Familie beten. Ihr seid nicht die Ersten, die Tibet verlassen.«

Ich hielt den Atem an, als hätte er mir ein Geheimnis anvertraut, das ich nicht hören wollte. Seine Augen waren sehr traurig. Er sagte: »Geh und triff alle Vorbereitungen.«

Dankbar habe ich mich vor ihm verneigt. Er ist in Ama-las Zimmer gegangen.

In der Küche saß Emma immer noch auf ihrem Kissen. Yeshe saß neben ihr und betrachtete ihr Haar. Seine Augen haben geglüht. »Dorje, komm her!«

Rinchen hat ihn finster angefunkelt, und ich hoffte, sie könnte ihre Zunge im Zaum halten.

»Sie hat das Haar der Amerikanerin geflochten, aber das hat nicht geklappt, und sie hat gesagt: ›Dieses Haar ist wie Yakhaar oder vielleicht eher wie das eines Schafs!‹«

Ich musterte meine Frau. »Rinchen, wo liegt das Problem? Mach einfach zwei Zöpfe.«

»Einfach zwei Zöpfe machen, sagst du? Ich verstehe dieses Haar nicht. Ich habe Yakbutter reingeschmiert, um es zu zähmen, doch die Wellen sind nur größer geworden und *noch* wilder als zuvor!«

»Siehst du, Dorje?«, lachte Yeshe. »Deine Frau ist aufgebracht!«

Jetzt machte mich Yeshe ebenfalls wütend. Ich sagte: »Bind einen Zopf oder wickle ihr Haar in ein Tuch!«

»Ich kann nicht glauben, dass ich mich mit diesem Haar herumärgern muss und mir zwei Männer sagen, was ich zu tun habe.«

Da stand Emma plötzlich auf. »Gebt mir einfach ein Tuch, und ich erledige es *selbst*!«

Ihre laute Stimme ließ mich hochfahren. Auf einmal war es still im Haus.

Ich musste die beiden Frauen allein lassen. »Yeshe, kannst du mir mit den Yaks helfen?«

»Oh. Natürlich.«

Als wir aus dem Zimmer gingen, hörte ich Rinchen sagen: »Es tut mir leid, Emma-la. Lass mich jetzt dein Haar machen.«

16. September 1954

Emma

Ich betrete zum letzten Mal unser Haus. Ich gehe zum Herd und lege meine Hände auf seine gusseiserne Oberfläche. Sie ist kalt, was mich zum Weinen bringt. Ich schlinge mir die Arme fest um den Körper. Ich habe meinen einzigen echten Halt verloren, Gerald. Ich gehe zur Kommode und öffne die oberste Schublade. Drücke eines seiner weißen Baumwollunterhemden an mein Gesicht. Es riecht nach seinem Schweiß und nach Flusswasser. Ich schlüpfe hinein und streiche über meine Rippen. Darüber ziehe ich meine *Chuba*, vervollständige meine Verkleidung für eine Reise, die ich anzutreten kaum ertrage.

Ich werfe einen Blick in den Spiegel und sehe eine dumpfe Leere in meinen Augen. Augen, die immer noch nicht fassen können, was geschehen ist. *Vielleicht bringen sie ihn nach ein paar Tagen zurück. Sie wollen uns nur Angst einjagen, damit wir Tibet verlassen. Ich sollte hier sein, wenn er wiederkommt.* Aber ich habe keine Wahl. Allein kann ich ihn nicht suchen.

Ich starre auf meine Stiefel hinab. Mit denen ich aus Tibet fortgehen werde, ohne ihn. Wie zum Teufel konnte das passieren?

Ich setze mich, um ihm eine Nachricht zu schreiben. Hole tief Atem.

Gerald, mein Liebster, *16. September 1954*

falls du diesen Brief findest, dann ist Gott womöglich doch barmherzig und hat dich zu mir zurückgebracht. Ich bin verzweifelt genug, um zu beten, dass Gott oder irgendjemand dich beschützt. Dorje hat mich überzeugt, dass wir fliehen müssen, denn wer auch immer dich geholt hat, wird wohl auch für den Rest von uns zurückkommen. Wir reisen nach Kathmandu, und sobald wir dort sind, setze ich Himmel und Hölle in Bewegung, um dich zu finden. Bitte denk immer daran: Ich halte dich in meinem Herzen und ins Licht. Ich hoffe, wir sehen uns wieder, und zwar bald.

Für immer dein. *Emma*

Ich stecke den Brief in einen Umschlag und drücke das Papier an meine Wange. Ein Schluchzen lässt meine Brust erzittern. Ich fülle den Umschlag mit Liebe, mit mehr Liebe, als je hineinpassen könnte, bevor ich ihn auf die Kommode lege, wo er einsam zurückbleibt.

Dann gehe ich aus der Tür.

Noch vor Anbruch der Morgendämmerung schlüpften wir aus Dorjes Innenhof in den eisigen Wind, der meine Augen wie scharfe Eiszapfen durchbohrte. Ich stemmte mich dagegen, betrachtete Rinchens Stiefel vor mir.

Während ich mich immer weiter von unserem Haus entfernte, dem gemütlichen Nest, das all unsere Liebe und Hoffnung in sich getragen hatte – unsere Träume der letzten Jahre –, überkam mich das Gefühl, ich würde sterben. Und genau das wollte ich. Ich ging durch einen Tunnel, der dunkler und furchteinflößender war als alles, was ich je erlebt hatte.

Entsetzliche Gedanken zeichneten sich auf den Tunnelwänden ab. *Sie halten ihm eine Waffe an den Kopf… drücken den Abzug. Seine hellen Locken verfärben sich braun vom getrockneten Blut. Seine Handgelenke sind an eine Wand gekettet, und seine leeren Augen starren mich an.*

Mein Inneres war eine trostlose Einöde, wie der Mond. Es war der schrecklichste Tag meines Lebens.

Mittags legten wir in der Nähe einer Berghöhle eine Pause ein, um Buttertee zu trinken und *Tsampa* zu essen. Vor dem Eingang der Höhle entfachte Rinchen ein Feuer aus Dungfladen und Stöcken, die sie am Wegesrand gesammelt hatte.

Ich saß auf einem Stein, sah ihr zu, fühlte mich wie Blei.

Sie bewegte den Kolben im Butterfass auf und ab, bevor sie mir etwas eingoss.

Champa reichte mir mit großen braunen Augen, die mich zum Essen überredeten, etwas *Tsampa*. Mein kleiner Beschützer. Ich steckte mir die Teigkugel in den Mund und nippte an dem kräftigen Tee. Das heiße Getränk löste einen Teil des Teigs auf meiner Zunge auf, dann zwang ich mich, den restlichen Klumpen hinunterzuschlucken. Ich berührte Champas Kopf und zerwühlte ihm das Haar, kam mir vor wie ein Schurke neben einem kleinen Buddha.

16. September 1954

Gerald

Es war eine lange Nacht voll heulender Winde. Ich schlief nie lang am Stück, schreckte häufig aus dem Schlaf hoch. Meine Ohrläppchen waren eiskalt und schmerzten.

Bei Tagesanbruch knurrte mein Magen. Ich setzte mich auf, und Tenzin lächelte mich an. »Sie sind hungrig«, sagte er.

Ich war peinlich berührt. »Entschuldigen Sie. Ja, das bin ich. Sehr hungrig.«

»Sie werden uns erst etwas zu essen geben, wenn wir das Gefängnis erreicht haben, mein Freund.«

Lobsang setzte sich auf. Er sah aus, als habe er überhaupt nicht geschlafen. In nur einer Nacht hatten sich Schatten unter seinen wunderschönen Augen gebildet. »Wo ist das Gefängnis?«

»In Lhasa. Das liegt jetzt nicht mehr weit weg.«

Der Soldat gab uns mit einem Nicken zu verstehen, dass wir aussteigen und eine Linie bilden sollten, um unsere Notdurft zu verrichten. Dann schob er uns mit dem Gewehrkolben zurück zum Lastwagen. Als ich sah, wie er Tenzin in die Rippen stieß, wurde ich wütend, aber Lobsang war geradezu zornentbrannt. Er packte den Gewehrkolben und riss ihn von Tenzin fort, umklammerte dann den Lauf der Waffe und funkelte den Soldaten finster an. Sie hätte ihm genau ins Gesicht gefeuert, aber Lobsang schien das nicht zu kümmern. Ich hielt den Atem an und wartete, dass der Soldat ihm den Schädel wegpustete. Vorsichtig machte ich einen Schritt nach vorne und legte Lobsang eine Hand auf den Arm.

»Lobsang, lass los. Es wäre keine Hilfe, wenn wir mit anschauen müssten, wie sie dir in den Kopf schießen.«

Er blinzelte, schien wieder zur Vernunft zu kommen und erlaubte mir, seine Hand vom Gewehrkolben zu lösen. Ich half ihm beim Hinsetzen auf die Ladefläche. Der Soldat sah zu ihm hoch, schüttelte pfeifend den Kopf und ging dann weg.

Als der Lastwagen anrollte, konnte ich nicht sagen, was meinen Körper mehr zum Zittern brachte: der Schauder, der durch mich hindurchjagte, oder die Erschütterung der Fahrt. Ich nahm Lobsang in die Arme und spürte, wie sich seine Brust vor lautem Schluchzen hob und senkte. In meiner Umarmung war er ein kleiner Junge.

Während der Fahrt schlief Lobsang in meinen Armen ein. Nach einer Weile erwachte er und drückte sich von mir weg. Über die hölzernen Seitenwände des Lastwagens hinweg sah ich kurz ein Mädchen in der Ferne, das Yakdung vom Boden aufsammelte und in den Korb auf ihrem Rücken legte. Für sie war es ein ganz normaler Tag. Lobsang beobachtete sie ebenfalls, mit sehnsüchtigen Augen. Ich betrachtete seine makellos junge Haut. War er schon einmal verliebt oder mit einem Mädchen zusammen gewesen?

Tenzin, der vorsichtig den Arm in der Schlinge hielt, senkte die Lider und atmete tief ein. Nach ein paar Minuten entspannten sich seine Gesichtszüge, und er öffnete die Augen.

Ich fragte ihn: »Warum sind *Sie* hier? Sie sind ein Mönch, was können die nur gegen Sie haben?«

»Oh, auf uns Mönche haben sie es besonders abgesehen! Das ist meine dritte Verhaftung. Für sie stelle ich eine Gefahr dar, bin ein sehr schlimmer Junge.« Er lächelte. »›Religion ist Gift‹ – behaupten sie. Sie holen mich immer wieder, damit ich mein Gift verliere, aber es funktioniert nicht.«

»Warum lassen sie Sie dann überhaupt frei?«, fragte Lobsang.

»Das weiß ich nicht. Vielleicht brauchen sie eine Pause von mir.«

Lobsang lachte nervös. Tenzins gute Laune schien ihn ebenso zu verwirren wie mich. »Von meiner *Gompa* haben sie nun insgesamt siebzehn Mönche mitgenommen«, fuhr Tenzin fort. »Sie kommen, während wir schlafen. Ich habe Glück. Die meisten kehren nie zurück.«

Ich schluckte. Schweiß rann mir von den Achselhöhlen die Seiten herab, als ich mir das Schicksal der anderen ausmalte. Lobsang starrte mit weit aufgerissenen Augen, die mich an meinen Bruder erinnerten, zu Boden.

Tenzin sah uns beide an und wurde ernst. »Es tut mir leid. Ich will euch keine Angst einjagen. Seid unbesorgt. Ich habe schon zwei Gefängnisaufenthalte überstanden, und ich werde eintausend Schutzgebete für uns alle aufsagen.«

»Was geschieht mit denjenigen, die nicht zurückkehren?«, fragte Lobsang.

»Sie werden krank oder bekommen nicht genug zu essen oder werden misshandelt. Doch ihretwegen muss man sich keine Sorgen machen. Dagegen diejenigen, die andere Häftlinge verleumden oder die Seiner Heiligkeit, dem Kundun, abschwören? Um *diese* Menschen sorge ich mich. Sie werden entlassen, aber ihr Karma ist sehr schlecht.« Er schüttelte traurig den Kopf. »Ich bin überrascht, einen Amerikaner auf der Ladefläche des Lasters zu sehen.«

Ich schnaubte verächtlich. »Geht mir auch so.«

»Sie haben also in Shigatse gewohnt?«

»Ja, der Regent hatte uns seine Erlaubnis gegeben.«

»Ich habe von Amerika gehört«, sagte Lobsang. Er streckte den Arm aus und berührte neugierig meine Locken. Seine Augen glichen denen einer Eule.

Wir alle bemerkten die beiden Nomaden zur selben Zeit. Stille senkte sich über uns. Am Straßenrand stand ein schmutziger Mann, der völlig mit dem Ruß des Lagerfeuers und dem feinen tibetischen Staub bedeckt war, und neben ihm eine Frau in einer schwarzen *Chuba*, deren bunt gestreifte Schürze sich durch das jahrelange Leben unter freiem Himmel zu einem tristen Grau verfärbt hatte. In ihren Augen war Angst zu lesen, und sie hatten die Zungen herausgestreckt, eine Respektsbekundung der Tibeter, während sie die Räder des riesigen Lastwagens beobachteten, der an ihnen vorbeizog. Wahrscheinlich hatten sie noch nie zuvor einen Laster gesehen.

Ich beneidete sie um ihre Freiheit. Ich erinnerte mich, dass gestern der Tag völlig normal angefangen hatte. Die Yakfladen hatten im Ofen geknistert. Der Geruch nach Seife hatte meine Nase erfüllt, ihre samtweiche Konsistenz meine Finger gestreichelt, während ich mein Gesicht zum Rasieren einschäumte. Emma hatte die Hände über den Ofen gehalten. Ihr kastanienbraunes Haar hatte sich über ihren Schultern gelockt.

Ich kniff die Augen zu, wünschte die Gegenwart weit weg.

Als ich sie wieder öffnete, sah ich, wie sich Tenzins Lippen bewegten. Er hatte die eintausend Gebete bereits begonnen. Lobsang rappelte sich hoch und hielt sich an der hölzernen Seitenwand des Lasters fest. Er starrte so gebannt hinaus, dass ich ebenfalls neugierig aufstand.

Der Lastwagen steuerte ein riesiges Gebäude aus Schlackenbeton an, das in einem äußerst zweckmäßigen Stil erbaut und schrecklich hässlich war, von einem trostlosen Grau mit einer leuchtend grünen Schrift. Unter den chinesischen Zeichen waren die formschöneren tibetischen Buchstaben zu sehen. Vier Wachen standen in makellos sauberen, olivfarbenen Uniformen stocksteif da.

Lobsang erbleichte. Unser Lastwagen reihte sich in eine Schlange großer Fahrzeuge ein. Mit grunzenden Lauten und angelegten Gewehren bedeuteten uns die Soldaten, dass wir aussteigen und uns nebeneinander aufstellen sollten, mit dem Gesicht nach Osten, der Morgensonne zugewandt.

Und dort blieben wir stehen. Während die Sonne allmählich ihren Zenit erreichte, röstete sie meine Haut. Die tibetische Sonne fühlt sich an, als stünde man direkt neben ihr und starre in sie hinein. Der Schweiß rann mir das Gesicht und den Hals hinab. Meine Zunge klebte am Gaumen. Wir verharrten dort, bis die Sonnenstrahlen senkrecht auf uns herabbrannten. Der Mann neben mir fiel in Ohnmacht, und ein Soldat zerrte ihn ins Gebäude. Einen Augenblick später hörte ich Schreie.

Als die Sonne hinter mir stand, vernahm ich Rufe auf Chinesisch. Die Menschenschlange begann, ins Gebäude zu strömen wie ein todgeweihter Tausendfüßler. Während ich durch die Doppeltüren aus Glas und Metall schritt, verkrampfte sich mein Herz für einen Moment, als würde es in einem Schraubstock zerdrückt werden. Die Luft im Innern hatte die Kälte einer Höhle. Obwohl es nach der Hitze eine Erleichterung war, zitterte ich unkontrolliert.

Tenzin ging vor mir. Zwei Wachen stürzten herbei, bauten sich neben ihm auf und eskortierten ihn. Einer hielt Tenzin ein Gewehr an den Rücken, während der andere den Arm des Lamas packte. Die bewaffnete Wache wirkte nicht älter als siebzehn, mit einem langen, schmalen Gesicht, das mich an eine Rübe mit Haaren erinnerte. Er marschierte mit steifem Gebaren und blickte sich argwöhnisch um. Die andere Wache war viel älter und hatte einen Bauch, der vom Alter aufgebläht war.

Der ältere Wärter lächelte Tenzin an und sprach auf Tibetisch mit ihm. »Sie sind zurück, Großvater Tenzin. Wir haben Sie vermisst.«

»Wie geht es Ihrer Frau, Lin?«

»Ihr geht's gut.«

Ich traute kaum meinen Augen und Ohren. Warum brauchte dieser zerbrechliche kleine Mönch zwei bewaffnete Wachen? Der ältere Wärter kannte ihn. Was hatte er getan, als er schon einmal hier gewesen war, um gleichzeitig eine solche Vorsicht und Zuneigung hervorzurufen? Ich beobachtete diese sonderbare, wenn auch alltägliche Unterhaltung, die mit vorgehaltener Waffe geführt wurde.

Die jüngere Wache trat vor, sodass er nun auf gleicher Höhe mit Tenzin war, wobei er dem alten Mann immer noch den Gewehrlauf in die Seite drückte. Er warf dem älteren Wärter einen entrüsteten Blick zu, was Lin jedoch nicht bemerkte.

Tenzin drehte sich zu dem neuen Wärter um und sagte auf Tibetisch: »Ich habe Sie hier nie zuvor gesehen, mein Sohn.«

»Ich bin ein Sohn Maos, nicht dein Sohn, *Latseng*.«

Tenzin lächelte ihn an und sagte: »Ich bin *Latseng*, und wenn ich sterbe, werde ich zu Vogelfutter.«

Der rübenköpfige Wärter funkelte Tenzin an, als sei er geisteskrank, und stieß ihn kräftig mit dem Gewehr. Lin blieb abrupt stehen und trat auf die andere Wache zu. Er brachte sein Gesicht so nah an das des jüngeren Wärters, dass sich ihre Nasen beinahe berührten, und bohrte ihm den Finger in die magere Brust. Seine Worte waren scharf wie die Zähne eines Hais. Ich musste kein Chinesisch verstehen, um die Zurechtweisung zu spüren.

Dann stellten sich die drei wieder in einer Reihe auf. Lin sagte zu Tenzin: »Junge Funktionäre. Glauben, ihnen gehöre die Welt.«

Wir blieben vor einer Zelle stehen, und die Wachen schoben uns hinein. Obwohl mein Herz raste, als ich über die Türschwelle trat, war ich erleichtert, mit Tenzin und Lobsang eingesperrt zu werden.

Ich blickte mich um. Die Wände waren aus Schlackenbeton und stellenweise braun verfärbt von Blut oder Kot, was ich nicht genau sagen konnte. Außer einem Eimer in der Mitte gab es nichts weiter in der Zelle. Keine Betten, keine Decken, kein Waschbecken. Nur ein einfacher Holzeimer. Das übertraf meine schlimmsten Befürchtungen.

Hinter mir ertönte ein lauter Befehl auf Chinesisch. Ich drehte mich um und sah einen Wärter an der offenen Tür stehen, der mich ungeduldig beäugte. Er zeigte auf die andere Seite des Raums. Mit zitternden Beinen ging ich zu der Stelle, auf die er gedeutet hatte. Er schrie mich erneut an, und schließlich verstand ich, dass ich mich setzen sollte. Ich zögerte, denn der Boden dort war rot vor Blut. Schaudernd ließ ich mich in der Lache nieder. Die kalte Flüssigkeit kroch durch den Stoff meiner Hose. Ich rieb mir über die Arme, um die Gänsehaut zu verjagen. Die Wache knallte die Holztür zu. Noch lange nachdem der Mann verschwunden war, hallte das Echo in meinem Kopf wider. Das Geräusch von zerstörter Hoffnung. Mein Schädel pochte, der Schmerz durchbohrte meine Augen wie zwei Schwerter. Mein Mund war trocken und pelzig.

Mit einem nervösen Blick zur Tür schob ich mich aus der Blutlache. Ich dachte an Emma, vermisste sie, sehnte mich nach ihrer Berührung, ihren Händen, die mein Gesicht und meine Haare streichelten, um mich zu beruhigen.

Meine Zellengenossen und ich schwiegen eine Weile. Tenzins Finger strichen über seine Gebetsperlen, Lobsang schritt unruhig auf und ab. Ich schloss die Augen, da seine Angst ansteckend war.

Da hörte ich das kratzende Geräusch von Metall auf Beton. Durch einen schmalen Spalt in der Wand wurden drei Schüsseln geschoben. Lobsang schnappte sich eine. Ich nahm die anderen beiden Schüsseln und reichte eine davon Tenzin.

Den Inhalt der Schüssel erkannte ich nicht. Als ich darauf starrte, sagte Tenzin: »*Momo* und *Thukpa*. Gerade einmal genug, um immer hungrig zu sein.«

Er bemerkte, dass Lobsang seine *Momo* öffnete und nach Fleisch suchte, und erklärte ihm: »Sie ist nicht gefüllt. Besteht nur aus Teig.«

Ich hatte schon so lange nichts mehr gegessen, dass ich den Hunger kaum spürte, aber mein Verstand war auf sonderbare Art benebelt – dringend musste ich irgendetwas zu mir nehmen. Wir alle leckten jeden Tropfen Flüssigkeit aus den Schüsseln, nachdem wir die *Thukpa* gegessen hatten, so durstig waren wir.

Durch das winzige Fenster hoch oben in der Zellenwand sah ich, dass der Himmel schwarz geworden war.

Während die Stunden verstrichen, wurde es in der Zelle immer eisiger. Ich rollte mich zu einem Ball zusammen, um mich gegen die Kälte zu schützen, die vom Beton ausstrahlte. Sie sickerte in meinen Rücken, wo dieser die Wand berührte. Tenzin saß neben mir, hatte seine zerrissene Kleidung fest um seinen Körper gewickelt. Er schnarchte. Die Stunden in dieser ersten Nacht streckten sich schier endlos dahin, wie die Chinesische Mauer. Ich war erschöpft, konnte jedoch nicht schlafen. Immer wieder blickte ich zum Fenster, in der Hoffnung, dass sich der Himmel bald verfärbte. Lobsang erging es wohl nicht anders. Er drehte sich zu mir und sagte: »Eigentlich hätte ich morgen heiraten sollen.«

»*Was?*«

»Wir haben alles für die Zeremonie vorbereitet, da hörten

wir draußen einen Schrei. Und deshalb sind wir auch hinausgegangen, mein *Apa* und ich.« Er schaute zu Boden, und seine Pupillen bewegten sich, als spielte sich die Szene erneut in seinem Innern ab. Sein Gesicht glich dem einer traurigen Puppe, so makellos schön mit seinen Augen, die von dunklen Wimpern umrahmt waren. »Ich wollte nicht, dass sie meinen *Apa* mitnehmen, deshalb habe ich mich gewehrt. Er ist sehr alt… Er hätte das hier nicht überlebt.« Ich lauschte seiner flüsternden Stimme, da fügte er hinzu: »Ich hoffe, *ich* schaffe es.«

Bei Anbruch der Morgendämmerung hörten wir Schreie. Mir stellten sich die Nackenhaare auf. Während sich Tenzin nur neugierig umblickte, starrten Lobsang und ich uns entsetzt an. Die Adern an seinem Hals traten hervor, und alles, woran ich denken konnte, war, wie vollkommen anders dieser Tag ablaufen würde als der, den wir uns noch vor vierundzwanzig Stunden ausgemalt hatten.

20. September 1954

Dorje

Bevor wir Tibet verließen, mussten wir zu Dawas Kloster, um ihm Auf Wiedersehen zu sagen. Nachdem wir angekommen waren, ging ich in die Versammlungshalle und beobachtete ihn. Er hatte mich noch nicht bemerkt. Er ließ roten Sand in eine kleine Mulde in die Ecke eines *Mandalas* rieseln. Schon während seiner Kindheit habe ich es geliebt, ihn heimlich zu betrachten. Als Baby saß er oft wie ein kleiner Mann auf Rinchens Schoß, mit vor Konzentration zusammengekniffenen Augenbrauen. Und genau so sah er auch heute aus, während er den Sand in den Fingern hielt. Er hatte Rinchens Augen: riesig und dunkel wie der Nachthimmel.

Meine Kehle war wund, und ich fühlte eine Traurigkeit wie damals, als Rinchen ein Kind verloren hatte. Meine Brust war schwer, da ich wusste, was Dawa noch nicht wusste: dass sein Lieblingsonkel verschleppt worden war und auch wir an einen weit entfernten Ort gehen würden. Ich versuchte, meine Gedanken zu vergessen, indem ich das Herz meines Sohnes erspürte. Es war friedvoll, mit starken, langsamen Schlägen.

Es hatte Rinchen das Herz gebrochen, von dem Sohn, der ihre Augen besaß, getrennt zu sein. An dem Tag, an dem wir ihn ins Kloster geschickt haben – er war gerade sechs Jahre alt – hat sie die Zeit totgeschlagen, indem sie besonders viel kochte. Abends fand ich sie dann weinend in der Küche. Sie tat so, als hätte sie sich den Finger verbrannt, aber ich wusste, das stimmte nicht.

Mein Sohn blickte auf und sah, dass ich ihn anstarrte. Rasch legte er den Sand beiseite und rannte auf mich zu. Er hat mich umarmt, als wäre er wieder ein Kind, doch seine starken Arme belehrten mich eines Besseren. »Pa-la! Du bist hier! Das ist ein guter Tag.«

»Wir sind alle hier… auch Rinchen und Champa.«

»Sie sind ebenfalls gekommen?« Er zeigte erst ein breites Lächeln – dann verschwand es. »Was ist geschehen?«

Seine Gedanken sind so schnell. Dawa war wie mein Name, Dorje, was Blitzschlag bedeutet. Ich wollte ihn langsam auf alles vorbereiten, aber ein Blitz schlägt so schnell ein, wie es ihm gefällt.

»Dein Onkel Samten ist mitgenommen worden, Dawa.«

»Mitgenommen? Was soll das heißen?«

»Die Kommunisten haben ihn mitgenommen.«

Das Gesicht meines Sohnes wurde knallrot, und seine Kiefermuskeln spannten sich an. Er blickte an mir vorbei, versuchte, seine Wut zu verbergen. Er wusste, dass ich es nicht mag, wenn er wütend ist. Als Dawa ein kleiner Junge war, hat Samten ihn auf seine Knie gesetzt und ihm Lieder von den Nomaden beigebracht. Dawa kann diese Lieder immer noch singen. Wenn er zu Besuch kam, machte er lange Spaziergänge mit seinem Onkel. »Weißt du, wohin sie ihn gebracht haben?«

»Nein. Und da ist noch mehr. Dawa… Wir verlassen Tibet und reisen zu Onkel Tinle nach Kathmandu. Wir sind hier nicht mehr sicher.«

Dawas Mund klappte auf. Er setzte sich an den Rand einer Bank, auf der die Mönche normalerweise beten. Seufzend stützte er den Kopf in die Hände.

Ich habe sein Handgelenk berührt. »Außerdem ist Ama-la gestorben.«

»Was?« Er schluckte mit weit geöffneten Augen.

»Ich denke, dass sie sich erschreckt hat, als die Kommunisten ins Haus gekommen sind. Und noch etwas … Sie haben auch unseren Freund aus Amerika mitgenommen. Er und Samten waren zusammen, als sie sie fortgeschleppt haben. Emma ist bei uns. Wir sind hier, um uns zu verabschieden und den Segen unseres Sohnes zu erbitten, dem künftigen Lama. Wir wollen, dass du Gebete für unsere Sicherheit sprichst.«

Mein Sohn hat nicht geantwortet. Er war völlig reglos.

»Haben wir deinen Segen? Und deine Gebete, Dawa?«

»Ich …«, sagte er und stockte. Da waren noch andere Worte in seinem Mund, das wusste ich. Doch er sprach sie nicht aus. Mit seinen Gedanken war er weit weg. »Ja, Vater.« Seine Stimme klang angespannt, als würde man ihn erwürgen. »Aber ich bezweifle, dass euch meine Gebete helfen.«

»Was?« Ich lachte, in dem Versuch, ihn zum Lächeln zu bewegen. »Und das sagt ein Mönch?«

»Ich bin kein guter Mönch.« Ich habe meinen Ohren nicht getraut. Ich wollte ihn fragen, was er damit meint, aber er sagte: »Ich würde jetzt gern den Rest der Familie sehen. Sie sind draußen?«

»Ja. Lass uns gehen.«

Während wir über die hohe hölzerne Türschwelle ins Freie stiegen, starrte ich seinen Rücken an. Ich spürte einen Sturm in seinem Innern. Und obwohl ich wissen wollte, was dieser Sturm bedeutete, wollte ich ihn nicht danach fragen. Niemals würde Dawa mir sein Herz ausschütten, wenn er nicht dazu bereit war. Diese Sturheit hatte er von Rinchen. Ich lächelte ihn an, als er ins warme Sonnenlicht trat, um ihn wissen zu lassen, dass es in Ordnung war. Aber er sah mir nicht in die Augen.

Rinchen und Emma hockten auf dem Boden, während Champa im Kreis um sie herumlief und ihnen bei jeder Runde auf den Kopf klopfte. »Pa-la«, sagte er, »Emma hat mir ein Spiel beigebracht, das heißt Fuchs-geh-um! Siehst du?«

Emma sagte: »Champa, du darfst nicht gleichzeitig auf beide Köpfe klopfen. Nur einer von uns kann der Fuchs sein!«

Dawa ging zu seiner Mutter. Sie haben sich mit der Stirn berührt und umarmt. »Mein Sohn, der zukünftige Lama!«, sagte sie. »Und so gut aussehend!«

»O Mutter!« Dawa schüttelte den Kopf.

Dawa und Emma haben sich verneigt und mit der Stirn berührt. »Es tut mir so leid wegen Gerald.«

Sie presste die Lippen aufeinander und sagte dann: »Vielen Dank.«

Er ging steif einen Schritt zurück, als wäre es zu aufwühlend, die Traurigkeit in ihren Augen zu sehen. Er spielte mit den *Mani*-Perlen an seinem Handgelenk. Als ich mich in ihn hineinversetzte, habe ich bei ihm ein Brennen gespürt. Er sagte: »Bitte kommt herein und esst *Tsampa* mit mir.«

Wir aßen zusammen zu Mittag, sprachen aber wenig. Am Abend haben wir das Gästehaus des Klosters aufgesucht. Emma ging sogar noch vor Champa ins Bett, als könnte sie den Schlaf nicht erwarten. Nachdem Champa eingeschlafen war, tranken wir mit unserem Sohn in der Gästeküche Tee.

Er hat seine Tasse abgesetzt. »Ich möchte mit euch kommen.«

Rinchens Augen quollen wie die einer Eidechse hervor. »Was? Du bist ein Mönch! Du bleibst im Kloster.«

»Ich frage mich nur, ob ich Tibet nicht außerhalb des Klosters eine größere Hilfe wäre.«

Rinchen schüttelte heftig den Kopf, und ihre Miene versteinerte sich. »Nein. Du hast eine Aufgabe, du musst für alle

Menschen auf der Welt beten. Das ist dein Schicksal! Lama Norbu hat es gesagt!«

»Aber in Tibet geschehen schreckliche Dinge!« Dawa war ein Haufen trockener Äste, und Rinchen eine Flamme.

»Wenn in unserem Land schlimme Dinge geschehen, liegt es daran, dass wir die Wünsche der Götter nicht befolgt haben. Wenn wir zu stolz waren, werden wir aus unserem Leiden lernen. Du kannst nicht einfach entscheiden, oh, ich habe es satt, ein Mönch zu sein, ich verlasse mal das Kloster!«

»Mutter, ich sage den ganzen Tag lang Gebete für die Zukunft Tibets auf. Und was passiert? Die Chinesen kommen und zerstören unsere Klöster! Außerdem will ich zur Universität gehen. Ich will alles über die Welt lernen – sie verändert sich, und wir Tibeter wissen nichts davon.«

»Universität?«, hörte ich mich sagen.

Ausnahmsweise war Rinchen sprachlos.

»Rinchen«, sagte ich mit sanfter Stimme, »ich habe auch nachgedacht, und vielleicht ist es für Dawa nicht sicher hierzubleiben. Wir sollten uns alle beruhigen und versuchen, den anderen zu verstehen.«

»Die Götter beschützen die Mönche in einem Kloster«, sagte sie zu mir, als wäre dies das Offensichtlichste auf der Welt. Sie wandte sich an Dawa. »Du willst Tibet retten, indem du Bücher liest?«

Seine Stimme wurde so laut wie ihre: »Tibet wird durch seine eigene Ignoranz zerstört!«

Ich sah das Feuer, das zwischen ihnen brannte. Ihre Wangen haben die Farbe von Rettich angenommen. Obwohl ich auf meine Frau wütend war, spürte ich, dass sie das Gefühl hatte, als würde ihr das Leben wie Sand durch die Finger gleiten. Sie erhob sich und verließ das Zimmer.

Mein Sohn presste die Luft aus dem Mund, schnell und

hart. Dann hat er mich angeschaut. »Pa-la, ich bin nicht der einzige Mönch, der solche Gedanken hat. Wir sind vier, die oft darüber sprechen, was jeden Tag mit unserem Land geschieht. Seit Jahrhunderten haben wir Tibeter uns isoliert, und jetzt wissen viele Menschen auf der Welt nichts von unserer Existenz. Wie wollen sie uns helfen, wenn sie nicht wissen, wer wir sind? Und außerdem wissen *wir* nichts von der Welt. Einer der Mönche hat heimlich ein Radio mitgebracht, damit wir die Nachrichten aus aller Welt hören können. Im Radio erwähnen sie unbekannte Orte, und ich habe nicht den blassesten Schimmer, wo sich diese Orte befinden oder welche Bedeutung sie haben. Jetzt will China unsere Traditionen zerstören und unser Land stehlen, und wir haben nichts, womit wir sie aufhalten können.«

»Seine Heiligkeit, der Dalai Lama, wird uns führen und unser Land beschützen.«

»Kann Seine Heiligkeit das? Kennt er diese unbekannten Orte? Er ist doch bloß ein Junge.«

Seine Heiligkeit auf irgendeine Weise anzuzweifeln, das tun wir Tibeter nicht. Meinen Sohn, den Mönch, so reden zu hören, konnte ich nicht zulassen. Ich habe in die glimmende Asche des Herdfeuers geblickt, da ich nicht wusste, was ich sagen sollte.

»Pa-la, sei bitte nicht sauer. Mein Herz ist gleichgeblieben. Nur in meinem Kopf sind neue Ideen.«

»Ja, Dawa. Aber diese Ideen sind mir sehr fremd. Ich habe nicht erwartet, dass du so etwas in einem Kloster lernst!« Ich lächelte ihn an.

Er sagte ernst: »Vielen Dank, dass du mir zugehört hast, Pa-la. Ich habe mich entschieden, von hier wegzugehen. Ich würde gerne mit euch gehen, doch wenn Mutter das nicht erlaubt, gehe ich allein.«

»Das sind genau die Worte, die deine Mutter vor kurzem zu mir gesagt hat … ›Ich würde gerne mit dir gehen, aber notfalls werde ich Tibet ohne dich verlassen!‹ Ihr seid euch so ähnlich, und ihr beide bereitet mir Kopfschmerzen!« Ich habe ihn am Ohr gepackt und leicht daran gezogen, um ihm meine Liebe zu zeigen. »Ich bin immer noch dein Vater, Dawa, und jetzt schicke ich dich um meinetwillen ins Bett.«

»Pa-la, ich bin froh, dir zu gehorchen. Gute Nacht.« Er lachte, und wir beide sind aufgestanden. Er hat seine Arme um mich gelegt und mich an sich gedrückt.

Am nächsten Morgen ist Dawa mit uns abgereist. Er und Rinchen sind Seite an Seite gegangen, aber sie haben sich kein einziges Mal angesehen.

25. September 1954

Emma

Ich habe seit zehn Tagen nicht geschlafen und halte nach Gerald Ausschau, obwohl ich weiß, dass ich ihn nicht sehen werde. Pausenlos hämmert mein Herz in panischer Angst. Meine Beine kribbeln vor Unruhe, aber ich bin zu erschöpft, um einen Hügel hinaufzugehen. Mit jeder Meile, die wir Richtung Westen reisen, wird das Land karger. Ich habe mir einen Schal ums Gesicht gebunden, um mich vor dem Staub zu schützen. Ich fühle mich wie die verdorrte Erde, ausgetrocknet und rissig.

Laut dem, was ich gehört habe, steckt er entweder in einem Arbeitslager oder ist tot. Ich will ihn nur sehen, meine Hand auf sein Gesicht legen und ihm durchs Haar streicheln, wie ich es immer tue, wenn er Angst hat.

Rinchen hat Mitleid mit mir. Sie schickt mich los, damit ich Yakdung aufsammle, oder lässt mich den Buttertee zubereiten, obwohl ich mich schrecklich ungeschickt anstelle. Trotz ihrer breiten Schultern erkenne ich, dass sie denselben Verlust wie ich mit sich herumträgt. Sie redet nicht viel, doch es liegt eine Schwerfälligkeit in ihren Bewegungen, wenn sie Champa die Stirn abwischt oder sich ihre *Chuba* bindet.

Ich beobachte, wie Dawas Finger über seine Gebetsperlen gleiten, und ich hasse ihn dafür, denn ich kann nicht beten.

Nicht, dass ich vor all diesen Ereignissen besonders gut darin gewesen wäre, aber jetzt wäre wohl der richtige Augenblick, um mit Beten anzufangen. Was würde Gerald in meiner Lage tun? Er würde beten, o ja, jede Wette. Ganz sicher wundern sich meine Gefährten – religiöse Tibeter – schon längst: Warum betet sie nicht für Gerald? *Verdammt noch mal! Ich boykottiere Gott. Diese ganze Sache bestätigt meine tiefe Angst, dass die Welt ein kranker Ort ist, voller hasserfüllter Menschen, die sich nur für sich selbst interessieren, und das Leben ist ein schlechter Witz.* Ich käme mir lächerlich vor, wenn ich nun beten würde. Gebete bewirken nichts, und wir bitten um viel zu dumme Dinge und sollten wahrscheinlich sowieso besser für nichts die Verantwortung tragen.

Neulich habe ich versucht, Psalme zu lesen, nun ja, um Trost darin zu finden, aber ich hätte am liebsten laut losgeschrien. *Dass dich des Tages die Sonne nicht steche noch der Mond des Nachts.* An diesen Psalm erinnerte ich mich sehr gut. Sie haben ihn an Daddys Beerdigung vorgelesen. Der Pfarrer hat davon gesprochen, Gott beschütze uns vor allem Leid, während wir alle auf Daddys Sarg gestarrt haben. Ich saß in einer Wolke aus bösen Gedanken und habe mir lauter groteske Fragen gestellt: Sieht Daddy gerade, wie verrückt das alles ist, sieht er uns, die vor seinem Sarg sitzen und das Versprechen hören, dass Gott uns vor allem Leid beschützt? Wenn der Tod kein Leid war, was zum Teufel war er dann?

Einzig Champa gibt mir Kraft. Er hält den ganzen Tag meine Hand. Er spürt meine Verzweiflung und bleibt deshalb in meiner Nähe, weil er wahrscheinlich fürchtet, ich könnte bei der nächsten Gelegenheit von einer Klippe springen. Es ist unglaublich, dass es ihm sogar manchmal gelingt, mich zum Lachen zu bringen. Er streckt die Brust heraus und verkündet: »Heute werden wir Nomaden treffen und *Tsampa* mit ihnen essen«, oder: »Heute werden wir viele Schafe sehen.« Und er behält recht. Wir gehen tagelang, ohne die kleinste Spur eines Schafs, und siehe da, genau am Tag seiner Prophezeiung stoßen wir auf eine Herde.

Ich denke ununterbrochen an den Tod, daran, nicht mehr da zu sein, für immer in den Schlaf zu sinken. Lasst mich wie einen Kadaver am Straßenrand zurück, will ich meinen Gefährten sagen. Aber dann blickt mich Champa mit seinen ernsten Augen an – auch wenn er mit dem Finger in der Nase bohrt –, und mich überkommt dieser absurde Drang, laut loszulachen. Ich betrachte den Kopf meines kleinen Beschützers und trotte weiter. Gerald würde wollen, dass ich den Glauben nicht verliere. Nun, das hier ist das absolut Beste, wozu ich mich aufraffen kann: weiterzugehen und Champas Hand zu halten.

7. Oktober 1954

Gerald

Der Eimer in der Mitte der Zelle. Der Pisspott. Wir müssen unser Bedürfnis vor den Augen der anderen verrichten. Es ist eine erniedrigende Tortur, sich auf den Eimer zu hocken, auch wenn jeder von uns wegblickt, sobald ihn jemand benutzt. Noch schlimmer ist der Umstand, dass er tagelang dort stehen bleibt, stinkt und überläuft, bis einer der Wärter einen Gefangenen hereinschickt, der ihn ausleert.

Jeden Tag haben wir Arbeitsdienst. Es gibt keine echte Arbeit, also erfinden die Wachen einfach etwas für uns. Wir heben Gräben aus und füllen sie dann wieder auf, vom Morgengrauen bis zur Abenddämmerung. Am zweiten Tag schälte sich meine Haut am Griff der Schaufel. Der Griff verfärbte sich rot, während das Blut herabtropfte. Die Wärter lachten in der heiß glühenden Sonne: »Jetzt werden die bourgeoisen Unterdrücker gedemütigt – und schwitzen wie die Bauern.«

Kurz vor dem Mittagessen ist Tenzin gestürzt. Ich ging zu ihm und befühlte sein Handgelenk. Sein Puls raste, und sein Gesicht war blass. Eine Wache kam zu uns herüber und schob mich von ihm weg. Ich hörte das dumpfe Geräusch von Stiefeln gegen Tenzins Rippen, als der Wärter ihn trat. Brennender Zorn stieg in mir auf, aber ich tat nichts. Tenzin öffnete die Augen, und eine andere Wache half ihm hoch. Sie ließen ihn auf wackligen Beinen gegen seine Schaufel gelehnt stehen. Ich wollte ihm helfen, hatte jedoch Angst. Ich hasste mich dafür.

Ich starrte den aufgequollenen Schmutz unter meiner Schaufel an und hörte eine leise Stimme neben mir: »Wir fragen uns alle, warum sie dich in eine Zelle mit Lama Tenzin gesperrt haben.« Der Mann stand zu meiner Rechten. Ich sah in sein Gesicht und machte mich auf seine Wut gefasst, weil ich Tenzin nicht beschützt hatte. Aber sein Gesichtsausdruck war freundlich; es waren allein meine Schuldgefühle, die mich quälten. »Keine Sorge, er erholt sich bald. Das tut er immer.« Er hatte sehnige Unterarme, und seine Adern traten hervor. Er grub weiter, während er redete, und blickte nur selten in meine Richtung, damit die Wärter nicht auf uns aufmerksam wurden.

Ich sah ihn ausdruckslos an. »Ich weiß nicht, warum sie mich mit ihm zusammen eingesperrt haben.«

»Das ganze Gefängnis will es wissen.«

»Das ganze Gefängnis?«

»Lama Tenzin ist hier eine Legende«, sagte er und lächelte seine Schaufel an. »Selbst die Wachen lieben ihn.«

»O ja, das ist mir auch schon aufgefallen.«

»Sie benehmen sich wie die Tiere, wenn er nicht da ist. Lama Tenzin war in meiner Zelle, als er das letzte Mal hier war. Es war ein großer Segen.« Hastig legte er die Finger vor der Brust zu einer *Mudra* zusammen, dann packte er in Windeseile den Griff seiner Schaufel. »Du musst ein wundervolles Karma haben«, sagte er ernst.

Ich dachte über seine sonderbaren Worte nach. »Er lächelt sie an, während sie ihn befragen«, fuhr er fort. »Das bringt sie zur Weißglut. Letztes Mal haben sie ihn in Einzelhaft geschickt – ein Fehler. Das gesamte Gefängnis hat sich aufgelehnt. Wir haben mit unseren Schüsseln gegen die Zellentüren gehämmert und die ganze Nacht geschrien, und einige der Khampas haben die Wachen sogar mit ihrer *Kaka* beworfen! Wir haben einen solch entsetzlichen Lärm gemacht, dass sie es nicht länger ertragen haben, und die Bewohner und Mönche in Lhasa haben sich bei der Regierung in Peking beschwert. Sie haben ihn aus der Einzelhaft geholt und dann aus dem Gefängnis geworfen, nur damit wieder Frieden einkehrt.« Kichernd schüttelte er den Kopf. Unser Gespräch endete abrupt, als er sah, dass uns ein Wärter misstrauisch beobachtete.

In dieser Nacht kroch die Kälte in meine Kleidung, und jeder Zentimeter meines Körpers war eisig. Ich träumte von Emma, und ihre Augen waren trauriger als je zuvor. Beim Erwachen wehte mir in der Dunkelheit der Gestank des Pisspotts entgegen, und ich wusste wieder, wo ich mich befand. Aber ich war überzeugt, dass mich ihre Hand im Schlaf gestreichelt hatte. Ich legte meine Hand an die Stelle, wo ihre gewesen war, und ließ sie dort.

Während die Tage in Wochen übergingen, breitete sich eine trostlose Gleichgültigkeit in mir aus. Die Schreie berührten mich nicht mehr so sehr wie am Anfang.

Heute Morgen haben sie Lobsang von seiner ersten Befragung zurück in die Zelle gebracht. Sein rechtes Auge war ein blutiger roter Ball mit einem schwarzen Punkt in der Mitte. Seine Arme waren mit blauen Flecken übersät. Er starrte wie eine Schaufensterpuppe vor sich her. Die Haare auf meinen Armen stellten sich auf.

Ich untersuchte sein Auge und seine Blutergüsse. Doch ohne meine Arzttasche war ich hilflos. Bei dem Anblick eines so jungen Menschen, der womöglich sein Augenlicht verlieren könnte, hätte ich weinen mögen. Ich wollte ihn nicht ängstigen, also sagte ich nur: »Lass es einfach in Ruhe, damit es heilen kann.«

In dieser Nacht saßen wir drei schweigend zusammen. »Sie werden Sie ebenfalls holen«, sagte Tenzin zu mir. »Sie müssen darüber nachdenken, was Sie ihnen sagen werden.«

»Was wollen die von mir hören?«

»Sie wollen, dass man ihr abgerichteter Affe wird. Dass man genau das sagt, was sie von einem verlangen, dass man jeden anspuckt, von dem sie wollen, dass man ihn anspuckt, und dass man seine Zellengenossen verrät.« Er machte eine Pause. »Sie werden Bambus unter Ihre Fingernägel schieben und Ihnen befehlen, ein Geständnis Ihrer antikommunistischen Gedanken und Taten niederzuschreiben.«

Ich fragte ihn: »Aber lügen einige der Männer nicht einfach, um ihre Haut zu retten, und schreiben ein Geständnis, das sie nicht einmal selbst glauben? Worin liegt der Sieg, wenn man einen Menschen zum Lügen bewegt?«

»Wenn man gesteht, egal ob man es ernst meint oder lügt, haben sie die Kontrolle über einen erlangt. Sie werden behaupten, Sie seien ein Spion oder ein Missionar oder Sie hätten antikommunistische Ideen unter den Tibetern verbreitet.«

Lobsang sagte: »Du musst lügen. Ich habe versucht, ihnen die Wahrheit zu sagen, und sieh mich an.«

»Ich … glaube nicht, dass ich das kann. Es verstößt gegen meinen Glauben. Gegen Gott.«

Lobsang schnaubte verächtlich. »Ist dein Gott wichtiger als dein Leben?«

Ich sah zu Tenzin. Seine Augen waren traurig, beunruhigt über Lobsangs Worte.

»Welche Sorte Gott lässt zu, dass sie *so etwas* tun?« Lobsang zeigte auf sein Auge. Dann brach er in Gelächter aus, ein verzweifeltes, halb weinendes Jammern. Sein blutiges Auge tränte, und sein ganzer Körper erzitterte vor stillem Schluchzen. Tenzin legte ihm eine Hand auf die Schulter.

Da blickte mich Tenzin an und sagte leise: »Setzen Sie Ihre Chance auf eine gute Wiedergeburt nicht aufs Spiel.«

Lobsang lachte erneut: »Dafür ist es zu spät. Wir sind bereits im Reich der Hölle.«

»Kann ich ihnen nicht erklären, dass ich weder ein Spion noch ein Missionar bin?«, fragte ich.

Lobsang sprach mit Tränen in der Stimme und einem bitteren Lächeln: »Sie werden dir nicht zuhören! Ich habe ihnen gesagt, dass mein *Apa* und ich jedem Bettler Essen geben. Aber die Wachen haben mich geschlagen, bis das Zimmer schwarz wurde.«

Tenzin sah mich mit ernstem Gesicht an. »Selbst wenn sie Sie foltern, müssen Sie für sie beten – weil sie so viel schlechtes Karma ansammeln.«

Ich zwang meinen Geist, es sich vorzustellen: den Bambus, wenn er unter die Haut geschoben wurde und den Nagel vom Fleisch riss. Mein Geist schloss sich wie eine Stahlkammer. Nein. Ich wollte einfach nicht glauben, dass sie mir das antun würden.

Und falls doch? Ich wusste nicht, was ich ertragen könnte.

8. Oktober 1954

Dorje

Jeden Tag legen wir genau dann eine Rast für *Tsampa* ein, sobald die Sonne direkt über unseren Köpfen steht. Wir sitzen in einem kleinen Kreis ums Lagerfeuer, ich und Rinchen und Dawa und Emma, und Champa spielt außerhalb unseres Kreises. Und wenn wir so dasitzen, habe ich das Gefühl, ich bin wir vier. Im missbilligenden Lippenschwung meiner Frau sehe ich ihre anhaltende Wut auf mich, weil wir wegen Dawa unterschiedlicher Meinung waren, aber ich spüre gleichzeitig, dass sie seine Anwesenheit genießt. Dawa kauert über seinem *Tsampa*, als hätte er alles verloren, was er liebt.

Und dann versetze ich mich in Emma hinein, und in ihrem Inneren ist es dunkel und kalt. Den ganzen Winter über bedeckt Schnee den Himalaya, und im Frühling schmilzt der Schnee, und Wasser tropft in die Täler meiner Heimat. Emma steht wie ein eisiges Gebirge da. Ihr Schmerz sickert aus ihr heraus, und in ihr gibt es viel Schmerz.

Champa hat auf unserer Reise den Clown gespielt und Tiergrimassen geschnitten, um Emma aufzuheitern. Er liebt es, Tiere nachzuahmen, und sie muss erraten, welches er ist. Besonders viel Spaß macht es ihm, wenn sie nicht dahinterkommt, weil sie viele tibetische Tiere nicht kennt. Dann spielt er den Lehrer und bringt ihr alles über die Tiere bei.

Champa hilft ihr auch, die Berge hinaufzuklettern. Seit einer Woche geht sie sehr langsam, als würde sie schwere Steine mit sich herumtragen. Rinchen hat ihr bei den letzten drei Mahlzeiten eine Extraportion Fleisch gegeben, und trotzdem muss Champa sie die Gebirgspässe hochschieben.

Rinchen hat eine Idee, warum Emma sich schwach und müde fühlt. Das ist eine dieser Frauensachen: unsichtbare Dinge, die so leise wie Spinnen unter meiner Nase entlanghuschen, die sie aber sieht.

Gestern hat Emma zu mir gesagt: »Es tut mir leid, dass ich so langsam bin, Dorje. Es muss die Höhe sein.«

Da habe ich Rinchen lächeln gesehen, als wüsste sie ein Geheimnis, und sie sagte zu Emma: »Du bist nicht krank. Du bekommst ein Kind. Ich hatte einen Traum.«

Aber Emma hat nicht gelächelt. Sie ist rot geworden, und ich habe gespürt, dass sie verärgert, geradezu wütend war. »Nein. Ich bekomme *kein* Kind.« Ihre Stimme war hart wie ein Stapel Ziegel. Sie ist aufgestanden und aus unserem Kreis gegangen.

Ich konnte spüren, wie sich Rinchens Bewusstsein um Emmas Antwort wand und versuchte, ihr einen Sinn zu geben. Sie sagte: »Warum ist sie nicht glücklich? Ich verstehe diese Ausländer nicht. Ich habe Weihrauch zwischen meinen Beinen verbrannt, um eine Seele in meinen Schoß zu locken. Wir alle tun das, um diesen Segen in unser Leben zu bringen. Hat Emma nicht gesagt, dass sie ein Kind will?«

Dawa und ich haben nicht geantwortet, waren verlegen, weil sie von diesen Frauensachen sprach. Dawa hat einen Stein aufgehoben und ihn fortgeschleudert.

Rinchen sagte: »Ich weiß, dass sie schwanger ist.«

Ich sagte zu ihr: »Vielleicht ist Emma traurig wegen Gerald.«

Obwohl ich Emma nicht verstanden habe, glaubte ich an Rinchens Traum. Ihre Träume sind immer wahr, und das schon seit ich sie kenne.

9. Oktober 1954

Emma

Rinchen treibt mich in den Wahnsinn. Seit vier Tagen schleicht sie sich morgens, während wir aufbrechen, an mich heran. »Ich hatte einen weiteren Traum! Du wirst ganz sicher ein Kind bekommen!«

Oh, sie hat nicht die *leiseste* Ahnung! Es gibt verdammt noch mal nichts anderes, was mir mehr unter die Haut gehen könnte als *diese eine* Sache.

Heute fängt sie wieder davon an. Ich seufze schwer. Sie hört nicht auf. »Rinchen«, sage ich durch zusammengepresste Zähne, »das ärgert mich *wirklich.*« Gleich explodiere ich, und sie merkt nichts.

»Kein Grund, sich aufzuregen! Unsere Kinder werden zusammen spielen!«

Ich werfe Dorje einen flehentlichen Blick zu, reiße die Augen auf, wie eine Verrückte, die am Rand eines Nervenzusammenbruchs ist – weil ich es bin, es wirklich bin. Dorje zuckt hilflos mit den Schultern. Rinchen kommt mit einem unbeugsamen Grinsen im Gesicht näher auf mich zu. »Du hast Glück, so gute Nachrichten zu hören!«

Übertrieben theatralisch halte ich mir die Ohren zu.

Sie steht da, den Kopf zur Seite geneigt, die Stirn in Falten gelegt, verwirrt. Eine mütterliche Pose, beinahe die schulmeisterliche Vorstellung einer tadelnden Befehlsgewalt, und das, obwohl Rinchen und ich beinahe gleich alt sind.

»Willst du denn *kein* Baby?« Sie hält die Arme, als wiege sie ein Kleinkind.

Das war's. »Genug!«, schreie ich und stoße sie beiseite. Dann laufe ich los, ohne darauf zu achten, wohin ich gehe. Ich entlade mich wie eine Monsunwolke. Ich renne über die trockene Erde, bis ich endlich allein bin. Ich falle und kralle mich am Boden fest, schlage auf die Erde ein. Ich drücke meine Wange in den steinigen Boden, Staub und Tränen vermischen sich. Mein Bauch schabt bei jedem Schluchzer übers Geröll.

Nach langer Zeit rolle ich mich auf den Rücken. Ich liege mit ausgestreckten Armen und Beinen da und starre hoch zum Himmel, der die Farbe von gebleichtem Blau hat. Tränen laufen mir über die Schläfen und in mein Haar. Ein Stein bohrt sich zwischen meine Schulterblätter.

Die Minuten verstreichen wie in Zeitlupe. *Wahrscheinlich suchen sie nach mir, aber ich schere mich einen Teufel darum.*

Erst viel später setze ich mich auf. Streiche mit den Fingern über meine geflochtenen Zöpfe.

Etwa hundert Meter entfernt sitzt Dorje im Schneidersitz. Er lässt mich einfach sein, sieht nicht in meine Richtung. Der Wind spielt mit den Ärmeln seiner *Chuba*. Ich stehe auf und gehe zu ihm. Als ich ihn erreiche, bemerke ich, dass er eine rote Wolldecke auf dem Schoß hat. Er erhebt sich und legt sie mir um die Schultern. »Es tut mir leid«, entschuldige ich mich bei ihm. Er nickt, als müsse ich das nicht sagen. Ich lausche meinem Atem – ein, aus, ein, aus – und spüre die kratzige Wärme der Decke, während wir zurück zum Lager stapfen.

Ich verstecke mich in meinem Zelt. Vier Tage sind seit dem Wutausbruch vergangen. Rinchen und ich haben nicht mehr miteinander gesprochen. Ich sollte mich entschuldigen, kann mich dazu aber nicht durchringen.

Ich habe die Stille gebraucht. Stille und etwas Privatsphäre, denn ich habe mich an jedem Tag mindestens einmal übergeben. Sobald ich das erste flaue Anzeichen spüre, gebe ich vor, Durchfall zu haben. Ich hielt es sogar für denkbar, dass Rinchen mit ihren nächtlichen Fantasien womöglich doch recht hat. Vielleicht pflanzt sie verrückte Ideen in meinen Kopf, aber alles, was ich früher täglich gegessen habe, verursacht mir nun allein schon beim Gedanken daran Übelkeit. Und meine Brüste sind aufgebläht wie zwei preisgekrönte Kürbisse. Also verliere ich entweder wirklich den Verstand, weil ich jetzt wie eine Freud'sche Irre körperliche Symptome zeige, oder eine zweite unbefleckte Empfängnis hat stattgefunden. *Aber das letzte Mal, dass Gerald und ich miteinander geschlafen haben, ist noch nicht so lange her, und demnach könnte es sein …*

Denk nicht mal daran. Du bist verrückt. Du darfst dir keine falschen Hoffnungen machen.

Mit sieben Jahren habe ich einmal einen Schwall Erbsen erbrochen. Mein Vater hatte sie mir eine nach der anderen gefüttert, und obwohl ich Erbsen hasse, hätte ich einfach alles gegessen, einfach weil er mir seine Aufmerksamkeit geschenkt hat. Er war gerade von einer viermonatigen Reise zurückgekehrt, und ich genoss seinen Geruch: Eau de Cologne und alte Bücher. Nach dem Mittagessen fuhren wir zu einem Park und beobachteten vom Auto aus Enten. Er erzählte mir, dass ihr Quaken Gottes Sinn für Humor offenbare. Ich liebte diesen Gedanken.

Er rollte den Kopf in kleinen Halbkreisen hin und her, packte das Lenkrad und drehte sich dann zu mir um. »Muffin.«

Ich starrte stur geradeaus, denn in diesem Augenblick wusste ich genau, wohin diese Unterhaltung führte.

»Ich weiß nicht, wie ich es dir sagen soll.«

»Sag es einfach, Dad. Du fährst wieder weg.«

Die Uhr am Armaturenbrett tickte laut in der Stille.

Mit jeder Erbse hatte er mich ein Stück weiter um den Finger gewickelt. Jeder breiige Ball, den ich hinuntergeschluckt hatte, war mir wie ein Versprechen vorgekommen, dass er dieses Mal für immer zu Hause bliebe. Deshalb habe ich mich übergeben. Das Erbrochene spritzte auf das Armaturenbrett und den cremefarbenen Ledersitz zwischen meinen Beinen, und ich war froh.

»Das muss dir nicht peinlich sein, Muffin«, hatte er gesagt. »Wir alle haben manchmal Magenprobleme. Das krieg ich schon wieder sauber.« Er griff ins Handschuhfach und suchte nach Taschentüchern.

Hoffnung ist etwas für Verrückte.

Leider kreist der Teil von mir, der sich auf Dummheiten spezialisiert hat, immer um den einen Gedanken: *Ich habe meine Periode nicht mehr bekommen ... seit jetzt wie vielen Wochen?*

Ein höchst sonderbares Gefühl durchströmt mich. Mein Atem setzt aus.

Also wirklich, das ist SO bescheuert!

Nun gut, Gott. Ich rede mit dir, verdammt! Du solltest jetzt besser eingreifen, oder du kannst es für immer vergessen. Entweder gibst du mir inneres Licht oder Kraft oder sonst etwas, oder es ist sehr wahrscheinlich, dass ich mich oder jemand anderes von einer Klippe stürze. Geralds Verschleppung quält mich schon genug, da brauche ich nicht noch eine Irre, die mich mit einem Baby foltert. Nach allem, was ich durchgemacht habe, musst du mir hier raushelfen. Verstanden?

11. Oktober 1954

Gerald

Ich höre das Rasseln von Schlüsseln, und mein Herz schlägt schneller. Das Rasseln kommt näher, und wir drei sehen uns an. Der Schlüssel dreht sich im Schloss, die Zellentür schwingt auf. Es ist unverkennbar, dass die drei Wärter meinetwegen hier sind. Sie packen mich am Arm. Als wir in den Korridor hinaustreten, steht jeweils eine Wache neben und eine hinter mir.

Sie bringen mich in ein kleines Zimmer mit krankenhausgrünen Wänden. Die Luft ist unnatürlich kalt. Sie setzen mich auf einen eisigen Metallstuhl vor einem Tisch. Dann bauen sie sich hinter mir auf, lehnen gegen die Wand, als warteten sie auf etwas oder jemanden. Meine Beine zittern. Meine Stirn ist schweißgebadet, und meine Hände kleben am Tisch.

Es gibt ein Porträt von Mao an der Wand. Sein aufgeblähtes Gesicht hat die Größe des Tisches vor mir. Ich blicke zur Decke. Ein rostiger Haken hängt dort. Ein Seil liegt zusammengerollt in der Ecke. Ein Teil des Seils ist mit der Farbe von Rost beschmiert. Blut.

Ich schlinge mir die Arme um den Körper, spüre Gänsehaut auf meinen Handgelenken. Ich höre, wie einer der Wärter hinter mir von einem Bein aufs andere tritt. Ich drehe mich um und sehe einen braunen Fleck von der Größe eines Kopfes an der Wand.

Ich versuche, mir nicht vorzustellen, was nun folgen wird. *Großer Gott, mögen Deine Worte meine Worte sein. Der Herr ist mein Licht und mein Heil. Vor wem sollte ich mich fürchten?* Ununterbrochen sage ich diese Sätze vor mich her. Ein schwacher Trost. Ich bin nicht überzeugt.

Die Zeit vergeht schmerzhaft langsam. Bereite dich vor, hatte Tenzin gesagt. *Wenn wir vom Weg der Wahrheit abweichen, sondern wir uns von Gott ab. Hilf mir, Herr, bitte.*

Ein dünner Mann mit einem Rohrstock kommt herein. Seine Lippen sind nur ein Strich im Gesicht, wie der Mund einer Schlange. Auf seiner rechten Wange ist eine Narbe zu sehen. Er setzt sich vollkommen gerade auf den anderen Stuhl. Mao blickt dem Mann über die Schulter. Ein weiterer Wärter tritt ein und stellt sich hinter den Stuhl des Mannes.

Ich höre das Hämmern meines Herzschlags in meinen Ohren.

Der dünne Mann spricht englisch mit mir. »Ich bin Genosse Han. Es ist einfach. Wenn du gestehst und uns erzählst, wer deine Kollaborateure sind, dann lassen wir dich frei.« Er schürzt die Schlangenlippen. »Warum bist du in Tibet?«

Ich schlucke. »Ich bin hergekommen, um etwas über die tibetische Religion zu lernen.«

»Du bist aus *Amerika* angereist, um etwas von diesen rückständigen Menschen zu lernen?« Er lacht.

Ich richte meinen Blick auf sein Gesicht, blinzle. Mein Mund ist trocken, meine Zunge ein Blatt Sandpapier. Seine Augen leuchten schwarz wie die einer Krähe. Sein Auge zuckt. Er schlägt mit dem Rohrstock auf den Tisch. Ich fahre zusammen. Meine Nerven gleichen zersplittertem Glas. Dann springt er vom Stuhl auf. Knallt seinen Kopf gegen meinen und schreit: »Wir befreien Tibet von Ausländern wie dir!«

Ich bete um inneres Licht. »Ähm …« Meine Stimme bricht.

»Ich bin nicht hier, um mich einzumischen oder zu spionieren …«

Er drängt sein Gesicht an meines, brüllt: »*Falsche Antwort*!« Legt die Spitze seines Rohrstocks an meinen weichen Bauch. Und stößt zu.

Ich kann nicht atmen. Hände packen mich von hinten. Ich spüre das Kratzen des Seils, das um meine Handgelenke geschlungen wird und mir die Hände auf den Rücken bindet. Jemand zieht an dem Seil. Meine Arme werden nach oben gerissen, wie bei einem Vogel mit verbundenen Flügeln. Feuer schießt durch meine Arme in meine Schultern, als der Wärter das Seil noch höher zieht. Andere Hände heben mich aus dem Stuhl. Mein ganzes Gewicht hängt jetzt an meinen Händen. Meine Füße baumeln über dem Boden. Schreie. Die von mir stammen. Dann bin ich allein.

Ein Spuckefaden sammelt sich in meiner Kehle. Ich huste. Finsternis senkt sich auf meine Lider.

Da sind Hände an meinen Hüften, die mich halten. Meine Füße berühren den Boden, meine Arme sacken herab, und ein flammender Schmerz schießt durch meine Schultern. Meine Beine geben nach. Sie knoten das Seil auf, und meine Arme gleiten an meinen Seiten herab, brennen. Das Zimmer wird dunkel, und ich spüre, wie ich in Ohnmacht falle. Sie zerren mich zurück in meine Zelle. Meine Knöchel schleifen über den Boden. Die Zellentür öffnet sich, und sie werfen mich hinein. Ich lande auf meiner rechten Schulter.

Tenzin beugt sich über mich. Aus seinem gütigen Gesicht schauen traurige Augen. Lobsang laufen Tränen über die Wangen, als er mich ansieht. Ein Schluchzen regt sich in meinen Eingeweiden. Ich kann mich nicht bewegen. Tenzin und Lobsang schieben ihre Hände unter meinen Rücken und legen mich in die Ecke. Tenzin setzt sich neben mich. Er renkt mir beide Schultern wieder ein. Meine Kehle ist rau. Ich blicke auf meine Hände. Das Seil hat an meinen Handgelenken seine Spuren eingegraben. Die Haut ist feuerrot. Mit Stoff bedeckte Arme umschließen mich.

15. Oktober 1954

Dorje

Wir haben steile Berghänge und Bäume voller jadegrüner Blätter erreicht. Champa zeigt auf sie und sagt: »Schaut her! So riesig!« Er ist ganz aufgeregt, Bäume zu sehen, die größer als in seiner Fantasie sind, aber das Grün stimmt mich traurig. Es bedeutet, dass wir uns Zhangmu nähern, dem Ort, an dem wir unserem Tibet Auf Wiedersehen sagen müssen, und dass man uns die Heimat aus den Körpern herausreißt. Zum zweiten Mal verlasse ich mein Land, und meine Füße wollen nicht weitergehen. Vielleicht sehen wir es nie wieder. Ich male mir aus, wie wir nach ein paar Monaten zurückkehren und durch das Tor in unseren Innenhof spazieren. Unsere Schafe kommen auf uns zu, um die Schnauzen an uns zu reiben, als wären wir nie weg gewesen. Aber wenn ich Dawa ansehe, dessen Augen weiter blicken als unsere, spüre ich, dass es nicht geschehen wird.

Mit jedem Schritt kann ich das Grenzschild klarer erkennen. Ich sehe uns alle an, und jeder überquert die Grenze auf seine ganz eigene Art. Emma hat einen Blick aufgesetzt, der in die Ferne schweift. Rinchen packt Champas Hand und läuft mit schnellen Füßen, die sagen: *Wir sind fast gerettet!* Champa, der von meiner Frau hinterhergezogen wird, macht sich ein Spiel daraus, hüpft über die Steine und springt hoch, um die Blätter mit den Händen zu berühren.

Ich drehe mich zu Dawa und Emma um und spüre einen Moment der Vertrautheit zwischen ihnen. Dawas Gesicht hängt wie welke Kohlblätter herab, ein Gesicht, das sagt: *Ich habe verloren*. Emma wirft ihm ein Lächeln zu, das sagt: *Gib nicht auf*.

Ich habe Guru Rinpoche für den großen Segen gedankt, dass er meinen Sohn aufgenommen hatte. Falls wir Dawa in Tibet zurückgelassen hätten, wie hätte ich dann jemals Frieden finden können? Bei jeder Nachricht über Tibet wäre ich um seine Sicherheit besorgt gewesen. Mein Kopf will sich solche Dinge gar nicht vorstellen.

Während unserer Wanderung hatte ich Angst, weil wir ohne den Segen eines Lamas aufgebrochen waren, und, noch schlimmer, wir waren an einem ungünstigen Tag losgegangen. Wir haben nicht einmal die einfachsten Vorbereitungen getroffen, die *jeder vernünftige Mensch* vor einer solchen Reise tun würde. Immer wenn wir einen Gebirgspass hinaufgeklettert sind, war ich überzeugt, dass wir für unseren Stolz bestraft würden.

Als wir in das Tal gehen, das nach Kathmandu führt, sage ich zu meiner Frau: »Wir haben unseren Weg beinahe hinter uns, und keine Dämonen haben uns gestört.«

»Sag das nicht, Dorje. Die Reise ist noch nicht beendet.«

So eine Pessimistin! Ich will nur fröhliche Dinge hören, also sage ich: »Vielleicht wurden wir beschützt, weil wir einen zukünftigen Lama bei uns haben.« Ich lächle sie an.

»Ein zukünftiger Lama, der aus einem Kloster flieht! Ich glaube nicht, dass uns das Schutz gibt. Außerdem solltest du so etwas nicht sagen, sonst denken die Götter, wir sind stolz.«

»Du machst deinen Verstand klein, wenn du so einseitig und gleichförmig denkst. Die Welt hat sich verändert, Rinchen. Selbst Seine Heiligkeit wird vielleicht nicht in Tibet bleiben! Ich habe das von einem Händler auf dem Weg hierher gehört. Seine Heiligkeit war in Indien, und Er hat ein Orakel befragt, ob es sicher ist, nach Lhasa zurückzukehren!«

Als ich ihr Gesicht sehe, bereue ich meine Worte. »Tut mir leid, Rinchen.« Sie hört mir nicht zu. Sie wandert den ganzen Tag mit gesenktem Kopf vor uns her und sagt keinen Ton.

15. Oktober 1954

Emma

Vergangene Nacht, als ich zum Schlafen in mein Zelt gegangen bin, war es wie in jeder anderen Nacht auf dieser gottverlassenen Reise. Außer dass ich vergangene Nacht endlich allen Mut zusammengenommen und mein Gepäck durchsucht habe. Ich besah, roch, berührte, was mir von meinem Ehemann geblieben war. Sein weißes Baumwollhemd. Ich hatte es vor der Abreise in meine Tasche gestopft. Er hatte es am Tag vor seiner Gefangennahme getragen, und der Stoff trug noch seinen Duft – süßlich und ledrig, selbst am Stehkragen. Diese Fäden hatten seine Brust, seinen Rücken, seine sehnigen Schultern berührt. Als ich mit den Fingern über das Gewebe strich und den Geruch in meine Lungen sog, berührte ich ihn, spürte ihn. Ich legte mich hin, hatte das Gesicht in dem Stoff vergraben wie ein Kind bei seinem Teddybären. Ich wollte, dass das Hemd genau das blieb, was es war, unberührt von allem Späteren. Vor der Gefangennahme und nach der Gefangennahme – mein Leben war durch diese Grenze in zwei Teile zerrissen. Doch das Hemd nahm bereits die Dinge in sich auf, die *danach* kamen. Zum Beispiel den Fleck an der Schulter, als ich es gestern fallen ließ, während ich die Tasche auf dem Rücken eines Yaks durchwühlte. Ich wollte das *Vorher* bewahren, aber das *Danach* bedeckte es bereits wie eine Lage Staub.

Ich hatte geglaubt, mein Ehemann würde mich vor all dem bewahren, was auch immer das Leben mir entgegenschleuderte. Und so durchzuckt mich ein stechender, brennender Schmerz, wenn ich daran denke, wie mein Leben sein könnte – nein, nicht nur vorübergehend, sondern vielleicht für ewig – ohne ihn. Ich ging zu Bett mit dem Gedanken, dass ich den Rest meines Lebens allein verbringen müsse.

Heute Nacht hatte ich einen Traum. In dieser nächtlichen Vision lag ich auf einem weichen Bett mit Kissen und einer flauschigen Daunendecke, und auf der Bettkante saßen zwei Frauen: Rinchen und Genevieve. Rinchen fütterte mich mit warmer Suppe, hielt eine Holzschüssel an meine Lippen, und Genevieve streichelte meine rechte Hand, murmelte tröstliche Worte. Ich zeichnete mich leuchtend gegen die Laken ab. Ich schlummerte ein, und dann spürte ich ein warmes Gewicht auf meiner Brust. Bei jedem meiner Atemzüge bewegte es sich mit. Als ich erwachte, immer noch im Traum gefangen, blickte ich in die Augen meines eigenen Kindes, das auf meiner Brust lag. Es waren Geralds Augen, ein atemberaubend klares Blau.

Ich erwachte aus meinem Traum, sah an meinem Körper hinab und hatte beide Hände auf meinem Bauch. Und dann lachte ich, und meine Hände rüttelten an meinem Bauch. Ich sagte laut: »Gott, du hast wahrhaftig einen sonderbaren Sinn für Humor.« Ich lachte, denn nur in Tibet, wo Lamas schweben, wo eine Frau mir einmal eine Ziege zeigte, von der sie steif und fest behauptete, sie sei die Reinkarnation ihres Vaters, nur in diesem kargen Land konnte *ich* schwanger werden!

Ich fühlte mich anders. *Wirklich* anders. Ich war überzeugt, dass sich eine neue Welt vor mir auftat, eine Welt voller geschwollener Knöchel und Spucktücher und winziger Finger und weicher Haut an meiner Wange.

Mehr noch: Ich fühlte Demut. Das ist kein Gefühl, das ich

häufig in meinem Leben verspüre. Und es war ein gutes Gefühl, so als sei ich ein Kind, das neben Gott steht, und er hält meine Hand, und ich kann einfach loslassen und aufhören, mir über alles Sorgen zu machen. Und zum ersten Mal seit Geralds Verschwinden fühlte ich mich nicht allein. Ich spürte tatsächlich, dass Gott bei mir war.

Diese Einsicht war für mich, die Zynikerin, schwer zu schlucken. Die Zynikerin in mir sagte: *Ist es Gottes Anwesenheit oder Wahnsinn?* Aber ein anderer Teil von mir, ein neuer Teil, sagte: *Du hast immer gedacht, dass Gott in Gerald und Genevieve lebt, also warum kann er dann nicht auch in dir leben?*

Gleichzeitig war ich traurig, denn ich wollte zu Gerald laufen und diese Neuigkeit wie eine wunderbare Bombe platzen lassen. Ich wollte ihn tanzen sehen, unbändig vor Freude.

Ich trat aus meinem Zelt. Es war immer noch dunkel, und die frühmorgendliche Luft lag kalt auf meinem Gesicht. Rinchen packte unsere Habseligkeiten auf einen der Yaks. Grinsend ging ich zu ihr, und als ich vor ihr stand, legte ich ihre Hände auf meinen Bauch. Ihre Augen weiteten sich.

Ich sagte: »Rinchen, ich hatte einen Traum! Ich bekomme ein Kind!«

Sie lächelte, bevor sie den Kopf zurückwarf und in Gelächter ausbrach. Wir umarmten uns. Sie hielt mich lange fest, und ein paar Tränen stahlen sich in meine Augenwinkel.

Ich tänzelte beinahe über die nepalesische Grenze, als wir sie heute überschritten. Eine süße Erinnerung stieg dabei in mir auf. Ich war zweiundzwanzig, hatte gerade meinen Abschluss am Smith College gemacht und war für den Sommer zu Hause. Gerald war ebenfalls zwischen seinem ersten und zweiten Jahr an der medizinischen Fakultät nach Hause gekommen. Unsere Eltern waren an jenem Tag fort, und ich verbrachte den Tag in der Küche, knetete Brotteig und rollte die

Tortenböden für die Brombeerküchlein aus. Mit einem einzigen Backvorhaben gab ich mich natürlich nicht zufrieden.

Gerald hatte unter dem Maulbeerbaum im Garten um meine Hand angehalten.

Meine Finger walkten den Brotteig, zuerst sanft, dann immer rabiater, bis er so hart wie ein verbranntes Steak war, in der Hoffnung, ich könnte ihm eine Antwort entlocken, wenn ich nur fest genug drückte. Dann, als ich den Teig für die Brombeerküchlein ausrollte, blitzte auf einmal eine Idee in meinem Kopf auf. Ich würde es einfach dem Teig überlassen. Mein Vater hatte mir erzählt, dass die Tibeter manchmal Entscheidungen trafen, indem sie die beiden Alternativen in zwei Stücke *Tsampa*-Teig gaben und sie in einer Schüssel vor einer Buddhastatue im Uhrzeigersinn drehten. Ich schnappte mir ein Schmierpapier von der Küchenzeile, zerriss es und schrieb die beiden Möglichkeiten auf:

Es ist richtig, ihn zu heiraten!!
und
Es ist falsch, ihn zu heiraten.

Ich zerknüllte die beiden Papierstreifen und ging hinüber zum Teig. Von dem dünn ausgerollten Boden zupfte ich eine Ecke ab und teilte sie in zwei Stücke. Als ich das Papier in die Mitte des zweiten Teigklumpens stopfte, kam Gerald in die Küche.

Er sah mich fragend an. »Kommt etwa *Papier* in den Kuchen? Mmh, lecker! Kann kaum erwarten, davon zu probieren.«

»Nein. Ich wende eine hochwissenschaftliche Methode an, die mir mein Vater gezeigt hat, um die Antwort auf eine wichtige Frage zu erhalten.«

Er grinste. »Und welche Frage könnte das wohl sein?«

»Das geht dich nichts an, Geebs. Es ist sehr wichtig und sehr persönlich.«

Er schlang von hinten die Arme um mich. »Du wirst es also herausfinden, indem du ein Stück Papier backst?«

»Ja«, sagte ich würdevoll und trat einen Schritt von ihm weg.

»In der Tat, hochwissenschaftlich.« Mit diesen Worten stürzte er sich auf mich und riss mir den Teig aus den Händen. Er war schnell. Bevor ich mich versah, entrollte er die beiden Papierstreifen und strich sie auf der Küchenzeile glatt. »Aha!«, sagte er. »Wie ich vermutet habe!« Dann ahmte er die manipulative Stimme eines Svengali nach. »Aaaberrr meine Liiiebe. Die Aaantwort iiist berrreits entschiiieden. Das ist klaaarrr.«

»Oh, wirklich?«, sagte ich, die Hände in die Hüften gestemmt, und genoss seine Vorstellung.

»Aaaberrr natürrrrlich! Seeehen Sie sich diiie Alternatiiiven an. Bei deeerr *Niiicht-Heirrraten-Alternatiiive* haben wiiirrr einen Punkt. Bei deerrr Heirrraten-Alternatiiive haben wiiirrr zwei Auuusrufezeichen. Es ist klaaarrr, welche Alternatiiive Sie wollen!«

»Nein, ist es nicht«, sagte ich in weinerlichem Ton, der ins Ernste umschlug. »Ich will das nicht vermasseln, Geebs. Deine … unsere Eltern bringen uns um.«

»Nun, dann müssen wir es ihnen wohl erklären. Wir tun nichts Anrüchiges … Wir sind *nicht* miteinander verwandt! Sie werden es schon einsehen. Überlass das Reden einfach mir.«

»Das versteht sich von selbst.«

»Ich weiß, aber wirst du es wirklich *tun*?«

Er hob eine Augenbraue, und zwar so, wie ich es liebte – genervt und gleichzeitig voller Zuneigung für mich. Ihm gefiel, dass ich Schneid hatte. Ihm gefiel bloß nicht immer, wie ich den Menschen damit auf den Wecker ging.

Auf dem Pfad hörte ich das Stapfen dreier Ziegen, die von

ihrem Besitzer angetrieben wurden. Ihre Hufe trommelten gegen die Erde und erinnerten mich an das dumpfe Pochen unserer Füße, meiner und Geralds, auf der Treppe, später an jenem Nachmittag mit den Teigklumpen. Ich hatte Gerald überzeugt, dass wir einen göttlichen Segen für unsere Heiratspläne bräuchten. Wir steckten die beiden Papierstreifen zurück in die Teigklumpen und legten sie in ein bernsteinfarbenes Trinkglas. Gerade als wir sie schütteln wollten, hörten wir die Schritte unserer Eltern an der Haustür. Wir hasteten laut kichernd auf den Dachboden, zwei Stufen gleichzeitig nehmend, um unsere Weissagung zu beenden. Völlig atemlos liefen wir, wie Kinder, die ein Tier versteckten, das sie eingeschmuggelt hatten. Das Glas schien in Geralds schwitzender Hand mit Raureif überzogen zu sein, und dann stürzten wir durch die Tür der Dachkammer, und Gerald stolperte und hätte beinahe die Teigklumpen fallen lassen. Schließlich saßen wir uns auf Mutter Kittredges Reisekoffer im Schneidersitz gegenüber.

»Wir schütteln sie und öffnen den, der links von uns landet«, sagte er.

»Schön, bringen wir's hinter uns. Ich halte das nicht länger aus.« Ich kniff die Augen zu und sagte: »Du tust es«, und betete, genügend Mut zu besitzen, um das Versprechen zu halten, das ich gegeben hatte: mit ihm zu leben oder mich zu trennen. Ich konnte keinem so kostbaren Menschen, der Augen wie der Himmel hatte, wehtun. Entweder würden wir für immer zusammen sein, oder wir durften uns nie wieder sehen – denn andernfalls hätten wir den Schmerz nicht ertragen.

Er schüttelte das Glas. Der größere Ball landete zu meiner Linken. Ich betrachtete den Teig, der dort auf dem Reisekoffer thronte, unförmig und plump. Gerald schnappte ihn sich und rollte das Papier auseinander.

Ich musste nicht fragen, was dort stand. Er hüpfte wie wild, und der Boden erzitterte vor Freude. Er vollführte einen lächerlichen Tanz auf dem Dachboden.

An dem Tag, als wir Kathmandu erreichten, trug ich diese glücklichen Gedanken in mir. Ich war völlig unvorbereitet auf diese Stadt, obwohl ich erst letztes Jahr hier gewesen war. Das Leben in Tibet war so ruhig und nachdenklich, dass es selbst *meinen* aufgekratzten Geist besänftigt hatte. Mir fiel das erst auf, als wir in das Chaos der Stadt eintauchten: Händler, die riefen: »Kommt herein, schaut euch um«, in Saris gekleidete Frauen, die in kleinen Marktbuden Tee verkauften, eine Kuh, die ungestört auf der Straße döste, während Autos an ihr vorbeirasten, der Geruch nach verbranntem Papier und Autoabgasen in der Luft. Mein Kopf schwirrte.

Dorjes Onkel und Tante, Tinle und Pema, hießen uns in ihrem Haus herzlich willkommen. Ich war zutiefst dankbar, dass sie mir ein eigenes Zimmer zuwiesen. Als ich mich auf die Matratze legte, mit dem Arm über den Augen, pochten meine Füße in den Stiefeln. Ich versuchte, das hitzige Durcheinander der Straße auszublenden, aber natürlich drangen die Schreie der Verkäufer durch die geschlossenen Fensterläden in mein Zimmer. Und dennoch schlief ich fünfzehn Stunden lang. Beim Erwachen musste ich erschrocken feststellen, dass ich meine Stiefel immer noch trug – ich war zu erschöpft gewesen, um die kneifenden Schuhe von meinen geschwollenen Füßen zu streifen.

16. Oktober 1954

Gerald

Ich habe mich seit Tagen nicht von der Stelle gerührt. Meine Schultern schmerzen, als seien sie mit einem Brandzeichen versehen worden. Ich betaste meine Handgelenke. Ein trockener brauner Schorf hat sich dort gebildet, wo die Seile waren.

Tenzin sieht zu mir herüber, als ich mich bewege. »Geht es Ihnen gut?«

»Ich bin am Leben.« Meine Stimme ist schwach.

»Ja, Sie beide, Sie und Lobsang. Man hat ihn wieder zur Befragung abgeholt. Sie leiden so viel.«

»Und Sie? Die tun Ihnen doch dasselbe an.«

Er blickt auf seine schwarzen Fingernägel. Er hat bereits zwei verloren, die nie wieder nachwachsen werden. »Für mich ist es nicht so schlimm. Ich befreie meinen Geist. Er reist und fliegt über Gebirge, während sie meinen Körper misshandeln. Also bin ich gar nicht anwesend.«

»Das ist Ihr Trick, die Folter zu überstehen?«

»Alle Lamas können das.«

»Können Sie mir das beibringen? Nie zuvor hatte ich so große Angst.« Ich mache eine Pause, spüre, wie mir Tränen in die Augen schießen. »Und ich hasse sie.«

»Das ist normal.«

»Lama Tenzin, ich bin ein Quäker. In meiner Religion heißt

es, liebe deinen Feind, bete für all jene, die dich schlecht behandeln. Aber jetzt …«

»Jetzt möchten Sie Genosse Han töten.«

Ich zögere. »Ja.«

»Das ist die Unwissenheit in uns allen. Sie verursacht Leiden. Sie müssen meditieren, das wird Ihren Geist befreien.«

Die Wärter holen mich erneut. Ich schließe die Augen. *Ich darf nicht hier sein.* Meine Knie geben unter mir nach. Sie packen meine Arme. Ziehen mich. Mit den Schuhkappen scharre ich über die Ritzen im Boden.

Sie lassen mich allein im Zimmer zurück. Ich warte am Tisch. Ich lege die Stirn auf seine kalte Oberfläche. Blicke dann hoch zur Decke. Der Haken grinst mich höhnisch an.

Ich beschwöre Emmas Gesicht herauf. Nur Mut, Geebs, sagt sie mit einer Falte zwischen den Augenbrauen.

Ich lege meine eisigen Fingerspitzen an den Tischrand. *Bleib nicht hier. Führ deine Seele zur Musik*. Ich tauche in Rachmaninow ein. Als ich den Haken sehe, blinzle ich ihn fort.

Eine Bewegung im Korridor. Meine Finger erstarren.

Genosse Han betritt mit dem Dolmetscher hinter ihm das Zimmer. Schweiß tropft meine rechte Schläfe hinab.

Sein Blick ruht auf meinen Fingern. Ich höre die Verachtung in seinem Ton, noch bevor der Dolmetscher übersetzt. »Deine Finger spielen hübsche Melodien auf dem Tisch, du imperialistischer Hund!«

Er geht hinter mich. Meine Schultern versteinern sich, warten auf den Rohrstock. Sein Atem wärmt mein linkes Ohrläppchen. Mit einem wispernden Zischen sagt er: »Selbst im Gefängnis hast du Freizeit. Lebst auf Kosten der Bauern.«

Er packt mein Haar, reißt meinen Kopf zurück. Stößt mir den Rohrstock in die Leiste. Tränen schießen mir in die Augen. Ein keuchendes Geräusch. Er geht um den Tisch herum und steht vor mir. Knöpft seinen Mao-Anzug auf und zieht ein rotes Buch hervor. Er wirft es krachend auf den Tisch. »Lies das, ausländischer Teufel. Darin steht, was du in deinem Geständnis schreiben sollst.« Er knallt einen Stift und Papier daneben. »Du bleibst in Einzelhaft, bis du gestehst.«

Er geht zur Tür und dreht sich um. Lächelnd sagt er: »Genieß deine zehn Finger.« Er tritt in den Korridor.

Eisige Panik schießt von meinem Hals bis zu meinen Zehen. *Was meint er damit?*

Meine Ohren folgen seinen klackernden Schritten. Zwei Wachen packen mich an den Armen. Wir kommen an meiner Zelle vorbei. Ich halte den Atem an. Sie bringen mich zu einem anderen Gefängnistrakt. Ich stehe vor einer Stahltür. Sie schieben mich hinein, und die Tür schließt sich hinter mir.

Es ist dunkler als in einer mondlosen Nacht. Langsam wage ich einen Schritt nach vorne. Ich kann nicht einmal Umrisse ausmachen. Den Gestank kenne ich: feuchte Steine, Kot und der metallische Geruch von Blut. Auf zitternden Beinen nehme ich eine Sitzposition ein, lehne mich an die Wand. Ich ziehe die Knie an die Brust. Ich schaukle vor und zurück und atme. Meine Augen sind groß wie Bullaugen und völlig blind.

Nach einigen Minuten stehe ich auf. Ich muss den Eimer finden. Mit einer Hand an der Zementwand gehe ich gebückt im Zimmer umher, suche mit Händen und Füßen.

Kein Eimer. *Kein Eimer! Soll ich etwa in meinem eigenen Urin und Kot sitzen? Für Gott weiß wie lange?* Ich bemühe mich, den Drang zu unterdrücken. Schließlich schlurfe ich in eine Ecke und pinkle auf den Boden. Ich folge der Wand bis zur nächsten Ecke, dann zur nächsten und setze mich.

Emmas Gesicht erscheint vor mir. Ich bin so traurig. Als würde eine Hand meine raue Kehle zerdrücken.

Ich flüstere Gebete und höre, wie sie zurückgeworfen werden. Durch die Leere.

Wie soll ich in der Dunkelheit überleben? Wie lange werde ich hier sein?

Die Zeit verstreicht schrecklich langsam. Die Finsternis weckt Erinnerungen, die als Filmsequenzen kommen.

Mom, die mir erzählt, dass Emma mal wieder in der Klemme steckt. »Deine Schwester hatte eine Meinungsverschiedenheit in der Schule. Würdest du bitte mit ihr reden?«

Eine *Meinungsverschiedenheit*. Es war natürlich ihr loses Mundwerk, das ihr Probleme bereitet hatte.

»Vielleicht könntest du deiner Schwester sagen, dass es nicht zum guten Ton gehört, sich mit einem kleinen Jungen zu prügeln?«

»Oh, selbstverständlich, Mom«, antwortete ich und rieb mir im Stillen die Hände vor Vorfreude darauf, mit welcher Unverschämtheit sie den Streit wohl begonnen hatte.

In meinem letzten Highschooljahr fühlte ich mich in ihrer Gegenwart sonderbar und ruhig zugleich. Am Valentinstag bekam sie drei rote Nelken von einem Jungen aus ihrer Klasse. Ich wurde beinahe verrückt.

»Woher hast du denn die?«, fragte ich mit abfälligem Ton.

»Von Tim Redfield«, sagte sie betont deutlich. Sie stand an der Küchenspüle und schnitt die Stiele mit einem Gemüsemesser auf der bloßen Arbeitsplatte. Ich stand neben ihr und dachte: *Mom würde einen Anfall bekommen.*

»Er ist ein Idiot.«

»Oh, und was geht's dich an?«

Ich war verunsichert. »Du weißt, dass er ein Idiot ist, nicht wahr?«

Da drehte sie sich mit einem Lächeln zu mir um, das ich

nicht deuten konnte, und sagte: »Möchtest *du* eine?« Ich überlegte, ob sie mich bewusst ärgern wollte, doch dann nahm sie eine der roten Blüten und hielt sie mir an den Hals. Sie sah mir in die Augen. Ihre Brauen hoben sich kaum merklich. Ich hatte keine Ahnung, was ich tun sollte. Ich wollte eine Blume von ihr, aber nicht aus Mitleid.

In den Schatten der Gefängniszelle berühre ich meinen Hals. Ich kann beinahe die kühlen Blütenblätter spüren.

»Ich kämpfe mit dir um die Blume«, sagte ich.

»Geebs, dafür sind wir nun wirklich ein bisschen zu alt. Nimm sie einfach.« Ein schwaches Lächeln lag auf ihrem Gesicht.

Ich wusste nicht, was es bedeutete, aber ich nahm die Blume. Am Ende der Woche presste ich sie in mein Chemiebuch und schob es hinter all die anderen auf meinem Regal.

Das erste Mal sah ich Emma in die Augen, da war ich zehn und sie acht. Wir lagen ausgestreckt auf dem Fußboden im Wohnzimmer meiner Eltern, Kopf an Kopf, nur getrennt von einem Durcheinander aus Murmeln. Von dem Moment, als sie einen Blick auf meine Murmelsammlung geworfen hatte (anfangs gehörten sie *alle* mir), war ihr Gesicht gerötet vor Sehnsucht nach mehr und immer mehr Glaskugeln. Sie ging geschickt vor, raffiniert und auch gemein, bis sie den Großteil gewonnen hatte. Es war demütigend, von jemandem überrumpelt zu werden, der jünger war als ich, und wer hätte ahnen sollen, dass Mädchen Murmeln spielten?

Während Emmas Aufenthalten bei uns fielen mir immer mehr ihrer verschrobenen Eigenarten auf. Zweifellos hatten sich diese entwickelt, weil sie ohne Spielkameraden oder Geschwister aufgewachsen war, und – wie es meine Mutter formulierte – »ohne weibliche Hand, die sie führte«. Eines Tages zeigte sie mir etwas, das man als ausgefeilte Gesichtsgymnastik bezeichnen musste: Sie konnte mit den Ohren wackeln, und verdammt noch mal, ich nicht! Sie konnte erst eine Augenbraue fragend in die Höhe ziehen und dann abwechselnd die andere. Es war zum Verrücktwerden! Ich verbrachte qualvolle Nächte im Bett, in denen ich mein Gesicht auf jede erdenkliche Art verzog, aber mir wollten ihre fantastischen Grimassen einfach nicht gelingen. Meine Brauen arbeiteten nur in völliger Symmetrie zusammen. Hoch, runter. Hoch, runter. Das Faszinierende glitt ins Befremdliche ab, als ich sah, wie sie das linke Auge und dann das rechte rollte, wobei sie jedes Auge einzeln bewegte. Da wusste ich, dass ich einpacken konnte. Jeden Tag nach der Schule eilte ich zu ihr, fürchtete zwar die Demütigung, stellte jedoch am Ende jeden Tages fest, dass wir etwas getan hatten, das ich nie zuvor ausprobiert hatte. Meine Schulkameraden waren beleidigt, wenn ich nach Hause hastete, um mit meinem achtjährigen Besuch zu spielen, der noch dazu *bloß ein Mädchen war*. Ein Mädchen und ein Frühlingssturm, der den muffigen Staub meines behüteten Lebens aufwirbelte.

An sie zu denken lässt mich sie nur noch mehr vermissen. Aber ich kann nicht aufhören. Ich bin so einsam, dass ich mich gegen die Wand lehne und in den Schlaf flüchte.

20. Oktober 1954

Emma

Das erste Ziel nach meiner Ankunft in Kathmandu lautete: die amerikanische Botschaft zu erreichen und sie dazu zu bringen, Gerald zu suchen. Und nachdem ich wie eine Tote geschlummert hatte, rieb ich mir den Schlaf aus den Augen und schrubbte mir den Schmutz der Reise vom Körper. Als ich in meinen besten Rock schlüpfte, hörte ich, wie sich Dorje an diesem Morgen auf eine ähnliche Mission vorbereitete. Er wollte zur chinesischen Botschaft, um die Suche nach Samten zu beginnen.

Ich ging zu Fuß. Der Spaziergang war eine traurige Erinnerung an die Zeit, die ich hier zusammen mit Gerald verbracht hatte, bevor wir uns überhaupt nach Tibet gewagt hatten. Wir hatten monatelang in Kathmandu gewohnt, um unser Tibetisch zu verbessern. Wir hatten uns an die nepalesische Art gewöhnt, ihre fatalistische Lebensweise, dass was auch immer geschehe, eben geschehen wird, weshalb man sich genauso gut einfach zurücklehnen und eine Tasse Tee trinken und vielleicht sogar über alles lachen konnte. In ihrem Denken gab es nicht das überwältigende Bedürfnis, die Welt zu meistern, wie ich es bei meinen eigenen Landsleuten so häufig antraf. Nur ein freundliches »*Namaste!*« mit einer gleichzeitigen Verbeugung und gegen die Brust gepressten Händen, das Hinauswerfen von Müll aus dem Fenster, weil es jeder tat, Ladenbesitzer, die Wasser auf die Straße schütteten, um die abgebröckelten Wege vom Staub zu befreien, und das zermürbende Gefühl der Ohnmacht, dass sich die Armut des Landes nie ändern und die Bettler nie satt würden.

Jetzt war ich allein hier, sah die schmutzige Hand eines Kindes, das mich um Almosen anflehte. Ich fühlte mich verletzlich. Ich machte mir Sorgen, meine Knöchel könnten von all dem vielen Gehen anschwellen. Nach eineinhalb Stunden zog ich die schwere Tür der amerikanischen Botschaft auf.

Die Luft im Innern roch anders, war frei von den nach Moschus riechenden Menschen und Gewürzen und dem Dreck, den ich in den vergangenen Monaten eingeatmet hatte. Antiseptisch. Reinigungsmittel. Es war ein Schock für meine Nase, jedoch gleichzeitig beruhigend, weil es mich an die wunderbare Effizienz erinnerte, mit der mein Land die Situation klären würde. Ein Sekretär notierte meine Daten. Nachdem ich zwei Stunden mit den Händen auf meinem Bauch dagesessen hatte, kehrte er in den Wartebereich zurück.

»Mrs. Kittredge? Mr. Bausman ist für Sie zuständig – er wird Ihren Fall übernehmen.«

Ich stand auf und packte meine Tasche, um auf der Stelle in sein Büro zu stürmen und ihm meine Geschichte zu erzählen.

»Oh, Sie müssen übernächste Woche wiederkommen. Er hat bis zum ersten November Urlaub.«

Ich wollte schreien. »Mein Mann ist womöglich in einem dieser chinesischen Arbeitslager. Wenn jemand vor einem Erschießungskommando steht, sitzt man nicht einfach untätig herum, bis Herr Soundso zurückkommt, um ihn zu retten, denn dann ist er vielleicht schon *tot*!«

»Es tut mir leid«, sagte er unbekümmert. »Die nötigen Formulare sind ausgefüllt, aber ohne Mr. Bausman sind uns die

Hände gebunden.« Er drehte sich um und ging zu seinem Schreibtisch, ließ mich mit meinen geballten Fäusten zurück. Ich blickte ihm böse nach. Er versteckte sich hinter einem Stapel Papiere.

So viel zum Thema Effizienz. Ich stampfte an seinem Schreibtisch vorbei und aus dem Büro hinaus. *Mistkerl!*

Unbewusst glitt meine Hand an meinen Bauch. *Also schön, warte einen Moment. Es kann fürs Baby nicht gut sein, wenn es hört – oder spürt –, wie ich fluche. Ich werde lieber beten. Na gut, Gott. Schenk mir Geduld, und zwar sofort, verdammt!*

1. November 1954

Dorje

Wenn Dawa besonders wütend ist, wird er still. Und das merkt man, denn sonst erlebt man ihn nie still, außer wenn er meditiert. Ich habe also bemerkt, dass Dawa seit vielen Tagen still ist, und war besorgt, er könne auf jemanden in der Familie wütend sein. Nur, dass ich in ihm keine Wut auf jemanden in der Familie gespürt habe.

Ich habe mit Rinchen darüber geredet, und sie hat zu mir gesagt: »Oh, er ist wütend auf mich. Ganz offensichtlich! Auf dich ist er nicht wütend, denn du bist glücklich über seine Entscheidung, kein Mönch mehr zu sein. Aber ich – die Mutter, die ihn an ihrer Brust gesäugt hat, die neben ihm geschlafen hat und aufgewacht ist, wenn er als Baby geschrien hat – er ist wütend auf mich, weil ich will, dass er seinem Schicksal folgt. Denn genau das verstehe ich nicht. Und ich bin auch wütend auf *ihn*.«

Ich wollte mit meiner Frau nicht streiten, also habe ich den Mund gehalten. Aber ich wollte versuchen, mit meinem Sohn über seine Sorgen zu reden. Und deshalb habe ich ihn eingeladen, mit mir zur Stupa von Boudhanath zu gehen. Zuerst haben wir eine *Kora* um den riesigen weißen Schrein gemacht und beim Gehen die Gebetsmühlen gedreht. Dieses Ritual gibt mir immer ein Gefühl von Heimat, denn dann sehe ich die Frauen mit ihren leuchtenden Seidenblusen unter ihren *Chubas*, und alle gehen in dieselbe Richtung wie Fische, die von der Strömung eines sauberen Flusses mitgerissen werden. Nachdem wir unsere *Kora* beendet hatten, sind wir an den Geschäften vorbeispaziert, die sich um die Stupa drängten. Dawa trug noch immer seine Mönchsrobe, aber ich glaube nicht, dass er sie gerne trägt. Missmutig richtete er den Stoff um seine Schultern.

Ich habe zu ihm gesagt: »Dawa, bist du verärgert?«

»Vater, ich kann meine Sorgen vor dir nicht verbergen, egal, was ich tue. Ich habe versucht, es für mich zu behalten, damit du nicht ebenfalls eine solch schwere Last mit dir herumtragen musst wie ich.«

»Ja, aber ich sehe diese Dinge.« Dann habe ich abgewartet, was er darauf sagen würde.

»Ich bin ungeduldig. *So* ungeduldig.« Er hat das Wort ausgesprochen, als würde er es mit einem Messer schneiden, und blieb stehen. Wir sind zu einer Steinmauer gegangen, haben uns gesetzt und mit dem Rücken an sie gelehnt.

»Ich will, dass sich die Dinge ändern, ich kann nicht akzeptieren, dass die Welt zu einem Ort geworden ist, der sich falsch anfühlt. Unser Land und das, woran wir immer geglaubt haben, löst sich auf wie das Salz in deinem Tee. Was sie mir im Kloster beigebracht haben, und die Mönche, die ich seit meiner frühen Kindheit verehre: Ich weiß nicht, ob das alles noch richtig ist. Der älteste Mönch in meinem Kloster: Jeder dort liebt ihn, er ist so sanft und hat einen klugen Verstand. Bevor du ins Kloster gekommen bist, bin ich zu ihm gegangen, um mit ihm über meine Sorgen zu sprechen, über die Kommunisten. Ich habe ihn gefragt, ob ich mich meinen Studien noch intensiver widmen soll, um ein Mönch zu werden, oder ob ich eine Flucht erwägen und Tibet verlassen soll. Ich weiß, dass viele der anderen Mönche die gleichen Gedanken haben und sich im Stillen dieselben Fragen stellen, doch niemand will die Worte laut aussprechen. Aber ich habe die Worte zu Tsethar gesagt, dem ältesten Lama, und habe ihn gefragt, was soll ich tun? Er sagte, unsere Lebensweise ist seit Hunderten von Jahren dieselbe, und wir haben gelernt, darauf zu vertrauen, dass die Chinesen uns nichts anhaben können, wenn wir in unseren Klöstern bleiben und unsere Gebete rezitieren, unseren Geist befreien und unseren Göttern an heiligen Tagen Opfergaben bringen. Und er sagte noch: Vielleicht ist diese Zeit jedoch anders. Als ich das hörte, musste ich weinen. Ich war so beschämt, aber er hat es nicht einmal bemerkt. Seine Augen haben über meinen Kopf hinweggestarrt und etwas gesehen, das ich nicht sehen konnte. Vielleicht meine Zukunft. Dann sagte er, dass jeder Mensch selbst entscheiden muss, was richtig für ihn ist, und ob er in Tibet bleiben oder fliehen soll.«

Dawas Worte wurden zu einem Flüstern. »Ich konnte es nicht glauben, Pa-la! Jeder geht zu Lama Tsethar, um ihn um Rat zu fragen, und er hat *immer* eine Antwort. Doch für mich hatte er dieses Mal keine Antwort? Noch nie bin ich so traurig gewesen – außer als ich damals als Junge zum Kloster geschickt worden war und dich und Mutter vermisst habe –, so allein habe ich mich gefühlt. Von diesem weisen Mann gesagt zu bekommen, dass ich meine eigene Entscheidung treffen muss, konnte ich einfach nicht akzeptieren. Im Schlaf hatte ich dann eine schreckliche Vision: Ich bin gewandert, wusste jedoch nicht, wohin ich gehe. Ich war auf der Suche nach dem Kloster. Ich fühlte mich leer, aber ich wusste, sobald ich es fand, würde ich mich wieder vollständig und sicher in der Welt fühlen. In weiter Ferne glaubte ich es zu sehen, also bin ich so schnell gelaufen, wie mich meine Füße trugen. Doch als ich dort ankam, war es eine Ruine. Die Chinesen hatten es mit

Dingen in die Luft gejagt, die sie von Flugzeugen aus abwarfen. Das Dach war verschwunden. Ich rannte zu dem Flügel, wo Lama Tsethar seine Räume hatte. Er lag auf seiner Matratze. Seinen Körper umgab ein großer Blutfleck, wie ein vollkommenes *Mandala*, von derselben Farbe wie seine Kleidung. Sein Mund und die Augen waren geöffnet, doch als ich meinen Kopf auf seine Brust legte, war sie reglos. Dann bin ich aufgewacht. Diesen Traum hatte ich zwei Tage vor eurer Ankunft, und als ihr aufgetaucht seid, war ich bereit zu gehen.«

»Also hat dich der Traum dazu gebracht, uns zu begleiten?«, habe ich ihn gefragt.

»Nicht nur der Traum. Als ich erwachte, konnte ich ihn nicht aus meinen Gedanken schütteln. Er blieb bei mir, wie eine Vision von dem, was mit unserem Land geschehen wird. Ich habe mit einem der anderen Mönche gesprochen, und er war ebenfalls besorgt. Er hatte Berichte gehört, vielleicht auch nur Gerüchte, wonach die Kommunisten ein Kloster in Amdo zerstört haben und Tibet vor allem von den Mönchen befreien wollen. Da wusste ich, dass mein Traum eine Warnung war.«

»Hast du immer noch Angst, selbst hier?«, fragte ich ihn.

»Ja, aber nicht um mich. Jeden Tag mache ich mir Sorgen, ob die Kommunisten bereits mein Kloster erreicht haben und was sie dort tun werden. Mutter versteht das nicht – sie ist wütend und glaubt, ich habe einen großen Fehler begangen. Doch selbst ein Weiser wie Lama Tsethar *konnte mir nicht sagen, was ich tun soll* – wie kann Mutter dann so sicher sein? Ich habe mich nicht im Dunkeln davongeschlichen! Vor meiner Abreise bin ich zu Lama Tsethar gegangen. Er hat seine Hände auf meine Stirn gelegt, mich für meine Reise gesegnet und mir gesagt, ich solle alle religiösen Praktiken, die ich gelernt habe, in meinem Herzen bewahren und sie anderen lehren, sodass unsere Riten nie verloren gehen, selbst wenn die Klöster zerstört würden. Ich spüre, es ist mein Karma, hier an diesem Ort zu sein, aber ich weiß nicht, ob das bedeutet, dass ich immer noch ein heiliger Mann bin.«

Da war der Lärm Hunderter Menschen um die Stupa, doch während mein Sohn sprach, hörte ich ausschließlich seine Stimme. Sie war satt und weich wie Tee, und ich hatte so viel Liebe für ihn in mir. Trotzdem mochte ich nicht glauben, dass diese Worte von meinem Sohn stammten.

Als wir ihn damals zum Kloster brachten, habe ich bezweifelt, ob aus ihm ein Mönch werden könnte. Ich sagte das weder zu Rinchen noch zu Lama Norbu, denn sie behaupteten, es sei sein Schicksal, ein Lama zu werden. Aber er war weder ernst noch diszipliniert und konnte nicht einmal lang genug stillsitzen, um sein Mittagessen zu beenden! Wie wollte er dann tagein, tagaus meditieren und von den älteren Lamas Unterricht erhalten?

Heute habe ich jedoch gedacht: Er ist weise geworden! Seine Vision war so weit wie der Himmel. Ich hatte keinen Ratschlag für ihn, keine Möglichkeit, ihm den Schmerz zu nehmen, denn alles, was er sagte, war die Wahrheit. Also saß ich schweigend neben ihm. Schließlich habe ich gesagt: »Du *bist* ein heiliger Mann, Dawa. Du spürst das Leiden aller fühlenden Wesen in dir.«

»Vielen Dank, Pa-la«, sagte er, sah nach unten, und seine Augen schimmerten vor Tränen.

1. November 1954

Gerald

Ich drehe mich um, höre leise Geräusche in der unbarmherzigen Dunkelheit, die mich nachts in meiner Einzelzelle umschließt. Eine Finsternis, so pechschwarz, man könnte meinen, sie sei von dichter Beschaffenheit, als umgäben mich auf allen Seiten Eichentüren. Manchmal glaube ich zu ersticken, aber dann durchbricht das Huschen eines winzigen Tieres diesen Festkörper, und ich spüre, wie er sich in der kalten Luft auflöst. Gelegentlich heiße ich ihn jedoch willkommen, diesen Mantel, den die Nacht um mich legt – er lässt mich auf meinen Knien beten und sicher mit meinem Gott kommunizieren, ohne die abschätzigen Augen der Wachen, die behaupten, »Religion ist Illusion«.

Ich fühle mich so allein. Ich vermisse Tenzin. Ich sorge mich um Lobsangs empfindsame junge Seele.

Die huschenden Geräusche, verursacht vom Kriechen eines Tieres über die feuchten Steine meiner Zelle, spenden Trost. Sie versichern mir, dass ein anderes Lebewesen einem Zweck nachkommt, selbst an einem Ort wie diesem, der so sinnlos erscheint. Meine Träume für mein Leben haben sich in Schatten verwandelt, aber dennoch sucht ein kleines Tierchen, vielleicht eine Ameise, Nahrung für ihre Familie. Sie wandert auf großer Mission durch diese Ödnis. Während des Tages gibt es gerade genug Licht, damit ich sie beobachten kann. Ich stelle mir vor, wie ich sie in einer kleineren Version meiner selbst begleite, ihren trippelnden Schritten folge und ihr zusehe, wenn sie mit ihren stahlharten Kiefern ein Stück von meiner Teigtasche absäbelt und ihre Beute anschließend, während ich mit offenem Mund hinter ihr stehe, auf ihre Schultern hievt. Sie taumelt unter der Last hin und her und marschiert dann weiter.

Etwas Gutes geschieht genau hier in meiner Zelle, rede ich mir ein. Mit diesem Essensrest, den ich ihr gebe, wird sie ihre Söhne, Töchter, Cousinen, Tanten und Onkel ernähren. Ich frage mich, ob es solche Familienverhältnisse in einem Ameisenhaufen überhaupt gibt.

Inzwischen verschwindet meine Begleitung in Richtung ihres Zuhauses. Sie ist klein genug, um ihre Schultern durch die Ritzen im Beton der Wand zu zwängen. Für sie ist das kein Gefängnis. Sie kann nach Hause gehen, und ich nicht. Ich bin überzeugt, dass es Zeiten gegeben haben muss, wo unsere Rollen vertauscht waren, und dann steigt eine Kindheitserinnerung in mir hoch, eine, die nun schmerzt: von Nachbarsjungen, deren Freundschaft ich gewinnen wollte, indem ich schlimme Sachen tat, die kleine Jungs nun einmal tun. Vor meinem geistigen Auge sehe ich einen Ameisenhügel, ähnlich dem Zuhause, zu dem meine Ameise jetzt zurückkehrt, und ich sehe mich und meine Freunde aus Kindheitstagen in einer Orgie der Macht so viele dieser kleinen Tierchen töten, wie unsere Füße nur können. Ich rieche den minzigen Geruch von Kleister, den wir aus der Schule mitgenommen haben, und wir stecken den in Kleber getunkten Stiel eines Wassereises in die Öffnung des Ameisenhaufens. An jenem Tag brachten wir die Gänge zum Einsturz und stopften sie mit Kleister zu, verwandelten den Ameisenhügel in ein Gefängnis. Sicher litt damals eine Ameise unter einer ähnlichen Lage wie ich heute, war von Wänden eingesperrt.

Und dann spüre ich die Zeit verstreichen und frage mich, ob meine Gedankenspielchen irgendeinem Zweck dienen. Werde ich hier in der Dunkelheit weiser, oder verliere ich den Verstand? Ich lege meine Hände auf den kalten Steinboden, um mich zu erden. Da taucht ein Bild in mir auf, wie ich gebeugt und grauhaarig das Gefängnis verlasse und für immer die Augen zusammenkneifen muss gegen das blendende Licht der Realität. Schrecklich.

Wie lange noch? Oder vielleicht – nie? Ich schüttle den Kopf, um ihn freizubekommen, wische mir mit den schmutzigen, nassen Händen übers Gesicht. Aber mein Kopf fühlt sich wie eine Schneekugel an, gefüllt mit Wasser und künstlichen Flocken. Egal, wie heftig ich ihn schüttle, bleibt der Inhalt immer der Gleiche; er schwebt einfach herab und sucht sich einen neuen Platz.

1. November 1954

Emma

Nach einer gefühlten Ewigkeit war der erste November endlich gekommen. Mr. Bausman begrüßte mich um neun im Wartebereich. Ich war perplex. Er ähnelte meinem Gerald so sehr, dass ich seine hochgewachsene Gestalt berühren und ihn an mich drücken wollte. Dann besah ich ihn mir genauer: Er trug zwar eine Brille und war genauso groß wie mein Mann, hatte aber eine sehr gerade Körperhaltung. Gerald stand immer ein wenig mit hängenden Schultern da, als beugte er sich herab, um besser zuhören zu können, wofür ich ihn liebte. All diese Gedanken wirbelten in meinem Kopf herum, während mich der Botschafter in sein Büro führte.

»Lassen Sie uns gleich zum Punkt kommen, Mrs. Kittredge«, sagte er beim Hinsetzen. »Ich habe mir die Akte angesehen. Aber können Sie mir erzählen, wie Ihr Gatte verschwunden ist?«

Ich traute meinen Ohren nicht, dass er das noch nicht wusste. »Er wurde von den Chinesen entführt.«

»Sie haben gesehen, wie sie ihn mitgenommen haben?«

»Nein, ein Nachbar.«

»Also, Sie glauben nur, es waren die Chinesen.«

»Der Nachbar hat *gesehen*, dass die Chinesen ihn mitgenommen haben.«

»Oh. Lassen Sie mich das aufschreiben.«

Ja, vielen Dank. Er kritzelte eine Notiz auf ein Stück Papier. Mindestens zehn verschiedene Papierstapel lagen auf seinem Schreibtisch, voller Notizen. Daneben gab es eine Halterung aus Marmor mit Löchern für zwei Füllfederhalter. Das rechte Loch war leer, im linken steckte eine kleine ausgebleichte amerikanische Flagge, die an ein abgebrochenes Holzstäbchen geklebt war. »Na schön, was ist der nächste Schritt?«

»Hmm?«

»Wann schicken Sie die Truppen?«

Er kicherte leise, hielt jedoch augenblicklich inne, als er meinen ernsten Gesichtsausdruck bemerkte. Er setzte seine Brille mit dem Plastikgestell ab, zog einen Hemdzipfel aus der Hose und rieb seine Gläser. »Nicht so schnell, Mrs. Kittredge. Wenn ich eine Frage stellen dürfte… Könnte er womöglich einfach weggegangen sein?«

Ich verstand seine Frage nicht. »Wie bitte?«

»Sie wissen schon, manchmal verschwinden Menschen, und wir finden später heraus…« – seine Hände beschrieben einen großen Bogen in der Luft – »dass sie es wollten… dass sie ihr Verschwinden selbst eingefädelt haben.«

Mein Mund klappte zu. Hätte ich ihn geöffnet, wäre Mr. Bausmans Kopf zwischen meinen Kiefern gelandet. Mit herausquellenden Augen schüttelte ich schnell den Kopf. Ich zerquetschte die Armlehnen meines Stuhls, betete leise. *Gott steh mir bei, dass ich meine Zunge im Zaum halte. Ich bin auf die Hilfe dieses Kerls angewiesen.*

»Oh. Also schön.« Er lehnte sich in seinem Stuhl zurück und fasste sich an die Hosenträger. »Nun, wir werden die Situation eingehend prüfen und dann auf der Basis unserer politischen Richtlinie entscheiden, was die beste Vorgehensweise ist.«

»Könnten Sie sich ein wenig klarer ausdrücken? Welche politische Richtlinie?«

»Um ganz ehrlich zu sein, bei anderen Ländern benutzen wir unsere Richtlinie, um zu bestimmen, wie wir vorgehen sollen, aber was Tibet betrifft«, er zuckte mit den Schultern, »da gibt es keine offizielle Richtlinie.«

»Bei allem gebotenen Respekt in Bezug auf den großen Erfahrungsschatz der Botschaft, so WILL ich angesichts der möglichen Folterung meines Mannes hören, dass die Vereinigten Staaten alles in ihrer Macht Stehende tun werden, um ihn zu befreien.«

»Oh. Natürlich *werden* die Vereinigten Staaten alles in ihrer Macht Stehende tun, um ihn zu befreien. Aber Sie müssen eines verstehen«, sagte er, »mit Tibet ist es im Moment sehr verzwickt. Wer soll hier überhaupt zuständig sein? China? Tibet? Und wirklich, einen solchen Fall hatten wir noch nie, denn dort drüben gibt es keine Amerikaner. Wir haben immer versucht, uns neutral zu verhalten. Also haben wir keine offizielle Richtlinie, was Tibet betrifft.«

»Haben Sie vielleicht eine Richtlinie, wie man das Leben von Amerikanern im Ausland beschützt?«

»Natürlich«, sagte er und breitete die Arme wieder aus. »Wir werden uns umhören und den Mann aufspüren ... auf die eine oder andere Art«, sagte er ohne große Überzeugung. »Aber eines vorweg: Sie sollten vielleicht zur chinesischen Botschaft gehen und nachfragen, ob man Ihnen dort weiterhelfen kann.«

Ich fand es unglaublich, was er da gerade gesagt hatte. Er wollte, dass ich, als Privatperson, mit den Funktionären der chinesischen Botschaft redete? »Werden *Sie* denn nicht mit ihnen in Verbindung treten?«

»Nun, im Moment haben wir eine Nichteinmischungspolitik mit China. Wir warten ab, wie sich die Dinge entwickeln, strategisch gesehen. Ganz inoffiziell rate ich Ihnen, lieber selbst zu gehen.«

»Eine Nichteinmischungspolitik, wenn es sich um einen amerikanischen Staatsbürger handelt, der von den Chinesen verschleppt wurde? Was zum Teufel soll das?«

Er saß blinzelnd da. Und ich wurde daran erinnert, dass er mich zermalmen konnte, um seine Würde wiederherzustellen. Oder noch schlimmer, mich einfach ignorieren. Und dann stieg ein sonderbares Gefühl in mir auf: ein Brennen in meinem Innern, das mich drängte, von hier zu verschwinden, und zwar sofort. *Bist du das, Gott?*

Ich stand augenblicklich auf. »Haben Sie vielen Dank. Wann darf ich mich wieder bei Ihnen melden, um nachzufragen, wie die Suche vorangeht?«

»Hmm. Ich würde sagen … Geben Sie uns zwei Wochen. Nein … Kommen Sie in drei Wochen.«

Ich bin singend im Haus herumspaziert! Ich habe einen Anruf von Everett Kingsley erhalten. Er war einer der Ersten, an die ich mich nach meiner Ankunft in Kathmandu gewandt hatte. Er war ein Kollege meines Vaters, und Gerald und ich hatten viel Zeit mit ihm verbracht, während wir uns hier auf unsere Tibetreise vorbereiteten. Er lebt nun in einem Vorort von Kathmandu, nachdem er vor einigen Jahren von seinem Posten als britischer Diplomat in den Ruhestand getreten war. Seine Stimme am Telefon klang warmherzig und aufgeregt. »Guten Morgen, Em. Ich hatte eine Eingebung. Wir können versuchen, Gerald über Funk zu finden.«

»Was? Wie?«

»Ich muss zugeben, dass ich in Bezug auf Funktechnik ein wenig unkundig bin. Jedenfalls gab es vor ein paar Jahren eine schreckliche Geschichte über die Chinesen, die zwei Engländer in Tibet gefangen genommen haben. Beide waren von der tibetischen Regierung beauftragt worden, dort zwei Funkstationen zu errichten. Ich weiß nicht, ob das System noch funktioniert, jetzt, wo die Chinesen die Macht haben, falls aber doch, können wir vielleicht Kontakt zu jemandem aufnehmen, der dann dort nach ihm sucht.«

»Mein Gott, das wäre brillant!«

»Es ist sicher einen Versuch wert. Wenn wir jemanden finden, der eine Botschaft verschickt, würde sie vielleicht am anderen Ende in Tibet empfangen werden. Ich forsche mal nach.«

»Ich bin tief beeindruckt von deinem Einfall, Kingsley. Vielen Dank.«

»Ich kümmere mich gleich darum.«

Als ich auflegte, stand ich mit weit aufgerissenem Mund da. Wer hätte geahnt, dass es an einem Ort wie Tibet Funk gab?

2. November 1954

Dorje

Nachdem Dawa und ich aus Boudhanath zurückgekommen waren, habe ich mich entschieden, ein weiteres Mal mit Rinchen über unseren Sohn zu sprechen. Ich muss auf eine besondere Art mit ihr reden, oder sie hört mir nicht zu. Ich hebe diese besondere Art für schwierige Zeiten auf. Das hier war eine.

»Dorje, wage ja nicht, mir zu sagen, dass ich die lächerlichen Ideen meines Sohnes verstehen soll!«

»Rinchen, du erhebst deine Stimme, als wärst du wütend. Dabei hast du bloß Angst«, sagte ich leise zu ihr.

»Denkst du, du verstehst die Geheimnisse meines Herzens immer besser als ich?« Sie versuchte, wütend zu bleiben, aber ich habe gesehen, dass ihr Inneres in Stücke zerbrach. Selbst ihr Haar wollte neuerdings nicht in der Form ihrer geflochtenen Zöpfe bleiben, obwohl sie es wieder und wieder einschmierte und sehr fest geflochten hatte.

Sie sagte: »Was soll das heißen, selbst die Lamas sind durcheinander! Ich verstehe die Welt nicht mehr! Wie viele Pilgerreisen habe ich unternommen, Dorje? Bei jeder Mahlzeit, die ich koche, bete ich für meine Familie. Aber jetzt verschwinden Brüder, wir werden gezwungen, unser Zuhause zu verlassen …« Ihre Stimme klang erstickt und weinerlich. »… Und mein Sohn wendet sich von seinem Schicksal ab, weil er denkt, er weiß am besten, was die Götter wollen!«

»Ich habe auch Angst, Rinchen«, flüsterte ich.

»Haben wir einen Fehler gemacht, um das hier über unser Leben zu bringen?«, fragte sie, und ihre Stimme war hart wie geschwollene Haut.

»Niemand scheint das zu wissen. Dawa hat mir erzählt, selbst die weisesten Lamas in seinem Kloster konnten ihm keinen Rat geben.«

»Hör auf! Denkst du, dass ich das hören will? Dass ich mich dann besser fühle, was meinen Sohn angeht? Nun, da liegst du falsch!« Ihr Gesichtsausdruck nahm einen ungläubigen Zug an, als wäre ihr ein neuer Gedanke gekommen. »Ich verstehe nicht, warum dieser Lama nicht versucht hat, Dawas Frage mit einer Weissagung zu beantworten. Wie konnte er Dawa gehen lassen, ohne zu wissen, ob es der richtige Weg ist?« Ihre Augen quollen hervor.

Ich zuckte mit den Schultern. Sie war wütend auf Lama Tsethar, aber zumindest war sie nicht mehr sauer auf Dawa. Das erleichterte mich, und ich sagte: »Bitte, Rinchen, geh sanft mit ihm um. Er macht sich schreckliche Sorgen und weiß, wie sehr du es ihm vorwirfst.«

Sie seufzte frustriert. »Ich bin seine Mutter. Ich werde mit ihm reden.«

Jeder in der Familie leidet darunter, dass wir Tibet verlassen mussten, selbst Champa. Normalerweise bringt er uns den ganzen Tag zum Lachen. Nachdem wir in Kathmandu angekommen waren, hat er eines Tages einen nepalesischen Soldaten gesehen, der an uns vorbeigegangen ist und sich sehr ernst genommen hat, den Hintern in die Höhe streckte und bei jedem Schritt wackelte, links, rechts. Da ist Champa hinter dem Soldaten herstolziert, hat seinen kleinen Hintern in die Höhe gestreckt und ebenfalls gewackelt. Natürlich ist Rinchen entsetzt gewesen und hat Champa sofort gepackt, als sie ihn dabei erwischte.

Jetzt macht Champa ein trauriges Gesicht. Gestern habe ich ihn auf Rinchens Schoß gesehen. Obwohl er sieben Jahre alt ist und zu groß für ihren Schoß, wirkte er wie ein kleiner, trauriger Junge. Er hat gefragt: »Wann gehen wir nach Hause?«

Da hat Rinchen, die sich normalerweise nie eine Blöße gibt, zu weinen begonnen. Um es zu verbergen, drehte sie sich von ihm weg, aber er hat sich gewunden, um in ihr Gesicht zu sehen. Und so saßen sie da und haben die Köpfe verdreht, und dann sagte er: »Ma-la! Du weinst!«

Sie sagte: »Nein.«

Aber Champa wusste es besser. Er hat sich wieder an ihre Brust gelehnt, als würde er nicht wissen, was er sonst tun sollte. Die Luft im Haus ist voll Traurigkeit, wo doch jeder sein Zuhause vermisst.

Die einzige Freude hier kommt von einem Segen, der uns ereilt hat: Rinchen erwartet ein Baby. Tante Pema putzt das Haus und kocht mit besonderem Eifer, weil sie so aufgeregt ist wegen des Kleinen. Später will Rinchen Emma von dem Segen erzählen. Ich kann beinahe hören, wie meine Frau zu Emma sagt: »Siehst du, ich hab dir doch gesagt, unsere Kinder werden zusammen spielen! Jetzt weißt du, dass ich immer recht habe.«

Meine Frau hat *nicht* immer recht, aber ich bin sicher nicht derjenige, der ihr das sagt!

20. November 1954

Gerald

Die Stimme in meinem Körper schabt über eine raue Oberfläche. Einem Waschbrett gleich. Ich klammere mich daran fest. Als ich erwacht bin – war es Tag oder Nacht? –, hatte eine boshafte Spinne ihr Netz über meine Augen gesponnen. Verkrustete Lider. Oder war das vom Weinen? Ich kratzte an meinen Augen. Rieb die Kruste weg.

Der Schlaf ist verschwunden. Vor unendlichen Zeiten. Kein Trost hier. Gestern Abend kam Mao zu Besuch. Er hatte zwei Dinge bei sich. Eine Beißzange und meine Frau. Er öffnete ihr den Mund und packte ihren Schneidezahn mit der Zange.

»Dein Geständnis!«, sagte er grinsend zu mir. »Jetzt.« Er wusste, dass er mich in der Hand hatte.

Ich sank auf die Knie. Meine Beine zitterten, aber Emma war ruhig. So sonderbar ruhig, mit warmen Tränen auf den Wangen. Ich kniete vor ihr und fing eine ihrer salzigen Tränen mit dem Mund auf. Meine Zunge hielt sie umfangen, als handelte es sich um ihr Herz. Dann zog ich meine Kleidung aus. Ich faltete sie traurig zusammen und reichte sie Mao.

»Ich gestehe. Nimm mein Fleisch. Iss es. Lass sie frei.« Ich war nun vor ihm auf die Knie gefallen. Ich habe ihm die Arme um die Beine geschlungen. *Bitte.*

Dann waren sie beide auf einmal fort. Ich dachte, er würde

sie hier bei mir lassen, doch sie ist wohl freigekommen. Jemand schrie. Ich habe ein Kratzen in der Nachbarzelle gehört – Nägel auf Stein. Blut klebt an der Wand, aber meine Augen sind geschlossen. War ich das? Das Kratzen?

Ich weiß nicht, ob sie hier war. Ich hasse das. Seit Stunden denke ich darüber nach, versuche, zu einer Entscheidung zu kommen. Würden sie sie hierherbringen? Woher wussten sie, dass sie meine Frau ist?

Sie hat nichts getan. Ich war es. Lasst sie gehen.

Mein Gehirn frisst sich selbst auf, wie Benzin. Ich spüre ein Brennen in meinem Innern. Meine Hose rutscht von meinen Hüften. Die Stimme eines Insekts ist in meinem Kopf. Zirpt. Sie sind in meinem Kopf. Sie halten mich wach. Im Garten hinterm Haus waren Zikaden – im Sommer, und sie haben gezirpt, sobald Autos vorbeifuhren. Sie haben sich jetzt dort oben eingenistet und leisten mir Gesellschaft, während sie essen. Ich habe heute Morgen gelacht, als mir eine von ihnen einen Witz erzählt hat. Beim Lachen hat mir der Bauch wehgetan, und meine Hüftknochen stachen in meine Arme. Und es schmerzte, und mir war zum Weinen zumute. Meine Rippen zitterten, meine Wirbelsäule klapperte gegen die Wand hinter mir, während ich lachte.

Ich werde es tun. Werde ihnen erzählen, was ich getan habe. Es war falsch.

Ich rief nach ihnen und hämmerte mit den Fingerknöcheln gegen die Tür. Sie öffneten sie, und in meinem inneren Licht sah ich das Gesicht Gottes. War geblendet. *Es tut so weh, Herr. Hilf mir, das Richtige zu tun.*

Ich ging, spürte eine Hand auf meinem Arm, die mich weiterzog. Dann schoben mich zwei Hände auf einen Stuhl. Ich hatte mich verlaufen, war aber jetzt gefunden worden. Der Stahl des Stuhls unter meinen Oberschenkeln. Ich krümmte mich darauf zusammen – *bitte sei lieb zu mir, Stuhl, ich werde auch brav sein.*

Der Mann mit dem Rohrstock kam herein. Er lächelte. Seine Nase flatterte. Der Stuhl wippte. Ich war es, der ihn zum Wippen brachte. Ich kletterte vom Stuhl hinunter. Sah in seine schwarzen Augen empor. Mein Körper zitterte wie ein fahrender Zug.

Ich musste gestehen. »Ich habe es getan. Ich habe sie getötet, sie alle! Und es hat Spaß gemacht. Ihre Körper waren klein und schwach, und ich habe sie gezählt.« *Ich bin so dankbar, dass er mir diese Gelegenheit verschafft. Der Herr sei gepriesen!*

Er blickte zu mir herab. Mit einem Stirnrunzeln. »Wen? Wen hast du getötet? Die Arbeiter? Deine Angestellten? Was hast du ihnen angetan?«

»Sie alle. *Ich* war's. Ich war böse.«

»Wie viele hast du getötet?«

»Hunderte, Tausende von ihnen. Den ganzen Ameisenstaat.« Ich weinte nun, war auf die Knie gefallen. Umklammerte seine Beine wie die seines Vorsitzenden Mao.

»Was? Du gestehst, Insekten getötet zu haben?«

Er schlug mich mit dem Rohrstock ins Gesicht. Ich flog nach hinten. Die Wand traf meinen Kopf.

Und dann der Druck, die rasende Wut. Glühend heiße Flammen loderten in meinem Schädel. Wollten hinaus. Wollten sein Fleisch verbrennen.

»Dieser Mann ist irre! Bringt ihn zurück«, sagte er.

Die Hände auf meinen Armen. Das Schlurfen meiner Absätze, als ich fortgezogen werde. Eine Tür schließt sich hinter mir.

Ein alter Mann in einer roten Robe. *Ich kenne ihn.* Er legt die Arme um mich. Ich schlafe ein.

Hier in meiner alten Zelle gibt es mehr Essen. Die Wachen lieben Tenzin und bringen ihm eine Extraportion, die er mit mir und Lobsang teilt. Ich bin so dankbar, dass ich sogar weine, sobald sie sie bringen. Und allein beim Anblick von Tenzin und Lobsang steigen mir Tränen in die Augen. Es ist erbärmlich, in einer nach Kot stinkenden Zelle Dankbarkeit zu verspüren, aber ich bin aus tiefstem Herzen dankbar, wieder bei ihnen zu sein. Meiner Familie.

Selbst in der Einzelzelle habe ich mir Sorgen um Lobsang gemacht wie um einen Sohn, und auch jetzt erfüllen mich seine eingefallenen Wangen mit großem Schmerz, als sähe ich eine Porzellantasse, die überall kleine Sprünge hat. Er hat die Ruhr. Nach dem Essen quälen ihn fürchterliche Krämpfe, und er liegt stöhnend am Boden, weshalb er jetzt das Essen verweigert und Tenzin ihn füttert wie ein Kleinkind. So traurig es ist, den schrecklichen Zustand meiner Freunde zu sehen, brauche ich sie hier bei mir, denn es kümmert sie, ob ich am Leben oder tot bin. Es tut gut, Lobsang im Arm zu halten, während Tenzin ihn füttert, und Gott auf die einzige Art zu dienen, wie es mir möglich ist, nämlich für diese beiden Männer zu sorgen.

In meiner Einzelzelle konnte ich nicht schlafen, doch jetzt bekomme ich zumindest etwas Schlaf. Das hängt von den Albträumen und den nächtlichen Geräuschen ab. Wenn mich die Albträume heimsuchen, umarmt mich Tenzin. Früher hätte ich nie zugelassen, dass mich ein Mann tröstet, aber nun fühlt es sich väterlich an. Er hat einhundertacht Knoten in eine Schnur geknüpft, die ihm beim Beten helfen. Ihn wiederzusehen war ein Schock. Die Knochen in seinen Armen treten hervor, und seine Finger zittern mehr als früher, während er sich von Knoten zu Knoten betet.

Er hat mir meinen Zustand beschrieben, als ich gerade aus

der Einzelhaft gekommen war. »Ein Dämon hat in Ihnen gesteckt. Ihr Verstand hat nicht zu Ihnen gehört. Ich war besorgt.«

»Ich war am Verhungern und so allein in dieser Zelle. Sie dürfen Sie nie dorthin bringen, Tenzin.«

»Allmählich verlieren sie die Geduld mit diesem alten Mönch. Keine Sorge. Ich bin bereit zu gehen. An dem Tag werde ich unaufhörlich Gebete sprechen, die mir bei meiner Reise durch den *Bardo* – das Zwischenreich – helfen, und dann wird meine Seele wiedergeboren.«

»Wollen Sie sterben?«

»Wollen bringt nur Leiden. Wenn ich sterbe, ist meine Zeit gekommen. Wenn nicht, muss ich akzeptieren, mehr Zeit hier zu verbringen.«

»Ich will unbedingt leben. Ich will meine Frau wiedersehen. Ich will alles. Manchmal will ich sogar …« Ich mochte es diesem heiligen Mann kaum sagen: »… Vergeltung. Ich kann nicht aufhören, etwas zu wollen.«

Er lächelte mich freundlich an und lachte dann. »Wäre ich jünger, würde ich dasselbe wollen.«

»Sie *müssen* doch auch von hier wegwollen, so, wie sie Sie behandeln.« Ich sah zu seinen Fingernägeln. Sie waren geschwollen und blutverkrustet.

»Ja, sie stecken immer noch Bambus unter meine Fingernägel«, antwortete er, als er meinen Blick bemerkte. »Meine Finger würden diesen Ort gern verlassen«, sagte er lächelnd.

»Wie halten Sie das alles aus?« Ich schauderte. »Wie ist es möglich, dass Sie sie nicht umbringen wollen? Ich habe keine Ahnung, wie Sie überhaupt überleben. Ich bin noch jung, aber selbst ich kann nicht von Teigtaschen und wässriger Suppe leben.«

»Es gibt ein Lama-Geheimnis, das ich dir verraten sollte. Ich habe auch schon versucht, es Lobsang beizubringen. Wenn es kein Essen gibt, muss man die Luft essen.«

»Was?« Ich war sicher, ich hatte ihn missverstanden.

»Ja. Sie ernährt den Körper, wenn man sie trinkt.«

»Trinken?«

»Wenn es nicht genug Essen gibt, müssen Sie die Luft essen.«

»Wie soll das gehen?«

»Sie saugen die Luft beim Atmen in Ihren Körper, bis tief hinab in Ihren Bauch.«

Ich seufzte ungeduldig. Ich wollte Blut sehen, und er wollte mich lehren, Luft zu essen. Aber ich schuldete ihm so viel, dass ich gehorchte. Dann sagte er: »Man muss sie dort sammeln, die ganze Luft, und erst jetzt aus dem Mund entweichen lassen.« Er wartete, bis ich ausgeatmet hatte. »Nun weiter damit.«

Er beobachtete, wie ich tief einatmete und die eingesogene Luft so lange anhielt, bis sich mein Körper daran »geweidet« hatte. Nach mehreren Minuten dieses Atmens pochten meine Hände vor Wärme. Meine Wut verrauchte, pulsierte weniger heiß. Es war mehr Platz in mir.

Ich stehe auf dem Feld, mit den Händen um den Griff meiner Schaufel. Ich habe die Schaufel fest umklammert. Der Traum der vergangenen Nacht schwebt über mir.

Er hat seine Hand an meiner Oberlippe, zieht sie nach oben, bis sie von meinem Zahnfleisch abreißt. Mit der anderen Hand packt er mein Haar und zerrt es nach hinten. Ich habe eine Hand auf seiner, auf derjenigen, die an meiner Lippe reißt. Ich löse seinen Zeigefinger und biege ihn nach hinten. Ich höre ein Knacken. Für einen kurzen Moment verliert er das Gleichgewicht. Das genügt mir, um ihn zu schubsen, ihn gegen die Betonwand zu stoßen. Ich höre den Aufprall seines Schädels gegen die

Wand – ein eigentümliches Geräusch wie von einer Kokosnuss. Eine rote Naht bildet sich an seinem Haaransatz. Sie dickt ein und wird dunkler, nimmt die Farbe nasser Ziegelsteine an. Und dann schwillt die Ekstase des Triumphs in meiner Brust. Ich bin ihn losgeworden. Zufriedenheit schießt wie flüssiger Teer durch meine Adern. Sie fließt bis tief in meinen Magen. Ich trenne seinen Kopf ab, werfe ihn in den Schmutz. Meine Fäuste bearbeiten das Schlangengesicht, bis es grün und blau und geschwollen ist. Ich zermalme seinen Schädel mit den Stiefeln.

Als ich heute Morgen aus dem Traum erwachte, waren meine Hände zu Fäusten geballt. Meine Kiefer schmerzten, und mein Kopf pochte. Aber mein Körper pulsierte vor sadistischer Freude. An dem heiß glühenden Gemetzel. An der Gewalt, die mich wie ein köstlicher Rausch durchflutet hatte. Ich wollte immer noch sein Blut, wollte das Knacken seines Schädels hören, wollte die Knochensplitter in meinen Händen spüren.

Ich schob die Erinnerung in eine ferne Ecke meines Bewusstseins. Doch jetzt, während ich hier auf dem Feld stehe, legen sich die Hände an meiner Schaufel um die Kehle des Genossen Han.

Mir wird übel. *Großer Gott, was geschieht mit mir? Liebe deine Feinde, bete für all jene, die dich schlecht behandeln.*

Ich blicke auf meine Handgelenke. Der Schorf ist getrocknet und abgefallen, aber eine Narbe wird zurückbleiben. Mein Körper wird sich immer an das erinnern, was Han getan hat. Die Seile um meine Hände, das peitschende, brennende, zerreißende Gefühl, als meine Schultern auskugelten.

Wie hat es sich angefühlt, als meine Gedanken noch friedvoll waren, ohne eine Schlange, die sie vergiftet hat? Als ich Liebe kannte? Zärtlichkeit? Als ich Emmas Liebkosungen zuließ? Das Gefühl hatte, mein Gesicht vor der Welt zeigen zu können? Es erscheint mir jetzt unvorstellbar.

13. Dezember 1954

Emma

Ich habe Dorje gebeten, heute mein Aufpasser zu sein, weil ich Mr. Yuan treffe, den chinesischen Botschafter in Nepal. Dorje war bereits in der chinesischen Botschaft gewesen und hatte einen Antrag ausgefüllt, um Samten zu finden. Ich bat ihn, mich zu begleiten und mir notfalls einen Maulkorb zu verpassen. Rückblickend betrachtet war er wohl nicht der Richtige für diese Aufgabe.

Mr. Yuan war ungefähr in meinem Alter, mit sehr kurzem schwarzem Haar. Er trug einen eleganten westlichen Anzug und eine völlig ausdruckslose Miene. Er öffnete die Schublade seines Schreibtisches und zog einen Stapel Formulare heraus. Mein Herz hüpfte vor Hoffnung, dass endlich jemand die Einzelheiten aufschreiben und mit der Suche beginnen würde.

»Wann haben Sie Ihren Mann das letzte Mal gesehen?«

»Es war der 15. September, an dem Tag, als sie ihn geholt haben.«

»Und wann sind Sie nach Tibet eingereist?«

»Ähm ... fünf Monate davor, im Mai.«

»Darf ich Ihre Reisepässe sehen?«

»Natürlich. Das ist meiner, und hier ist der meines Mannes.«

Er schlug sie langsam auf und strich auf eine Weise darüber, die mir ganz und gar nicht gefiel, voller Skepsis und mit einem Stirnrunzeln. »Hier in den Dokumenten steht nichts von Tibet.«

Ich wählte meinen geduldigsten Tonfall. »Ja, und das ist auch nicht möglich, nicht wahr? Wie Sie wissen, werden keine Visa vergeben.«

»Das bedeutet also, Sie und Ihr Gatte sind illegal nach Tibet gereist?«

Uh-oh. Die Befragung hatte eine unerwartete Wende angenommen. Ich war so überzeugt gewesen, im Recht zu sein, dass ich nicht daran gedacht hatte, jemand könnte die Sache anders sehen. »Es gibt keine Möglichkeit, legal einzureisen, aber sobald wir angekommen waren, haben wir die Erlaubnis erhalten, in Shigatse zu bleiben.«

»Betreten Sie etwa das Haus eines Mannes und fragen ihn anschließend um Erlaubnis?« Er hob seine Augenbrauen wie ein Schuldirektor, der ein ungehorsames Kind befragt.

»Wir haben die Erlaubnis vom *Garpon* der Provinz bekommen.«

»Haben Sie die Erlaubnis bei sich?«

»Nun, nein. Die Dinge laufen dort nicht so. Er hat uns die Erlaubnis mündlich gegeben.«

Er nickte wissend. »Also sind Sie und Ihr Ehemann illegal in eine Provinz Chinas eingefallen, Ihr Ehemann wurde verhaftet, und jetzt bitten Sie mich um Hilfe, damit ich ihn rette?«

»Mein Mann wurde NICHT verhaftet. Er wurde – verschleppt wie ein Kriegsgefangener.«

»Außer dass sich die Vereinigten Staaten und China nicht im Krieg befinden, oder, Madam?«

Ich blickte zu Dorje. Seine Missbilligung über meine Herangehensweise stand ihm deutlich ins Gesicht geschrieben.

»Die Volksbefreiungsarmee ist dort, um den Tibetern zu helfen, insbesondere um sie vor Ausländern zu schützen, die ihre Grenzen missachten. Vielleicht hat Ihr Mann einen Streit mit einem Soldaten angefangen oder die Tibeter auf irgendeine Art misshandelt? Neigt er zu Wutausbrüchen?«

»Mein Mann ist Pazifist!« Ich hörte mich schreien, hörte selbst, wie lächerlich es war, ihn anzubrüllen und zu behaupten, Gerald sei Pazifist.

Ein Angestellter öffnete die Tür und warf mir einen verächtlichen Blick zu. Mr. Yuan stellte die Miene eines nachsichtigen Elternteils zur Schau und sagte: »Ich bitte Sie, Madam, Ihre Stimme auf eine angemessene Lautstärke zu senken.« Der Angestellte schloss die Tür.

Ich murmelte eine Entschuldigung und atmete tief ein. Dorjes besorgtes Gesicht verriet mir, dass ich ohne Schuhe in einem Blizzard spazieren ging. Ich schloss die Augen und dachte an Genevieve, versuchte, ihr friedvolles Wesen in mir heraufzubeschwören. *Ich kann das nicht, Gott. Ich bin dazu einfach nicht … fähig. Du musst das für mich tun. Ich vermassle das völlig – was meinem Mann das Leben kosten könnte.*

»Sie glauben also, Ihr Mann wurde von den Soldaten aus reiner … Bosheit gefangen genommen?«

»Entschuldigen Sie meine Ungeduld, Mr. Yuan. Ich weiß, es klingt vielleicht sonderbar, aber mein Mann hatte einen chinesischen Soldaten am Tag zuvor verärgert, und ich denke, er ist uns nach Hause gefolgt.«

»Haben Sie gesehen, dass dieser Soldat Sie verfolgt hat?«

»Nein, ich hatte bloß dieses Gefühl.« Ich sah ihm in die Augen. »Sie wissen doch, wenn man so ein Gefühl hat?«

Stille. Er blickte mich mit hochgezogenen Augenbrauen an und fuhr fort: »Vor allem haben Sie jedoch keinen Beweis, dass Ihr Gatte jemals Tibet betreten hat, und so klingt diese Geschichte für mich mehr nach amerikanischer anti-kommunistischer Propaganda als nach einer rechtmäßigen Klage.«

Es interessierte ihn nicht. Er würde nichts unternehmen. Etwas in meinem Innern schnappte zu, schnell und heftig wie die Kiefer eines Krokodils. Eine andere Person tauchte in mir auf. Ich erhob mich und fiel dann vor ihm auf die Knie. Meine Stimme war ruhig. »Mr. Yuan, ich weiß nicht, ob Sie an Entführungen glauben, an das Einsperren unschuldiger Menschen. Ich bin hier wegen des Kindes, das ich in mir trage und das womöglich *nie* seinen Vater sehen wird.« Mein Gesicht zitterte, und Tränen rollten mir über die Wangen. »Ich bin keine Kommunistin, und ich bin keine Kapitalistin, ich bin einfach eine Frau. Ich weiß nicht, ob Sie selbst Kinder haben oder eine Ehefrau, aber wenn Sie heute Abend nach Hause gehen, denken Sie daran, dass sie sicher in Ihrem Heim warten. Und was Sie tun würden, wenn Sie nicht wüssten, ob sie tot oder am Leben sind.«

Ich setzte mich wieder und starrte auf meinen Schoß. Nach einem Moment des Schweigens hob ich meinen Blick, und Mr. Yuan sah nicht mehr aus, als sei er aus Stein. Er musterte mich und wirkte beunruhigt.

Schließlich durchbrach Dorje das Schweigen. »Mr. Botschafter, bitte nehmen Sie es uns nicht übel. Vielleicht verstehen Sie … dass Frauen, wenn sie in anderen Umständen sind«, er legte die Hände auf seinen Bauch, »sehr emotional reagieren.«

»Das sehe ich«, sagte Mr. Yuan, ohne die Augen von mir abzuwenden.

Dorje stand auf und verbeugte sich. »Wir sind Ihnen sehr dankbar für Ihre Zeit und Zuvorkommenheit.« Er half mir von meinem Stuhl.

Die Atmosphäre im Zimmer veränderte sich. »Ich würde Ihnen gerne helfen, Mrs. Kittredge.« Sein Ton wurde versöhnlich. »Bevor Sie gehen, lassen Sie mich Ihnen eines sagen. Ich denke, es ist wichtig, dass Sie *Ihre Geschichte noch einmal gründlich überdenken*. Das ist der einzige Weg, wie ich Ihnen helfen kann.« Er sprach diese Worte langsam aus und sah von mir zu Dorje und zurück zu mir.

Dann warf mir Dorje einen Blick zu, der bedeutete: *Gehen wir*. Ich eilte hinaus, ohne etwas zu sehen. Als wir das Gebäude verließen, reichte mir Dorje meine Handtasche, und ich bemerkte, dass ich sie im Büro vergessen hatte.

Wir gingen zu Fuß nach Hause. Das Gespräch lief wieder und wieder vor meinem geistigen Auge ab, und je länger ich darüber nachdachte, desto hoffnungsloser und wütender wurde ich.

»Warum konnte er nicht einfach klipp und klar sagen, was er gemeint hat? Ich ertrage es nicht, im Dunkeln zu tappen, ob er uns nun helfen wird oder nicht. Ich hasse das! Ich hasse ihn!« Meine Stimme bebte, und Tränen stachen mir in den Augen.

»Emma. Du hast ihn missverstanden. Er *hat* versucht, dir zu helfen. Er hat dir gesagt, wie dein Fall von der chinesischen Regierung gesehen wird: ohne Beweise, mit nur einer Handvoll Anschuldigungen, bei denen sie ihr Gesicht verlieren würden. Und ich habe gespürt, dass er Angst hat.«

»Wie kommst du darauf?«, fragte ich ihn, verwirrt und verzweifelt.

Dorje hielt mich zurück, indem er meinen Arm packte. Wir standen mitten auf der Straße, und ich glaubte, alle Augen starrten uns an. »Emma, du *musst* versuchen, Mr. Yuan zu verstehen. Die Chinesen drücken Dinge anders aus als Amerikaner. Wenn sie wollen, dass man etwas für sie tut, sagen sie es einem nicht direkt. Sie sagen es auf eine sanfte, höfliche Art, so, wie er es am Ende des Treffens getan hat. Es war der Vorschlag, dass du deine Geschichte verändern sollst. Aber er hat es dir nicht offen *gesagt*. Das ist keine chinesische Art.«

»Es interessiert mich nicht, ob sie beim Reden höflich sind, wenn sie gleichzeitig meinen Mann gefangen nehmen! Ich *hasse* die Chinesen!«

Er senkte den Blick und kniff die Augen zusammen, als habe er Schmerzen. Schließlich sagte er: »Emma, *ich* bin Chinese.«

O Gott. Ich stand still da, verachtete mich. »Dorje, es tut mir *so* leid. Ich bin nicht mehr ganz klar im Kopf. Du und Rinchen und Champa und nun auch Dawa, ihr seid meine Familie. Ich liebe euch alle.«

»Das weiß ich, Emma.«

Wir gingen schweigend weiter. Da sagte ich: »Vielen Dank, dass du mich heute begleitet hast.«

»Gern geschehen.«

Die Stille dauerte an, und ich wollte sie unbedingt füllen. »Hast du etwas von Samten in Erfahrung gebracht?«

»Nein.« Er starrte auf seine Füße.

Ich bin wie eine auf dem Rücken liegende Fliege, die nur einen Flügel hat und sich summend in kleinen schwarzen Kreisen dreht, hilflos seit ihrem Besuch bei Mr. Yuan. Aber es gibt Hoffnung. Gestern Abend hat mich Kingsley bei Pema angerufen. »Es gibt Neuigkeiten. Ich habe einen Tibeter namens Sangye gefunden, der hier in Nepal wohnt, in Pokhara, und er wurde von den Briten zum Funker ausgebildet, als sie die Funkstationen für die tibetische Regierung aufgebaut haben. Die Chinesen haben dann ihn und die Briten als Kriegsgefangene eingesperrt, aber Sangye ist geflohen. Er weiß nicht, ob es noch funktionierende Funkstationen in Tibet gibt oder ob sie von den Chinesen übernommen wurden. Aber er will die Nachrichten übermitteln und abwarten, was daraus wird.«

»Werden die Chinesen denn die Nachrichten nicht mithören?«

»Schon, ja, doch er wird keine Worte benutzen. Er wird mithilfe eines Codes kommunizieren. Damals, bevor die Chinesen kamen, benutzte eine Handvoll tibetischer Funker einen besonderen Code, der auf der tibetischen Sprache basiert, um Staatsgeheimnisse von tibetischen Kabinettsmitgliedern zu übermitteln. Wenn es noch welche von ihnen gibt und sie seine Nachricht hören, sind sie die Einzigen, die sie entschlüsseln können.«

»Wann fängt er an?«

»Das hat er bereits! Niemand hat bisher auf sein Signal geantwortet, aber er wird es weiterhin probieren, jeden Tag.«

Nachdem ich aufgelegt hatte, konnte ich nicht schlafen.

Heute Morgen bin ich zum Telegrafenamt gegangen und habe zwei Telegramme aufgegeben.

> TELEGRAFENAMT NEPAL
> AN GENEVIEVE RUMBLE 303 HIGH STREET MIDDLETOWN CONNECTICUT VEREINIGTE STAATEN STOP VON EMMA KITTREDGE STOP KATHMANDU NEPAL STOP GERALD IN TIBET GEFANGEN GENOMMEN STOP BIN SCHWANGER UND IN KATHMANDU STOP VERZWEIFELTE SITUATION STOP ICH VERSUCHE IHN ZU FINDEN STOP BITTE KOMM HER STOP

Ich schickte ebenfalls ein Telegramm an unsere Eltern, wobei ich die ganze Zeit beim Schreiben gezittert habe. Ich habe jedes Wort genau so gehört, wie sie es verstehen würden: als eine Selbstanklage für all die Schwierigkeiten, die ich ihnen je bereitet hatte. Hätte ich Geralds abstruse Ideen über das Reisen und fliegende Lamas nicht unterstützt, dann wäre Geebs sicherlich längst ein netter niedergelassener Hausarzt, mit einer vernünftigen Ehefrau, die ihm wahrscheinlich schon drei Kinder geboren hätte.

Wir hatten eine einfache Quäkerhochzeit. Dort, bei den Freunden des Lichts, mussten wir unsere überschwängliche Freude nicht verbergen. Ein winziger Teil von mir war traurig, dass unsere Familie dem Fest nicht beiwohnen wollte. Genevieve hatte vorgeschlagen, unsere Zweifel über die Hochzeit während einer Quäkerversammlung zur Sprache zu bringen und die Versammlung um Rat zu fragen. Sie war die Einzige, die wusste, dass wir gemeinsam groß geworden waren und immer noch unter einem Dach mit einem besorgten Elternpaar wohnten. Für Genevieve hatte unsere Beziehung nichts Anrüchiges, und sie versicherte mir, Quäker folgten nicht den Werturteilen der Gesellschaft, sondern allein denen des inneren Lichts. Es tat gut, jetzt an sie zu denken und an die sanften Hände des Schreibers auf unseren, als er uns seinen Segen gab. Wir wurden am darauffolgenden Sonntag im Versammlungshaus getraut. Genevieve ist für uns aufgestanden, und an diesem besonderen Tag hat sie ihre graue Kleidung gegen etwas Gelbes eingetauscht.

Und nun lebte ein kleines Wesen in mir, machte Schwimmbewegungen, ruderte mit der Hand oder einem Fuß, um die bequemste Position einzunehmen, was häufig eingequetscht irgendwo unter meinem Brustkorb war. All meine Gedanken an dieses kleine Wesen waren Einladungen der Hoffnung. Ich hatte gedacht, ich wüsste genau, was in meinem Leben auf mich zukäme – dass ich niemals Mutter würde –, aber ich hatte unrecht.

1. Januar 1955

Dorje

Ich habe eine Arbeit gefunden. Ich bin dankbar. Es ist ein Segen, jeden Tag aus dem Haus zu gehen und die Möglichkeit zu haben, gutes Karma anzusammeln. Ich arbeite als Übersetzer in einem Krankenhaus im Herzen der Stadt. Es gibt keine tibetischen Ärzte an der Klinik, und so können die tibetischen Patienten und die Ärzte ohne meine Hilfe nicht miteinander reden. Ich liebe diese Arbeit, weil ich spüre, dass ich helfe. Es gibt jetzt viele Landsleute, die Kathmandu völlig erschöpft erreichen. Viele von ihnen wissen nicht, wohin sie gehen sollen, und alles, was ich tun kann, ist, sie zum Flüchtlingslager zu schicken. Aber dieses Lager ist allmählich überfüllt, mit so vielen Tibetern, die hierherkommen.

Gestern habe ich ein kleines Mädchen gesehen, sie war vielleicht sechs Jahre alt, mit einer Infektion an ihrem Zeh. Es war Winter, als sie und ihre Familie aus Tibet geflohen sind, das Gebirge kann sehr rau sein, und das Mädchen hat Frostbeulen bekommen, während sie mit ihrer Familie über die hohen, verschneiten Pässe gewandert ist, um den Kommunisten zu entfliehen. Ich war ihretwegen traurig, sie ist noch zu jung, um einen Teil ihres Fußes zu verlieren. Sie hatte große Augen und eine Lücke zwischen ihren Schneidezähnen, was ihr ein wunderbares Lächeln gab.

Ich habe ihrer Familie erklärt, was die Ärzte tun müssen. Die Mutter hat sich gekrümmt und den Bauch gehalten und ist in einem Stuhl zusammengesackt, als hätten meine Worte ihr den Boden unter den Füßen weggerissen. Der Vater stand besonders gerade da, hat versucht, stark zu sein, aber ich habe gespürt, dass er umgefallen wäre, hätte ich ihn angehaucht. Ich habe ihnen gesagt, das Mädchen werde dann immer noch gehen können, aber das Gleichgewicht nicht so gut halten wie früher. Schließlich haben sie sich beruhigt und ihrer Tochter erklärt, was die Ärzte gesagt haben. Sie weinte ein paar Minuten, doch dann hat sie das Kinn gereckt und gesagt, sie wäre bereit. Ich sagte ihr, dass man ihr etwas geben würde, damit sie keine Schmerzen hätte. Während der Operation habe ich ihre Hand gehalten, pausenlos Gebete zu Guru Rinpoche gesprochen und ihn gebeten, barmherzig zu sein. Sie war so tapfer, wie sie dort auf dem Tisch lag, aber ich habe auch eine Träne gesehen, die ihr vom Auge zum Ohr hinablief.

Wenn ich Menschen wie dieses kleine Mädchen treffe, werde ich daran erinnert, dass ich ebenfalls tapfer sein sollte. Ich brauche Mut für meinen Sohn Dawa. Er scheint sich jeden Tag größere Sorgen zu machen, mit jedem Bericht, den wir über die Geschehnisse in Tibet hören. Immer mehr Menschen fliehen aus unserer Heimat, viele werden getötet, und besonders Mönche – die Kommunisten bestrafen die Mönche mehr als alle anderen. Vielleicht wissen die Kommunisten von der geistigen Stärke der Mönche und fürchten sie. Wenn Dawa einen Bericht im Radio hört, geht er unruhig im Zimmer auf und ab, schüttelt den Kopf, ballt die Hände zu Fäusten. Er ist so wütend, jeden Tag ist er wütend.

Heute Morgen habe ich in Onkel Tinles Gemüsegarten Unkraut ausgerissen, und Dawa hat mir geholfen. Wir haben das Radio so ans Fenster gestellt, dass wir die Weltnachrichten hören konnten. Wie gewöhnlich waren die Neuigkeiten über Tibet sehr schlimm. Dawa hat das Radio ausgeschaltet und gesagt: »Ich wünschte, ich wäre nie fortgegangen! Was kann ich hier tun, so weit weg? Meine Brüder in den Klöstern werden angegriffen, getötet, und ich bin hilflos! Ich sollte dort sein!«

Schwerfällig hat er sich auf den Boden gesetzt. Ich bin zu ihm gegangen und habe mich neben ihn gesetzt.

»Was würdest du dort tun, Dawa? Was willst du gegen Soldaten mit Gewehren ausrichten?«

»Ich würde mich zur Wehr setzen.«

»Und sie würden dich töten.«

»Vielleicht bräuchte ich eigene Waffen«, sagte er leise.

Waffen?, dachte ich. Ist das mein Sohn, der Mönch, der da von Waffen spricht? Früher wollte Dawa alle Insekten retten, wenn Rinchen das Haus geputzt hat. Er hat einen Stock genommen, vorsichtig eine Spinne aus ihrem Netz gehoben und sie dann voller Liebe vor die Tür getragen. So werden alle Kinder in meinem Land erzogen, nämlich dass sie kein Lebewesen töten dürfen. Und deshalb habe ich mich gefragt, ob ich meinen Sohn vielleicht falsch verstanden hatte. »Dawa, was hast du gesagt?«

»Ich sagte, vielleicht sind Waffen nötig.«

Wer war dieser Fremde vor mir? »Jetzt hörst du dich nicht wie ein Mönch an. Was willst du mit Waffen?«

»Die Kommunisten haben keinen Respekt. Sie zwingen Mönche, Gewehre zu nehmen und sich gegenseitig zu erschießen, nur damit sie leiden und vor ihrem Tod ihr Gelübde brechen, niemanden umzubringen. Sie tun Nonnen entsetzliche Dinge an. Wie können solche Menschen eine andere Sprache als die der Waffen verstehen?«

Oft schweige ich, wenn ich nicht weiß, was ich sagen soll. So auch jetzt. Ich habe meinen Sohn einfach angestarrt.

»Die Kommunisten reißen die Macht an sich, Pa-la. Vielleicht für immer. Unsere Tradition, unsere Lieder, unser Essen, unsere Sprache und die Art, wie wir leben – alles verschwindet, stirbt aus. Siehst du das nicht? Wir dürfen es nicht zulassen.«

»Ich dachte, du bist hergekommen, um eine Ausbildung zu erhalten. Jetzt redest du von Waffen. Ich begreife dich nicht.«

Er stand auf, und ich ebenfalls. Er ist auf der freien Fläche zwischen zwei Reihen grüner Bohnen auf und ab geschritten. »Pa-la, ich begreife mich selbst nicht. Jeden Tag verändert sich meine Art zu denken. Ich frage mich, welchen Weg ich einschlagen soll, und entscheide, ich werde studieren, etwas über die Welt lernen. Aber dann höre ich die Nachrichten – und sie bringen mich um den Verstand. Ich habe das Gefühl, ich muss handeln. Das sind Probleme, mit denen wir nie zuvor konfrontiert waren. Vielleicht erfordern sie eine *neue* Lösung.«

»Töten ist deine neue Lösung? Zu glauben, man hätte das Recht, einem anderen Menschen das Leben zu nehmen? Welcher Stolz in deinem Herzen wohnt, Dawa!« Es gab kein Schweigen mehr in meinem Innern. Ich habe gemerkt, dass ich meine Stimme erhoben hatte, aber ich konnte nicht aufhören. »Ich habe versucht, deiner Mutter zu helfen, damit sie versteht, dass du außerhalb des Klosters lernen willst. Und obwohl sie eine sture Frau ist, arbeitet sie hart daran, ihr Herz und ihren Geist zu öffnen, um es zu akzeptieren. Aber diese Ideen … Ich weiß nicht, woher sie kommen! Wer hat dir diese Flausen in den Kopf gesetzt?«

Er sah auf seine Füße hinab. Sein Gesicht war rot. »Da gibt es andere Mönche, die genauso denken.« Er klang ruhig, jedoch voller Gefühle.

Meine Stimme war immer noch laut. »Und was würde Lama Tsethar sagen?«

»Lama Tsethar ist wahrscheinlich längst TOT!« Mein Sohn schrie diese Worte, und dann hat er sich auf den Boden gesetzt und geschluchzt. Sein ganzer Körper hat gezittert – das erinnerte mich daran, wie er als kleiner Junge geweint hat. Damals hatte mich der Anblick einer Träne auf seiner Wange ebenfalls zum Weinen gebracht, und genauso fühlte ich mich jetzt. Ich habe mich neben ihn gesetzt und ihm einen Arm um die Schultern gelegt. Er hat sich zu mir gedreht, und ich habe ihn in die Arme genommen, während er in meine *Chuba* weinte.

Nach einer langen Weile wurde er ruhig. Dann hat er sein Gesicht an seiner Robe abgewischt. »Es tut mir leid, dass ich dich angeschrien habe, Pa-la. Das war falsch von mir.«

»Du bist immer noch mein guter Sohn, Dawa. Aber denk bitte sorgfältig über dieses Leben und das nächste nach.«

Am nächsten Morgen bin ich von meiner Matratze aufgestanden, und mir war sehr kalt. Es war Winter, aber sogar mein Herz fühlte sich wie eingefroren an, als wäre irgendetwas nicht in Ordnung. Ich bin durchs Haus gegangen. Ich wusste nicht, warum. Ich habe Pema und Rinchen in der Küche gehört, die mit dem Kochen angefangen hatten. Als ich zum Küchentisch kam, sah ich ein Blatt Papier. Es war zusammengefaltet, und darauf stand geschrieben: *Pa-la*.

Ich strich das Papier auseinander.

Liebster Pa-la,
es tut mir leid, dass ich fortgegangen bin, ohne mich von der Familie zu verabschieden. Bitte sie, mir zu verzeihen, besonders Mutter. Ich bin verwirrt und glaube, dass ich dich und Mutter in große Schwierigkeiten bringe. Es ist besser, wenn ich jetzt gehe.

Ich werde bei einem Freund und seiner Familie außer-

halb von Kathmandu wohnen. Ich habe immer noch vor, zur Universität zu gehen, nachdem ich die notwendigen Studien beendet habe, um dort angenommen zu werden, und eine Arbeit zu finden. Mein Freund Ngawang ist gütig. Er hilft mir, mich auf meine Studien vorzubereiten. Er sagt, dass wir vielleicht nach Indien gehen sollten, um später zu studieren.

Mach dir nicht zu viele Sorgen um mich, Pa-la. Ich behalte deine Ratschläge im Herzen. Du und der Rest der Familie seid in meinen Gedanken, und ich bete jeden Tag für euch. Ich werde euch schreiben, sobald ich mich eingewöhnt habe.

Dein dich liebender Sohn *Dawa*

Mein Sohn ist fortgegangen, ohne sich zu verabschieden? Er hat gesagt, ich solle mir keine Sorgen um ihn machen, aber warum hatte er dann das Gefühl, er könne nicht bei uns bleiben? Wir würden ihm dabei helfen, dass sich sein Geist beruhigt und er entscheidet, was der richtige Weg für sein Leben ist. *So* hingegen habe ich mir wirklich Sorgen um ihn gemacht. Das sah ihm überhaupt nicht ähnlich. Ich konnte sein Tun nicht voraussagen, und das war eine neue Erfahrung für mich. Jetzt fühlte sich mein Herz noch kälter an, als hätte jemand die Tür sperrangelweit aufgerissen, um den eisigen Wind hereinzulassen.

Ich habe mich auf ein Kissen gesetzt. Rinchen hatte recht. Die Welt machte keinen Sinn mehr. Wir haben unser Zuhause verloren, wir haben den Anblick der schneebedeckten Gebirge vor unserem Fenster verloren, wenn die Sonne auf sie schien, und nun hatten wir auch noch unseren Sohn verloren.

Ich erinnerte mich an den warmen Ofen in unserem Haus, um den wir uns alle, Rinchen, ich, Dawa und Champa versammelt und über einen Lama-Witz gelacht hatten, den Dawa uns während eines Besuchs vom Kloster erzählt hatte. Ein Topf Nudeln kochte, und Rinchen warf Knoblauch in einen anderen Topf. Es roch so eindringlich und sicher wie all die tausend anderen Male zuvor, als sie dasselbe Gericht gekocht hatte. Ich wollte wieder dort sein. Stand unser Haus überhaupt noch? Lebten unsere Tiere noch? Was war mit unserem Innenhof, wo Champa mit Stöcken Bilder in die Erde gemalt hat? Waren diese Bilder noch da? Als er ein Baby war, hatte Rinchen seinen winzigen runden Körper in einer kleinen Wanne in der Sonne des Innenhofs gebadet. Meine Brust tat weh, bis hinauf zu meiner Kehle. Ich habe die Zähne zusammengebissen, um mein Weinen zurückzuhalten, aber es ist mir nicht gelungen.

14. Januar 1955

Gerald

Ich bin bereit zu sterben. Niemals zuvor habe ich das gewünscht.

Sie haben mir einen Finger amputiert.

Sie haben mich ins Krankenhaus gebracht, als sei ich krank. Es war ein großes Zimmer, vollgestopft mit besetzten Betten. Ich ging hinein wie das zahme Lamm, zu dem ich geworden war. Sie zogen mir einen Krankenhauskittel über und nahmen meine Stiefel und Kleider. Ich wollte mich nicht hinlegen; dann wäre ich mir zu hilflos vorgekommen, und außerdem war ich es nicht gewöhnt, in einem Krankenhaus die Rolle des Patienten einzunehmen. Der Boden war kalt unter meinen Füßen, während ich am Bettrand saß.

Ein Arzt kam, um nach mir zu sehen. Er sprach englisch mit mir und erklärte, er müsse meinen Zeigefinger untersuchen. Ich war derart überrascht, in meiner Muttersprache angeredet zu werden, dass ich seinen Worten kaum Aufmerksamkeit schenkte.

Jedenfalls zu Beginn. Er machte einen ungeheuren Wirbel um die Sache und besah sich meine ganze rechte Hand. Als er sich damit jedoch unnötig viel Zeit ließ, bildeten sich Schweißperlen unter meinen Achseln.

Sein Haar war offen. Es fiel ihm ins Gesicht, während er

meinen Finger untersuchte. Er gab besorgte Laute von sich und sah mich dann erwartungsvoll an. Er hoffte wohl, ich würde mit einem verängstigten Blick darauf reagieren. Aber das tat ich nicht, denn ich bin Arzt und wusste, dass mit meinem Finger alles in Ordnung war. Er strich sich das Haar hinters Ohr und sagte mir dann, sie müssten ihn abnehmen, es täte ihm so leid, es gäbe nichts, was sie tun könnten.

Das darf nicht wahr sein. Benommen starrte ich ihn an. Ich hörte mich sagen: »Was werden Sie damit tun?«

Bei meiner Frage fuhr er zusammen. »Entschuldigung?«

»Wofür brauchen Sie ihn?«

Er verlagerte sein Gewicht von einem Fuß auf den anderen. »Wir tun das zu Ihrem Wohl. Unser Vorsitzender Mao kümmert sich um das Wohlergehen aller.«

Meine Stimme war scharf wie ein Nagel. »Sehen Sie, ich bin Arzt und weiß, dass Sie das nicht zu meinem Wohl tun.«

Er spielte an seinem Stethoskop herum. Schob die Brille auf der Nase nach oben. Wich meinem Blick aus. Ein Mann trat von hinten an uns heran. Ich erkannte dieses Gesicht sofort, mit seinen dünnen Lippen und Krähenaugen. Genosse Han. Er stellte sich neben den Arzt. Er hob eine Augenbraue und räusperte sich.

»Guten Morgen, Genosse Han«, sagte der Arzt mit zitternder Stimme.

»Es ist also doch das, was ich meinte? Wie lautet die Diagnose?«

Der Arzt starrte auf seine Schuhe, während er ununterbrochen mit dem Stethoskop in seinen Händen hantierte. Dann sagte er: »Ja, Genosse Han. Natürlich hatten Sie recht.«

Ich sah, wie dem Arzt ein Schweißtropfen die Stirn herablief. Genosse Han ging fort.

Immer noch auf den Boden blickend, sagte der Arzt mit leiser Stimme: »Seien Sie unbesorgt, wir benutzen Narkosemittel …«

»Während all Ihrer Folterprozeduren?«

Er erbleichte, schluckte und sah weiterhin auf seine Schuhe.

Ich beugte mich hinunter und starrte ihm direkt in die Augen, hielt ihn gefangen wie eine Zielscheibe. »Was werden Sie mit ihm tun?«

»Was?«

»Mit meinem Finger.«

»Mr. … Ich weiß nicht, wie Sie heißen«, er schüttelte hastig den Kopf, als sei ich ein Ärgernis.

»Werden Sie ihn behalten, bitte? Nehmen Sie ihn mit nach Hause.«

»Sie sind verrückt.« Er schüttelte wieder den Kopf. »Warum sollte ich das tun?«

Ich hielt seinem Blick immer noch stand. »Als Mahnmal. Sie müssen sich daran erinnern, was Sie getan haben.«

Er riss die Augen auf, drehte sich um und verschwand.

Ich bemerkte eine eigentümliche Ruhe in mir, eine sonderbare Traurigkeit. Ich verstand nun, was Tenzin über das Karma gesagt hatte, darüber, wie Seelen an solchen Orten zerstört wurden. Meine und ihre.

In diesem Moment spürte ich, dass ich losließ. Nicht mehr am Leben bleiben wollte. Ich sah keinen Sinn mehr weiterzumachen.

Ich wusste, warum sie meinen Finger amputierten. Es war Genosse Hans Rache dafür, dass ich munter Klavier spielte, während ich doch ein Häufchen Elend hätte sein müssen. Sie versuchten herauszufinden, was man am meisten liebte.

Um es dann zu zerstören.

Ich habe einen Verband um meinen Stumpf. Er pocht, aber als Tenzin ihn sah, meinte er, ich hätte Glück gehabt. »Manchen Menschen ist der ganze Arm abgeschnitten worden«, sagte er. Lobsang hat bei dem Anblick dagesessen mit großen Augen, als seien sie Monde in seinem Gesicht. Dann stand er auf und hämmerte weinend mit den Fäusten gegen die Wand.

Tenzin erzählt uns, das Leiden führe zur Erleuchtung. Meistens bin ich zu müde, zu verzweifelt, als dass es mich kümmerte.

Aber er bringt mir das Meditieren bei, und ich empfinde weniger Schmerz. Die Meditation lässt mich mein eigenes Leiden betrachten, als schwebte ich über Wolken. Ich sitze in der Zelle und forme die Hände wie eine Schale, die Handflächen nach oben gerichtet. Bereit zu fliehen. Ich höre Dinge – das Tröpfeln von Wasser, das in die Zelle dringt, die unruhigen Bewegungen meiner Gefährten, Tenzins Atem und meinen eigenen. Es gibt Zeiten, da lassen meine Gedanken ab, und ich erhalte einen kurzen Blick auf einen stillen Teich in meinem Innern und kann kaum glauben, dass er nicht ausgetrocknet ist.

Während ich mit geschlossenen Augen dasitze, sehe und spüre ich, was sie mir hier angetan haben. Oder ich höre die Schreie aus anderen Zellen. Und dann zittere ich wieder.

Ich will vor den Bildern weglaufen, die ich sehe, und vor den Schreien. Aber Tenzin sagt, ich dürfe das nicht. »Lassen Sie sie hier sein«, sagt er. »Es sind nur Gedanken, und Gedanken sind Illusion. Sie sind nicht das, was gerade in diesem Moment geschieht. Selbst als sie Sie gefoltert haben, war es bloß ein Moment, dem ein Leben eingehaucht wurde und der dann wieder aus dem Dasein verschwunden ist. All Ihre Folterer sterben; sie werden in ein anderes Dasein übergehen, so wie Sie. Nichts ist beständig. Während ich mit Ihnen rede, zerfallen die Wände des Gefängnisses zu Staub. Ihr Körper welkt mit jedem Atemzug dahin; *Sie* sind nicht Ihr Körper. Die Folterer versuchen, Ihnen wehzutun – und sie glauben, dass ihnen das gelingt –, aber das ist deren Illusion. Beschleunigen sie den Tod meines Körpers? Vielleicht. Warum sollte mich das beunruhigen? Mein Körper wird wieder zur Erde, die er einst war. Sie wollen mit der Erde spielen wie gelangweilte, unglückliche Kinder.«

Es gibt Zeiten, da gelange ich an einen Ort in mir, der die Größe des Himmels hat – einen Ort, von dem ich weiß, dass die Folterer ihn nicht erreichen. Wo Gott lebt. Nur ein solch großer und leerer Ort könnte Gott beherbergen. Alle Geräusche meines Lebens werden eins – meine Schreie und das Reißen meiner Muskeln, vermischt mit der Streichmusik von Bach – seine Gefühle und meine vermengen sich – Höllenqualen überlagert von köstlichstem Frieden. Dann fliege ich über eine Violinsaite in den leeren Raum in mir, in dem Gott ist. Und Gott hält alles zusammen: den vibrierenden Nachhall einer Cellosaite, das Blut, das von meinem amputierten Finger tropft. Ich liege in Seiner Hand, in der völligen Leere der Stille. Dort spüre ich, dass ich weitermachen kann.

Emma hätte mich wohl längst gefunden, wenn es überhaupt möglich wäre. Bei dem Gedanken liegt eine grauenvolle Angst wie ein Stein in meinem Magen und zieht mich bis zum Grund eines schwarzen Meeres.

15. Januar 1955

Emma

Gestern sind Dorje und ich zum Markt gegangen, um ein paar Mangos für Rinchen zu kaufen. Sie wollte einen nepalesischen Fruchtsalat machen, dessen Rezept sie von unserer Nachbarin hat. Dorje brauchte meine Hilfe beim Aussuchen, weil Tibeter von Früchten und Gemüse keine Ahnung haben.

Er hat eine Mango genommen und sie mir gereicht. »Diese hier, was denkst du, Emma-la?«

»Dorje-la, die ist grün und hart wie ein Baseball.«

»Sie hat ein wunderschönes Grün«, sagte er lächelnd, aber sein Lächeln war schwach. Seine gefurchte Stirn sagte mir, dass er mit den Gedanken ganz woanders war.

»Ja, wunderschön, allerdings habe ich dir doch gesagt, du sollst nach roter Farbe und weichen Früchten suchen.«

Ich dachte, ich wüsste, was ihn beunruhigte. »Neuigkeiten von Samten?«

Er seufzte. Ich suchte drei Mangos aus.

»Es läuft nicht gut«, sagte er. »Sie wollen mir nicht verraten, wo er ist, sondern sagen nur, dass er ein Verbrechen begangen hat.«

»Welches Verbrechen?« Ich traute meinen Ohren nicht.

»Ein Verbrechen gegen das Volk, behaupten sie. Aber sie sagen mir nicht, was es ist.«

Mit einem Stöhnen verscheuchte ich eine Fliege. Es klang mehr wie ein Knurren.

Der Verkäufer wog die Mangos, indem er auf den Waagschalen Gegengewichte benutzte. Pausenlos schwirrten Fliegen um die Früchte am Stand und ließen sich auf ihnen nieder.

Dorje sagte: »Die Chinesen sagen, Samten ist ein Staatsbürger Chinas und hat das Gesetz gebrochen.«

»Oh, und ich bin sicher, sein Vergehen war, ›neben einem Amerikaner zu stehen‹.« Ich reichte dem Verkäufer eine samtene Rupien-Note. »Es tut mir leid, dass wir eure Familie mit hineingezogen haben, Dorje.«

»Sie hatten es schon immer auf mich abgesehen, weil ich chinesisch spreche. Außerdem können wir den Willen der Götter nicht verändern.«

»Du denkst, die Invasion der Chinesen ist der Wille der Götter?«

»Das weiß ich nicht. Vielleicht.«

Manchmal macht mich Dorjes Passivität fuchsteufelswild. Am liebsten hätte ich eine Streitmacht aufgestellt und wäre mit geladenen Gewehren nach Tibet zurückgekehrt, obwohl Gerald einen solch gewalttätigen Gedanken gehasst hätte. Ich wollte ihn schon aussprechen, als ich eine sanfte Berührung an meiner Schulter spürte. Ich drehte mich um und blickte in ein höchst willkommenes Gesicht: das von Everett Kingsley. Zur Begrüßung tippte er sich an den Hut. »Hallo, Emma.«

Ich hatte das Gefühl, dass Gott nach mir und Gerald Ausschau hielt. Ich packte Kingsley am Arm. »Oh, Kingsley, es tut so gut, dich zu sehen! Hast du Dorje schon kennengelernt? Er ist ein sehr lieber Freund.« Dann sagte ich mit einem Lächeln zu Dorje: »Seitdem wir allerdings zusammen aus Tibet geflohen sind, würde ich uns eher als Familie bezeichnen. Er und seine Frau haben mich sozusagen adoptiert.«

Dorje lächelte, und er und Kingsley verbeugten sich voreinander.

»Jeder Freund von Emma ist auch mein Freund«, sagte Kingsley warmherzig. »Emmas und meine gemeinsame Vergangenheit reicht weit zurück, denn ich habe ihren Vater gekannt.«

»Dann gehören Sie also ebenfalls zur Familie … wie ein Onkel?«, sagte Dorje. »Emma hat viele Verwandte.«

»Ja«, sagte ich. »Alles adoptierte. Aber bisher hat niemand anderes mein Herz mehr berührt.« Beide lächelten.

»Hast du etwas von der amerikanischen oder chinesischen Botschaft gehört?«, fragte Kingsley.

»Von beiden, wenn auch nichts Neues. Ich war dreimal in der amerikanischen Botschaft, und sie haben die Nase gestrichen voll von mir. Und die chinesische Botschaft scheint Spielchen zu treiben. Ich vermag beim besten Willen nicht zu sagen, ob sie irgendetwas tun, um Gerald zu finden.«

Dorje sagte: »Emma, du musst dich noch einmal mit Mr. Yuan treffen. Hab Geduld.«

Kingsleys Augen waren gutmütig. »Habt ihr Zeit für eine Tasse Tee? Ich habe mir lange den Kopf über deine Situation zerbrochen, und vielleicht kann ich helfen.«

Ich sah zu Dorje. Er nickte ermutigend, weshalb ich sagte: »Das wäre schön.«

Als der Tee in Kingsleys Wohnzimmer serviert wurde, besah sich Dorje das feine Porzellangeschirr und zögerte bei der Zubereitung seines Tees. Er beobachtete mich, wie ich ein Stück Zucker in meine Tasse gab, meinen Tee umrührte, Milch hinzufügte und nochmals umrührte. Dann machte er jeden dieser Schritte mit seinem eigenen Tee nach. Als er die Tasse an seine Lippen führte, sah ich ihn erwartungsvoll an.

»Es ist das erste Mal, dass Dorje britischen Tee probiert«, sagte ich zu Kingsley.

»Ich verstehe. Nun, machen Sie sich auf etwas gefasst. Er unterscheidet sich völlig von Buttertee.«

»Sie haben Buttertee getrunken?«, fragte Dorje.

»Ja, damals in meinen jüngeren, abenteuerlichen Tagen. Man muss sich an den Geschmack gewöhnen, wenn ich das so ausdrücken darf. Keine Beleidigung, Dorje.«

»Und wie findest du britischen Tee, Dorje?«, fragte ich.

Er wählte seine Worte mit einem diplomatischen Gesichtsausdruck. »Er ist sehr süß und … dünn.«

Kingsley und ich lachten, obwohl mir bei dem Klumpen, der mir in der Kehle steckte, eher zum Weinen zumute war. »Also, mit wem hattest du in der chinesischen Botschaft zu tun?«

»Botschafter Yuan.«

»Oh, natürlich. Ich kenne ihn nur flüchtig. Ein anständiger Kerl.«

»Nun, mir gegenüber war er *nicht* anständig. Er hat irgendwas davon gefaselt, dass Gerald und ich Imperialisten wären, die die Macht in Tibet an uns reißen wollen.«

Dorje unterbrach mich: »Emma, du verstehst Mr. Yuan nicht.«

»Dorje hat wahrscheinlich recht, Emma. Nimm dir diese kommunistischen Phrasen nicht zu Herzen.«

»Und wie soll ich das anstellen? Er krümmt nicht den kleinsten Finger, um Gerald zu finden. Er weigert sich, mir zu helfen, obwohl sie doch internationales Recht brechen und mein Mann Amerikaner ist.«

»Ich verstehe deine Gefühle, Emma. Aber wenn du bei ihm diesen Ton angeschlagen hast, kannst du nicht weit gekommen sein. Was hast du zu ihm gesagt?«

Dorje nickte und starrte dann geflissentlich in seine Teetasse.

»Dorje scheint zu glauben, dass ich den Botschafter beleidigt und die ganze Sache verbockt habe.«

»Letzteres habe ich nicht gesagt«, erklärte Dorje. »Aber man darf niemanden beleidigen, auf dessen Hilfe man angewiesen ist.«

Kingsley sagte: »Hast du ihn etwa wirklich *beleidigt*?«

»Er hat *mich* beleidigt! Er hat mich wie eine Kriminelle behandelt. Aber wahrscheinlich ist das nicht von Bedeutung.«

»Emma, entschuldige jetzt bitte meine Offenheit.« Er stieß die Luft durch geschürzte Lippen aus. »Du bist mir sehr lieb, aber ich finde, ihr Amerikaner führt euch auf wie Elefanten im Porzellanladen, ihr lasst die Muskeln spielen und erwartet, dass die Welt sich euch unterwirft. So *funktioniert* das einfach nicht. Du musst raffinierter vorgehen. Und jetzt, Emma, versuch dir bitte das Leben eines Mannes wie Mr. Yuan vorzustellen.« Er machte eine Pause und fuhr dann fort: »Wenn du in einem Land leben würdest, das von Argwohn zerfressen ist, wo sich Menschen bei der Kommunistischen Partei anschwärzen, um einen Vorteil zu erringen, wie würdest du auf jemanden wie dich reagieren? Jemanden, der dich anschreit? Dich beleidigt?«

Kingsley lehnte sich in seinem Sessel vor und presste zum Nachdruck die Hände zusammen. »Kenne deinen Feind, meine Liebe. Was sind seine täglichen Sorgen, und was will er in seinem Leben erreichen? Bis du diese Fragen zu einem Mann nicht beantworten kannst, wirst du niemals seine Hilfe erhalten. Denk dran: Derjenige, der dein Feind zu sein scheint, könnte in Wirklichkeit dein Freund sein.«

»Genau das meine ich«, schaltete sich Dorje ein. »Ich weiß, dass er ein guter Mensch ist.«

»Also schön. Ich hab's vermasselt. Ich habe einen schlechten Start hingelegt … aber woher erfahre ich diese Dinge über jemanden, den ich mir nun zum Feind gemacht habe?«

»Die wichtigste Zutat, die du brauchst, lautet: Respekt. Behandle ihn mit Respekt, und lass diesen Respekt echt sein.«

O bitte!

Kingsley musste meine Gedanken gelesen haben, denn er sagte: »Emma.« Sein Ton war missbilligend, väterlich. »Hör mir zu. Eines Abends habe ich einen dieser Burschen in einer Bar kennengelernt. Ich konnte mir keinen Reim darauf machen, warum er in einer Bar war, aber dort saß er, trank ein Bier, lockerte seine Krawatte und sah aus, als hätte ihm die Welt eine hübsche Tracht Prügel verpasst. Ich habe mich gesetzt, und schon bald hatte das Getränk unsere Zungen gelockert, und wir begannen, über Dinge zu sprechen, über die sich Diplomaten normalerweise *nicht* unterhalten. Ich kann dir sagen, eine bemitleidenswertere Seele habe ich nie getroffen. Er hasste die kommunistische Regierung und hat seinen Posten mit genau dem Ziel angenommen, um in den Westen zu fliehen! Aber nur indem er Freunde denunzierte, hat er überhaupt die Stelle bekommen. Wirklich traurig.«

Dorje fiel ihm ins Wort. »Genau das habe ich miterlebt, als ich in China war. Die ausdruckslosen Gesichter – wie Mr. Yuans Gesicht. Ich habe seine Angst gespürt.«

»Also bitte ich ihn sozusagen, sein Leben zu riskieren, um mir zu helfen? Dann ist die Sache hoffnungslos! Niemand würde ein solches Risiko eingehen.«

»Ich gebe zu, die Angelegenheit sieht recht düster aus, aber du darfst nicht den Kopf hängenlassen. Ich möchte dich nur darauf hinweisen, dass ihr alle, du, Gerald und Mr. Yuan, in demselben Netz gefangen seid. Und jetzt muss ich darauf bestehen, dass ihr etwas esst, alle beide.«

Das Kleine hat mich getreten, als wollte es sagen: *Füttere mich.* Uns wurde ein Festmahl aus Rinderschmorbraten, Frühkartoffeln und grünem Salat aufgetischt. Ich war dankbar für

Kingsleys Fürsorge. Beim Essen brachte er das Gespräch wieder auf die Chinesen zurück. »Du musst wissen, Emma, die Chinesen sind nicht völlig paranoid … Die Vereinigten Staaten haben tatsächlich ihren Geheimdienst in Tibet.«

»Was?«

»Spione. Die CIA.«

»Was? Woher weißt du das?«

»Ich schnappe so einiges in den Lokalen der Stadt auf. Ich habe Herden junger Amerikaner gesehen, die über ihr Training in den Bergen von Colorado sprachen, um sich an die Höhe zu gewöhnen, und sie haben den Befehl, nach Tibet zu reisen.«

»Woher weißt du, dass es Spione sind? So etwas gibt man doch nicht einfach preis?«

»Nein, aber sie werden hier wohl kaum Urlaub machen, oder? Es sind CIA-Agenten.«

»Welches mögliche Interesse könnten sie an Tibet haben? In der amerikanischen Botschaft hat man mir gesagt, dass die USA nicht einmal eine offizielle Richtlinie in Bezug auf Tibet hat.«

»O ja, das ist die offizielle Version. Doch sie sind in Tibet, um China zu beobachten – du weißt schon, die Rote Bedrohung. Amerikanische Politiker scheinen diesbezüglich recht leidenschaftlich zu sein.«

»Mein Gott! In welch einem Hexenkessel Gerald und ich da gelandet sind.«

»Kein Hexenkessel, meine Liebe. Mehr eine Art Kalter Krieg.«

Auf dem Heimweg mit Dorje arbeitete mein Verstand daran, einen letzten Knoten zu lösen. »Du hasst sie nicht, nicht wahr, obwohl sie Samten verschleppt haben? Wie schaffst du das?«

»Hass ist eine Vergeudung des Lebens. Wir sind hier, um in diesem Leben gutes Karma anzusammeln, damit wir im nächsten als höheres Wesen wiedergeboren werden. Wenn ich Hass in meinem Herzen habe, verliere ich mein gutes Karma, als würde ich die Reichtümer wegwerfen, die ich mir in diesem Leben erarbeitet habe. Warum sollte ich das tun?«

Aus seinem Mund klang es schrecklich logisch. Warum war es für mich dann so hart?

Kingsley und ich sind heute zum Flughafen gefahren, um auf Genevieves Ankunft zu warten. Er hat es geschafft, zwei Stühle zu organisieren, und dann ist er augenblicklich eingedöst. Eingelullt von seinem gleichmäßigen Schnarchen, das sich wie das Brummen eines Bären anhörte, habe ich in Erinnerungen an Genevieve geschwelgt.

Ich kniff Kingsley in den Arm. »Ihr Flugzeug sollte eigentlich um vier landen. Was ist hier nur los?«

»Emma, nichts verläuft in Kathmandu nach Plan, und am allerwenigsten am Flughafen. Höchstwahrscheinlich ist es der chaotischste Ort der Welt.« Er tätschelte mir die Hand und lächelte. »Aber ich bin sicher, dass sie bald auftaucht.«

Dieser Flughafen war für eine Schwangere die reinste Hölle, denn die Toiletten waren widerlich. Zwar besser als die in Tibet, aber ich musste mir dennoch einen Schal um die Nase binden, um mich wegen des Gestanks nicht zu übergeben.

Schließlich öffnete sich eine Tür, und da war Genevieve. Sie schlurfte in meine Richtung. Als sie mich sah, blieb sie stehen und stellte ihren Koffer ab. Das Erste, das aus ihrem Mund kam, war: »O ja!«

Beinahe hätte ich sie zu Tode gequetscht, so fest habe ich sie umarmt, dann bin ich einen Schritt zurückgegangen und habe sie angesehen. Sie trug einen knöchellangen khakifarbenen Rock mit einer passenden, an der Taille gerafften Jacke und bequeme flache Schuhe.

»Meine Aufmachung überrascht dich wohl?«, sagte sie strahlend.

»Ja. Du siehst fantastisch aus!«, sagte ich und drückte sie erneut.

An ihrem Arm baumelte ihre treue Vinylhandtasche. »Hast du deine kleine Sitzerhöhung im Flugzeug benutzt?«, fragte ich sie.

»O ja, manchmal. Wenn ich eine der Stewardessen brauchte, habe ich mich draufgesetzt, damit sie mich überhaupt findet.« Sie streckte die Hand nach meiner Mitte aus. »Und jetzt lass mich dein Bäuchlein anfassen und schauen, ob mir das Kleine einen Tritt verpasst.«

Es gab noch keinen Tritt für sie. Aber ich freute mich darauf, von ihr bemuttert zu werden. Kingsley hatte uns großzügigerweise das Häuschen hinter seinem Anwesen zur Verfügung gestellt. Der Gedanke, dort zu sein, nur wir zwei, und dann irgendwann zusammen mit dem oder der Kleinen, ließ ein Gefühl der Zufriedenheit in mir aufsteigen.

»Genevieve, das ist mein lieber Freund, Everett Kingsley. Diplomat im Ruhestand, Freund meines Vaters und vor allem Retter in der Not. Er hat sich um mich gekümmert.«

»Sehr erfreut, Ihre Bekanntschaft zu machen, Madam.« Kingsley gehörte zur alten Schule, war unverbesserlich steif.

»Gütiger Himmel, nennen Sie mich Genevieve«, sagte sie mit einer ausladenden Handbewegung.

»Dann also Genevieve.« Lächelnd nahm er ihren Koffer, und wir gingen zu seinem Auto.

Ich sah zu ihrem silbrigen Kopf und seufzte. *Sie ist meine Mutter. Sie ist mein Zuhause*. Wenn es einen Weg gibt, um auf dieser Erde einen Berg zu versetzen, dann mit ihren geäderten Händen.

Mich plagen Albträume wegen Gerald. Manchmal ist er tot, manchmal am Leben und leidet schrecklich. Letzte Nacht war er am Leben, aber seine Augen waren leer. Mir wird bewusst, dass ich keine Ahnung habe, welcher Mensch er sein wird, falls ich ihn denn wiedersehen sollte. Geebs, der immer das Gute in jedem gesehen, zwei Stufen auf einmal genommen und Zuckerschoten im Garten für mich gepflanzt hatte, könnte für immer verschwunden sein. Ich wollte sagen: »Gerald ist ein zäher Bursche.« Aber Kugeln durchbohren jedes Fleisch.

Ich habe Rinchens Angewohnheit übernommen und bete beim Schneiden von Gemüse oder Yakfleisch. *Schneiden. Schneiden. Lieber Gott, beschütze meinen Liebsten.* Rinchen sagt Gebete auf, um gutes Karma anzuhäufen. Wenn ich bete, kann ich dann nicht mein Karma für das Leben meines Mannes eintauschen? Es kümmert mich nicht, was in meinem nächsten Leben geschieht, falls es überhaupt eins geben sollte. Ich will ihn in *diesem* Leben bei mir haben, und trotz meiner Gebete interessiert mich Gottes Wille ehrlich gesagt nicht die Bohne.

Ich bin noch einmal zur Botschaft gegangen, um Mr. Yuan zu sehen, und Genevieve hat mich begleitet. Ihre kleine Hand lag warm auf meinem Arm, während wir das Gebäude betraten. Sie hat mir einen Bibelvers gegeben, den ich zur Vorbereitung auf das Treffen hersagen sollte. *Lass die Reden meines Mundes und das Sinnen meines Herzens wohlgefällig vor Dir sein, Herr.*

Wir wurden sofort in Mr. Yuans Büro geführt. Sein Gesicht sagte mir alles. Es erhellte sich nicht, als er mich fragte: »Wie kann ich Ihnen heute behilflich sein?«

Weswegen sind wir wohl hier? Um zu plaudern? Ich schluckte meine Wut hinunter und sagte: »Ich weiß zu schätzen, dass Sie sich die Zeit für uns nehmen. Wir sind hier, um nachzufragen, wie die Suche nach meinem Mann voranschreitet.«

Für einen kurzen Augenblick erschien eine Falte zwischen seinen Brauen. Dann sagte er: »Oh, ich denke, hier gab es wohl ein Missverständnis, Madam. Da Sie keinen Beweis vorgebracht haben, dass Ihr Mann jemals chinesisches Territorium betreten hat, konnten wir überhaupt keine Suche einleiten.«

Seine Worte haben mich umgeworfen wie einen jungen Trieb. Ich ließ zu, dass Genevieve mich aus dem Gebäude schob, nachdem sie sich von ihm verabschiedet hatte. Als wir unser Häuschen erreichten, legte ich mich mit zugezogenen Rollos hin, suhlte mich in einer schwarzen Gewitterwolke. Ich blieb vier Tage im Bett. Genevieve kam herein und fütterte mich wie eine Henne, die einem Küken Essen zupickt.

Am Morgen des fünften Tages erwachte ich vom Treten des Babys. Eine friedvolle Stille schoss durch meine Arme und Beine. Ich setzte mich auf und erspürte ihre Quelle, eine weißglühende Ruhe im Magen. Ich war wie zwei Seiten einer Klinge, gleichzeitig eiskalt und brennend heiß. Ich atmete aus, meine Kehle zog sich um die entweichende Luft zusammen, und ich hörte ihre zischende Kraft, als sie meinen Körper verließ. Diese Kraft steckt im Innern aller wilden Tiere – und auch in mir. Ich war ein wenig erschrocken von ihren scharfen Zähnen. Darin lag nichts Christliches, nichts Edles.

Nur *Hass.* Und dort, in diesem Feuer des Ekels, fand ich die Kraft, mich zu rühren. Aus dem Bett zu klettern. Eine Straße hinabzugehen, meine Abscheu vor jedem Chinesen, der an mir vorbeikam, in pulsierenden Wellen zu spüren, und dieses wärmende Gefühl willkommen zu heißen. Es brachte mich dazu, mich zusammenzureißen, und hielt mich fest umschlungen wie ein Liebhaber. Übermalte meine graue Welt mit einem gestochen scharfen Schwarz und Weiß. Wir. Sie. So einfach war das.

Dorje sagt, Hass ist eine Vergeudung des Lebens. Ha. Hass lässt mich jeden Morgen aufstehen.

Amen.

5. Mai 1955

Dorje

Champa und ich sind heute Vormittag allein. Onkel Tinle ist in Pokhara, und Rinchen und Pema sind beide zu Emma gefahren, weil jeden Moment die Geburt beginnt. Früh am Morgen erschien Emmas englischer Freund Kingsley in Pemas Haus und sagte, Emmas Zeit sei gekommen. Er hatte ein Auto mitgebracht, um die Frauen zu ihr zu fahren. Ich habe Kingsley zum Warten ins Esszimmer gebeten. Er hat sich hingesetzt und auf die Uhr geschaut.

Meine Frau und Pema haben beide Decken eingepackt, die Emma warm halten werden, und Pema hat für Emma eine Rinderbrühe mitgenommen, damit sie während der Geburt stark bleibt. Sie sahen wie ein Haufen verwirrter Kaninchen aus, rannten aufgeregt herum und schrien durcheinander. Und sie haben sich genau dieselben Dinge aufgetragen, wobei Pema sagte: »Rinchen, hol die Decken! Ich hole das Essen!«, und Rinchen sagte: »Pema, hol das Essen! Ich hole die Decken!« Sie hörten sich nicht zu, also wussten sie nicht, dass sie bereits das taten, was die andere von ihr wollte.

Rinchen hat viele Dinge vorbereitet, damit Emma ihr Baby auf tibetische Art bekommen kann. Sie hatte Räucherstäbchen dabei, die sie anzünden wollte, sobald sie in Emmas Haus war, um die bösen Geister zu vertreiben, die dem Baby etwas anhaben könnten. Und sie hatte Yak-Butter zu einem Fisch mit zwei Augen geformt. Dann habe ich die Butter zu einem Lama gebracht, der sie segnete. Er hat zweitausend Mantras darüber gesprochen und die Energie dieser Gebete in die Butter geblasen. Rinchen nimmt sie zu Emma mit, damit sie sie isst, und zwar den Kopf zuerst. Ich weiß nicht, wie sie Emma überreden will, den Fisch hinunterzuschlucken, denn Emma findet Yak-Butter »widerlich«. Aber Emma hat gesagt, sie möchte ihr Baby auf die traditionelle Art bekommen, also sollte sie ihn essen. Emma kann sturköpfig sein, doch sie kann es nicht mit Rinchen aufnehmen, insbesondere wenn man meiner Frau das Kommando übertragen hat!

Champa und ich haben uns im Korridor versteckt, um nicht zu stören. Champa war anfangs ein bisschen verängstigt, weil er nicht verstanden hat, was los war. Deshalb habe ich es ihm leise erklärt, während wir mit dem Rücken zur Wand standen. »Alles ist in Ordnung, Champa. Sie sind aufgeregt, weil Emmas Kind kommt, und deshalb laufen sie wie verirrte Kaninchen herum. Aber sie sind glücklich.« Dann hat er jedes Mal zu mir hochgesehen, wenn eine der Frauen an uns vorbeistürmte. Von meinem Platz im Korridor habe ich ins Esszimmer gelugt. Kingsley ist nervös auf- und abgeschritten.

Ich wusste nicht, was ich sonst tun sollte, also habe ich ihm Tee angeboten.

»Um Himmels willen, nein, Dorje!« Er lächelte. »Sehr freundlich von Ihnen, aber wir müssen los!«

»Ja, natürlich. Ich werde mein Bestes tun, damit sie sich beeilen.«

Kingsley lachte. »Sieht ganz so aus, als bräuchte man ein paar Hunde, um die Schafe anzutreiben.«

Ich lächelte ihm zu. Da kam Rinchen ins Esszimmer gerannt. »Wir müssen los! Sofort! Auf geht's!«

»In der Tat«, sagte Kingsley und lächelte mich weiterhin an. Er und ich trugen die Decken, die Brühe, die Räucherstäbchen, Rinchens Kräuter für die Geburt, die Yak-Butter in dem besonderen Behälter, *Tsampa*, das Butterfass für den Tee und viele andere Dinge zum Wagen, der draußen wartete.

Als ich sah, wie viele Dinge sie mitnahmen, sagte ich zu Rinchen: »Willst du für immer bei Emma einziehen?«

Rinchen gab keine Antwort. Sie schaute mich an, als wäre ich ein lästiges Kind.

Während wir zusammen mit dem Fahrer das Auto beluden, schwieg Kingsley, aber ich erkannte an seiner einen gehobenen Augenbraue, dass er die Art der Tibeter nicht verstand, mit der wir uns um eine gebärende Frau kümmern.

Dann sind sie davongefahren. Kingsley hat versprochen, seinen Fahrer zurückzuschicken, damit er uns ebenfalls zu Emmas Haus bringt. Nach der Geburt des Babys musste ich unbedingt dort sein, um es zu segnen. Emma hatte mich gebeten, das an Geralds Stelle zu tun. Ich war so gerührt gewesen, dass mir Tränen in den Augen standen, darum habe ich weggesehen, weil es mir peinlich war. Aber dann habe ich zu ihr gesagt: »Es gäbe keine größere Ehre für mich, als das zu tun, für Gerald.« Ich habe mich vor ihr verbeugt und war traurig, dass Gerald nicht hier sein würde.

Vor ein paar Monaten hatte mich Emma überrascht, als sie Rinchen und mir erzählte, sie bräuchte unsere Hilfe, um ihr Baby gemäß unserer Traditionen zu bekommen. Sie sagte: »Mein Mann ist immer noch in eurem Land. Näher könnte ich ihm im Moment nicht sein.« Rinchen hatte ein breites Lächeln auf dem Gesicht, weil sie so glücklich war, dass Emma sie gebeten hatte, ihre Hebamme zu sein. Trotzdem wollte Emma gleichzeitig einen indischen Arzt dabeihaben.

Champa und ich haben im Garten vor dem Haus gewartet. Ich habe ihm Onkel Tinles Gemüse gezeigt und gemerkt, wie ich traurig wurde. Ich habe mich an mein letztes Gespräch mit Dawa erinnert, als er zwischen den Reihen grüner Bohnen geweint hat. Die Bohnenranken standen nun viel höher, und trotzdem hatte ich von meinem älteren Sohn keinen Brief erhalten, und er war auch nicht zu Besuch gekommen. Ich starrte zu einer Bohnenranke, während ich an Dawa dachte, da zerrte Champa an meiner *Chuba*. Er wollte, dass ich hier bei ihm war.

»Was passiert, wenn eine Frau ein Baby bekommt, Pa-la?«

»Nun, ihr Bauch wird sehr groß. Hast du gesehen, wie groß Emmas Bauch ist?«

»Wie der Bauch eines riesigen Buddhas!«

»Das macht das Kind in ihr, das immer größer wird. Und dann wird es so groß, dass es bereit ist, zu uns zu kommen. Es ist das Kind von Emma und Gerald ... Du erinnerst dich an Gerald?«

»Ja. Aber wie kommt es raus? Wenn es so groß ist?«

»Oh. Es gibt eine besondere Stelle, an der es aus dem Körper der Frau kommt, und diese Stelle dehnt sich, damit selbst ein großes Kind herauskann.«

»Sie dehnt sich?«

»Ja, wie deine Stiefel aus Yak-Leder. Am Anfang sind sie klein, aber sie werden weiter, damit deine Füße hineinpassen.«

»Bin ich auch so geboren worden?« Seine Augen hatten die Größe von Pflaumen.

»Ja, deine Mutter hat sich auch gedehnt, um dich hinauszulassen.« Er dachte mit ernstem Gesicht darüber nach. »Und wenn wir zu Emmas Haus kommen, will ich nicht, dass du Angst hast. Dieses Dehnen, das tut einer Frau sehr weh, deshalb schreit oder weint sie manchmal. Diese Schreie können ... sehr laut sein. Aber so geschieht es eben, das ist die Art, wie neues Leben geboren wird.«

»Wird Emmas Baby auch so … blass sein?«

»Ja. Ein Baby sieht immer wie seine Mutter und sein Vater aus.«

»Ich werde dem Baby ein paar von Onkel Samtens Liedern beibringen.«

»Gut.«

Champa begann, zwischen den Reihen herumzuhüpfen. Ich habe mich gesetzt, war müde. Nach ein paar Minuten kehrte er zu mir zurück.

»Wann kommen sie? Wir werden noch alles verpassen.«

Ich lachte. »Oh, das glaube ich nicht. Diese Dinge dauern lang. Vielleicht wird es nicht einmal heute passieren.«

Während wir im Wagen zu Emmas Haus fuhren, war ich wegen meines Sohnes nervös, weil er nun zum ersten Mal alt genug war, um wirklich mitzubekommen, was bei der Geburt eines Kindes geschah. Obwohl Rinchen eine weitere Geburt hatte, nachdem Champa geboren war, war er damals viel zu jung, um irgendetwas zu verstehen. Es hätte ihn sowieso traurig gemacht, denn das Kind hat nur fünf Tage überlebt.

Als wir eintrafen, öffnete Kingsley die Tür, um uns in Emmas kleinem Häuschen willkommen zu heißen. Ich hörte Emma sehr laut stöhnen, und Champa sah mich mit erschrockenen Augen an.

Ich sagte zu ihm: »Es ist in Ordnung. Ihr geht's gut. Deine Mutter kümmert sich um sie.«

Er hat meine Hand gepackt, und wir gingen ins Wohnzimmer. Kingsley bot uns einen Platz auf dem Sofa an.

»Warum riecht es nach Zitronen?«, fragte Champa.

»Das ist ein Kräutertee, den Rinchen Emma zu trinken gibt, um ihr mit den Wehen zu helfen.«

»Kann ich davon probieren?«

»Nein, du dummer Junge! Du bekommst doch kein Baby! Dir würde nur schlecht werden.« Er ist so ein neugieriges Kind.

»Geht es dem Jungen gut?«, fragte Kingsley. Er hatte uns nicht verstanden, weil ich mit meinem Sohn auf Tibetisch gesprochen hatte. Kingsley war ein guter Gastgeber.

»Er will vom Zitronentee probieren, den sie Emma für die Geburt geben«, erklärte ich ihm.

»Oh, das geht nicht«, sagte Kingsley kichernd. »Hier, mein Junge, nimm lieber etwas Süßes.« Er reichte Champa einen Teller mit Süßigkeiten.

Pema öffnete die Tür zu Emmas Schlafzimmer. Ich sah Emma in einem langen Flanellkleid, wie sie auf- und abging und sich den Bauch hielt. Ihrer Freundin Genevieve hatte sie den Arm um die Schultern gelegt, und sie stützte sich beim Gehen. Dann hat Rinchen die Tür geschlossen. Pema bat mich, etwas Butter zu erwärmen, damit sie sie auf Emmas Bauch streichen konnte. Ich war froh, etwas zu tun zu haben, denn es kam mir komisch vor, mit Kingsley und Champa herumzusitzen und uns anzustarren.

Ich brachte die geschmolzene Butter aus der Küche und klopfte an der Schlafzimmertür. Nachdem ich sie Pema gegeben hatte, bat sie mich, Buttertee für Emma zuzubereiten. Ich ging zurück in die Küche, überrascht, dass Emma so viel Yak-Butter an nur einem Tag aß!

Als ich zurück ins Wohnzimmer kam, saß Kingsley auf dem Sofa neben Champa, und sie spielten mit einem Spielzeug, das an einer Schnur hing. Champas Augen leuchteten.

»Pa-la, das ist ein Jo-Jo!«

»Ich hoffe, das geht in Ordnung«, sagte Kingsley.

»Ja, ja, natürlich. Er liebt dieses Spielzeug«, sagte ich.

»Schau!«, sagte Champa und zeigte mir, wie das Jo-Jo an der Schnur hoch- und heruntarglitt.

Da hörte ich Emmas Schreie. Sie wurden lauter und kamen immer schneller. Ich wusste, dass nun der Zeitpunkt gekommen war, an dem sie das Baby hinausschob. Und außerdem hörte ich meine Frau, die in ihrer Befehlsstimme sagte: »Jetzt drücken! Drücken!«, und Emma, die schrie: »ICH DRÜCKE DOCH!«

Manchmal konnte ich nicht glauben, dass diese beiden Frauen Freundinnen waren!

Nach einer schrecklich langen Zeit mit lautem Rufen und Stöhnen wurde es ruhig. Keiner von uns im Wohnzimmer sagte ein Wort. Da fragte ich mich, ob mit dem Baby alles in Ordnung war oder ob sie gerade die Nabelschnur durchtrennten und saubermachten. Ich stand auf, um an der Schlafzimmertür zu klopfen, aber kurz bevor ich sie erreichte, öffnete Pema die Tür. Sie lächelte. Alles war gut gegangen.

Sie bat uns ins Zimmer. Emma hatte das Baby neben sich, und sie lächelte. Das verschwitzte Haar klebte ihr an der Stirn, und ihr Gesicht war rosa.

»Emma hat ein kleines Mädchen«, sagte Rinchen.

Ein dunkelhäutiger Mann in weißer indischer Seide stand auf. »Sie sind Dorje? Ich bin Dr. Patel. Ihre Frau ist eine talentierte Hebamme. Vielleicht hat sie eine neue Lebensaufgabe gefunden?« Selten habe ich meine Frau stolzer erlebt als in diesem Moment, doch sie sagte: »Es war eine einfache Geburt, mit einer guten Mutter.«

Aber trotzdem, meine Frau hatte das Kommando. »Jetzt musst du ihr deinen Segen geben, Dorje.«

Mein Herz war übervoll, und ich wünschte, Gerald wäre hier. Ich habe das Baby in meine Arme genommen. Sie hatte viele blonde Haare für ein neugeborenes Baby, und ihre Haut war rosa. Sie sah kräftig und gesund aus. Ich wusste, sie würde sehr lange bei uns bleiben, und ich habe mich für Emma gefreut.

Ich sah dem Baby in die blauen Augen und sagte: »Liebes Kind, du wurdest aus dem Herzen deiner Mutter Emma und deines Vaters Gerald geboren. Mögest du hundert Herbste erleben, mögest du jede Krankheit überwinden, und möge dein Leben voller Liebe, Freude und Glück sein.«

Emma weinte nun, aber sie lächelte immer noch.

»Ich habe auch Genevieve gebeten, ihr ihren Segen zu geben«, sagte Emma. Ich reichte das Baby an Genevieve weiter. Sie hatte die gütigsten Augen, als sie das Baby in die Arme nahm.

Sie sagte: »Kleine, du hast uns überrascht. Du hast uns gezeigt, dass Gott Pläne hat, die wir nicht erahnen können. Du bist ein lebendes Wunder. Mögest du wissen, wie sehr du uns bereits jetzt gesegnet hast, und möge dein Herz jeden Tag mit dem Licht und der Liebe Gottes erfüllt sein.«

Emma sah meine Frau an und sagte mit unnachgiebiger Stimme: »Nun, ich weiß, dass in eurer Tradition ein Lama dem Baby seinen Namen gibt. Doch ich habe bereits einen Namen für sie ausgesucht.«

Ich blickte zu Rinchen, die die Stirn in Falten legte. Ich wollte meine Frau bitten, sich zu entspannen.

Emma sagte zu ihr: »Ich nenne sie Rinchen, dir zu Ehren. Keiner von uns beiden wäre überhaupt am Leben, wenn es dich und Dorje nicht gäbe.«

Oh, das war unglaublich! Ich hatte Tränen in den Augen, aber meine Frau starrte nur auf ihre Füße. Sie zeigt ihre Gefühle nicht gerne offen, doch wir konnten alle sehen, dass sie rot anlief und Tränen aus ihren Augenwinkeln quollen. Ich wollte ihr sagen: *Es gibt keinen Grund, das zu verbergen, was bereits in dein Gesicht geschrieben steht, Rinchen!*

Schließlich sah sie Emma an und sagte so leise, dass man sie kaum verstand: »Vielen Dank.«

Als Nächstes hat Rinchen das Baby mit Safran eingeschmiert und ihr die Silbe DHIH auf die Zunge geschrieben, was dem Kind Weisheit mitgeben sollte. Dann hat sie ein wenig Yak-Butter auf die Nase des Babys und auch auf die winzige rosafarbene Zunge gestrichen, um ihr ein langes, gesundes Leben zu wünschen.

Schließlich haben uns die Frauen aus dem Zimmer gescheucht, damit sie die Nachgeburt aufsammeln konnten. Wir werden sie in den nächsten Tagen begraben und Gebete sprechen. Als ich auf dem Weg aus dem Zimmer Champas Kopf berührte, war mein Herz übervoll.

31. August 1955

Gerald

Gestern haben sie uns hinaus auf die Felder gebracht. Tenzin lehnte schwer auf der Schaufel, die er in Händen hielt. Lobsang stand neben mir, führte Selbstgespräche und schwankte hin und her. Tenzin und ich beobachteten ihn genau, denn er hat sich angewöhnt, große Steine aufzuheben und sie sich gegen den Kopf zu schlagen. Er scheint den Entschluss gefasst zu haben, der Tod sei der einzige Ausweg von hier. Vor ein paar Tagen hat er sich eine zehn Zentimeter große Wunde an der Stirn zugefügt. Ich habe seinen Kopf mit einem Stück Stoff von Tenzins Robe fest verbunden, um die Blutung zu stillen. Ich wünschte, die Wunde würde sich noch schließen, doch leider ist die Wahrscheinlichkeit größer, dass sie sich infiziert und nicht heilt. Allein der Gedanke daran ist bedrückend und lässt mich verzweifeln.

Aber heute, auf den Feldern, ist etwas Sonderbares geschehen. Etwas Hoffnungsvolles. Ich kann es kaum glauben. Ich stand am Rand des Feldes und schlug mit einer Hacke einen Stein aus dem Boden, als mich das Gefühl beschlich, dass mich jemand beobachtete. Doch es war keine der Wachen. Nicht einmal aus der Richtung der Wachen. Sondern von außerhalb des Feldes. Ich drehte mich um und bemerkte einen Mann. Er starrte mich direkt an. Ein Tibeter in einer braunen

Chuba mit einem goldenen und türkisfarbenen Ohrring. Kein armer Mann.

Ich sah ein weiteres Mal zu ihm, und obwohl er sich zur Seite gedreht hatte, blickte er mich immer noch an. Er wollte ganz offensichtlich mit mir reden, aber unter den Augen der Wachen wäre es zu gefährlich. Ganz langsam bahnte ich mir einen Weg zu ihm und grub beim Gehen Steine aus. Ich begann, einen kleinen Steinhaufen neben ihm aufzutürmen, sodass ich immer wieder in seine Nähe kommen konnte, um alles, was ich aus der Erde ausgrub, dort anzuhäufen. Er kniete sich nieder und zog umständlich einen seiner Stiefel aus, als habe er einen Kieselstein im Schuh. Schließlich war ich nur noch fünf Meter von ihm entfernt. Nach einem raschen Seitenblick auf die Wachen holte er ein Stück Papier aus seinem Stiefel und legte es unter einen Stein. Er sah mich für den Bruchteil einer Sekunde an und ging dann fort.

Ich grub mich zum Rand des Feldes vor und beobachtete beim Gehen die Wachen. Niemand schien den Mann dort bemerkt zu haben. Während ich näher kam, pochte mein Kopf. Mein Herz hämmerte. Als ich den handgroßen Stein hochhob, unter den er den Zettel gelegt hatte, war mein Mund trocken.

Ich drehte den Wachen den Rücken zu und faltete hastig das Papier auseinander.

Hallo,
Sie seien Mr. Kittredge? Mr. Khingly in Kathmandu suchen nach Sie. Er sehr besorgt um Sie. Ihre Frau, sie auch besorgt. Er versuchen, Sie zu befreien. Ich kommen bald zurück. Ich sagen Gebete für Ihre Gesundheit.
Sonam

Meine Beine zitterten vor Adrenalin, vor Glückseligkeit! Meine Emma war in Sicherheit! Halleluja! Ich fiel auf die Knie und küsste den Boden, als sei es Gottes Gesicht.

Am nächsten Morgen glaubte ich schon, ich hätte alles nur geträumt. Aber während ich hinaus aufs Feld ging, sah ich ihn wieder, diesmal in einer kastanienbraunen *Chuba*. Er gab sich große Mühe, unerkannt zu bleiben. Wieder grub ich mir einen Weg zu ihm und verhielt mich so unauffällig wie möglich. Ich wollte zu ihm laufen, über den Zaun springen und ihn anflehen: *Bring mich nach Kathmandu, sofort!*

Er blickte zu den Wachen, griff in seine *Chuba* und zog einen schwarzen Gegenstand hervor, von dem ich nicht genau sagen konnte, was es war, bis ich das Klicken des Fotoapparats hörte. Dann ging er fort und ließ mich mit weit aufgerissenem Mund zurück. Ich wollte auf die Knie sinken und Gott meinen Dank zurufen. In dieser Nacht schlief ich voller Hoffnung ein wie unter einem behaglich warmen Mantel.

Dritter Teil

Geralds Bild erschien zuerst in der winzigen Dunkelkammer von Sonams Freund Derge, dessen vornehmer Status und Reichtum ihm den Luxus des Reisens und seine Liebe zur Fotografie als Freizeitbeschäftigung gestatteten. Sobald das Foto zu seinem unbestreitbaren, beweisträchtigen Selbst geworden war, wurde es vorsichtig in das nepalesische Papier eingeschlagen, das Derge so hoch schätzte – derselbe Mann, der die Nachricht geschrieben hatte, die Gerald am Tag zuvor in zitternden Fingern gehalten hatte –, wobei den Letzteren das Gefühl beschlichen hatte, als hätte sich der Himmel geöffnet und Manna vom Himmel auf ihn herabregnen lassen. Derge schnürte ein schmuckes Päckchen mit einem Briefumschlag zusammen, den er an *Mrs. Kittrech, wohnhaft bei Mr. Kingsly, Kathmandu, Nepal*, adressierte.

Derge und Sonam schlugen das Päckchen in Wollstoff ein und verschnürten es. Dann setzten sie sich zusammen und dachten drüber nach, wie sie es am besten den ganzen Weg nach Kathmandu befördern sollten. Und obwohl sie sich lange den Kopf zerbrachen, schien die Aufgabe unlösbar zu sein. Sie selbst konnten das Schreiben nicht überbringen, da ihre Geschäfte und Familienangelegenheiten sie in Lhasa festhielten.

Nach Wochen des Staubansetzens wurden das Päckchen

und seine Adresse behutsam in die Hände von Puntso gelegt, einem befreundeten Händler, der regelmäßig die Reise nach Kathmandu antrat. Puntso steckte es in den Sattel aus Yakleder, den er über den Rücken seines Pferdes warf. Das kleine wollene Päckchen wurde gerüttelt und hin und her geschüttelt, während Puntsos Pferd die Pfade entlanggaloppierte und -trottete, die aus Tibet führten. Auf der Reise wurde es Zeuge vieler Mahlzeiten in den Yak-Zelten von Nomaden und überstand ein Unwetter mit heulenden Sturmböen und peitschenden Regenfällen.

Sobald der Bote das Tal erreichte, in dem Kathmandu lag, lud er sein Pferd ab und legte seine erschöpften Glieder für zwei Tage in das warme Bett eines Cousins. Das Schreiben lag neben dem Bett, da Puntso sein Versprechen an Derge vergessen hatte, es schnellstens zu überbringen. Doch eines Morgens, als er auf der Suche nach seinen *Mani*-Perlen sein Hab und Gut durchwühlte, stieß er auf das kleine Päckchen, das man ihm anvertraut hatte. Die Schnur hatte sich zu einem Graubraun verfärbt, und die Wolle war an den Rändern zerschlissen. Er setzte sich hin und kratzte sich am Kopf, da ihm plötzlich einfiel, dass er die Adresse verlegt hatte, zu der er das Päckchen hätte bringen sollen. Er durchsuchte all seine Habseligkeiten, stöberte in seinem Zimmer und überprüfte den Sattel auf seinem Pferd. Vergebens.

Da erinnerte er sich an Derges Gemurmel, dass das Päckchen irgendetwas mit Amerika zu tun hatte. Wie es der Zufall wollte, war Puntso der Meinung, er habe einen amerikanischen Bekannten. *Ich werde es Edward Carolan geben, und damit ist meine Pflicht getan*, dachte er. Obwohl Mr. Carolan eigentlich aus Irland stammte, machte sich Puntso auf den Weg, um diesen Bohemien zu finden, der nur selten badete und an einer Straßenecke Kathmandus *Bidi*-Zigaretten rauchte.

Mr. Carolan nahm das Päckchen freudig mit der einen Hand entgegen, während er sich mit der anderen nachdenklich durch den Bart strich. Obwohl der Tibeter ihn gebeten hatte, das Päckchen verschlossen zu lassen, konnten Mr. Carolans Augen dem Drang nicht widerstehen, einen kleinen Blick hineinzuwerfen. Nur einen ganz kleinen.

Als er das teure nepalesische Briefpapier sah, glaubte er schon, auf die Quelle eines nicht enden wollenden Stroms aus *Bidis* gestoßen zu sein, aber sobald er den versiegelten Umschlag geöffnet und das Foto eines halb verhungerten Mannes mit einer verbundenen Hand gesehen hatte, warf er es angewidert zu Boden. Es lag den ganzen Morgen über dort, und *Bidi*-Asche rieselte darauf herab. Mr. Carolan war jedoch kein völlig herzloser Mensch, denn bevor er sich ins Gewimmel stürzte, um sich mit seinen vom Zigarettenrauch verfärbten Fingern ein nepalesisches Mittagessen aus *Dal* und Reis in den Mund zu stopfen, steckte er das Päckchen in die Gesäßtasche seiner abgetragenen Hose. Und selbst beim Essen legte er das Foto neben seinen aufgehäuften Teller. Der Mann auf dem Foto sah wie ein hungriges Skelett aus. Da spürte Mr. Carolan den Hauch von etwas ehemals Bekanntem und schrecklich Lästigem in sich aufsteigen: sein Gewissen. Das Gewissen, das ihm die Nonnen in der St.-Joseph-Schule in Dublin eingetrichtert hatten. Das Gewissen, vor dem er Tausende von Meilen geflüchtet war, stieg empor und klammerte sich an seiner Brust fest wie eine heftige, schweißtreibende Angst. Aber was konnte er nur tun?

Nach einer unruhigen Nacht, in der Mr. Carolan von unzähligen unwillkommenen Nonnen, herabsausenden Linealen und hochgezogenen Augenbrauen heimgesucht worden war, verfluchte er das kleine Päckchen und entschied, es auf der Stelle zu entsorgen. Er wollte es dem Tibeter zurückgeben, doch er wusste nicht, wo er wohnte. Also gab er sein *Bidi*-Geld für eine Autorikscha aus und befahl dem Fahrer, ihn zum nächstbesten Ort zu bringen, der ihm in den Sinn kam: zur tibetischen Botschaft. Woraufhin sich der Fahrer umdrehte, ihn mit der Art hochgezogener Augenbraue ansah, die Mr. Carolan in seinen Träumen gesehen hatte, und sagte: »Keine tibetische Botschaft, nur chinesische.«

Verärgert darüber, von einem Rikschafahrer zurechtgewiesen worden zu sein, erwiderte Mr. Carolan: »Es kümmert mich einen Furz, wessen Botschaft es ist, bring mich einfach nur hin.« So gelangte das kleine Päckchen mit Geralds Foto in die Hände von Botschafter Yuan, der es auf seinem Weg zur Toilette achtlos auf seinen Schreibtisch warf.

20. September 1955

Emma

Ich gehe in Thamel spazieren, dem Einkaufsbezirk, in dem es vor Touristen nur so wimmelt. Rin ist mit Genevieve in unserem Häuschen. Ich lasse mir Zeit, atme Kathmandu ein – den süßen, fauligen Geruch nach Obst, die Abgase, den Schweiß der von der Sonne erhitzten Körper. Morgen reise ich ab, zusammen mit Genevieve und Rin, zurück nach Connecticut. Ich brauche ein Geschenk für Rinchen und Dorje, um ihnen dafür zu danken, dass sie mein Leben und das meines Kindes gerettet und mir geholfen haben, nach vorne zu blicken, sodass ich mir überhaupt ein Leben nach Geralds Verschwinden vorstellen kann. Ich will ihnen ein *Thangka* schenken, ein von Mönchen auf Seide gemaltes Bild, und zwar von der grünen Göttin Tara, einer der wenigen weiblichen Manifestationen Buddhas, die die Tibeter anbeten. Irgendwann auf unserer Reise hatten wir in einem kleinen Kloster im Westen Tibets haltgemacht. An jenem Tag war ich völlig verzweifelt, weshalb mir Rinchen riet: »Bete zur Grünen Tara.« Sie zeigte mir im Kloster ein Wandbild der Göttin und sagte: »Sieh nur, wie sie dasitzt, mit einem Bein im Lotussitz, während das andere fest am Boden steht. Als wollte sie jeden Moment aufspringen und dir helfen.«

Rinchen. Ihr kräftiger Körper ist ein Bollwerk des Optimismus. Ihr Bruder wurde von den Kommunisten verschleppt, sie hat ihr Zuhause und ihre Heimat verloren, ihr Sohn hat sein Kloster verlassen, aber dennoch hat sie mir erzählt, die Grüne Tara würde jeden Moment aufspringen und mir helfen. Wenn ich an sie und Dorje denke, weiß ich, dass ich nun zwei weitere Menschen kenne, in deren Augen ich Gott sehe.

Ich bleibe für einen Moment stehen und lehne mich gegen die Ziegelmauer eines Geschäfts, wobei ich die Ladenbesitzer nicht beachte, die ihre Waren in meine Richtung anbieten. In diesem Augenblick sehe ich die alte Frau. Sie geht gekrümmt, hat ein Rückenleiden oder eine Fehlbildung, was ich nicht genau beurteilen kann. Ihr langes schwarzes Haar ist verfilzt und zerzaust, und ihr Kleid strotzt vor Jahren des Schmutzes. Sie streckt die Hände aus, bettelt. Sie hat einen so geduldigen Ausdruck auf dem Gesicht, während sie auf die Großzügigkeit ihrer Mitmenschen wartet.

Als sie an mir vorbeigeht, versuche ich, mit den Ziegeln zu verschmelzen, an die ich lehne. Ich will nicht, dass sie mich sieht. Sie zu sehen, hat mich zum Weinen gebracht, denn sie erinnert mich an einen lange zurückliegenden Tag. An die Zeit davor. An jenem Tag standen Gerald und ich an einem Marktstand mit getrockneten Fischen, einem wahren Berg von kleinen pilzfarbenen Fischen, sie maßen höchstens zehn Zentimeter. Tausende vertrockneter Augen starrten leblos aus dem schuppigen, unförmigen Hügel zu uns herauf. Der Anblick erfüllte mich mit Ekel, und der Gestank brachte mich zum Würgen. Ich wollte in die entgegengesetzte Richtung laufen. Gerald war fasziniert. Er stellte dem Verkäufer eine Frage nach der anderen.

Wie schmecken sie?

Wie Fisch.

Wie werden sie getrocknet?

In der Sonne.

Wo werden sie gefischt?

Im Wasser.

Ich schüttelte ungeduldig den Kopf, schwitzte in meinem Baumwollhemd. Schon hatte ich genug von Kathmandu. Genug davon, beinahe von Autorikschas überfahren, von Ladenbesitzern angepöbelt, von jedem verwahrlosten Kind in der Straße um Geld angebettelt zu werden, halb verhungerte Hündinnen sehen zu müssen, die so oft geworfen hatten, dass ihre Zitzen fast bis zum Boden hingen, und dreijährige Mädchen zu beobachten, die im Abfall am Straßenrand nach Essen wühlten. Das Leiden hier war überwältigend – und letztlich abstumpfend.

Während Gerald seinen unerträglichen Fischexkurs fortführte, bemerkte ich die bucklige Frau, die ein Stück neben uns wartete. An jenem Tag hatten wir sie bereits zweimal gesehen. Hatten ihr zweimal Geld gegeben, zuerst, als wir der Feuerbestattung im Pashupatinath-Tempel beigewohnt hatten, und dann erneut auf dem Marktplatz. Das letzte Mal hatten wir den Witz gerissen, wir würden weglaufen, wenn wir ihr wieder begegnen sollten. Als sie bemerkte, dass ich in ihre Richtung blickte, streckte sie die Hand aus.

Ich wollte Gerald schon ein »Hilfe« zurufen, als ich sah, wie er einem Fisch den Kopf abbiss.

Ich brüllte ihn an: »Geebs, was tust du da nur? Das ist krank! Ich schwöre, ich werde …« Ein Schwall Erbrochenes erstickte meine Worte. Ich übergab mich auf der Straße. Mein Erbrochenes platschte auf den Kleidersaum der Buckligen, aber sie wich nicht zurück. Ihre Hand verharrte an genau derselben Stelle.

Plötzlich musste ich einfach fort. Da rannte ich auch schon los. Der Regen setzte ein. Ich musste dem Fisch entfliehen, der Buckligen, der Schmach über mein eigenes Erbrochenes.

Gerald holte mich ein, keuchend und mit einem breiten Lächeln im Gesicht. »Bei dir alles in Ordnung, Em?«

»Jetzt schon, solange ich keine weiteren Buckligen oder getrockneten Fische sehe!«

»Wir sind verfolgt worden!«, lachte er.

»Von der Buckligen von Kathmandu!«, sagte ich, und wir brachen in ein Hyänenlachen aus, bis unsere Beine schwach wurden, während wir den ganzen Weg zurück zum Hotel liefen. Die Treppe hoch, in unser Zimmer, wo wir auf dem Bett zusammenbrachen. Es war nicht so, als hätte uns das alles kaltgelassen. Aber nach einer Weile kann man nicht anders. Dein Herz schmerzt und brennt, und du kannst es nicht länger ertragen, und dann krümmt man sich vor Entsetzen.

Heute hat mich die Bucklige traurig gestimmt, weil sie mich an damals erinnerte. Als wir unser Abenteuer gerade begonnen hatten. Hoffnungsvoll. Nicht wie jetzt, wo ich nichts höre – kein Wort von den Botschaften, keine Antwort auf unseren Funkspruch, gar nichts. Es ist sinnlos, länger hierzubleiben. Dieses Gefühl habe ich schon seit Monaten, seit meinem letzten Treffen mit dem Feigling in der chinesischen Botschaft. Ich habe trotzdem weitergemacht, denn abzureisen wäre einer Niederlage gleichgekommen.

Morgen früh werde ich mich verabschieden. Ich werde meine Stirn an Rinchens drücken und ihr kleines Baby, Lhamo, küssen, das bald nach Rin geboren worden war. Mit einem Kloß im Hals werde ich Dorjes und Champas Stirn berühren. Kingsley wird uns zum Flughafen fahren, und dann werde ich ihn umarmen, und er wird meine Umarmung steif erwidern. Und ich werde glauben, ich habe ein Kapitel geschlossen – eines, das ich nicht schließen will. Nicht ohne Gerald. Ohne ihn abzureisen, fühlt sich an, als würde ein Teil von mir sterben. Sobald wir in Connecticut ankommen, meinem Zuhause, das sich nie wieder wie ein echtes Zuhause anfühlen wird, werden Rin und ich bei Genevieve einziehen.

Rin wird mir die Kraft geben, das alles durchzustehen. Sie hat mir in den vergangenen Monaten die wunderbarsten Augenblicke geschenkt. Sie kann unerklärlich glücklich sein, mit einem breiten Lächeln, bei dem man ihren rosafarbenen Gaumen sieht. Die Art, wie ein Lachen aus ihr herausbricht, ist für mich ein Moment der Gnade, den ich nicht verdiene. Sie zieht mich mit ihren winzigen, weichen Händen in ihre Welt. Genevieve sieht sie mit hochgezogener Augenbraue an, bis Rin die Arme ausstreckt, mit ihrem Finger die Augenbraue berührt und ein fröhliches, jauchzendes Brabbeln anstimmt.

24. September 1955

Dorje

Heute habe ich einen Brief von Dawa erhalten. Es war aufregend, den Poststempel aus Indien zu sehen, wo er seit ein paar Monaten Unterricht nimmt. Er hat uns nicht viel geschrieben. Selbst während seiner Klosterzeit haben wir mehr von ihm gesehen als jetzt. Ich denke nicht, dass es bloß die Entfernung ist, die uns von unserem älteren Sohn trennt. Ich glaube, er erzählt uns aus irgendeinem Grund nicht alles, er verschließt sein Herz vor uns, und das schon seitdem wir unsere Heimat verlassen haben. Ich mache mir Sorgen, ob er den richtigen Weg findet. Sein Leben ist für mich ein Rätsel. Ich kann mir nicht vorstellen, wo er seine Mahlzeiten isst oder wo er schläft oder welche Art von Menschen er als Freunde hat.

Rinchen will nicht darüber reden, weil sie die Sache zu sehr aufregt. Sie redet nur noch von unserem neuen kleinen Mädchen Lhamo und will nicht, dass ich Dawa erwähne. Ich habe seinen Brief mit großen Hoffnungen aus dem Briefkasten geholt. Selbst seine Handschrift, die so schlampig ist, weil er es immer eilig hat, hat mich glücklich gemacht. Vielleicht wird uns Dawa ein bisschen mehr von seinem Leben erzählen, und Rinchen wird wieder anfangen, über ihn zu sprechen.

Ich habe mich gegen das Gartentor gelehnt, den Umschlag geöffnet und den Brief gelesen.

Liebster Pa-la,
ich hoffe, dass es allen Familienmitgliedern gut geht, insbesondere dem neuen Baby. Entschuldige, dass ich nicht öfter geschrieben habe.

Meine Studien gehen gut voran, und ich habe einige andere Tibeter kennengelernt. Deshalb schreibe ich dir auch, weil ich dich wissen lassen will, dass ich mit zweien von ihnen nach Tibet zurückkehre. Ich weiß, du wirst meine Gründe nicht verstehen, aber ich habe das Gefühl, ich muss unser Land vor den Chinesen verteidigen. Tibet ist unsere Mutter, und ich bin bereit, für sie mein Leben zu geben. Ich und meine Freunde besprechen diese Dinge seit Monaten und haben entschieden, uns dem Widerstand in Kham anzuschließen. Ich will, dass es für uns alle wieder sicher ist und wir für immer in unser Heimatland zurückkehren können. Ich weiß, wie du darüber denken wirst, aber versuch mich bitte zu verstehen. Ich schreibe diesen Brief, kurz bevor wir aufbrechen.

Ich werde dir schreiben, sobald ich in Tibet bin. Auch weiterhin werde ich Gebete sprechen und die Götter bitten, uns zu beschützen.
Dein dich liebender Sohn *Dawa*

Ich bin auf den Boden gesunken. Ich habe den Kopf mit meinen Händen gestützt. Ich konnte mich nicht bewegen. Ein Nachbar ging an mir vorbei. Ich habe das Summen einer Biene im Garten gehört. Ein Mann fuhr auf einem quietschenden Fahrrad entlang. Ich kam mir vor, als hätte mir ein Fremder einen Brief geschrieben und mir vom Tod meines Sohnes berichtet.

Mein Sohn, er war fort. Er war fort.

Ich musste ihn zurückholen. Aber wie sollte ich das anstellen? Wie sollte ich ihn überhaupt finden? Man würde ihn töten. Was wussten die Tibeter schon vom Krieg? Vom Kampf gegen die Chinesen? Ich hatte gehört, dass die Chinesen Flugzeuge besaßen, Waffen und Millionen Männer in ihrer Armee. Wir hatten Schwerter, Steine und vielleicht ein paar Gewehre.

Ich habe die Augen fest zusammengekniffen, um die Bilder auszulöschen, die ich sah von der Tötung meines Sohnes. Mein Körper bebte. So saß ich lange da und beobachtete die Menschen, die vorbeigingen.

Wie sollte ich das meiner Frau sagen? Es einer Mutter sagen, die dieses Kind in ihrem Bauch getragen hat: Dein Sohn ist in den Krieg gezogen, er wird sicher sterben. Ich bin aufgestanden, und meine Beine zitterten, während ich ins Haus ging. Rinchen saß mit Lhamo im Altarraum. Unser kleines Mädchen hat zugesehen, wie Rinchen ein Räucherstäbchen anzündete. Ein Lächeln lag auf Lhamos Gesicht, und sie blickte die Buddhastatuen an.

Ich wollte es meiner Frau schonend beibringen. Ich wollte Pema bitten, Lhamo für eine Weile in die Küche mitzunehmen. Aber als Rinchen mein Gesicht sah, sagte sie: »Was ist los?« Sie sah den Brief in meiner Hand und blies das Streichholz aus, das sie in der Hand hielt. Dann kam sie zu mir herüber. »Was schreibt unser Sohn?«

»Woher weißt du …«

»Was schreibt er?«

»Er geht zurück nach Tibet.«

»Zurück ins Kloster?« Ihre Stimme klang hoffnungsvoll.

»Nein, Rinchen.« Ich schwieg.

»Was?«

»Er schließt sich den Freiheitskämpfern an.«

Sie hat den Mund mit der Hand bedeckt, ist aus dem Zimmer und dann nach oben gerannt. Ich bin zu Lhamo gegangen und habe mich neben sie gekniet. Gemeinsam haben wir dem Wehklagen zugehört, das von oben zu uns drang.

27. September 1955

Emma

Das Klingeln des Telefons riss mich nachts aus dem Schlaf. Es war 3 Uhr 18. In der Dunkelheit habe ich die Umrisse meines Zimmers gesehen und mich erinnert, wo ich war. Connecticut, nicht Kathmandu. Ich hob ab und flüsterte ein zögerliches Hallo. Meine Stimme war leise, verängstigt.

»Emma? Hier spricht Kingsley. Wir haben ihn gefunden!«

»Was? Wo? Geht es ihm gut?«

»Ja, ihm geht's gut. Er wird außerhalb von Lhasa in einem Gefängnis festgehalten, *und* ich habe eine Fotografie von ihm, die seinen Aufenthaltsort beweist.«

»O mein Gott! Wie im Himmel bist du drangekommen?«

»Das ist eine lange Geschichte, aber jemand muss unseren Funkspruch gehört haben.«

»Wow! Ich setze mich ins nächste Flugzeug!«

»Es ist nicht nötig, dass du kommst …«

»Ich *muss* dieses Foto sehen!«

»Nun, also schön.«

»Kingsley?«

»Ja.«

»Tausend Dank.«

»Gern geschehen. Auf Wiederhören. Ruf mich an, sobald du weißt, wann du ankommst, damit ich dich abholen kann.«

»Bis bald.«

Ich bin aufgesprungen und dann schreiend vom Bett gehüpft: »Ja! Vielen Dank, Gott!« Ich rannte den Flur hinab und hämmerte an Genevieves Tür. »Wach auf! Das wirst du mir nicht glauben!«

Ich hörte ein dumpfes »Du meine Güte« durch die Tür. Sie öffnete und stand mit ihren langen geflochtenen Zöpfen da, die wie seidene Seile herabhingen.

»Sie haben Gerald gefunden! Kingsley hat ein Bild von ihm, aus einem Gefängnis in Lhasa!«

»Großer Gott!« Sie packte und drückte mich auf eine Art, die ich ihr nicht zugetraut hätte.

»Ich rufe sofort die Fluggesellschaft an, um einen Flug zu buchen! Dir macht es doch nichts aus, auf Rin aufzupassen, nicht wahr?«, rief ich ihr zu, während ich zurück in mein Zimmer lief und Kleidung in einen Koffer warf.

Sie folgte mir bis zur Türschwelle, stand mit ihren von dicken Adern durchzogenen Beinen auf dem kalten Fußboden. »Liebes, vielleicht solltest du einen Flug buchen, *bevor* du deine Tasche packst?«

Ich hielt für eine Sekunde inne. »Du hast recht. Also schön.«

Sie kam zu mir und reichte mir das Telefon. »Das brauchst du«, kicherte sie. »Und wohin geht die Reise?«

»Zu Kingsley nach Kathmandu.«

»Oh, ja-a.« Sie sagte es auf die Art, die ich liebte, und stand dort mit einem schiefen Lächeln, bei dem sich ihre obere und untere Zahnreihe nicht ganz trafen und ihr Kiefer sich vor Freude anspannte.

Schon bald würde ich wissen, wie er aussah. Mein Geebs. Ich stellte mir seine langen Beine vor, seine schmale Brust und sein Gesicht, die sanfte Stelle unter den Augen und über den

Wangenknochen, eine Stelle, die ich schon so oft geküsst hatte, und seine Mundwinkel, die sich leicht nach oben bogen, wenn ich ihn Geebs nannte.

Ich saß im Flugzeug, und es war eine turbulente Reise, wobei das nichts mit dem Flug an sich zu tun hatte. Ich hatte einen Orkan in mir, der unaufhörlich wütete. Wie würde es sich anfühlen, das Foto zu sehen? Ich versuchte, mich auf das Schlimmste vorzubereiten. Er war schon immer so dünn gewesen. Mein Innerstes schmerzte bei dem Gedanken, er könnte hungrig oder verletzt sein. Ich hoffte, die Chinesen hätten zu große Angst, ihn zu misshandeln, weil er Amerikaner war, aber wahrscheinlich würden sie sich nicht den Teufel darum scheren. Ich zitterte.

Doch jetzt hatte ich endlich den *Beweis*, dass er in Tibet war. Niemand, nicht einmal dieser hartherzige Nichtsnutz in der chinesischen Botschaft konnte mir nun sagen: »Ihr Mann war nie *in* Tibet.« Ich war bereit, Mr. Yuan eine leidenschaftliche Standpauke zu halten: »Sie haben mir bei jedem Schritt Steine in den Weg gelegt, aber jetzt nicht mehr! Sie haben gesagt, Sie bräuchten einen Beweis – Sie hätten sich wohl nie träumen lassen, dass ich ihn tatsächlich erbringe!« Ich wollte ihm wehtun, ihm ins grausame Gesicht schlagen. Ihn so erschüttern, dass er sprachlos war und ihm die Brille von der Nase rutschte. Sein perfekt gekämmtes Haar zerzausen. Oder es in Büscheln ausreißen.

Gott, vergib mir, dass ich seine Feigheit hasse, aber ich kann einfach nicht anders. Selbst in Connecticut habe ich immer nur *ihn* gesehen, wenn ich zufälligerweise einen Menschen mit glatten schwarzen Haaren und mandelförmigen Augen traf. Und dann wollte ich jemandem wehtun, jemandem wirklich Leid zufügen.

Das ist wirklich krank. Beruhige dich. Ich wusste, Kingsley würde mir raten, mich zusammenzureißen. Ich konnte regelrecht sehen, wie ich über Mr. Yuans Schreibtisch sprang, um ihn fertigzumachen. *Gott, hilf mir hier heraus. Ich verwandle mich in eine schreckliche Fanatikerin.*

Kingsley schien bei meiner Ankunft geistesabwesend zu sein. Er wirkte wie ein Arzt, der seinem Patienten eine schlechte Nachricht überbringen musste. Ich kannte diesen Ausdruck. Ich hatte ihn schon ein paar Mal an Gerald erlebt.

»Du siehst gut aus, Emma. Anscheinend war dein Flug erträglich.«

»Ich bin quasi nicht dabei gewesen. Völlig vertieft in meine Sorgen und Hoffnungen.«

»Nun, das kann man doch verstehen«, sagte er einfühlsam.

Ich packte ihn am Arm. »Was ist los, Kingsley, was ist geschehen?«

»Nichts ist geschehen, Emma. Jetzt sollten wir los und dich in deinem Häuschen einquartieren.«

Wir quetschten uns in ein Taxi, das so klein war, dass es wie die Karikatur eines Autos aussah. Kingsley hielt den Kopf eingezogen, da er ihn sich sonst bei jedem Schlagloch an der Decke angeschlagen hätte. Die Fahrt schien endlos zu dauern, obwohl sich der Fahrer mit beängstigender Geschwindigkeit durch die Stadt schlängelte. Daran war ich nicht mehr gewöhnt.

Sobald wir meinen Koffer im Schlafzimmer abgestellt hatten, sagte Kingsley: »Also schön. Du solltest dich wirklich hinlegen und ein wenig ausruhen.«

»Kingsley, was ist hier los? Du behandelst mich, als würde ein Schwert über meinem Kopf schweben und ich wäre die Einzige, die es nicht sehen kann! Warum bist du dermaßen … übertrieben gastfreundlich?«

Noch im selben Atemzug bereute ich meinen Tonfall. Kingsley war so englisch und ich so entsetzlich amerikanisch. Ohne Umschweife zur Sache kommend, schonungslos offen. Er hingegen so wohlerzogen. Vermutlich war er bereits an meine Art gewöhnt, denn er blieb ruhig und sagte: »Nun, lass mich dir wenigstens eine Tasse Tee anbieten.«

»Tee wäre wunderbar. Und dann will ich das Foto sehen.«

»Sehr schön. Ich werde den Tee machen, und du sollst dein Foto bekommen.«

»Vielen Dank, Kingsley.«

Ich ging ins Schlafzimmer. Das große Bett hatte immer noch denselben rubinroten Überwurf wie früher. Der schwache Geruch nach Feuchtigkeit erinnerte mich an ein Zimmer, das seit Monaten verschlossen war. Ich blickte zur Wand am Fußende des Betts, wo ein Landschaftsgemälde mit sanften Hügeln in senfgelben Erdtönen hing, die mit weißen Schneeflocken zuckrig bestäubt waren. Ich legte mich aufs Bett, glitt mit den Fingern über die kühle Seide und rief mir den köstlichen Freudentaumel ins Gedächtnis, den ich verspürt hatte, als Rin schließlich geboren war. Freude und Schmerz. Sie war ein solch rosafarbener, sich windender Beweis dafür, dass Wunder in unseren Händen und Bäuchen heranwachsen konnten, damit wir sie küssen, lieben und füttern. Schmerz war der andere Teil, denn ich ertrug die Tatsache kaum, dass Geebs nicht bei mir war und über ihre winzigen Fäuste und Fußnägel staunte, die genau wie seine aussahen.

Kingsley erschien mit einem silbernen Tablett. Ich sprang vom Bett und hastete ins Wohnzimmer. Meine Augen richteten sich magnetisch auf den Briefumschlag, der am Tablettrand lag. Zögerlich reichte er ihn mir. »Emma, du solltest dich wappnen. Er hat sichtlich … viel durchgemacht.«

»Ich weiß, ich weiß«, sagte ich ungeduldig und riss den

Briefumschlag an mich. Ich atmete tief ein und zog das Foto heraus.

Er sah alt aus.

Mein Geebs war nun ein alter Mann, und das mit zweiunddreißig. Sein Haar hatte sich gelichtet. Das Honigblond war zu einem dumpfen Weiß verblasst, das ihm schlaff am Kopf hing. Die Wellen in seinem Haar waren verschwunden. Die sanften Wangenknochen, die früher sein Gesicht geschmückt hatten, ragten jetzt eckig hervor. Aber als das Schlimmste empfand ich seine Augen: erschrocken, weit aufgerissen und ins Leere starrend.

Meine Hand flog an meinen Mund. Ich fühlte mich wie versteinert.

Kingsley legte mir eine Hand auf die Schulter. »Emma, ich weiß, es scheint tragisch zu sein.«

»Es scheint? Es *scheint* tragisch zu sein?« Tränen rannen mir das Gesicht herab, landeten in meinem Schoß. Mein Oberkörper krümmte sich zusammen, verkrampfte sich bei jedem Schluchzen.

»Tut mir leid.« Er reichte mir ein Taschentuch, das er auf dem Tablett ins Zimmer mitgebracht hatte.

»Ich kenne diesen Mann nicht«, sagte ich kopfschüttelnd und wischte mein nasses Gesicht mit dem Taschentuch ab.

»Ich weiß. Er sieht schrecklich aus … Aber der Punkt ist doch, dass dieses Foto eindeutig beweist, wo er sich aufhält. Siehst du die Zeichen in der rechten Ecke? Hier steht auf Tibetisch und Chinesisch der Name des Gefängnisses geschrieben. Ich habe Dorje gefragt. Er hat von diesem Ort gehört. Offensichtlich ist er allseits bekannt.«

Mit einem Schlag war ich erschöpft. Ich lehnte mich ins Sofa zurück und sagte matt: »Entschuldige, Kingsley. Ich bin nur auf einmal …«

»Du bist erschöpft. Jetzt ist es an der Zeit, sich ein wenig auszuruhen. Wir reden morgen weiter.«

Ohne meine Kleidung auszuziehen, schlüpfte ich unter den rubinroten Überwurf und die Decke und flüchtete in den Schlaf.

Ich erwachte durch ein leises Klopfen an der Haustür.

»Darf ich?« Es war Kingsleys Stimme.

»Ja, komm rein.«

Der Geruch von frischen Scones stieg mir zusammen mit dem herben Duft von siedend heißem schwarzem Frühstückstee über die Tagesdecke in die Nase. Kingsley wusste ganz genau, womit er mich aus dem Bett locken konnte.

Ich ging ins Wohnzimmer. »Tut mir leid. Ich muss aussehen, als hätte mich gerade eine Katze hereingeschleppt.«

»Oh, zerbrich dir darüber nicht den Kopf, meine Liebe«, erwiderte Kingsley. »Wir sollten besprechen, wie wir nun vorgehen. Ich habe mir erlaubt, einen Termin mit Mr. Yuan in der Botschaft zu verabreden, und rate dir dringend, mich mit ihm sprechen zu lassen.«

»Wenn du das für das Beste hältst, dann natürlich, ich vertraue deinem Urteil. Obwohl ich mich *schrecklich* auf Yuans entsetzten Gesichtsausdruck gefreut habe, wenn ich ihm das Foto zeige. Immerhin kann ich mich noch gut erinnern, wie selbstgefällig er war, weil er annahm, ich könnte niemals beweisen, dass Gerald jemals in Tibet gewesen ist.«

Kingsley zog die Augenbrauen hoch, und er machte eine kurze Pause, um Luft zu holen. »Emma, du verstehst das nicht. Das Foto *kam* von der Botschaft.«

»Oh. Also ist Mr. Bausman doch endlich mal nützlich gewesen?«, sagte ich höhnisch.

»Nicht die amerikanische Botschaft. Die *chinesische*.«

Ich starrte ihn an, als sei ihm ein zweiter Kopf gewachsen.

»Nun, um ehrlich zu sein, kam das Foto von Mr. Yuan höchstpersönlich, und zwar inoffiziell.«

»Was meinst du damit? Welches Spiel spielt er da?«, fragte ich argwöhnisch.

»Er spielt das Spiel, ein anständiger Mensch zu sein, Emma! Er ist in einer regnerischen Nacht vor meiner Haustür aufgetaucht, nachdem er mit einem Fahrrad hergefahren war und sich so gut es ging verkleidet hatte. Und er schien regelrecht panisch zu werden, als ich zufälligerweise draußen auf meiner Veranda stand und er nicht einfach eine trockene Stelle suchen konnte, um den Briefumschlag dort zu deponieren. Natürlich habe ich ihn aufgrund meiner Jahre im diplomatischen Dienst sofort wiedererkannt.«

Ich hörte mit weit aufgerissenem Mund zu.

»Er gab mir den Umschlag, hat sich dann sofort aus dem Staub gemacht und ist um die nächste Ecke verschwunden. Eine ganze Weile war es mir ein Rätsel, wie er mich gefunden hat, aber dann habe ich deinen Nachnamen auf dem Umschlag gesehen. Er wollte, dass *du* ihn bekommst, und das hier war die letzte Adresse, die er von dir hatte.«

Lange Zeit saß ich wie erstarrt da. »Kingsley, ich bin die allergrößte Närrin … du hast nicht den blassesten Schimmer, welche mörderischen Gedanken ich in Bezug auf diesen Mann hatte.«

»Das glaube ich gerne.« Er grinste.

»Ich habe ihn völlig falsch eingeschätzt! Wie konnte ich so blind sein, so völlig danebenliegen?«

»Anscheinend hast du einen gewaltigen Eindruck auf ihn gemacht: eine Frau, hochschwanger, deren Ehemann verschwunden ist. Das sind tragische Umstände. Das hat er wohl gespürt.«

»Ich dachte … er sei gefühllos. Er ist auf einem Fahrrad durch den Regen gefahren? Das kann ich nicht glauben. Er muss Todesängste ausgestanden haben, dass ihn irgendjemand erkennt.«

»Nun, wir sind jetzt im Vorteil, und ich rate dir, ihn weise einzusetzen. Das Beste wäre, ich treffe ihn allein, wenn du nichts dagegen hast.«

»Wie könnte ich etwas dagegen haben? Ich bin ein Dummkopf. Ich lege alles in deine fähigen Hände.«

Am nächsten Tag kam Kingsley atemlos von seiner Unterhaltung mit Mr. Yuan zurück. Er setzte sich schwerfällig aufs Sofa und fuhr sich mit den Fingern durchs Haar. »Das Treffen war wenig ermutigend, Emma. Allerdings glaube ich, dass der Botschafter vollkommen ehrlich war mit seiner Einschätzung, was zu tun ist.«

»Ich dachte, er kann nicht offen reden.«

»Nun, sobald ich auf meinen diplomatischen Hintergrund angespielt hatte, wusste er, dass wir über eine Art Code verfügen. Ich habe die Fotografie mit keinem Wort erwähnt. Ich habe ihm gesagt, dass ich mich für eine hypothetische Situation interessiere, und ihn gefragt, wie die chinesische Regierung einen Fall einschätzen würde, wenn man einen Beweis hätte, dass jemand gegen seinen Willen in Tibet festgehalten wird.«

»Und?«

»Das ist der enttäuschende Teil. Er hat mir erklärt, ein Beweis würde in diesem Fall keinen Unterschied machen, weil ›diese Person‹ wegen eines Verbrechens gefangen gehalten wird.«

»Was? Welches Verbrechen?«

»Ohne Erlaubnis die chinesische Grenze überschritten und für die amerikanische Regierung spioniert zu haben.«

»Das ist lächerlich!«

»Emma, lass mich ausreden. Wir müssen Folgendes tun: über die Köpfe *aller* Botschaften hinweggehen. Du musst *unbedingt* eine wichtige Persönlichkeit in *deinem* Land – und damit meine ich einen Politiker – überzeugen, damit er Druck auf China ausübt und Gerald freigelassen wird. Und für diese Aufgabe ist das Foto von unschätzbarem Wert.«

»Aber ich kenne keine Politiker! Wie soll ich das denn anstellen?«

Kingsley schwieg. Er saß da und sah so hilflos aus, wie ich mich fühlte.

1. Oktober 1955

Gerald

Ist er das?

Das habe ich mich sofort gefragt, als ich ihn sah, noch ehe ich die Nachricht erhielt, die er für mich hatte. Ich lächle, erinnere mich, kann nicht glauben, wie sich mein Leben nun verändert hat. Immer und immer wieder gehe ich alles im Geiste durch, schüttle ungläubig den Kopf und lache ausgelassen in mich hinein.

Sonam. Sonam. Bevor ich ihn heute Morgen wiedersah, hallte dieser Name tausendmal in meinem Kopf wider. Ich hielt ständig nach ihm Ausschau, glaubte, ihn in anderen Männern zu erkennen. Heute Morgen, als ich ihn bemerkte, war ich mir nicht sicher. Ich beobachtete, wie er näher kam, mit gesenktem Kopf, und eine verzweifelte Hoffnung stieg in mir auf. Er ging langsam, blickte auf seine Füße. Er hatte ein Yak bei sich, trieb es mit dem Stock an. Das Tier blieb stehen, und der Mann bückte sich. Ich sah sein Gesicht, sah, dass er in meine Richtung schaute und die Beine des Yaks als Deckung vor den Wachen benutzte. Er lächelte kurz, ein solch breites Lächeln – ich weiß jetzt auch, warum, wegen der Neuigkeiten, die er für mich hatte –, schob dann die Hand in die Falten seiner *Chuba* und zog etwas heraus. Legte es unter einen Stein. Meine Hände zitterten, zum Teil vor Angst, dass wir geschnappt würden, zum Teil vor Hoffnung.

Und ich selbst holte meinen eigenen Brief aus der Tasche. Auf das Papier, das sie mir zum Schreiben meines Geständnisses gegeben hatten, habe ich stattdessen an Emma geschrieben. Ich stand mit dem Rücken zu den Wachen da, die Hacke in der einen Hand, die andere um den Brief geklammert, den ich Sonam mitgeben wollte. Wenn er ein Foto aus Tibet herausschmuggeln konnte, warum dann nicht einen Brief für meine Emma? Ich drückte ihn aufgefaltet gegen meine Brust und hielt ihn so eine Sekunde lang, in der Hoffnung, er würde ihn sehen. Er nickte, eine kaum merkliche Bewegung des Kopfes. Dann ging er mit seinem Tier fort.

Ich wartete mehrere Minuten, bis Sonam verschwunden war. Mein Puls pochte in meinen Ohren. Unsere Aufgabe heute lautete jäten, also zupfte ich Unkraut aus, während ich mich zentimeterweise zu der Stelle schob, an der er meinen Schatz versteckt hatte. Ich legte meinen Brief unter den Stein und betete, dass er ihn abholen würde, nachdem wir zurück im Gefängnis waren.

Ich stopfte mir seinen Brief in den Ärmel. Hörte mich selbst flach und schnell atmen und mein Herz wie eine Nähmaschine hämmern.

Als sich die Wachen zum Rauchen versammelten, öffnete ich den Schatz, den er für mich zurückgelassen hatte.

Hallo,
Freunde sagen, Sie sehen dünn aus. Sie immer noch versuchen, Sie zu helfen. Sie sagen, Sie stark bleiben, damit Sie Tochter sehen können, geboren 5. Mai 1955. Ihre Tochter Namen ist Rinchen, Frau sagen, ist ein Wunder.
Sonam

Wie viele Minuten waren verstrichen, bis ich mich daran erinnert hatte, dass ich atmen musste? Ich starrte auf einen Punkt, der ein paar Meter entfernt lag. Ich konnte einfach nicht glauben, was ich da gelesen hatte. Las es wieder und wieder. Ich rechnete im Kopf die Monate nach und las erneut, dass Emma mir ausrichtete, es sei ein Wunder. Dann riss ich die Augen so weit auf, dass sie fast aus den Höhlen sprangen, so wie auch mein Haar aus purer Glückseligkeit ausfiel, meine Arterien zerbarsten, meine Zähne aus dem Gaumen sprangen, weil es *zu* unglaublich war!

Ich habe eine Tochter. Jeder einzelne Muskel in meinem Körper glühte. Ich habe eine *Tochter. Ich* habe eine Tochter. Ich brach in ein Lachen aus, das von irgendwo tief unten aus den Sohlen meiner abgetragenen Stiefel über meinen benommenen Kiefer aus meinem Schädel entwich. Hackend und lachend, weil mir wieder einfiel, wo ich war. Selbst meine inneren Organe riefen: »*Ich* habe eine Tochter!« Ich kann nicht glauben, dass es sonst niemand gehört hat.

Als ich zurück in unsere Zelle kam, erzählte ich es Tenzin und Lobsang. Das Lächeln des alten Mönches war ungemein breit. Er sagte: »Jetzt willst du unbedingt nach Hause, nicht wahr?«

»O ja, das will ich.«

»Ein Kind ist der kostbarste Segen. Ich werde für dich und Sonam Gebete sprechen.«

»Ja. Ich habe Angst, dass er sich in Gefahr gebracht hat, indem er mir diese Nachricht übermittelte.«

»Ihm geht es gut. Er hat mit dieser Tat sein Karma verbessert.«

Auch Lobsang lächelte mir zu. Seine Augen füllten sich mit Tränen. Ich fühlte mich ein wenig schuldig, diese Nachricht vor solch einem jungen Mann zu feiern, der nichts weiter wollte, als zu heiraten und selbst eine Familie zu gründen. Aber das Lächeln auf seinem wunderschönen Gesicht war strahlend und aufrichtig.

Heute Nacht starre ich zu den rechteckigen Steinen an der Decke, aber ich sehe sie nicht wirklich. Ich sehe ein Mädchen, mit einer Million möglicher Gesichter. Welche ihrer Züge stammen von mir und welche von Emma? Hat sie meine Nase? Emmas Haar?

Ich werfe erneut einen Blick auf den Brief. Sie sagen, ich sehe dünn aus – also haben sie das Foto erhalten, das Sonam geschossen hat! Ich kann einfach nicht aufhören, darüber nachzugrübeln, wie Sonam mich gefunden haben mag. Und wie haben sie mich gefunden, Emma und Kingsley? Haben sie Sonam von Kathmandu aus nach Lhasa geschickt?

15. November 1955

Dorje

Meine Frau ist so traurig, seit wir Dawas Brief bekommen haben. Sie ist wegen allem traurig. Sie weint, weil sie nicht in ihrer alten Küche sitzt, sie weint, weil sie ihren Bruder Samten vermisst. Sie macht sich Sorgen um Dawas Seele, denn wenn er sich aufs Töten einlässt, was Soldaten nun einmal tun, wird er jedes gute Karma zerstören, das er in seinem Leben angesammelt hat, und eine schreckliche Wiedergeburt haben. Außerdem malt sie sich aus, wie die Chinesen Samten behandeln könnten. Wir haben herausgefunden, dass er in einem *Laogai*-Gefängnislager ist, also nicht dort, wo Gerald festgehalten wird.

Eines Nachmittags haben Onkel Tinle und Tante Pema am Tisch mit uns gesessen, und wir haben unser mittägliches *Tsampa* gegessen. Lhamo hat ein Nickerchen gemacht und Champa draußen im Garten gespielt, nachdem er aufgegessen hatte. Rinchen weinte. Sie hatte viele Tränen – sie tropften in ihre Schüssel mit *Tsampa*-Mehl, und der Teig wurde matschig. Wir hörten alle mit essen auf, aber niemand sagte ein Wort. Pema und Tinle und ich sahen uns an, und ich dachte: *Rinchen weint normalerweise nicht vor anderen Menschen.* Schließlich fragte Pema: »Rinchen-la, warum weinst du?«

Rinchen lief in unser Schlafzimmer. Ich folgte ihr. Sie lag auf dem Rücken, starrte zur Decke. Die Tränen flossen ihr immer noch aus den Augen. »Was ist los, Rinchen?«

»Ich sollte glücklich sein. Ich habe ein neues Baby. Aber ich habe fürchterliche Träume.«

»Wegen Dawa.«

»Ja. Und ich lebe nicht mehr in meinem Haus. Da sind so viele Menschen in Kathmandu. Es gibt keine Berge. Alles ist anders. Ich will, dass die Dinge so sind, wie sie immer waren.«

Ich wollte ihr einen Vorschlag machen, aber ich wusste nicht, was sie dazu sagen würde. »Ich habe nachgedacht. Ich könnte nach Tibet gehen und versuchen, Dawa davon zu überzeugen, mit mir zurückzukehren.«

Sie hat sich sehr hastig aufgesetzt. »Jetzt soll ich also auch noch ohne einen *Ehemann* leben?«

»Nein. Nein. Ich will ihn einfach … zurückbringen.«

»Und wenn sie dich ins Gefängnis stecken? Was würde ich dann tun? Das kannst du nicht machen!« Sie weinte noch heftiger. Ich denke, Tinle und Pema konnten sie hören, selbst im Esszimmer.

»Ich will doch bloß etwas *tun*«, sagte ich.

»Man kann *nichts* tun.« Ihre Stimme war wütend, aber nicht auf mich. Ich wusste, sie war wütend, weil sie so viel verloren hatte. Deshalb habe ich meinen Arm um sie gelegt, habe ihre Traurigkeit gespürt und gleichzeitig meine. Auch ich vermisse meine Heimat so sehr. Kathmandu ist ein Ort, an dem es nicht genügend Platz für all seine Einwohner gibt. In Tibet haben wir immer genügend Platz. In meinem alten Haus war manchmal das einzige Geräusch der Wind, der draußen vor den Fenstern blies, oder das Blöken der Schafe im Hof. Wenn der Schnee fiel und ich draußen unter dem weißen Himmel war, hatte ich das Gefühl, die Welt sei stehengeblieben. Dann bin ich wieder hineingegangen, um mich mit Buttertee zu wärmen und der Stille zuzuhören.

In Tinles Haus hören wir den Lärm von Händlern und Fahrrädern und Automobilen. Er macht mich nervös, ich finde keinen Frieden. Tinle sagt, es gibt ruhigere Orte außerhalb der Stadt. Vielleicht wäre Rinchen dort glücklicher.

An manchen Tagen kann sie sich nicht rühren. Sie liegt auf ihrer Matratze, und niemand, nicht einmal Champa, schafft es, sie zum Aufstehen zu bewegen. Dann trage ich Lhamo auf dem Rücken und bringe sie und Champa zum Marktplatz. Sie lieben es, all die leuchtenden Farben zu sehen und den Geruch von Gemüse und Obst in sich aufzusaugen. Auf dem Markt spielt Champa gerne den Lehrer. Er hebt alle Obstsorten hoch und hält sie Lhamo vors Gesicht, um ihr zu erklären, was es ist. Natürlich will sie das Obst nur in den Mund stecken. Sobald ich sehe, wie sie das tut, oder wenn ich beobachte, wie sie ihre kleine Hand über die Augen legt, weil sie müde ist, dann spüre ich, dass ich zu viel vermissen würde, wenn ich die Reise zurück nach Tibet antrete. Und falls die Kommunisten mich einsperren sollten, würde ich die Jahre verlieren, in denen meine Tochter aufwächst – als wäre ich Gerald. Das kann ich nicht tun, also spreche ich jeden Tag Gebete für Dawa und flehe die Götter an, auf ihn aufzupassen.

20. November 1955, Middletown, Connecticut

Emma

»Also, Emma, denk dran: Mit Honig fängt man mehr Fliegen als mit Essig.«

»Ich weiß«, sage ich und klinge wie ein Teenager, der seiner Mutter antwortet.

Genevieve fügt hinzu: »Ich sage das nur, weil ich weiß, dass du vor Wut tobst.« Sie drückt liebevoll meine Hand, um meine Reaktion auf ihre Bemerkung abzumildern. Sie trägt ihre schiefe, schwarz umrandete Brille für unser gemeinsames Briefeschreiben. Genau genommen ist nicht ihre Brille schief, sondern ihr Gesicht. Eines ihrer Augen steht leicht höher als das andere. Ich sehe sie an und spüre, wie eine Woge der Liebe für diese winzige Frau in mir aufsteigt, die Briefe formulieren kann, die Berge versetzen. Und das tun sie wirklich. Sie hat unzählige Briefe über alle möglichen Themen an Kongressabgeordnete verfasst, angefangen von Kinderarbeit bis zum Stimmrecht für Frauen, und einmal hat sie sogar dem Präsidenten in Bezug auf Indien geschrieben. Ihre Briefe sind wie ihre Pflaumenkuchen: Obwohl leicht bekömmlich, räumen sie dennoch die Dinge aus dem Weg.

Dank Genevieves Briefkunst habe ich nun bei Senator Jonathan Squibb Gehör gefunden. Vor Monaten haben wir uns vor ihre Smith-Corona gesetzt und nun eine Vielzahl von Regierungsbeamten angeschrieben, und noch bevor ich überhaupt nervös werden konnte, hatte Genevieve bereits einen herzerweichenden Brief an den Senator aufgesetzt. Ich bin nicht sicher, ob er damals überhaupt etwas unternommen hat, abgesehen von seiner Versicherung, alles in seiner Macht Stehende für uns zu tun. Doch kürzlich haben wir dem Senator eine Kopie von Geralds Foto geschickt, und seitdem hat er sich wirklich bemüht. Er hat zwei Briefe an hohe Funktionäre in der chinesischen Regierung geschrieben und sogar eine Antwort erhalten. Ihre Reaktion lautete genau so, wie Botschafter Yuan es vorhergesehen hatte: Gerald habe Verbrechen begangen und verbüße nun seine Strafe. Obwohl mich ihre Antwort nicht hätte überraschen dürfen, hämmerte mein Kopf vor Wut, als ich davon hörte. Wie soll man mit einer Regierung umgehen, die sich die Wahrheit so hinbiegt, wie es ihr gerade passt?

Dennoch sagte Genevieve entschlossen: »Wir werden nicht aufgeben, meine Liebe. Das ist nur ein Stolperstein auf unserem Weg, und wir haben die gesamte Gesellschaft der Freunde hinter uns, die Gerald ins Licht hält.«

Als ich diese Nachricht bekam, fühlte ich mich verpflichtet, Abigail und Edgar davon zu erzählen. Seit meiner Rückkehr in die Staaten habe ich sie dreimal gesehen. Die ersten beiden Male haben sie Rin verhätschelt. Abby hatte ihr eine Puppe genäht, und Edgar ließ sie auf seinen Knien reiten. Wir haben in Genevieves Wohnzimmer Tee getrunken und Höflichkeitsfloskeln über das Wetter ausgetauscht, und ich habe Abigail ein Kompliment für die Rosen gemacht, die sie mir mitgebracht hatte. Doch Edgars steife Körperhaltung deutete mir an, dass unter der höflichen Oberfläche etwas Dunkles lauerte. Was auch immer es war: Ich ahnte, dass ich es heute während unseres dritten Treffens erfahren würde.

Ihr Esszimmer roch nach verbranntem Toast, mit dem sich ihr Dienstmädchen zweifellos in der Küche abmühte. Edgars Gesicht schien einen permanent missmutigen Ausdruck angenommen zu haben. Abigail saß steif neben ihm auf dem Sofa, den diplomatischen Blick starr auf den Boden vor sich gerichtet.

»Wisst ihr, die Sache ist sehr kompliziert«, erklärte ich ihnen. »Die Chinesen beschuldigen Gerald einer ganzen Liste von Verbrechen.«

Edgar sagte mit seiner stählernen Stimme: »Nun, da muss ein Missverständnis vorliegen. Der Senator wird die Situation aufklären, und dann *müssen* sie ihn freilassen.«

Ich sagte: »Du verstehst nicht.« Dann zögerte ich, weil ich unsicher war, ob ich ihnen mehr darüber preisgeben sollte, wie fanatisch die Kommunisten sein konnten. Abigail und Edgar nahmen an, dass alles mit Vernunft zu regeln sei. Ich sagte: »China ist ein Hexenkessel. Die Menschen werden ins Gefängnis geworfen, weil sie an die falschen Dinge glauben oder den Vorsitzenden Mao nicht inbrünstig genug verehren.«

Edgar sah aus, als funkelte er mich hinter seiner Brille böse an. Seine Brillengläser vergrößerten seine Augen wie die eines wütenden Käfers. Abigails Blick wanderte über die Zimmerecken zu den Stellen, an denen sich Spinnweben sammelten.

Verunsichert fuhr ich fort: »In diesen *Laogai*-Lagern versuchen sie, die Gedanken zu kontrollieren, führen Gehirnwäschen durch. Wenn man ihnen nicht das sagt, was sie hören wollen, oder sich vor einem Bild von Mao nicht verneigt, dann ...« *Sei vorsichtig mit deiner Ausdrucksweise*, dachte ich. »... wird man angeblich bestraft.«

Abigails Augen waren weit aufgerissen, und sie blinzelte heftig. Ich hatte endlich die Mauer zu ihr eingerissen. Ich verspürte einen Hauch von Sadismus in mir aufsteigen und genoss es regelrecht, hinter ihren Schutzwall geschlichen zu sein und ihr einen Stich versetzt zu haben, weil sie mich immer auf Distanz gehalten hatte. Dann sah ich, wie sie zitterte, und fühlte mich schrecklich, ihr Sorgen an den Hals gewünscht zu haben. Es folgte eine lange Pause, und sie wechselte ununterbrochen ihre Hände in ihrem Schoß übereinander, bei dem Versuch, sich zu fassen.

Edgars Oberlippe wurde von Sekunde zu Sekunde verkniffener. Nach einem tiefen Atemzug sagte er: »Verzeih bitte, wenn ich ganz offen bin, Emma. Du bist … unsere Tochter. Aber was ich nie *verstehen* werde … wenn diese Chinesen auch nur halb so … sonderbar … sind, wie du sagst …«

Er räusperte sich auf seine lehrerhafte Art. »… warum wolltest du dann unbedingt unseren Sohn … ich meine, euch beide … ganz bewusst dieser Gefahr aussetzen? Ich kann das *einfach* …« Bei dem Wort *einfach* schnappte sein Mund wie der einer Schildkröte zu. Er sah mich finster an, stand dann auf und verließ das Zimmer.

Ich glaubte zu wissen, wie Edgars Satz enden sollte: *Ich kann das einfach – nicht verzeihen.* Er konnte mir nicht verzeihen. Er gab mir die Schuld. Ich starrte auf meine Hände, Tränen schossen mir in die Augen, und mit aller Gewalt versuchte ich, sie zurückzuhalten, denn es schien selbstsüchtig, vor einem der beiden zu weinen.

Abigail seufzte und sagte dann leise: »Du musst Edgar entschuldigen. Zuerst hat er Tyler verloren, wenn man das so sagen will, und jetzt …«

Ich fuchtelte mit der Hand, um sie zum Schweigen zu bringen. »Ich verstehe, wie er sich fühlt.« Mein Gesicht war versteinert.

»Wir machen *dich* doch nicht dafür verantwortlich, Emma.« Sie log. Andernfalls hätte sie sich gar nicht bemüht, es überhaupt auszusprechen. Sie wollte mir nicht die Schuld geben, aber sie tat es trotzdem, ebenso wie er.

Und wie ich. Ich, diejenige, die alles hatte kommen sehen und dann sofort wieder verdrängt hatte. Tränen rollten mir über die Wangen. Abigail bot mir ein Taschentuch an. Ich wollte es nicht, erkannte jedoch, dass sie nicht lockerlassen würde, bis ich es akzeptierte.

»Vielen Dank.« Ich nahm es aus ihrer Hand. Sie ging aus dem Zimmer, und ich drückte das Taschentuch auf mein Gesicht. Rin krabbelte zum Sofa. Ich schloss die Augen, und weitere Tränen quollen heraus. Da spürte ich den leichten Druck ihrer beiden kleinen Hände etwa auf Kniehöhe meines Rocks. Als ich die Augen öffnete, sah ich ihr Gesicht, das sich zu einem einzigen breiten Lächeln verzogen hatte, während sie mir in die Augen schaute. Ich hob sie hoch und hielt sie dankbar an mich gedrückt, verblüfft über ihre Liebe für eine solch selbstsüchtige Frau wie mich. Ich sammelte unsere Habseligkeiten ein und verschwand möglichst geräuschlos aus dem Zuhause meiner Kindheit.

Als ich in meinem echten Zuhause ankam, bot Genevieve einen willkommen reizenden Anblick mit ihren aufgekrempelten Ärmeln und dem Haar, das auf dem Kopf zu einem Dutt hochgesteckt war. Sie nahm Rin, setzte sie in ihren Hochstuhl und gab ihr eine kleine Schüssel mit Teig.

»Ach, du bringst Rin also bei, wie man Pflaumenkuchen backt? Du bist früh dran damit, eine neue Helferin anzuwerben«, sagte ich lächelnd. Morgen wollte sie zum Gefängnis und Händchen halten bei den FFBHs – ihre Abkürzung für *F*rauen, die *F*ehler *B*egangen *H*aben.

»Oh, ja-a«, sagte sie. »Morgen ist es wieder so weit. Ich werde deine Anwesenheit vermissen.«

»Ich wäre nun wirklich zu nichts zu gebrauchen.«

Sie drehte sich von der Arbeitsplatte weg, an der sie den Teig in einer Schüssel anrührte, und hob fragend eine Augenbraue. »Nun, wie soll ich das verstehen?«

»Ich bin eine Frau, die einen unverzeihlichen Fehler begangen hat.« Ich begann erneut zu weinen.

Sie kam herüber und legte mir die Hände auf die Arme. »Es gibt keine unverzeihlichen Fehler, meine Liebe.« Wir setzten uns an den Küchentisch, und sie schob mir eine Haarlocke aus dem Gesicht. »Wovon redest du überhaupt, Liebes?«

Ich blickte zur Decke und sagte mit matter Stimme: »Oh, ich habe bloß Abigails und Edgars Sohn in eine Brutstätte des Kommunismus gelockt.«

»*Du* warst das?« Der Anflug eines Lächelns lag auf ihren Lippen.

»Ja! *Ich* war das!«, sagte ich mit vollem Ernst. »*Sie* jedenfalls scheinen das zu denken … und ich muss ihnen wohl zustimmen.«

»Oh, papperlapapp! Du bist einem Ruf gefolgt. Der Heilige Geist hat euch angetrieben, zu diesem Ort zu reisen, und das schon seit Jahren! Außerdem, wenn ich mich recht erinnere, war Gerald anfangs die treibende Kraft. Weißt du das überhaupt noch?«

»Ich glaube nicht …«

»Keine Widerrede. Ich bin die Ältere von uns beiden. Mein Gedächtnis mag manchmal ein wenig lückenhaft sein, aber daran erinnere ich mich gut. Du warst zu Beginn nicht besonders interessiert, als du und Gerald während der Versammlungen den Ruf gespürt habt. Und war es nicht *ich*«, sie zeigte mit einem Finger auf ihre Brust, »die dir sagte, du dürftest den Ruf des Heiligen Geistes nicht einfach übergehen? Also ist es wohl auch meine Schuld, stimmt's?«

Ich rollte die Augen, lächelte aber schwach.

Sie rieb hastig ihre mehlbestäubten Hände aneinander und fuhr fort: »Es kann wahrscheinlich nicht sein, dass *Gott* für all das hier verantwortlich ist, oder? Am Donnerstag ist Thanksgiving, und du wirst am Tisch sitzen und Gott nur für die guten Dinge in deinem Leben danken. Und an den schlimmen Dingen wirst du *dir* dann die Schuld geben. Denn dafür bist natürlich *du* zuständig, nicht wahr? Hmmm. Ich denke, hier überschätzt du deine Superkräfte.«

Ich lächelte durch einen Tränenschleier. Genevieve hielt mich fest, während ich noch ein paar Mal schluchzte. Dann machte sie einen Schritt zurück und sah mich an, wobei sie meine Arme nicht losließ. »Liebling, jeder Ort, zu dem ich auf Gottes Weisung hin gegangen bin, war kein Ort, den vernünftige Menschen normalerweise aufsuchen. Aber wir Quäker sind keine vernünftigen Menschen. Wir gehen dorthin, wohin Gott uns führt, und dann warten wir ergeben, um zu sehen, was dort gebraucht wird. Vielleicht denkst du, es wäre gottgefälliger gewesen, zu Hause zu bleiben und die Füße auf die Couch zu legen?«

Da musste ich einfach lachen. »Nein«, sagte ich und drückte ihre Hand.

Ich stehe im Nachthemd im Flur. Die Post hat sich ihren Weg durch den Briefschlitz in der Haustür gebahnt. Ich sehe den Luftpostumschlag mit Kingsleys schöner Handschrift und greife lächelnd danach. Ich kann es kaum erwarten, den Umschlag aufzureißen. Kingsley hat vor drei Wochen angerufen und mir gesagt, dass ihm über Botschafter Yuan ein Brief weitergeleitet worden war.

Ein Brief von Gerald.

Vorsichtig mache ich Kingsleys Briefumschlag auf. Der Umschlag, der darin liegt, ist immer noch versiegelt, und mein Vorname steht in einer mir unbekannten Handschrift darauf. Ich drücke ihn an meine Brust. Dann öffne ich ihn.

Em –
Ich bin's, Geebs. Ich bin am Leben, in einem Gefängnis in Lhasa. Ich liebe dich. Gib meiner Tochter einen Kuss von mir.
Gerald Kittredge

Tränen rollen mir das Gesicht herab. In der linken Ecke des Papiers prangt ein schwacher Daumenabdruck, es ist Schmutz, der sich von seinen Fingern auf das Papier gedrückt hat. Lächelnd küsse ich den Fleck.

Er weiß also, dass Rin geboren wurde, und obwohl er sie nie getroffen hat, liebt er sie. Und er hört sich gut an. Die Handschrift ist zittrig und groß, als sei der Brief mit dem Stummel eines stumpfen Bleistifts geschrieben worden. *Ich hoffe, dass es ihm gut geht*. Er war so weit er selbst, dass er »Ich bin's, Geebs« geschrieben hatte. Der Mann, den ich liebe, steckt immer noch in ihm. Und er liebt mich. Er gibt mir nicht die Schuld; er liebt mich.

Ich lese den Brief wieder und wieder, laut und leise, auf dem Stuhl, dann auf dem Sofa, schließlich am Fenster. Ich lese ihn Rin vor. Sie berührt ihn mit ihren kleinen Fingern. Ich schnüffle an ihm, aber er hat keinen besonderen Geruch. Ich lerne ihn auswendig. Ich singe ihn beim Abwasch, beim Zusammenfalten der Kleidung. Ich stecke ihn in mein Kleid, neben mein Herz, weil ich den Gedanken unerträglich fände, ihn zu verlieren. Ich habe nur einen winzigen Krümel, einen Brief von wenigen Zeilen, aber es fühlt sich an, als hätte ich mir an einem üppigen Büfett den Bauch vollgeschlagen.

Gestern Abend habe ich mit Dorje und Rinchen telefoniert. Sie hatten kein Glück, Samten freizubekommen, und sie können keinerlei Einfluss bei den Chinesen geltend machen. Ich schließe die Augen und bete für Samten. Und ich danke Gott für diesen Brief.

Aber soll Gott diese Dinge verantworten? Ich will nicht glauben, dass Gott derjenige ist, der Gerald überhaupt erst ins Gefängnis werfen ließ. Nach Genevieves Meinung hat Gott uns zu außergewöhnlichen Geschöpfen voller Fehler gemacht, die Welt zum Drehen gebracht und uns Menschen dann die Verantwortung übertragen. Sie sagte: »Manchmal bauen die Menschen in der Welt Mist. Nun ist es deine Aufgabe, das wieder zurechtzurücken.«

Ich sitze am Thanksgiving-Tisch, gegenüber von Abby und Eddy und neben Tyler, dessen Ähnlichkeit mit Gerald eine schmerzhafte Erinnerung an ihn ist. Genevieve und Rin sind die Puffer, die ich mitgebracht habe, sie sitzen rechts von mir. Eine traurige Stille liegt über uns, die das Kratzen von Gabeln auf Tellern ungehobelt und schrecklich laut erscheinen lässt. Sie erinnert mich an die Stille, die während unserer Jugend beim Abendessen herrschte und die nur von Edgars gut gemeinten, aber unerträglich langweiligen Vorträgen durchbrochen wurde. Egal wie alt ich bin, ich fühle mich in der Gegenwart der beiden immer wie ein ungezogenes Kind, das ihren letzten Geduldsfaden auf die Probe stellt.

Genevieve kaut ihren Truthahn mit offenem Mund, und Schmatzgeräusche dringen zwischen ihren Zähnen hervor. Innerlich kichere ich und genieße es, wie sie alle Anstandsregeln brechen darf, weil sie eine süße alte Dame ist. Abigail und Edgar halten sie wahrscheinlich für eine Barbarin. Zu sehen, wie sich in ihrem offenen Mund das Essen beim Kauen bewegt wie Bohnen in einer Kaffeemühle, zaubert ein Lächeln auf meine Lippen. Rin sitzt in ihrem Hochstuhl und durchbricht die Stille mit ihrem *ba…ba…ba…wa…wa*. Diese beiden geben mir die Kraft, das zu sagen, was ich sagen muss. »Ich habe einen Brief von Gerald bekommen«, sage ich leise, in der Hoffnung, dass niemand aus der Haut fährt.

»Bitte??«, sagt Edgar. Ich hatte ein Erschrecken erwartet, aber seine harten Gesichtszüge lassen ihn regelrecht verärgert aussehen.

»Er ist gestern mit der Post gekommen«, füge ich rasch hinzu. »Nun, er ist sehr kurz. Ich denke, er hatte nicht viel Zeit, ihn zu schreiben. Vielleicht hat ihn jemand beobachtet…«

»Das spielt doch jetzt keine Rolle, erzähl weiter!«, fiel mir Edgar ins Wort. »Was hat er geschrieben?«

»Dass er lebt und von Rin weiß. Er hat mich gebeten, seiner Tochter für ihn einen Kuss zu geben.«

»Dürfen wir den Brief sehen, Emma?« Es ist Tyler. Seit Monaten habe ich ihn kein einziges Wort sagen hören. Seine Stimme klingt freundlich, seine Augen leuchten auf einmal.

»Natürlich. Ich hole ihn.« Ich gehe die Treppe hoch, um ihn aus meinem Schlafzimmer zu holen, und bleibe auf einer Stufe stehen, atme tief ein. Als ich zurückkomme, hat sich eine schwere Stille über den Raum gelegt.

Ich gebe den Brief unverzüglich Tyler. Er liest ihn schnell und reicht ihn an Abigail weiter, die ihn gierig aus seinen Händen nimmt. Edgar beugt sich zu ihr und liest mit ihr zusammen. Es ist ruhig. Ich kann Edgars Gesichtsausdruck nicht deuten. Seine Augenbrauen sind zusammengezogen. »Hmmm«, sagt er. »Nun, das ist wunderbar. Wunderbar. Er scheint ganz munter zu sein. Obwohl ich diese ›Geebs‹-Sache beim besten Willen nicht verstehe. So würdelos. Klingt nach einem kleinen pelzigen Geschöpf und nicht nach einem Mann.«

Ich sehe ihn an, als habe er den Verstand verloren. Wie um alles in der Welt ist es möglich, dass er sich an dieser einen Nichtigkeit aufhängt? Wie ist es möglich, dass es ihn nicht rührt, die Worte seines Sohnes zu hören?

Genevieves glitzernde Augen funkeln, als sie sagt: »Ich nehme an, er wird gerne so genannt. Ein Kosename zwischen zwei Turteltäubchen.« Sie hat ihr schiefes Grinsen aufgesetzt, kann ihre Freude kaum zurückhalten.

»Hmmph«, lautet Edgars einziger Kommentar.

Abigail betrachtet das Essen auf ihrem Teller, ihre Lippen zittern. Ich balle die Hände unter dem Tisch zu Fäusten. Ich sehe wieder zu Genevieve, um mich zu ermahnen, nachsichtig zu sein, aber in diesem Moment pult sie sich zwischen den Zähnen. Ihre Brille ist wieder verrutscht. Ich schiebe mir ein Stück Truthahn in den Mund, um nur ja keinen Ton von mir zu geben.

Ich erinnere mich an Genevieves erste Worte an mich, über meinen starken Rücken, aber ihrer ist viel stärker. Die Menschen sagen, Quäker seien zu idealistisch, mit ihrer völligen Ablehnung von Gewalt, doch ich kenne keine pragmatischere Person als Genevieve. Sie hatte die Idee, der Presse Geralds Geschichte anzubieten, also klappern wir morgen jede Zeitung im Umkreis ab. Mit Rins süßem Gesicht und Genevieves Art, Menschen zu Dingen zu überreden, die sie niemals getan hätten, hätten sie nicht in ihre strahlenden Augen gesehen, schaffen wir das schon. Anschließend werden wir nach Hause fahren und uns an die Schreibmaschine setzen, um einen Brief an den Präsidenten der Vereinigten Staaten zu verfassen. Alles an einem einzigen Tag.

»Wenn wir allein unsere Körper und nichts weiter aus den [Konzentrations]Lagern auf der ganzen Welt retten würden, wäre das nicht genug.
Was zählt, ist nicht, ob wir unser Leben um jeden Preis retten, sondern wie wir es retten.«

Etty Hillesum, eine Jüdin,
die 1943 in Auschwitz ermordet wurde

29. November 1955

Gerald

Wenn die Nacht anbricht und die Luft kalt durch das Zellenfenster bläst, sitzt Tenzin in Meditationshaltung da, und Lobsang schläft. Ich denke an meine Tochter. Ich liebe es, das Wort *Tochter* zu spüren, die Art, wie die Konsonanten an meinem Gaumen zum Leben erweckt werden. Ihre Härte macht mich stärker.

Ich fühle mich stärker, aber ich zittere. Gerade eben hatte ich einen Traum, der mich an einen mir fremden Ort geführt hat. Selbst im wachen Zustand kenne ich diesen Ort nicht, aber in seinen Mauern steckt Entschlossenheit.

Ich habe erkannt – und ich schaudere, es mir überhaupt laut einzugestehen –, dass ich alles Notwendige tun muss, um freizukommen. Jede Faser meines Körpers schreckt vor der Zelle um mich herum zurück, denn ich fühle: Dies hier ist nicht länger der Ort, an dem ich sein soll. Es hat eine Zeit gegeben, an der ich die Haft als Teil eines großen göttlichen Plans gesehen habe. Ich habe gedacht, wenn ich nur all das meistern würde, was Gott mir zu lernen aufgetragen hat, wenn ich versuchen würde, Gottes Gnade oder irgendetwas Gutes in dem zu sehen, was ich erleiden muss, dass dies der Sinn meines Aufenthalts hier sei.

Daran glaube ich nicht mehr. Jetzt wo ich weiß, was ich bereits verloren habe, seit ich aus meinem echten Leben herausgerissen wurde – die Geburt meiner Tochter –, hat sich alles auf meiner geistigen Landkarte verändert. Das Eine, was Emma und ich gemeinsam erleben wollten, ein Kind zur Welt zu bringen, das musste sie ganz allein durchstehen. Und ich hätte ebenso gut tot sein können. Jahrelang habe ich mir dieses wunderbare Bild vorgestellt, wie ihr Bauch wächst und sich meine Lungen vor Glückseligkeit mit Luft füllen. Ich habe sogar davon geträumt, die Reise meines Kindes in diese Welt abzufedern, indem ich es auffange, sobald es Emmas Körper verlässt. Ich habe nichts davon bekommen. Was ich vor mir sehe, ist eine riesige Leere, bar all dieser Momente – der winzigen Finger, die meine umschließen –, die ich nicht erleben werde. Und dann bricht mein Zorn an die Oberfläche, und ich habe das Gefühl, als sei mein Zuhause von einer Granate in die Luft gesprengt worden. Dann will ich den Pisspott vor mir packen, ihn durchs Zimmer schleudern und zusehen, wie unsere Exkremente an der Wand herabrinnen, und mir einen Weg in die Freiheit schießen. Ich will, dass der würzig verbrannte Geruch von Schießpulver meine Nase kitzelt. Ich erkenne mich nicht mehr, dieses Tier, das Schädel spalten und mit Pistolen um sich feuern will.

Ich *will* ein Geständnis schreiben. Ich *will* lügen. Welches Trugbild von Treue hat mich bisher nur daran gehindert?

Wahrscheinlich habe ich in Gottes Augen versagt – ich hasse meine Feinde, statt für sie zu beten.

Ich weiß, Emma und Kingsley versuchen, mich freizubekommen, aber die Chinesen sind so unmöglich. Sie haben mich in der Hand … Warum sollten sie mich laufen lassen?

Meine Situation ist absurd. Sie haben mich wegen lächerlicher Verbrechen angeklagt. Ich soll die Tibeter zu konterrevolutionärem Widerstand angestachelt haben. Ihnen meine Religion aufgezwungen haben.

All die Monate, die ich auf den Knien zu Gott gebetet habe, damit er mir hilft, tapfer zu sein. Im Angesicht des Hasses zu lieben. Meine Hose ist an den Knien durchgescheuert. Ich habe versucht, mit hoch erhobenem Kopf zu leiden und den Fußspuren von Christus und meinen Quäkerbrüdern und -schwestern zu folgen. Ich wollte dem, was sie hier tun, die Stirn bieten, wenn sie einen wie ein Tier behandeln, wollte meine Stimme erheben, wenn ein menschliches Wesen ein anderes von der Decke hängen lässt, bis seine Hände blau anlaufen. Meine Stimme erheben bis zum Tod. Ich wollte diese Stimme sein.

Jetzt kann ich kaum fassen, dass ich tatsächlich geglaubt habe, mein Tun würde auch nur den kleinsten Unterschied machen.

Aber angenommen, ich gestehe. Wer bin ich dann, für den Rest meines Lebens? Gerald, der Feigling? Der Mann, der die anderen im Stich gelassen hat? Könnte ich mit *diesem* Gerald leben? Ganz zu Anfang, als ich hierherkam, habe ich mir ein Versprechen gegeben. Ich wusste nicht, ob ich überleben würde, doch wenn es mir gelänge, wollte ich diesen Ort als ich selbst verlassen, als die Seele, die Gott geformt hat, vielleicht mit ein paar Rissen, allerdings immer noch … dem Ich, das Gott für mich vorherbestimmt hat. Nicht ihre Marionette.

Und nun, wo ich gestehen will, *bin ich* dann nicht bereits ihre Marionette?

Der Mond lugt durchs Zellenfenster, und ich stelle mir vor, wie ich zu Emma zurückkehre. Ich ertaste meine linke Hand mit der rechten, meine Finger gleichen dünnen Bleistiften, und ich muss daran denken, wie meine Hände Hans dünnen

Hals erdrosseln wollten. Ich habe den Versuch aufgegeben, ein Körnchen von Gott in meinen Befragern zu erkennen. Alles, was ich gesehen habe, waren Lügen in mir.

Während der ganzen Monate habe ich mir eingeredet: *Emma wird dich nicht respektieren, wenn du aufgibst*. Aber jetzt, da ich in meinem Bewusstsein diesen neuen Ort gefunden habe, dämmert mir: *Sie würde dich hassen, wenn du nicht alles in deiner Macht Stehende tätest, um zu ihr zurückzukommen!* Wie konnte ich nur etwas anderes von ihr annehmen? Hätte sie eine Ahnung von meinen geistigen Verrenkungen und meinem Wunsch, standhaft zu bleiben, würde sie mich mit ihren bloßen Händen umbringen wollen! Sie würde sagen: *Was zum Teufel tust du da, Geebs? Schieb deinen Hintern von dort weg!*

Während ich hier sitze, spüre ich die Sekunden verstreichen wie Wasser, das durch meine Finger rinnt. Ich frage mich, was meine Tochter in diesem Moment gerade tut. Lutscht sie am Daumen? Macht sie ein Nickerchen? Krabbelt sie am Boden? Versucht sie mit Emmas helfender Hand zu stehen? Bekommt sie den ersten Geschmack einer zerquetschten Banane von Emmas Fingern in ihren winzigen Mund geschoben?

Diese Fragen erschüttern mich, laden meine Beine mit rastloser Energie auf. *Wie kann eine Reihe von Überzeugungen es wert sein, diese Momente zu verpassen? Meiner Tochter ihren Vater vorzuenthalten? Es Emma zuzumuten, ein Kind allein großzuziehen? Sind sie Emmas sorgenbeladene Abende und qualvolle Morgen wert, wenn sie sich fragt, wie es mir geht und ob sie mich jemals wiedersehen wird?* Ich lege mir die Hände auf den Mund und flüstere: *Hast Du eine Antwort für mich, Gott? Ich habe gesagt, ich liefere denen kein Geständnis. Aber wenn ich es dennoch täte, Gott – wem würde ich schaden? Kannst Du mir eine Antwort geben?*

Meine zitternde Stimme lässt mein Flüstern abgehakt klingen.

Ich denke darüber nach, wie es wäre hierzubleiben, und stelle mir meine Tochter vor, wie sie älter wird und den einen Moment in ihrem Leben erreicht, bis zu dem es sie kümmern würde, wer ich bin. Und wie sie diesen Punkt überschreitet – wenn sie fünf ist? Sechs? Sieben Jahre? Dann wäre es vorbei.

Ist das denn keine Sünde, Gott? Sie auf diese Art in der Welt alleinzulassen? Sind diese Ideale, denen ich nachgeeifert habe, nicht ein wenig aufgeblasen, wenn sie an ihr *gemessen werden? Dein Gebot, kein falsches Zeugnis abzulegen – ist das nicht unbedeutend im Vergleich zu ihren weichen Fingern, die sich in meine Handfläche schmiegen, und ihrer Wange an meiner Brust, während sie auf meinem Schoß einschläft? Hast Du eine Antwort für mich, Gott?*

Mit meinem Hierbleiben scheine ich nur eine einzige Sache zu erreichen: Genosse Han etwas zu tun zu geben. Damit er jemanden zum Foltern hat und beweisen kann, dass er Mao Zedong treu ist. Bei dem Gedanken an ihn ballen sich meine Hände zu brennenden Fäusten.

Würde ich lügen, wenn ich gestände, ein Kapitalist zu sein? Habe ich nicht wirklich ungerechterweise von der Arbeit anderer profitiert? Entspricht es denn nicht der Wahrheit, dass der anhaltende Reichtum meines Landes aus Sklavenarbeit geboren ist? Das sind keine Lügen.

Wenn ich nun ein Geständnis ablegte, hätte ich dann die Garantie, dass ich tatsächlich rauskäme? Sie sagten: Gestehe deine Verbrechen, und wir werden dich freilassen. Oder hieß es nicht: Gestehe deine Verbrechen, und wir werden dich hinrichten? Ich weiß nicht, was mit Menschen geschieht, die gestehen. Sie bekommen mehr Essen, mehr Privilegien, und dann verschwinden sie. Tot oder als freie Menschen? Ist es besser, noch abzuwarten, ob mir nicht doch jemand von außen helfen kann, oder sollte ich das Risiko eingehen und ein Geständnis schreiben?

Ich frage mich, ob Samten eines geschrieben hat. Tenzin hat die Wachen gebeten, sich ihm zuliebe nach ihm zu erkundigen, und sie kamen mit der Nachricht zurück, er sei damals in ein anderes Gefängnis gebracht worden. Ist es möglich, dass er bereits durch ein Geständnis die Freiheit erlangt hat?

Ich lege beide Hände auf den kalten Boden und frage mich, wie – oder ob – ich einen weiteren Winter hier überleben könnte. Ich lehne mich zurück, wobei meine erst kürzlich ergrauten Haare den Schlackenbeton berühren, denke darüber nach hierzubleiben und weiß, dass ich eher meinen *eigenen* Kopf auf dem Beton zerschmettern würde. Ich wäre lieber tot.

Ich werde also nicht schweigend dasitzen, um das innere Licht zu suchen. Ich habe mich *entschieden*. Selbst wenn sie mich töten, muss ich ein Geständnis versuchen. Und dann muss ich mit aller Gewalt dafür sorgen, dass sie mir jedes Wort, das ich geschrieben habe, auch wirklich abkaufen.

Ich muss es tun.

30. November 1955

Dorje

Es ist eine klare Nacht. Die Lichter der Stadt funkeln draußen vor meinem offenen Fenster. Rinchen und Lhamo schlafen im Bett neben mir. In der Stille des Hauses höre ich nur Rinchens Schnarchen. Zu solchen Zeiten denke ich über wichtige Dinge nach: manchmal über traurige Dinge, manchmal über Dinge, die mich sehr glücklich gemacht haben. Heute Nacht vermisse ich mein Zuhause, aber ich gewöhne mich daran, jetzt hier zu leben. Im Frühling werden Rinchen und ich und die Kinder aus der Stadt wegziehen. Ich weiß nicht, wohin wir gehen oder wie wir ein Haus finden sollen, aber Tinle hat mir seine Hilfe angeboten.

Ich arbeite immer noch in der Klinik, und ich will diese Arbeit nicht aufgeben, selbst wenn wir umziehen. Tinle sagt, ich könnte jeden Tag von außerhalb der Stadt nach Kathmandu hineinfahren. Pema will nicht, dass wir gehen, und sie sagt, sie wird jeden Tag, an dem ich in die Stadt komme, ein Mittagessen für mich kochen, nur damit ich sie besuche. Ich musste ihr versprechen, manchmal die Kinder mitzubringen, damit sie sie auch weiterhin mit Süßigkeiten verziehen und ihre Köpfe küssen kann.

Ich gehe zum Fenster, und es öffnet sich quietschend, als ich dagegendrücke. Amerikanische Musik wird durch die

Nachtluft zu mir getragen, es ist ein sonderbares Geräusch. Aber heute Nacht bin ich dankbar, dass Tinle und Pema uns mit offenen Armen willkommen geheißen haben und wir uns hier wie zu Hause fühlen, obwohl in dieser Stadt die Hindu-Frauen wegen des Gestanks der Automobile ihre Nasen mit ihren *Saris* bedecken. Ich fühle mich den anderen Tibetern, die hier herumlaufen, besonders nah. Wir lächeln uns an und verbeugen uns voreinander, und manchmal bleiben wir sogar stehen und unterhalten uns. Gelegentlich stelle ich fest, dass ich mich nur schwer mit jemandem verständigen kann, der aus einer anderen Provinz stammt. Aber an diesem Ort sind wir alle Tibeter, nicht aus dieser oder jener Provinz. Wir haben ein neues Bild von uns. Ein eigenartiges Gefühl.

Wenn man sein eigenes Land verlassen muss, merkt man allmählich, dass die Welt größer ist als zuvor. Besonders in Kathmandu. Sobald wir hier durch die Straßen spazieren, höre ich Sprachen, die ich nicht kenne, manche mit weichen Worten wie im Hindi, und manche mit harten Zischlauten in der Kehle wie im Deutschen. Wenn ich mit Tinle unterwegs bin, frage ich ihn ständig: »Welche Sprache war das?«, nachdem der Ausländer auf der Straße an uns vorbeigegangen ist. Es gibt dunkle Menschen, dunkler als Tibeter, etwa die Bengalen, und Menschen, die schrecklich blass sind – sogar noch blasser als Gerald! –, die aus Ländern wie Dänemark oder den Vereinigten Staaten kommen. Und während mir Tinle erklärt, diese Person kommt von dem und dem Ort, denke ich im Stillen, Dawa hat recht, ich habe keine Ahnung, wo dieser Ort liegt! Weit weg oder recht nah? Wie würde man reisen, um dorthin zu gelangen? Ich habe gelernt, dass es an jedem Ort eine eigene Art des Reisens gibt: manchmal mit Tieren, manchmal mit Autos und manchmal mit dem Flugzeug. Während ich heute Nacht auf den blonden Kopf eines Passanten in der Straße herabschaue, frage ich mich, wie viel er wohl über all die Länder der Welt weiß.

Ich habe von Tinle außerdem gelernt, dass Tibet etwas Seltenes ist. Er sagt, es lasse sich mit keinem anderen Ort vergleichen und dass einige Länder sich sehr ähneln, aber Tibet stehe ganz allein da, anders als alle anderen Orte der Welt. Und so erfahre ich jetzt, wo ich nicht mehr in meinem Land lebe, dass Tibet ein kostbarer Ort ist.

Champa lernt das ebenfalls. Er geht nun zur Schule. Ich musste Rinchen von dieser großartigen Gelegenheit erst überzeugen, denn das könnte er nicht tun, wären wir immer noch in unserer Heimat. Ohne Dawa hätte ich wohl nie darüber nachgedacht. Bevor er mir gesagt hat, dass er mehr von der Welt wissen will, waren mir diese Dinge nie in den Sinn gekommen, die wir nicht kennen, diese Dinge, die uns gewöhnlichen Tibetern nicht beigebracht werden. Als Dawa über andere Länder sprach und seine Unkenntnis darüber, wo sie liegen, da habe ich erkannt … dass ich diese Dinge genauso wenig weiß und – noch schlimmer – dass mir mein Unwissen nicht einmal bewusst gewesen war! Champa bringt Bücher von der Schule nach Hause, in denen es Bilder von der ganzen Welt gibt. Alle Länder sind auf einer Seite abgedruckt, damit man sehen kann, wie weit die Orte voneinander entfernt liegen! Ich war überrascht, wie weit Emma und Gerald gereist sind, um in mein Land zu kommen.

Champa hat herausgefunden, dass er das Lernen liebt. Das ist gut, weil er zuerst nicht zur Schule gehen wollte. Er dachte, er würde niemals eine Schule besuchen, weil er nicht im Kloster war. Und dann, vor ein paar Monaten, als Rinchen und ich ihm gesagt haben, dass er eingeschult wird, lief er weinend ins andere Zimmer. Wir gingen ihm hinterher und wollten wissen, warum er weinte.

Schließlich sagte Rinchen: »Champa, du musst uns sagen, was los ist!« Sie hatte den Ton eines Befehlshabers. Das hat mich nervös gemacht, weil ich Angst hatte, er würde bei ihrer Art des Sprechens noch mehr weinen.

Er weiß, sie ist so beharrlich, dass sie ihm bis hoch in die Berge folgen würde! Also hat er's aufgegeben und gesagt: »Ich will nach Hause.«

»Das ist jetzt unser Zuhause, Champa«, hat sie sanfter geantwortet.

»Das hast du aber nicht gesagt, als wir von zu Hause fort sind! Ich habe Aba dortgelassen, weil du gesagt hast, wir würden zurückkommen!« Aba war ein kleines Stofftier, ein Schaf mit schwarzen Plastikaugen. Champa hat es heiß und innig geliebt. Ich glaube, das wollene Schaf kam von irgendwo aus Europa; ich hatte es ihm auf einem Bazar auf meiner Handelsroute gekauft. Obwohl die Wolle anfangs elfenbeinfarben war, hat Champa das Schaf immer wieder gestreichelt, bis es ein braunes Schaf wurde. Wir waren so schnell aufgebrochen, dass keiner von uns daran gedacht hatte, es mitzunehmen.

»Es tut mir leid, Champa, aber wir werden hierbleiben«, habe ich ihm gesagt. »Zumindest fürs Erste, denn es ist nicht sicher zurückzugehen.«

Mit zitternden Lippen hat er zu Boden gesehen. Tränen sind ihm in zwei Linien das Gesicht herabgerannt. Mein Herz verkrampfte sich. Wenn er gewusst hätte, wie sehr Rinchen und ich ebenfalls nach Hause wollten!

»Niemand wird sich um Aba kümmern. Er wird so einsam sein, dass er stirbt.« Eine weitere Träne kullerte aus seinem rechten Auge, und er sah mich geradewegs an.

»Aba ist nicht allein«, sagte ich. »Die Götter passen immer auf ihn auf, genauso, wie sie über uns alle wachen. Sie schicken eine kleine Maus oder eine Spinne zu ihm, die ihn im Haus besucht. Es tut mir leid, Champa, ich bin auch traurig.« Ich habe ihm die Arme um die Schultern gelegt.

Dann sagte Rinchen: »Wir werden für Aba beten, damit er sich nicht einsam fühlt.«

»Ich muss immer noch zur Schule gehen?«

»Ja«, sagte ich.

»Aber dann werde *ich* einsam sein! Ich werde euch vermissen! Wie könnt ihr mich nur wegschicken?«

»Wir schicken dich nicht weg …«

»Ihr habt Dawa weg zur Schule geschickt!«

»Champa, das war ein Kloster. Das hier ist eine Schule, in der du am Tag lernst und dann nach Hause kommst. Du wirst mit uns zusammen zu Abend essen!«

»Oh. Jeden Abend?«

»Jeden Abend.«

»Was, wenn es mir nicht gefällt?«

»Es wird dir schon gefallen. Dort gibt es andere Kinder wie du und einen netten Lehrer und viele Bücher.«

Es hat sich komisch angefühlt, Champa zu sagen, dass er gerne zur Schule gehen wird, weil ich selbst nie auf einer war. Ich wusste, mein Sohn würde in Zukunft Dinge lernen, die mir und Rinchen fremd waren. Wie sollten wir uns über dieses neue Wissen unterhalten? Ich wollte, dass er all das lernt, aber ergab sich dadurch nicht auch eine sonderbare Situation, so als wären wir in zwei verschiedenen Welten? Offenbar brauchen viele Tibeter jetzt einen größeren Verstand, um die Dinge zu lernen, die wir früher nicht gekannt haben.

Gleichzeitig will ich nicht, dass er unsere alten Traditionen aufgibt. Seit Jahrhunderten haben wir unsere Götter zufriedengestellt, indem wir ihnen mit Festen unseren Respekt gezeigt, Gebete gesprochen und Gebetsfahnen aufgehängt haben. Würde Champa verstehen, wie wichtig diese Dinge waren, wenn sein Verstand voller neuer Ideen steckte? Ich hatte bereits gesehen, was in unserer Familie wegen Dawas neuer Wege geschehen war, und das hat mir gar nicht gefallen.

Rinchen ist eine große Denkerin, besonders wenn sie etwas Beunruhigendes hört. Sie denkt dann den ganzen Tag, während sie Buttertee zubereitet, kocht oder die Wäsche macht. Vor kurzem haben wir im Radio einige Dinge gehört, die die Chinesen Tibet angetan haben. Sie bauen Straßen für Automobile, und wir Tibeter haben noch nie etwas benutzt, das Reifen besitzt, weil die Götter es verboten haben. Und die Chinesen fällen Bäume im südöstlichen Teil des Landes, hat die Stimme im Radio gesagt. Man kann die Hüllen all der Bäume sehen, die tot auf den Lastwagen liegen und nach China transportiert werden – das jedenfalls sagen die Tibeter. Die Sache mit den Bäumen hat Rinchen viel mehr erschüttert als die anderen Nachrichten. Sie hat beim Weben mitten in einer Reihe aufgehört, hat den Faden einfach zu Boden fallen lassen und ist hinausgegangen. Und dann hat ihr Verstand gewebt und versucht, die Bedeutung der Ereignisse zu erfassen. Später am Abend hat sie beim Denken mit dem Kiefer gemahlen wie ein Yak, der am Gras kaut, das er auf der Erde findet.

Am nächsten Morgen ist sie dreimal hintereinander zu mir gekommen. Jedes Mal hatte sie Buttertee in der einen und eine Frage in der anderen Hand. Zuerst meinte sie: »Die Götter prüfen uns, um zu sehen, ob wir ihnen auch in dieser neuen Situation treu ergeben sind. Genau das geschieht mit unserem Volk, Dorje.«

Die Dinge, die sie sagt, klingen nicht wie Fragen, aber ich weiß, sie will hören, was ich denke. Das Problem ist, dass ich nicht zu viel nachdenken mag. Denn sonst tut mir der Kopf weh, und meistens stellt sich sowieso heraus, dass ich unrecht habe! Wenn ich meinen Tag mit einem ebensolchen Ausmaß an Grübeleien verbringen würde, müsste mein Kopf wie eine getrocknete Erbsenschote aufplatzen. Und deshalb schweige ich und hoffe, dass sie mich nicht zu einer Antwort drängt.

Die zweite Tasse Buttertee kam zusammen mit den Worten: »Die Götter erteilen uns eine Lektion, weil wir zu stolz geworden sind.« Sie stand dort, die Hände in die Hüften gestemmt, während ich meinen Tee schlürfte. Ich habe meinem Tee viel Aufmerksamkeit geschenkt. Ich sagte zu ihr: »Köstlicher Tee, Rinchen. Er ist wirklich gut.« Ungeduldig runzelte sie die Stirn und verließ das Zimmer.

Als sie die dritte dampfende Tasse am späten Vormittag brachte, war ich draußen im Garten. Diesmal sagte sie: »Ich weiß jetzt die Antwort. Die Götter sind von uns gegangen, weil wir die Chinesen nach Tibet gelassen haben. Der dreizehnte Dalai Lama hat uns das Wort der Götter gegeben, dass dies verboten ist.« Sie stand dort, als wären ihre Stiefel fest in der Erde des Gartens verankert.

Ich sah auf die braune Erde an meinen Händen und erkannte, dass ich verärgert war. »Wie hätten wir sie aufhalten sollen, Rinchen? Wir haben sie doch nicht eingeladen! Wie könnten uns die Götter deshalb böse sein?«

»Das weiß ich nicht, Dorje. Aber sie scheinen uns auch nicht zu beschützen, oder? Wir müssen auf irgendeine Art versagt haben!«

»Du solltest zu einem Lama gehen, um diese Fragen beantwortet zu bekommen! Ich bin ein einfacher Händler … Frag mich über Salz oder Wolle oder Wege über die Berge! Du denkst zu viel nach, Rinchen … dein Verstand ist wie ein Affe, der den ganzen Tag von einem Baum zum anderen springt!«

Sie stand reglos da und starrte mich mit kleinen Augen an. In diesem Moment sah sie nicht gerade wie ein Baumstamm aus, war alles andere als robust, stur und mit einer harten Rinde außen. Das machte mich traurig, weil es mich an all die toten Bäume auf den chinesischen Lastwagen erinnerte.

Schließlich rollte sie mit den Augen. »Ich habe einen Ehemann, den es nicht kümmert, was geschieht.«

»Nein, du hast einen Ehemann, der Wolle zwischen den Ohren hat und der möchte, dass es so bleibt!«

Sie hat versucht, ein Lächeln zu unterdrücken, aber ich habe es trotzdem gesehen, und dann ist sie kopfschüttelnd ins Haus gegangen.

Manchmal denke ich an Samten. Es ist sonderbar, weil ich so große Angst um ihn habe, doch es gibt auch Zeiten, in denen ich ihn beneide, weil er immer noch in meiner Heimat lebt, und ich nicht! Das ist ein schrecklicher Gedanke, aber das Gefühl hatte ich schon mehrmals. Nur weil wir als Flüchtlinge so viel verloren haben. Wenn man seine Heimat nicht mehr hat, bemerkt man, dass Menschen auf eine andere Art reden, und selbst die Gerüche sind fremd. Wenn ich *Masala*-Tee trinke, wie es die Nepalesen tun, fühle ich mich einsam. Ich frage mich dann, wer bin ich? Ist meine Art des Denkens die richtige? Ich versetze mich in all die Fremden auf der Straße hinein und bemerke, dass sie die Welt anders sehen als ich. Und sie glauben, *sie* haben recht. Wie der Engländer, den ich neulich auf der Straße getroffen habe. Er hatte einen schicken Anzug an, ging sehr gerade, trug die Nase hoch. Und als er an mir vorbeigeschritten ist, sah er mich von hoch oben herab an, aber eigentlich war er gar nicht größer als ich. Es war seine Art des Denkens. Er hielt sich einfach für wichtiger. Doch in Tibet lernen wir, andere wichtiger zu nehmen als uns selbst. Wer hat nun die richtige Art des Denkens? Das macht meinen Verstand sehr müde, und ich kann keine Antwort finden.

Ich denke auch an Samten und Gerald, wenn ich die Geschichten der Flüchtlinge in der Klinik höre. Einige sind von den Chinesen ins Gefängnis gesteckt worden, und sie berichten schreckliche Dinge, Dinge, die ich aus meinem Kopf löschen will, nachdem ich sie gehört habe. Ich habe einen Mann getroffen, dem die Kommunisten einen Arm abgetrennt haben. Er sagte, die Chinesen haben ihm erzählt, sie hätten es getan, um sein Leben zu retten, doch er hatte nur einen Kratzer am Arm, bevor sie ihn amputiert haben. Wie konnten sie das tun? Haben sie geglaubt, er sei dümmer als ein Esel? Wenn ich solche Dinge höre, wird es in meinem Magen ganz heiß, und dann tut es weh. Ich könnte wie ein Monsun weinen. Und dann muss ich gehen und mit Champa spielen, damit ich nicht so traurig bin. Anschließend bete ich für Samten und Gerald, für ihren Schutz.

30. November 1955

Gerald

Ich halte einen Stift. Er rutscht mir aus der schwitzigen Hand. Mein Körper steht auf einer Klippe, und gleich werde ich einen Schritt nach vorne machen. Werde meinen Fuß bewegen, ihn in die durchsichtige Luft setzen und hinunterstürzen. Ich werde nie wieder derselbe sein, sobald ich diese Worte geschrieben habe. Ich werde sie nicht zurücknehmen können.

Ich sage mir: Heb den Fuß, berühr die Leere und mach den Schritt. Spring auf das Gesicht deiner Tochter zu.

Ich, Gerald Kittredge, erkläre, dass ich mich der falschen Denkweise und des falschen Handelns schuldig gemacht habe. Ich bin ein Feind des Volkes gewesen. Weil ich in ein Leben voller Privilegien in den kapitalistischen Vereinigten Staaten hineingeboren wurde. Ich habe mir von Kindheit an ein falsches Denken angewöhnt. In meiner Schulzeit wurde mir beigebracht, der Kommunismus sei schlecht. Ich führte ein behagliches Leben, in dem die Arbeit anderer Menschen mich mit Nahrung, Kleidung und Spielsachen versorgt hat. Erst während meiner Zeit mit den Genossen hier habe ich gelernt, dass mir in Amerika die falschen Dinge beigebracht wurden. Ich habe gelernt, dass die bourgeoise Lebensweise in Amerika anderen Leid zufügt.

Während ich in meiner Zelle zitterte, habe ich das körperliche Leid am eigenen Leib gespürt, das das Proletariat jeden Tag ertra-

gen muss. Ich habe seinen leeren Magen gespürt, leer aufgrund der reichen Männer, die es ausbeuten. Ich leide glücklich und bin meinen Genossen und dem Vorsitzenden Mao zu Dank verpflichtet.

Nachdem ich die Grenze zu Tibet ohne Chinas Erlaubnis übertreten hatte, habe ich imperialistische Ideen unter den beeinflussbaren Tibetern verbreitet. Ich habe das Tun der Kommunistischen Partei in Tibet kritisiert.

Ich setze den Stift ab. Meine Finger sind vor Kälte steif. Was ist, wenn mich die Kommunisten beim Wort nehmen und zum Tode verurteilen?

Ich ermahne mich, dass ich diese Chance nutzen muss. Um die winzigen Finger meiner Tochter zu sehen.

Es war falsch, den Tibetern meine konterrevolutionäre Denkweise aufzuzwingen. Ich habe die Massen aufgewiegelt, damit sie sich der Revolution widersetzen, die ihnen von ihren chinesischen Genossen geschenkt wurde.

Was ist, wenn ihnen das nicht reicht? Und wenn sie einen Beweis verlangen, dass ich mich verändert habe? Wenn sie mich zwingen sollten, jemand anderes zu denunzieren? Schweißperlen bilden sich auf meiner Lippe und meinem Rücken, obwohl die Luft so kalt ist, dass ich meinen eigenen Atem in der Zelle sehe. Wo ziehe ich die Linie? Habe ich sie bereits überschritten? Wahrscheinlich werden sie mir auftragen, Tenzin zu beschuldigen. Aber das könnte ich nicht. Ich kann damit leben, ein Geständnis geschrieben zu haben, doch ich könnte nicht damit leben, jemanden zu denunzieren.

Was ist, wenn Genosse Han mir nicht glaubt? Nein. Hör auf, dir Sorgen zu machen. Geh auf die Knie, Mann, und spiel das Spielchen mit. Denk nach. Was wollen sie, mehr als alles andere? Sie wollen den Amerikaner in die Knie zwingen. Sie wollen hören, dass ich mein Land hasse und ihres hochleben lassen. Na schön. Ich bin kein Patriot.

Von Jugend an wurde mir der krankhafte Imperialismus eingeimpft. In Amerika hat man mir beigebracht, dass Kommunisten ignorante Fanatiker sind. Jetzt erkenne ich, dass mein Land ignorant ist. Bevor mir die Augen geöffnet wurden, habe ich mein antikommunistisches Denken an meine Landsleute weitergegeben, indem ich das Handeln der Partei in Briefen an Freunde in den Vereinigten Staaten kritisiert habe. Das tut mir schrecklich leid. Meine Umerziehung war eine Chance für mich, den richtigen Weg des Denkens gezeigt zu bekommen, was den meisten Amerikanern verwehrt bleibt. Ich danke dem Vorsitzenden Mao und all jenen, die mir meine Denkfehler aufgezeigt haben.

Ich habe das Geständnis unterschrieben. Ich ließ den Stift auf das Papier fallen und seufzte vor Erleichterung. Gott möge mir vergeben.

Nachdem ich das Geständnis abgeliefert hatte, saß ich zitternd in meiner Zelle. Nicht vor Kälte, sondern vor dem Grauen, was jetzt geschehen könnte. Würde ich gezwungen werden, gegen Tenzin und Lobsang auszusagen? Ich bohrte mir die Fingerknöchel in die Augen, um dieses Bild zu vertreiben.

Als ich Genosse Han das Geständnis überreichte, öffnete sich sein Schlangenmund zu einem breiten Grinsen. Er stand über mich gebeugt, während ich auf meinem Stuhl saß, er, der stolze Schulmeister, der vor Freude über seinen braven kleinen Zögling strahlte. Er berührte mich an der Schulter und sagte: »Gute Arbeit, Genosse Kittredge.« Dann durfte ich gehen. Mir war übel.

Er würde mehrere Stufen auf der Karriereleiter der Partei nehmen, weil er den Amerikaner in die Knie gezwungen hat. Als ich hinausgeführt wurde, sah ich, wie er das Geständnis mit hochgezogener Augenbraue las. Einem Ausdruck von

Überraschung, dann Misstrauen. Nachdem sie mich zurück zur Zelle gebracht hatten, fragte ich mich: Was werden die Chinesen damit anstellen? Werden sie nach der langen Zeit, in der ich mich ihnen widersetzt habe, wirklich glauben, sie hätten meinen Willen gebrochen?

In der Zelle begrüßte mich Tenzin mit einem Lächeln. Ich setzte mich und spürte etwas Kaltes unter meinem Hintern. Ein Stück Metall hatte meine Hose aufgerissen, und das Loch war immer größer geworden. Meine Hose war ebenso abgenutzt wie ich. Am besten wäre es, sich einfach geschlagen zu geben.

Ich habe Tenzin nicht erzählt, was ich getan habe. Ich schämte mich, auch wenn ich anfangs nicht wusste, warum. Vermutlich, weil ich auf seiner Seite stehen wollte. Auf der Seite der Tibeter. Und ich fühlte mich schuldig, als Ausländer eine größere Chance zu haben, von hier zu entkommen. Selbst wenn man ihn freiließe, würde er in einem Land leben, das die Chinesen in ein Gefängnis verwandelten. Würde er die Entscheidung verstehen, die ich getroffen hatte?

Ich habe es für Emma getan. Und für meine Tochter.

Ich habe erneut gestanden. Diesmal gegenüber Tenzin und Lobsang. Ich habe ihnen erzählt, dass ich gelogen habe, dass Genosse Han meinen Willen gebrochen hat. Die Worte fielen mir schwer.

Tenzin sagte nichts. Ich plapperte immer weiter, versuchte mich zu rechtfertigen, blickte von Tenzin zu Lobsang und wieder zurück.

Lobsang sah traurig aus. Er schwieg. Ich konnte nicht sagen, was er dachte.

»Hat er dein Herz?«, fragte mich Tenzin.

»Wer?«

»Hat Genosse Han dein Herz?«

Ich dachte lange darüber nach. »Nein. Das hat er nicht.« Und das wusste ich mit Sicherheit, genauso wie ich wusste, dass mein Herz schlug, weil ich es spürte.

»Wer hat dein Herz?«

Ich kannte die Antwort. »Meine Frau hat mein Herz. Und meine Tochter.«

Er schwieg. Ich wusste nicht, was er damit meinte – war mir die Absolution erteilt worden, oder sollte ich meine Seele noch weiter befragen? Lobsang zog die Knie an die Brust und legte den Kopf darauf ab.

Jetzt ist es Januar. Sechs Wochen sind vergangen, seit ich mein Geständnis geschrieben habe. Ich weiß nicht, was ich erwartet habe, aber es gab bisher keine Verhöre mehr mit Genosse Han.

Ich habe nicht den blassesten Schimmer, was nun geschehen mag. Vielleicht sind sie zufrieden. Vielleicht haben sie auch vor, mich schon bald hinzurichten. Oder vielleicht treiben sie mich langsam in den Wahnsinn, indem sie mich einfach im Dunkeln lassen.

Es ist sonderbar, denn ich hatte noch nie so viel Grund zur Hoffnung. Ich werde besser ernährt – wir alle – als am Anfang. Es gibt keinen Genossen Han mehr, jedenfalls nicht für mich. Und dennoch denke ich, dass mich allein die Möglichkeit einer Freilassung um den Verstand bringt.

Ich meditiere, wie Tenzin es mir beigebracht hat, um mir über die Trugbilder in meinem Kopf bewusst zu werden. Ich verstehe, dass jeder unendlich lange Tag, den ich jetzt durchlebe, in Wirklichkeit dieselbe Zeitspanne umfasst wie jeder andere, den ich gelebt habe.

Tenzin meint, jeder Tag des Lebens führe uns zum Tod und dann zur Wiedergeburt, jedenfalls laut der Tradition, die ihm gelehrt worden war. Er sagt: »Für Tibeter stellt jeder Tag eine Möglichkeit dar, um sich auf den Tod vorzubereiten. Wir können dem endlosen Kreislauf von Tod und Wiedergeburt entfliehen. Wir können unser Bewusstsein von unserem Körper trennen und uns von allem Leiden befreien.«

»Unser Bewusstsein trennen?«

»Ja, das nennen wir Phowa. In der allerletzten Sekunde des Lebens schießt man seine Seele aus dem Scheitel des Kopfes heraus. Aber man muss viel üben, damit einem das gelingt, wenn der Zeitpunkt gekommen ist, denn andernfalls könnte dein Bewusstsein deinen Körper durch deine Eingeweide verlassen. Dann wird dein Weg durch den *Bardo* schwieriger, und du wirst vielleicht in einem der niederen Daseinsbereiche wiedergeboren.«

Ich kann mir das nicht vorstellen, also schweige ich. Und sosehr ich auch immer in einer ähnlich weisen Vorausschau planen wollte, sehe ich nun ein, dass mich die Vaterschaft an die Erde bindet. Früher wollte ich mich von meiner irdischen Hülle freimachen. Aber jetzt will ich nicht mehr auf den Wolken des Nirwanas schweben, sondern das Gesicht meiner Tochter sehen und ihre samtene Haut spüren.

16. April 1956

Emma

»Mrs. Kittredge? Hier spricht Senator Jonathan Squibb.« Seine Stimme kam pfeifend durch den Telefonhörer. »Ich wollte Sie persönlich anrufen …«

»Was ist geschehen?«

»Nun, ich habe einen Brief in Bezug auf Ihren Gatten erhalten. Die Chinesen erwägen, ihn freizulassen.«

»Was? Das ist ja fantastisch! Wann?«

»Nun, sie sagten … hm, lassen Sie mich das vorsichtig ausdrücken … In dem Brief hieß es, dass sie ihn *womöglich* freilassen.«

»Womöglich? Und das bedeutet?«

»Das bedeutet, dass sie es erwägen.«

»Also schön, wann werden sie eine Entscheidung treffen?«

»Nun, es gibt ein paar Probleme, die wir zuerst noch lösen müssen. Könnten Sie gegen Ende der Woche in meinem Büro vorbeischauen, sagen wir Donnerstagnachmittag?«

»Sicher. Ihm geht es doch gut, oder?«

»Ihm geht es gut. Das ist nicht das Thema.«

Mein Herz pochte laut in meiner Brust. »Was ist es dann?« Ich war so ungeduldig, ich wollte schreien: Sagen Sie es mir!

»Darüber sprechen wir am Donnerstag.« Er klang sehr entschieden. »Bis dann.«

Der Donnerstag war endlich herangekrochen, und ich saß mit Rin auf dem Schoß und Genevieve neben mir in Squibbs Wartezimmer. Der Senator höchstpersönlich führte uns in sein Büro, er war kleiner als ich und beleibter um die Mitte. Nachdem wir auf den Stühlen in seinem Büro Platz genommen hatten, bemerkte ich, dass die Haut an seinem Hemdkragen herausquoll. Er steckte den Finger unter den Kragen und zupfte am Stoff herum. Er wirkte nervös.

»Nun, wenn das keine hübsche Familie ist«, sagte er mit zuckersüßer Stimme.

Ich lächelte ihn ebenfalls süßlich an und hielt Rin stolz im Arm – vielleicht konnte sie sein Herz erweichen. Er streckte die Hand aus und schüttelte meine. »Jonathan Squibb. Nennen Sie mich Jon.«

»Emma Kittredge, und das sind meine Tochter Rin und meine Freundin Genevieve Rumble.«

»So ein hübsches kleines Mädchen!«, gurrte er.

»Sie ist ihrem Daddy wie aus dem Gesicht geschnitten«, flötete ich hoffnungsvoll.

»Nun«, begann er, »lassen Sie mich erst einmal sagen, welch eine Ehre es für mich war, in diesen Fall involviert zu sein.«

Das klang ernst, wenn nicht sogar besorgniserregend, und ich spürte, dass es Schwierigkeiten gab. Er zerrte wieder an seinem Kragen.

Ich konnte nicht länger abwarten. »Also, was wollten Sie mit mir besprechen?«

»Ich habe gute Neuigkeiten, Mrs. Kittredge. Ich habe einen Brief von Mr. Min erhalten, dem zuständigen chinesischen Funktionär in Peking. Wir haben eine vorläufige Übereinkunft mit den Chinesen, dass sie Ihren Mann am 15. Mai freilassen.«

Genevieve rief: »Na, das ist doch wunderbar!«

Sein Gesichtsausdruck blieb unverändert, selbst bei der

Nachricht über Geralds Freilassung. Ich saß ruhig da, während sich meine Augen in seine Stirn bohrten und ich auf das Problem wartete.

Er räusperte sich. »Da gibt es einen *Haken*. In dem Brief der Chinesen heißt es, dass Gerald ein … Kommunist … ist.«

Ich lachte verbittert. »Die Chinesen lügen andauernd«, sagte ich barsch. »Wo liegt das Problem?«

»Nun, es wird bei Senator McCarthy und dem amerikanischen Volk nicht gut ankommen, wenn ich die Freilassung eines erwiesenen Kommunisten vorantreibe.«

Ich spürte eine brennende Hitze in meinem Kopf, so weißglühend wie eine Blitzbirne. »Das ist doch verrückt! Verzeihen Sie, aber mein Mann ist hier das Opfer. Er ist kein Kommunist! Vielmehr ein Quäker, mit starken religiösen Überzeugungen. Er würde nie und nimmer Kommunist werden.«

»Nun, ich frage bloß, weil die Chinesen behaupten, er habe ein Geständnis oder irgendetwas dergleichen geschrieben, in dem es heißt, er habe eine Erleuchtung gehabt und sei nun Kommunist.«

Am liebsten hätte ich den einfältigen Mann angeschrien. Aber ich hielt mich zurück. Ich schüttelte den Kopf, da ich mich daran erinnerte, dass die Amerikaner nicht wussten, wie sehr der Wahnsinn in China und Tibet einem Kreuzzug gleichkam. Die Kommunisten waren bereit, Menschen zu strecken und zu vierteilen, wenn das bedeutete, dass diese dann womöglich die richtige Ideologie annahmen. Jede einzelne Person, die sie ihrer Herde zufügen konnten, selbst wenn diese Person log, bedeutete einen weiteren moralischen Sieg.

Auf der anderen Seite bedrückte es mich, wie Senator McCarthy das ganze Land terrorisierte, indem er nach Belieben Leute auf eine schwarze Liste setzte – Politiker, Künstler, gewöhnliche Bürger und sogar Filmregisseure –, einfach jeden, der im Entferntesten eine Verbindung mit dem Kommunismus aufwies oder bloß arbeiterfreundlich eingestellt war. Menschen wurden zur Befragung vor den Kongress gezerrt, und ein Wort von McCarthys Schergen reichte, damit sie nie wieder eine Arbeit fanden. Wie konnte ich die riesige Kluft zwischen diesen beiden Welten überbrücken?

Ich seufzte und zwang mich, meine Stimme leise zu halten. »Dieses angebliche Geständnis ist erzwungen. Ich bin sicher, dass sie ihm dafür eine Pistole an den Kopf gesetzt haben. Das muss Ihnen doch klar sein.«

»Ich kann leider nicht das Risiko eingehen, mich mit …«

»Wenn Sie derart um Ihren Ruf besorgt sind, dann darf ich Ihnen versichern, dass Gerald sein Leben für seinen christlichen Glauben geben würde. Sagen Sie *das* der Öffentlichkeit.«

»Ich will nicht, dass er irgendwelche positiven Behauptungen über die Roten abgibt, die man gegen mich …«

Es kostete mich all meine Selbstbeherrschung, nicht zu explodieren. »Nachdem die Roten ihn für so lange Zeit ins Gefängnis gesteckt haben, wird er doch wohl kaum *irgendetwas* Positives über sie berichten, denken Sie nicht?«

»Mrs. Kittredge, beruhigen Sie sich bitte. Die Chinesen verlangen eine Pressekonferenz. Sie wollen, dass ich für ein Foto mit einigen ihrer Funktionäre hinüberfliege, und sie wollen, dass die amerikanische Presse die Geschichte bringt. Und sie haben das hier mitgeschickt.«

Er reichte mir drei große Fotografien von beschriebenen Seiten. »Madam, das sind die Fotos von der eidesstattlichen Erklärung, dass er ein Kommunist ist.«

Ich schluckte schwer. *Alles bricht auseinander, das spüre ich.*

Die Handschrift war zittrig, als sei sie von jemandem mit einem Tremor geschrieben worden, aber sie stammte zweifelsohne von Gerald. Und die zittrigen Worte meines Mannes bestätigten, dass er sich selbst einen Kommunisten nannte. Mir wurde übel.

»Begreifen Sie mein Problem, Mrs. Kittredge?«

Als Rin mein Gesicht sah, begann sie zu weinen. Ich reichte sie Genevieve, die daraufhin mit ihr im Zimmer umherspazierte, um sie zu beruhigen.

Ich atmete schwer und glaubte, ohnmächtig zu werden, als ich daran dachte, was sie ihm womöglich angetan hatten, bis er dies hier verfasste. Und bis seine Hand so zitterte. »Sie müssen ihn da rausholen«, sagte ich mit einer Stimme, die leicht wie eine Feder war.

»Ich kann das nicht tun, Madam. Es tut mir leid, aber ich kann nicht nach China fliegen und einem Haufen Roter die Hand schütteln, um jemanden freizubekommen, der öffentlich verkündet hat, ein Kommunist zu sein. Mrs. Kittredge, ich habe eine konservative Wählerschaft, und um ehrlich zu sein, glaube ich, dass Sie meine schwierige Lage hier nicht ganz verstehen.«

Ich, ich, ich. Meine Lage. Seine Worte hallten in meinen Ohren wider wie das Surren von Mücken. Ich wollte ihm eins über den Schädel ziehen. »Oh, ich verstehe ganz genau. Sie klemmen Ihren Schwanz ein!«

»Schon gut, Emma«, sagte Genevieve mit ihrer bebenden, wenn auch entschlossenen Stimme. »Nun, junger Mann, Sie haben sich deutlich ausgedrückt. Aber falls Sie Ihrer Verpflichtung nicht nachkommen, dann müssen Sie uns helfen, damit wir die Übereinkunft mit den Chinesen *ohne* Sie bewerkstelligen können.«

Er seufzte, bedrängt von all den Frauen in seinem Büro. »Ich denke, ich habe es klar genug gemacht, dass ich jedes weitere Gespräch mit den Chinesen ablehne.« Sein keuchender Atem ging schneller. »Das kann ich nicht.«

»Können? Wohl eher nicht wollen«, fauchte ich ihn an.

Aber Genevieve kümmerte sich bereits um die Einzelheiten. »Haben Sie das Angebot der Chinesen etwa ausgeschlagen?«

»Nein. Ich habe ihnen nichts gesagt. *Ich lehne nur jedes weitere Gespräch mit ihnen ab.*«

Sie lächelte ihn trotz seines scharfen Tonfalls an. »Geben Sie uns Ihr Wort, dass Sie nichts unternehmen werden, damit wir etwas Zeit haben, uns einen neuen Plan auszudenken? Wir können uns diese Chance nicht entgehen lassen, und vielleicht gibt es ja einen anderen Weg.« Sie drehte sich zu mir um und sagte: »Wir bringen das Problem vor die Quäkerversammlung und lassen es die gesamte Gemeinschaft ins Licht halten.«

Kleinlaut zog er die Augenbrauen hoch. »Das geht klar, Mrs. Rumble.«

»Sehr schön«, sagte Genevieve in nüchternem Ton. »Und wie war gleich noch mal der Name des Mannes, der Kontaktperson in Peking?«

»Äh. Nun gut.« Er öffnete den Ordner auf seinem Schreibtisch. Dann notierte er etwas auf ein Stück Papier. »Hier ist der Name, ein Mr. Min, und hier ist seine Telefonnummer und die Adresse. Vergessen Sie aber bitte nicht, ihm zu sagen, dass ich nichts mehr mit der Sache zu tun habe …«

Genevieve schnitt ihm das Wort ab, sobald sie das Papier in ihren geäderten Händen hielt: »Guten Tag, Senator, und vielen Dank für Ihre bisherige Hilfe.«

Ich stapfte hinter Genevieve und Rin aus dem Büro. Während Genevieve neben mir über den Gehsteig schlurfte, hörte ich sie murmeln: »So eine feige Witzfigur!«

An diesem Sonntag ließen Genevieve und ich Rin bei ihren Großeltern, während wir zum Quäkertreffen gingen. Nachdem wir uns gesetzt hatten, stieg Verzweiflung in mir auf, und ich rutschte während der Stillen Andacht unruhig hin und her.

Eine kleine innere Stimme drängte mich regelrecht dazu, aufzustehen und alle Mitglieder zu bitten, Gerald ins Licht zu halten, aber ich ermahnte mich, bis zum Ankündigungsteil zu warten; das schien angemessener zu sein. Ich zog mich wieder in die Stille zurück. Ich hörte, wie die Tür knarzte, als jemand verspätet eintraf. Dann war da wieder diese kleine Stimme, diesmal lauter, und ein sonderbares schmetterlingsartiges Gefühl in meinem Bauch. Die Muskeln in meinen Beinen zuckten, wollten unbedingt, dass ich mich erhebe. Ich verspürte den heftigen Drang, aufzuspringen und etwas zu sagen. Und im nächsten Moment stand ich und hatte den Mund zum Sprechen geöffnet. »Bitte. Haltet Gerald ins Licht.« Meine Stimme bebte. Tränen rannen mir die Wangen hinab. »Alle von uns, jetzt sofort. Er leidet … Es gibt kaum Hoffnung. Bitte.«

Meine Beine gaben unter mir nach, und ich saß wieder auf meinem Stuhl, mit Genevieves Hand an meinem Arm, die mich stützte.

Hinterher hatten wir eine Vorstellungsrunde. Ein Mann mit schütterem Haar stellte sich als Arnold Lichter vor, ein Mitglied der Quäkergemeinde in Philadelphia, der gerade erst nach Middletown gezogen war. Als die Ankündigungen vorbei waren, kam Mr. Lichter zu mir. Er streckte die Hand aus, und ich schüttelte sie zögerlich. »Arnold Lichter. Ich fühlte mich berufen, zu dir zu kommen und nachzufragen, was dich bedrückt.«

Ich seufzte und erzählte ihm eine verkürzte Version von Geralds Tortur.

Nachdem ich geendet hatte, sah ich, dass er lächelte. »Senator Aronson ist gerade bei mir zu Besuch. Er ist ein alter Freund der Familie. Vielleicht kann er dir helfen.«

»Jacob Aronson aus Pennsylvania?«

»Genau der. Ich werde mit ihm über die Sache reden. Kann ich dich anrufen?«

»Ja. Ich schreibe dir meine Nummer auf.« Mein Herz pochte schneller, endlich wieder voller Hoffnung. Senator Aronson war für seine herausragende militärische Laufbahn und seinen politischen Einfluss ebenso bekannt wie für seine Bereitschaft, gegen den Strom zu schwimmen, falls er mit der Parteilinie nicht übereinstimmte. Ich betete, dass ihn Geralds Notlage berühren würde.

Eine Woche verstrich. Jedes Mal, wenn das Telefon klingelte, machte mein Herz einen Sprung. *Was dauerte das nur so lange?* Ich bereute zutiefst, Mr. Lichter nicht nach seiner Nummer gefragt zu haben.

Am Samstagnachmittag schrubbte ich mit Rin den Boden. Eine Bürste für sie, eine Bürste für mich. Sie spielte mit den bunt schillernden Seifenblasen. Ich putzte eine Fliese. Sie putzte das Sofa. Die Toilette. Die Gardinen. Ich hob Rin hoch und gab ihr einen dicken Schmatzer auf die Wange. Sie schrie vor Lachen.

Das Telefon schrillte. Ich nahm nach einem Klingeln ab und hörte Mr. Lichters gestresste Stimme. »Senator Aronson möchte sich morgen früh mit dir bei sich zu Hause treffen.«

»In Philadelphia? Wie komme ich dorthin?«

Am nächsten Morgen stand ich vor Aronsons Türschwelle und läutete. Die Luft war kühl und vom süßen Duft nach Frühlingsblumen erfüllt. Diesmal würde ich keine Zeit vertrödeln. Ich würde ihn heute auf eine Entscheidung festnageln, egal wie sie ausfallen mochte.

»Ah, Mrs. Kittredge.« Der Senator stand im Türrahmen und winkte mich herein. Er war so groß und elegant wie ein englischer Spazierstock, mit ein wenig Grau an den Schläfen. »Es ist mir eine Freude, Sie zu treffen. Bitte treten Sie ein.«

»Vielen Dank, dass Sie sich die Zeit nehmen, mich zu sehen!« Ich war atemlos. Mein Rücken hatte kaum sein Paisleysofa berührt, als ich sagte: »Nun, nach allem, was Mr. Lichter Ihnen erzählt hat … Wäre das eine Geschichte, in die Sie verwickelt sein möchten?«

»Erzählen Sie mir genau, was Sie von mir brauchen.«

»Die Chinesen haben einer möglichen Freilassung zugestimmt, vorausgesetzt, dass sie an diesem Tag eine Pressekonferenz mit einem amerikanischen Politiker bekommen. Anscheinend ist ihnen jeder Politiker recht, da die Veranstaltung lediglich ihrer Propaganda gilt. Sie versuchen, einen amerikanischen Staatsmann nach China zu locken, um vortäuschen zu können, sie hätten unseren Segen. Sie müssten anwesend sein und Hände schütteln und in die Kamera lächeln. Senator Squibb hat diese Abmachung eingefädelt, aber dann ist er abgesprungen. Also brauche ich Sie, damit Sie unseren chinesischen Kontaktmann in Peking anrufen und das Treffen bestätigen. Wenn er Geralds Freilassung tatsächlich arrangiert, brauche ich Sie, damit Sie mit mir nach Tibet fliegen, ein paar kommunistischen Bürokraten die Hand schütteln und in die Kameras grinsen. Wären Sie dazu bereit?«

Er zögerte, verengte skeptisch die Augen.

Ich ließ nicht locker. »Nur damit es später keine bösen Überraschungen gibt: Es könnte sein, dass Sie als Sympathisant der Kommunisten bezeichnet werden. Ich hoffe, Sie besitzen im Gegensatz zu Mr. Squibb das Rückgrat, dem zu begegnen. Ich habe hier für Sie das sogenannte Geständnis meines Gatten, er sei ein Kommunist. Das zweifellos unter Folter erzwungen wurde.«

Meine Hände zitterten, als er die Fotografien entgegennahm. Er ließ mich nicht aus den Augen.

»Die Chinesen werden für ihren Einmarsch nach Tibet von den Vereinten Nationen unter Druck gesetzt, also ist das hier ihr Versuch einer Öffentlichkeitsarbeit oder einer Art Propaganda, wenn Sie wollen. Wenn die Kommunisten Bilder herumzeigen können, auf denen sie einer amerikanischen Delegation die Hand schütteln, hoffen sie, dass es der Kritik den Wind aus den Segeln nimmt.«

»Die Presse wird also dort sein?«

»Ihre. Und wir sollen unsere mitbringen.«

Er blickte auf die Fotos mit dem Geständnis. »Habe ich etwas Zeit, um darüber nachzudenken?«

»Nicht viel. Das Treffen findet in drei Wochen statt. Und wir benötigen Reisedokumente.«

Er setzte seine Brille auf und las sorgfältig Geralds Geständnis. Amüsiert sah er auf. »Squibb hat also allein anhand dieser Zeilen angenommen, Ihr Gatte sei ein Roter?«

Ich nickte.

Er lachte. »Das ist verständlich, da Squibb nie Zeit hinter der feindlichen Linie verbracht hat.«

Ich wusste nicht, was er meinte, hoffte jedoch, es sei ein gutes Zeichen.

»Ich nämlich schon«, sagte er. »Ich war in Kriegsgefangenschaft. Wurde von den Deutschen eingesperrt. Ich will nicht näher darauf eingehen, wie es war … Sicher haben Sie ein paar Geschichten gehört.«

Ich schluckte, da ich mich nicht erinnern wollte. »Ja.«

»Die Sache ist die: Ich hätte alles gesagt, unterzeichnet oder getan – einschließlich meinen eigenen Fuß abgenagt –, um aus dem Gefangenenlager zu entkommen.«

»Wie lange waren Sie dort?«, sagte ich leise.

»Acht Monate. Das klingt kurz, aber ich versuche immer noch, die Zeit aus meinem Gedächtnis zu streichen.«

Ich sah ihm in die Augen. »Und jetzt stellen Sie sich vor, es wären bald zwei Jahre gewesen.«

»Das tue ich. Ich brauche alle nötigen Informationen für Peking. Haben Sie mit irgendeinem zuständigen Diplomaten gesprochen?«

»O ja, und sie waren nicht gerade hilfreich.«

»Nun, ich kenne ein paar Leute im Außenministerium. Vielleicht kann ich meine Beziehungen spielen lassen. Würden Sie morgen Nachmittag noch einmal vorbeischauen, sagen wir um drei? Bis dahin sollte ich eine Entscheidung getroffen haben.«

Ich stand auf, wollte nicht gehen, wollte seine Entscheidung sofort hören, auch wenn ich ihm nicht noch mehr seiner kostbaren Zeit stehlen mochte. Ich streckte die Hand aus. »Ich weiß nicht, wie ich Ihnen danken soll …« Ich brach in Tränen aus, was mir sofort peinlich war. »Es tut mir leid.«

»Ich verstehe, Mrs. Kittredge«, sagte er und wirkte wahrhaft traurig. Er drückte herzlich meine Hand, umschloss sie mit beiden Händen. In diesem Moment spürte ich, dass er mich verstand. Seine Hände waren stark, und sie schienen noch dazu mutig zu sein.

Als ich von seiner Haustür zu meinem Wagen ging, flog meine Hand an meine Brust. Ein warmer Funken Hoffnung hatte sich dort entzündet.

Am nächsten Tag stand ich pünktlich um drei vor Aronsons Haus und klingelte. Die Tür öffnete sich, er hielt den Telefonhörer ans Ohr gepresst und winkte mich herein. Er führte mich ins Wohnzimmer und bot mir einen Platz an. Dann bedeckte er den Hörer mit der Hand und flüsterte mir zu: »Das ist das Außenministerium. Entschuldigen Sie mich für einen Augenblick?«

Wow, das ging aber schnell! Ich nickte hastig, damit er sein Gespräch fortsetzen konnte. Ich atmete tief ein, während seine

Schuhe auf dem Weg in sein Büro über die Fliesen klackerten. Er ließ die Tür einen kleinen Spalt offen.

Ich spitzte die Ohren. Nach einem kurzen Moment hörte ich ihn sagen: »Natürlich habe ich persönlich im chinesischen Außenministerium angerufen. Ich hatte den Namen der Kontaktperson. Das Treffen ist bereits arrangiert.«

Am liebsten wäre ich vor Freude aus meinem Sessel gesprungen. Ich lauschte weiter.

»Ich weiß, ich habe nicht den Segen des Außenministeriums, doch jetzt gibt es kein Zurück mehr. Warum zum Teufel sollte ich die Sache auch abblasen, wenn sie bereit sind, den Mann freizulassen?«

Es war ergreifend, mehr als ergreifend. Ich war völlig außer mir, dass endlich jemand die Angelegenheit in die Hand nahm!

Es folgte eine Pause. Er fuhr fort: »Sie *hat* den korrekten Dienstweg genommen, in der amerikanischen Botschaft in Nepal und hier in den Staaten. Sie sagte, sie sei auch im Außenministerium gewesen. Sie ist zu *mir* gekommen, weil nichts passiert ist. Ich weiß, dass das dem Präsidenten nicht gefallen wird, aber ich tue es auf eigene Verantwortung. Wenn dort drüben ein Amerikaner gegen seinen Willen festgehalten wird, muss man hinfahren und ihn herausholen. So einfach ist das.«

Ja, verdammt noch mal!

Er schwieg einige Sekunden. Dann sagte er: »Hören Sie, Sie hatten Ihre Chance und haben Ihren Hintern nicht in Bewegung gesetzt. Und Sie sollten lieber nicht versuchen, mich aufzuhalten, außer Sie wollen, dass Ihnen ein Haufen Reporter unangenehme Fragen darüber stellen, warum Sie ihn zwei Jahre dort haben hängen lassen.«

Eine weitere Pause. »Senator McCarthy kann mich mal.«

Ich lachte laut auf.

»Nun, vielen Dank, Clancy.« Seine Stimme triefte vor Sarkasmus. »Ich wusste, dass Sie letztlich meine Sicht der Dinge nachvollziehen können. Ich schicke morgen meine Sekretärin zu Ihnen, damit sie die Papiere abholt. Auf Wiederhören.«

Er kam aus dem Büro und schien für einen Moment von meiner Anwesenheit überrascht zu sein. »Oh, ich habe völlig vergessen, dass Sie hier sind, Mrs. Kittredge. Äh, verzeihen Sie meine Ausdrucksweise, falls Sie irgendetwas mitbekommen haben sollten.«

»Oh, keine Sorge, ich *liebe* Ihre Ausdrucksweise. Ich *bete* sie *an*, denn Sie sind der erste Mensch, der Eier in der Hose hat, wenn Sie nun bitte *meine* Ausdrucksweise entschuldigen.«

Er grinste breit. »Sieht aus, als hätten wir grünes Licht für unsere Mission.«

Ich hielt den Atem an. »Sind Sie sicher?«

»Ich habe das Treffen mit Mr. Min bestätigt, also ist alles abgemacht. Die Reisepapiere werden morgen früh fertig sein. Wir müssen noch ein Flugzeug chartern und ein paar Presseleute einladen.«

»Senator, möge Gott Ihnen Ihre Güte vergelten.« Meine Stimme zitterte vor Glück.

»Nun, es ist die einzig richtige Entscheidung.« Ich wusste, dass er es ernst meinte.

19. April 1956

Dorje

Kingsley war heute Morgen zu Besuch. Ich habe ihn noch nie so aufgeregt erlebt. Normalerweise ist er ein ruhiger Engländer, der leise an deine Tür klopft und wartet, bis du ihn mindestens ein-, manchmal auch zweimal hereinbittest, dann erst betritt er langsam dein Haus und setzt seinen Hut ab. Immer auf dieselbe Art. Aber dieses Mal kam er hereingestürzt, ohne auf eine Einladung zu warten. Und sein Haar war nicht perfekt gekämmt, als er seinen Hut abgenommen hat. Es stand ihm zu allen Seiten ab.

»Er kommt frei!«, sagte er. »Das habe ich von Emma. Gerald wird freigelassen!«

»Oh! Den Göttern sei gedankt!« Wir waren jetzt zwei erwachsene Männer, die im Flur auf und ab sprangen und sich an den Schultern hielten, als hätten wir zu viel *Chang* getrunken! Rinchen kam herbei, hat die Hand vor den Mund gehalten und uns lachend angesehen.

»Sie lassen Gerald frei, Rinchen!«, erklärte ich ihr.

Sie lächelte und faltete die Hände zu einer *Mudra*, um ein Gebet zu murmeln. Dann haben wir drei geschwiegen, und ich wusste, dass wir alle an Samten dachten und uns auch seine Freilassung herbeiwünschten.

Ich zog Kingsley in die Küche, damit Rinchen uns Buttertee bringen konnte. Kingsley trinkt ihn, wenn die Butter ganz frisch ist, und wir hatten heute Morgen frische Yak-Butter bekommen. Er erzählte uns, wie sich alles entwickelt hatte. Er lächelte so glücklich, dass seine Augen fast in seinem Gesicht verschwanden. Aber dann hielt er inne und sagte: »Ich hoffe, dass wir Samten auch bald wieder hier sehen.« Er nahm die Hand meiner Frau. »Denn Sie müssen wissen, ich habe Nachforschungen angestellt, wie man all die bürokratischen Hürden der Chinesen überwinden kann. Die Tatsache, dass sie sich bereit erklärt haben, Gerald aufgrund unseres Drucks zu entlassen, ist ein sehr gutes Zeichen. Vielleicht gelingt es uns, Samten ebenfalls freizubekommen.«

Meine Frau lächelte hoffnungsvoll und sagte: »Vielen Dank.«

In dieser Nacht war mein Herz so traurig wie Rinchens, weil ich an Dawa dachte. In seinem jüngsten Brief hat er geschrieben, dass er und ein paar Freiheitskämpfer nach Lhasa gehen wollen, um die Stadt vor den Chinesen zu beschützen. Nie zuvor hat er so wenig Hoffnung gehabt.

Er ist jemand, der ein Ziel in seinem Leben braucht. Ich dachte immer, in einem Kloster würde er leicht eines finden, mit all den weisen Männern, die ihn führen. Aber er ist ein rastloser junger Mann, sogar noch rastloser, als ich immer gedacht habe. Und so empfindsam – wenn er sieht, dass sich sein Volk wie eine blutende Wunde fühlt, ist es zu viel für sein Herz, das zu ertragen. Deshalb hat er sich entschlossen, zurückzugehen und zu kämpfen, aber er wird auf diesem Pfad weder Frieden noch Glückseligkeit finden.

Ich habe mich im Bett aufgesetzt und meine Familie angesehen, die um mich herum schlief: Rinchen, die Lhamo im Arm hielt, und Champa, der zusammengerollt neben mir lag, so wie er immer schläft. Ich habe mir vorgestellt, wie ich noch einmal mit Dawa reden und zu ihm sagen würde: »Komm zurück mit mir, und ich helfe dir, damit du deinen Weg findest.« Aber ich bin sein Vater und nur ein Wollhändler, und er hört nicht einmal auf die Worte eines Mannes wie Lama Tsethar.

Ich bin aufgestanden und habe seinen letzten Brief aus der Schublade geholt. Die Schrift auf dem Briefumschlag war seltsam. Einige Worte hatten Buchstaben mit weichen Rundungen und andere glichen Messerspitzen. In dem Brief schienen Dawas gesamte Gefühle zu stecken, scharf wie Nadeln und roh wie Yakfleisch, das in der Sonne trocknet. Ich habe ihn hochgehalten. Er lag trocken in meinen Händen, nicht heiß, wie ich es erwartet hatte. Das Papier darin war schief gefaltet. Ich öffnete es und las.

Lieber Pa-la,
wir sammeln unsere Streitkräfte am heiligen Ort. Dordrum ist tot. Eine Kugel hat sein Herz durchbohrt, und Blut ist ihm aus dem Mund geschossen. Ich wollte ihm helfen, damit er in Frieden stirbt, also habe ich ihm die letzten Worte ins Ohr geflüstert, wie es mir im Kloster beigebracht worden war, aber er ist so schnell gestorben. Ich weiß nicht, ob er den Weg der Befreiung geschafft hat. Es erscheint mir unvorstellbar, auf die richtige Art zu sterben, wenn man von einer Kugel getroffen wird – dann bleibt keine Zeit. Dieses Leben im Kampf – vielleicht ist es gar nicht so natürlich. Meine Seele ist schwer, ich glaube, ich habe einen Fehler begangen, als ich meinen Freund gebeten habe, sich zusammen mit mir dem Widerstand anzuschließen.

Pa-la, ich wünschte so sehr, dein Gesicht sehen zu können.

Dein dich liebender Sohn *Dawa*

Nun … ich muss ihm also mein Gesicht zeigen, habe ich gedacht. Ich muss ihn sehen, ihn halten, ihn dazu bringen, mit mir zurückzukehren. Gerald wird freigelassen. Warum soll nicht auch mein Sohn freikommen?

Kingsley hat mich heute auf diese Idee gebracht. Als ich ihm erzählt habe, dass Dawa in Lhasa ist, hat er mich gefragt, ob Emma meinem Sohn irgendetwas nach Tibet mitbringen soll. Heute Nacht habe ich gedacht: Ich wünschte, sie könnte mich mitbringen! Ich habe den Brief beiseitegelegt und gedacht, ich baue hier Träume auf Sand: Rinchen würde mir nie erlauben, ein solches Risiko einzugehen. Ich will meiner Familie nicht noch mehr Sorgen bereiten, aber ich habe das Gefühl, dass Dawa in großer Gefahr steckt. Er hat sich die Chinesen zum Feind gemacht.

Ich habe die Augen in der Dunkelheit geschlossen und versucht, mir nicht all die Dinge vorzustellen, die Tibetern zustoßen können, wenn sie den Chinesen in die Hände fallen. Mit nackten Füßen bin ich langsam auf dem kalten Boden in den Altarraum gegangen. Eine Butterlampe hat einen warmgelben Glanz über das Zimmer gelegt. Auf dem Altar stand eine goldene Statue, der heilige Padmasambhava. Seine Augen waren groß, weit genug geöffnet, um Dinge zu sehen, die wir Menschen nicht sehen können. Ich habe mich vor ihm zu Boden geworfen. Dann bin ich aufgestanden, habe ein Räucherstäbchen angezündet, die Augen geschlossen und ihn angefleht, meinen Sohn zu beschützen und mir den richtigen Weg zu zeigen. Als ich ihn wieder angeschaut habe, haben mich seine Augen angestarrt. Ich konnte noch keine Antwort in ihnen lesen.

Morgen werde ich mit Rinchen sprechen. Padmasambhava wird mein Gebet erhören.

Früh am nächsten Morgen habe ich mit Rinchen gesprochen. Sie hat mir meinen Buttertee und *Tsampa* gebracht. Sie sagte: »Es ist richtig, dass du zu Dawa gehst.« Sie wollte mich dabei nicht ansehen, und ihr Rücken war ganz steif, als würden sie die Worte große Mühe kosten. Hätte sie zu mir geblickt, wäre sie vielleicht nicht mutig genug gewesen, sie auszusprechen. »Er braucht deine Hilfe. Und weil du eine gute Absicht hast, werden die Götter über dich wachen.«

Ich war verblüfft. Damals, als ich sie darum gebeten hatte, hatte sie mir die Reise verboten. Scherzhaft fragte ich: »Was ist geschehen, Rinchen … Hast du deinen Ehemann satt?«

Sie hat über meinen Witz gelächelt, aber nur ein bisschen. Sie hat meine Hand genommen und mit gesenktem Blick gesagt: »Ich liebe meinen Ehemann für sein großes Herz, das unseren Sohn beschützen will.« Dann hat sie mich endlich angesehen. »Ich habe Angst, doch was kann ich tun? Für immer mit dieser Angst leben? Nein! Wir werden jeden Moment, den du fort bist, für dich beten.«

Ich habe ihre Hand gedrückt. »Dawa hat in seinem Brief nach mir gerufen. Er weiß, dass er einen Fehler begangen hat. Aber er braucht seinen Vater, der ihm befiehlt, nach Hause zu kommen. Das kann er nicht von allein.«

»Und richte ihm aus: Seine Mutter befiehlt ihm ebenfalls, nach Hause zu kommen!«

Ich war froh, Rinchens Befehlston zu hören. »Dann wird ihm die Entscheidung sicher leichtfallen!«

Meine Reise hat zwei Tage später begonnen. Ich bin bis zur tibetischen Grenze bei einem Nepalesen auf der Ladefläche seines Lasters mitgefahren. Ich war zwischen Käfigen mit Hühnern eingeklemmt. Das Tier links von mir hatte eine helle Farbe, das rechts von mir hatte dunkle Federn, rötlichbraun wie das getrocknete Gras an einem Berghang bei Sonnenuntergang. Das helle ist eingeschlafen, aber das andere starrte mich an. Vielleicht hat es gespürt, dass ich seine Federn bewunderte, weil es den Kopf gedreht hat, um mich erst mit dem einen Auge und dann mit dem anderen anzusehen. Ich habe aufgehört, seine Farben zu bewundern, denn das schien ihm nicht zu gefallen, und dann bin ich eingenickt. In Wahrheit schlief ich ein, damit ich den Hühnergestank zu beiden Seiten nicht riechen musste. Und es gab viel Gestank, denn die Hühner hatten ihren Schmutz schon seit langem in diesen Käfigen fallen lassen. Alle paar Minuten hat sich die dunkle Henne zu mir gelehnt und an meinem Ärmel gepickt, nur um mich daran zu erinnern, dass ich sie nicht stören sollte. Ich habe sie angesehen und gesagt: »Du bist diejenige, die mich anstarrt! Ich schlafe. Schau her, meine Augen sind zu.«

Dieses Schlafen und Picken hat sich stundenlang hingezogen. Ich habe sogar in meine *Chuba* gegriffen und ein Stück Brot herausgeholt, das Rinchen mir mitgegeben hatte, und es als eine Art Friedensangebot an die Henne verfüttert. Aber für sie war es bloß eine Einladung, noch mehr zu picken. Schließlich bin ich aufgestanden und habe mich gegen die Holzbretter des Lasters gelehnt, nur um von ihr fortzukommen. Doch jedes Mal, wenn ich mich umgedreht habe, starrte sie mich an.

Ich sprach ein Dankesgebet, in dem Glauben, dass vielleicht die Götter diese kleine Henne geschickt hatten, um mich von meinen Sorgen abzulenken. Sie leistete gute Arbeit, denn schon bald waren wir an der Grenze. Ich konnte mein Glück kaum fassen. In Kürze hätte ich Tibet erreicht. Mein Zuhause.

Der Laster hielt genau vor der Grenze. Ich bin von der Ladefläche gesprungen und die Straße hinab zu der Brücke gegangen, die Tibet mit Nepal verband. Unter der Brücke floss ein mächtiger weißer Strom, den das Land des Schnees speiste.

Von der Brücke aus führte die Straße in Serpentinen einen prächtigen grünen Steilhang hinab. Auf der nepalesischen Seite gab es Hunderte armseliger Hütten, die aus allen möglichen Materialien gebaut worden waren, die ihre Besitzer auf der Straße gefunden hatten. Auf der tibetischen Seite des Bergs standen Hunderte rechteckiger Gebäude im chinesischen Stil.

Ich wollte bis zur Dunkelheit warten, um den Fluss unter der Brücke zu überqueren, an einer Stelle, an der ich von einem Felsblock zum nächsten springen konnte. Sobald ich auf der anderen Seite war, befände ich mich in Tibet, und ich könnte so tun, als wäre ich nie geflohen. Tief in einem Wäldchen habe ich mein Zelt aufgeschlagen und mein Bett ausgerollt, aber ich konnte nicht schlafen. Ich ging hinaus und habe beobachtet, wie die Sonne hinter die Berge glitt, wobei ich in den orangefarbenen Wolken der Abenddämmerung die wunderbaren Farben meiner Freundin, der Henne, wiedererkannte. Ich habe mich in die Richtung gedreht, in die der Laster verschwunden war, und winkte ihr hinterher.

Zurück im Zelt habe ich Gebete gesprochen. *Beschützt Rinchen und Champa und Lhamo und Samten. Wacht über Dawa, er ist nicht auf dem richtigen Pfad. Führt ihn zu mir und helft mir, sein Herz zu berühren.*

Ich habe hinausgeschaut und den Halbmond am Himmel gesehen. Das war gut. Es gab genug Licht für meine Reise, aber nicht zu viel. Ich habe mein Zelt und mein zusammengerolltes Bettzeug geschultert und mich ein Stück von der Brücke entfernt, wo eine dichte Baumgruppe stand. Der Wind blies mir in den Rücken, strich durch die Blätter und schob mich nach Tibet. Ich hatte einen großen, starken Stock bei mir, der mir helfen sollte, das Gleichgewicht im weißen Sturm des Flusses zu halten. Die Felsbrocken waren nass vom spritzenden Wasser. Ich trug Schuhe, die ich in einem nepalesischen Trekkinggeschäft gekauft hatte, und deshalb bin ich nicht ausgerutscht. Ich habe den Fluss mit Gebeten im Mund überquert. Von hier wollte ich die steilen Berge hinaufklettern, fernab von den Serpentinen und im Schutz der Bäume. Meine Stiefel machten leise knirschende Geräusche auf den Steinen. Beim Gehen habe ich meine Gebetsmühle gedreht, damit kein Grenzsoldat meine Schritte bemerkte.

Die nächsten paar Stunden bin ich den Berg hinaufgeklettert und habe bei jedem vierten Schritt *Om mani padme hum* gebetet. So vorsichtig wie ein Schneeleopard suchte ich mir einen Weg.

Da hörte ich in der Nähe das Geräusch eines Motors. Ich blieb stehen und erstarrte wie eine Eidechse, die angegriffen wird. Es war ein chinesischer Armeewagen. Er kam so nah, dass ich den Schmutz unter den Fingernägeln des Fahrers sehen konnte. Würde der Fahrer mich entdecken?

Der Wagen fuhr an mir vorbei, und ich atmete wieder.

Nach vielen Stunden des Kletterns hatte ich endlich den Gipfel erreicht. Ich machte eine Pause. Nachdem ich mein Bündel vom Rücken genommen hatte, ließ ich mich einfach fallen und drückte die Brust auf meine Heimaterde. Mein Herz wollte dagegenschlagen. Ich dankte allen Buddhas, die mir geholfen hatten, in mein Mutterland zurückgekehrt zu sein. Ich habe den Boden geküsst und war glücklich, als der Dreck an meinen Lippen klebenblieb. Meine Tränen fielen auf die Erde, und ich wollte, dass sie dort blieben. Für immer.

Den Rest des Tages bin ich weitergewandert. Etwa zur Mittagszeit hat mich eine Nomadenfamilie in ihr Zelt eingeladen, um mit mir Tee und *Tsampa* zu teilen. In ihrem Zelt, das aus schwarzem Yakhaar gewebt war, brannte ein Feuer, und ein Loch in der Mitte des Zelts ließ den Rauch hinaus. Obwohl mir das Atmen in dem rauchigen Zelt schwerfiel, brachte die Wärme des Feuers meine taube Haut zum Schmelzen.

Die vier, eine Mutter und ein Vater und zwei Kinder, waren schmutzig, weil sie hier draußen in den Bergen wohnten. Die Frau hat mir Yakfleisch angeboten, und ich habe es dankbar angenommen. Ich wollte sie fragen, was in meinem Land geschehen war, aber ich sprach ihren Dialekt nicht. Wir saßen da und lächelten uns an. Ihr jüngeres Kind hatte ungefähr Lhamos Alter, ein dreckiges Gesicht und erst wenige Zähne. Sie zeigte mit ihrem Finger auf uns. Ihr Haar war lang genug, dass es büschelweise abstand, wie Champas Haar das immer getan hat, wenn die Luft trocken war. Ich habe ihn vermisst. Sie haben mich eingeladen, mit ihnen in ihrem Zelt zu schlafen, also rollte ich mein Bettzeug aus. Ich verließ sie leise bei Sonnenaufgang, nachdem ich ihnen gedankt hatte. Ich gab ihnen als Geschenk ein paar türkisfarbene Perlen, die ich mitgebracht hatte. Die Frau hat die Perlen in ihr Haar geflochten, als ich mich auf den Weg machte.

Während ich die nächsten Tage weiterwanderte, hat sich das Land vor mir verändert. Ich habe zu den schneebedeckten Gipfeln geblickt, die sich in den Himmel streckten, und sagte zu mir: Ich bin wieder im Land des Schnees. Als Dankesopfer für meine sichere Reise ließ ich einen seidenen *Khata*, den ich in Kathmandu gekauft hatte, auf dem höchsten Gebirgspass zurück. Während der folgenden Tage hielt ich nach Zeichen Ausschau, dass ich mich den Städten näherte. Sonderbarerweise gab es nun eine Straße. Sie war breit genug für ein Automobil. Chinesische Wachen haben Kolonnen von tibetischen Gefangenen beaufsichtigt, die an der Straße bauten. Die Gefangenen schleppten große Steine. Zuerst haben sie sie mit Werkzeugen aus der Erde gehackt, dann hoben zwei oder drei

Männer sie hoch und legten sie an den Straßenrand. Sie haben langsam gearbeitet, weil sie Ketten um die Fußgelenke trugen. Es gab ein Straßenschild, auf dem auf Chinesisch und Tibetisch stand: »Straße der Freundschaft«. Ich wanderte also auf der Straße der Freundschaft, die mit dem Schweiß der tibetischen Gefangenen für ihre Befreier erbaut wurde.

Das machte mich sehr traurig. Als hätten die Gefangenen einen großen Stein auf meinen Rücken gelegt. Ich bin mit gesenktem Kopf an ihnen vorbeigegangen, besorgt, dass die Kommunisten mich anhalten könnten. Ich war dankbar, in Kathmandu gewohnt zu haben. Zu sehen, wie die Haut meines Mutterlands aufgerissen und von den Werkzeugen und Reifen der Laster zerkratzt wurde, fand ich unerträglich.

Nachdem ich die tibetischen Gefangenen bei der Arbeit an der Straße gesehen habe, bemerkte ich einen Laster voller Mönche. Ich konnte es nicht glauben. Warum fuhren Mönche mit etwas, das Räder hatte? Sie wussten, dass das verboten war. Dann kam der Laster näher, und ich wollte mich schon vor ihnen niederwerfen, um ihnen meinen Respekt zu zeigen, aber da sah ich, wie einer von ihnen den Kopf schüttelte und rief: »Keine Verbeugung, tu es nicht!«

Ich bin erstarrt. Ich konnte kaum glauben, was er gesagt hatte. Seit tausend Jahren haben wir uns vor unseren Mönchen verbeugt, um ihnen unseren Respekt zu zeigen. Aber dieser Mönch hörte nicht auf, den Kopf zu schütteln. Ich habe zu dem kommunistischen Soldaten gesehen, der den Laster fuhr. Ich beobachtete, wie er an mir vorbeiraste, mit all den Mönchen in ihren roten Roben und ohne Lächeln auf ihren Gesichtern. Zwischen ihnen gab es einen größeren Lama, der im Gesicht die gleiche rote Farbe hatte wie seine Robe: Blut! Es rann in einer Linie von seiner Stirn bis zu seinem Hals herab. Da habe ich verstanden, warum der Mönch nicht wollte, dass ich mich verbeuge – sonst wäre ich womöglich auch geschlagen worden.

Tränen haben meine Augen gewärmt und rollten mir die Wangen hinab, unaufhaltsam. Ich habe mich am Straßenrand auf mein Bündel gesetzt. Der Staub von den Rädern des Lasters klebte an meinen Tränen. Sich nicht vor einem Lama zu verbeugen, zusehen zu müssen, wie sie wie Verbrecher behandelt wurden. Mir wurde übel.

Tibet, mein Tibet. Es war verschwunden.

Ich saß noch lange so da. Ich dachte an Rinchen. Sie hatte mich begleiten wollen. Das hatte ich an dem Tag gewusst, als wir meine Rückkehr ins Land des Schnees geplant hatten. In ihren Augen hatte ein Feuer der Erinnerung geglüht. Jetzt, auf meinem Bündel, dachte ich: So wie der Ofen das Herz des Hauses ist, ist Rinchen das Herz unserer Familie. Sie ist wie das Gefühl deiner Hände, wenn sie eine Schüssel Suppe halten – der Schmerz in deinen kalten Knochen, bevor die Wärme langsam in dich strömt. Aber die Dinge, die ich auf dieser Reise gesehen habe, hätten sie in Stücke gerissen, und die wären in alle Ecken der Küche geweht worden, ohne eine Aussicht, sie jemals wieder zusammenzusetzen.

Ich wollte, dass sie unser altes Tibet in Erinnerung behält. Ich würde mit Dawa sprechen und ihm sagen, dass er in unserem Haus keine schlimmen Geschichten über Tibet erzählen dürfe. Er könnte mir seine schlimmen Geschichten auf unserer Reise nach Hause erzählen.

Bald würde ich Lhasa erreichen. Die Stadt lag vielleicht noch eine halbe Tagesreise entfernt. Ich habe mich danach gesehnt, mich irgendwo zu Hause zu fühlen, aber ich wusste, dass Tibet nicht mehr mein Zuhause war. Es hatte sich verändert. Selbst bei den Leuten auf der Straße konnte ich den Unterschied erkennen. Ihre Gesichter waren verschlossen, auf dieselbe Art, wie wir eine Tür bei einem Schneesturm fest verriegeln.

Als ich nach Lhasa kam, war es nicht besonders schwierig, meinen Sohn zu finden. Ich habe mehrere Khampas gesehen – sie waren groß, mit kürzeren *Chubas* und Hosenbeinen, die bis über ihre Stiefel reichten. Ich hatte gehört, dass einige der treuesten Freiheitskämpfer Khampas waren. Also habe ich sie gefragt, ob sie meinen Sohn kennen. Sie haben gesagt: »O ja, Sie sind sein Vater? Gehen Sie schnell zu ihm, er ist sehr krank. Wir haben ihn ins Kloster Sera gebracht. Dort geben sie ihn als einen ihrer Mönche aus, damit er in Sicherheit ist.« Sie haben mir erklärt, wo die *Gompa* liegt.

Nachdem ich im Kloster angekommen war, führte mich ein kleiner Junge, kleiner als Champa, in einen winzigen Raum. Auf dem Bett lag ein dünner Mann. Ich habe mich gewundert, warum sie mich zu ihm gebracht haben, weil ich ihn nicht kannte. Aber dann habe ich ihn mir noch einmal angeschaut. Es *war* mein Sohn. Ich konnte die Knochen in seinen Handgelenken sehen. Seine Augen waren geschlossen, und seine Lippen trocken und aufgesprungen. Nie zuvor hatte ich ihn so blass erlebt.

Ein Mönch, ungefähr in Dawas Alter, saß neben meinem Sohn und hielt ihm eine Schale Tee an die Lippen. »Sie sind sein *Apa*? Es freut mich, Sie hier zu sehen. Ich bin Tharchi. Ich war bei Dawa, als er verletzt wurde.«

»Was ist geschehen?« Ich zitterte. Dawa rührte sich nicht. Wusste er, dass ich da war?

»Er hat eine Kugel in die Schulter bekommen. Die Mönche haben sie entfernt, aber die Wunde heilt nicht. Er hat jetzt seit zwei Wochen nichts mehr gegessen. Er trinkt jedoch, wenn man ihm Tee einflößt.«

Er bot mir die Schüssel an, und ich nahm sie. »Warum isst er nicht?«

»Es hat angefangen, als sein Freund Dordrum getötet wurde. Von da an sah er traurig aus. Er weigerte sich zu essen und zu reden. Wir wissen nicht, was wir mit ihm tun sollen. Er kann uns nicht begleiten, um zu kämpfen, wenn er so schwach ist.«

»Also sind Sie kein Mönch?«

Er blickte auf seine Füße. »Ich habe meine Robe schon seit einer Weile nicht mehr getragen.« Dann ist er aufgestanden und hat das Zimmer verlassen.

Dawa öffnete die Augen einen kleinen Spalt, als kostete es ihn große Mühe. Ich habe einen Schmerz in ihm gespürt, aber keine Verletzung des Körpers. Sondern des Herzens. Ich nahm seine Hand. »Kleiner *Bö*, kannst du etwas sagen? Du musst mit deinem *Apa* reden. Es ist respektlos, das nicht zu tun.«

»Schön, dich zu sehen, Pa-la.« Seine Stimme war ein Flüstern.

»Als dein *Apa* befehle ich dir, etwas zu essen.«

»Ich kann nichts essen. Mein Leben ist ... falsch.« Er begann zu weinen, und seine Hände zitterten. Ich habe ihn in eine Sitzposition gezogen und meine Arme um ihn gelegt. Er hat sich an mich gelehnt.

»Denkst du, es wäre das Richtige, wenn du verhungerst?«

»Dordrum hatte keinen guten Tod. Also wird er auch keine gute Wiedergeburt haben. Warum sollte ich dann eine bessere verdienen?«

Ich konnte es ihm nicht beantworten. »Vielleicht hast du den falschen Weg gewählt, Dawa, aber willst du jetzt auch weiter auf ihm gehen?«

»Ich verdiene nichts Besseres.«

»Was ist mit deinem Schicksal? Willst du die kostbaren Tage deines Lebens so verbringen?«

»Pa-la, ich habe getötet. Ich habe die Freude des Tötens gespürt, des Hasses, den du in deine Finger fließen lässt, wenn du den Abzug drückst.« Er verstummte und kniff die Augen fest zusammen. »Und du die Wahl triffst, das Leben deines Feindes zu nehmen. Dein Feind sieht dich an, während er stirbt … Seine Augen verbrennen dich bei lebendigem Leibe … weil du dich vor ihnen nicht verstecken kannst. Mein Freund Dordrum hat auch getötet. Also ist er mit einem schrecklichen Karma gestorben. Ich habe ihm beim Sterben zugesehen. Ich habe seine Hand gehalten, wollte für ihn den *Bardo Thodol* aufsagen, um ihm zu helfen, den Weg der Befreiung zu gehen. Aber das habe ich nicht. Ich verstehe nicht, warum. Ich habe beobachtet, wie die Chinesen eine schwangere Frau getötet haben, und sie haben das Baby herausgeholt.« Seine Augen füllten sich mit Tränen, und er schloss sie wieder. »Und dann haben sie es aufgeschlitzt wie zuvor die Mutter. Das Baby ist ganz langsam gestorben … Ich sehe diese Bilder immer noch. Und sie haben eine der Nonnen geholt, die auf der Straße protestiert hat, und in ihre Scham haben sie …« Er schwieg, schüttelte den Kopf, weil er es nicht aussprechen konnte.

»Schon gut, mein Sohn. Schon gut.« Ich hielt ihn fest an mich gedrückt. »Ruh dich jetzt aus.«

7. Mai 1956

Gerald

Ich verrotte hier langsam. Es ist sechs Monate her, dass ich gestanden habe. Keine Folter mehr. Aber sie sagen mir überhaupt nichts. Damals im Januar wuchs ein winziges Pflänzchen der Hoffnung in mir, doch es ist längst vertrocknet und braun geworden. Die Hügel vor dem Zellenfenster haben sich von einem gefrorenen Braun in ein saftiges Grün verfärbt.

Die Psychospielchen der Chinesen sind eine eigene Art der Folter. Manchmal kam mir der Gedanke, ich würde lieber geschlagen oder rücklings an den Händen aufgehängt werden, als auf die Knie gefallen zu sein, einen Haufen Lügen ausgespuckt zu haben und dann herauszufinden, oh, das war bloß ein weiterer Trick.

Das Schlimmste ist, dass Tenzin immer schwächer wird. Seit ein paar Wochen kann er nicht mehr allein aufstehen zum Arbeitsdienst. Lobsang und ich müssen ihm beim Gehen helfen, ohne es zu offensichtlich erscheinen zu lassen. Die Chinesen sondern die Kranken aus und schießen ihnen in den Hinterkopf. Neulich habe ich ihm nach dem Arbeitsdienst zurück in unsere Zelle geholfen. Als ich ihn auf den Boden legte, sagte er: »Die Zeit ist gekommen. Ich sterbe, mein Freund.«

Ich schüttelte den Kopf. »Nein. Wir werden Ihnen helfen. Sie werden sich erholen.«

Lobsangs eulenhafte Augen öffneten sich weit vor Angst.

Tenzin schien mich nicht gehört zu haben. Allerdings ließ er mich keine Sekunde aus den Augen. »Ich bin zutiefst dankbar, meine Reise an einen neuen Ort zu beginnen. Mein ganzes Leben habe ich meinen Geist auf diesen Zeitpunkt vorbereitet. Wenn ich im Übergang vom Leben zum Tod bin, dann verhindert bitte, dass sie meinen Körper stören.«

Ich wollte das nicht hören. Lobsang weinte leise. Er kauerte sich in einer Ecke zusammen und wirkte derart überwältigt, als bräche er im nächsten Moment in einen Lach- oder Weinanfall aus.

»Wenn es nötig ist, bringt meinen Körper zum Kloster Sera.«

»Wenn es nötig ist? Was meinen Sie damit?«

»Wenn die Zeit kommt, werden Sie wissen, was zu tun ist. Lobsang wird Ihnen helfen.«

»Aber wie sollen wir … Ihren Körper dorthin schaffen?« Genauso gut könnten wir ihm eine Reise zum Mond versprechen. Hatte er vergessen, dass wir uns immer noch im Gefängnis befanden? War er im Delirium? Ich blickte zu Lobsang, um zu sehen, ob er Tenzins Worte gehört hatte, aber er schüttelte den Kopf, als könne er das alles ungeschehen machen.

»Lama Tenzin, wir sind im *Gefängnis*. Ich kann Ihren Körper nicht in ein Kloster bringen!«

»Ich bitte euch *beide* darum.« Er berührte mich am Arm. »Ich denke, Sie werden es sein, Gerald, der als Erster aus dem Gefängnis freikommt, also bitte ich Sie.«

Hundert Messer stachen mir in die Brust – ich wollte nicht, dass er mich verlässt. Wie sollte ich ohne ihn überleben? Und Lobsang, wie sollte er zurechtkommen? Ich konnte nicht atmen.

»Wenn mein Übergang beginnt, werde ich nicht antworten,

wenn Sie mich ansprechen. Mein Körper wird all seine Kraft verlieren. Ich befinde mich dann im *Bardo*. Gerald, Sie werden dafür beten, dass meine Reise reibungslos verläuft, und Lobsang wird die Worte des *Bardo Thodol* aufsagen, um mir auf meinem Weg zu helfen. Ihr werdet die Zeichen erkennen, um zu sehen, wie meine Reise verläuft.«

»Die Zeichen?«, fragte ich.

»Ich werde meinen Geist aus dem Scheitel meines Kopfes drücken. Er wird reisen und hoffentlich die himmlischen Sphären erreichen. Wenn das geschieht, dehnt sich mein Schädel aus. Blut wird aus meiner Nase tropfen. Seht ihr diese Zeichen, dann wisst ihr, dass ich bei Amitabha bin.« Ein glückseliges Lächeln verbreitete sich über sein Gesicht, und seine Augen schlossen sich. »Am achten Tag wird mein Körper für das Begräbnis bereit sein.«

Es klang so endgültig, dass es mir den Atem aus den Lungen presste. Tenzin sah mich eindringlich an, er wartete auf eine Antwort. Tränen quollen mir aus den Augen, und meine Kehle schmerzte, aber ich wollte ihm seine Bitte erfüllen. Ich legte meine Hand auf seine. »Es wäre mir eine Ehre.«

»Sie und Lobsang werden sich gegenseitig stützen.«

Ich umarmte ihn. Seine Arme fühlten sich wie zwei Streichhölzer an. Und er roch anders. Es war ein Geruch, den ich nur zu gut kannte, ein säuerlich verwesender Geruch. Der Geruch des Verfalls, der Geruch eines sterbenden Körpers. Tränen liefen an meinem Gesicht hinab. Er wusste, dass seine Zeit gekommen war, und ich wusste es ebenfalls.

Es ist mitten in der Nacht, und Tenzin hat seine Meditationshaltung eingenommen. Ich kann seinen Atem nicht mehr hören. Er sitzt vollkommen still. *Woher will ich mit absoluter Sicherheit wissen, dass sein Geist aus seinem Körper entfährt?*

Lobsang ist in den Schlaf geflüchtet. Ich habe ihn noch nie so lange schlafen gesehen. Und obwohl ich schrecklich einsam bin, bringe ich es nicht übers Herz, ihn zu wecken und aus seiner Zuflucht zu vertreiben.

Während Tenzin reist, werde ich schier verrückt. Ich fühle mich zutiefst allein. Ich gehe auf und ab, dann setze ich mich. Gehe wieder auf und ab. Ich kann nicht schlafen, wenn ich ihn neben mir dahinscheiden spüre.

Wie wird mein Leben hier ohne Lama Tenzin werden? Das kann ich mir einfach nicht vorstellen. Was werde ich tun, sobald ich feststelle, dass er wirklich tot ist? Ich kenne seine Wünsche, und ich habe es ihm versprochen. Aber wenn nun mehrere Tage verstreichen? Die Wachen werden es bemerken, und sein Körper wird … verwesen. Es ist Mai. Ich kann nicht auf kalte Temperaturen hoffen, die den Prozess verlangsamen.

Mir bleibt nichts anderes übrig, als zu beten. *Herr, bitte segne deinen Diener Tenzin. Bring seine Seele an einen friedvollen Ort.*

Eh Ma Ho!
In der Mitte befindet sich der wunderbare Buddha Amitabha des Grenzenlosen Lichts,
Zu seiner Rechten der Herr des großen Mitgefühls
Und zu seiner Linken der Bodhisattva der großen Macht.
Er ist umgeben von zahllosen Buddhas und Bodhisattvas.
Es herrscht eine unermessliche Freude und wunderbares Glück in diesem Paradies, das Dewachen heißt.
Mögen ich und andere, sobald wir aus diesem Leben scheiden,
von anderen Existenzen nicht gehindert,
gleich dort wiedergeboren werden und das Angesicht des Grenzenlosen Lichts erblicken.
Buddhas und Bodhisattvas der zehn Richtungen,
gewährt Euren Segen, damit dieses von mir gesprochene Wunschgebet ohne Hindernisse in Erfüllung geht.

GEBET ZUR WIEDERGEBURT IM REINEN LAND AMITABHAS

7. Mai 1956

Dorje

Gestern bin ich den ganzen Tag bei meinem Sohn geblieben, und dann habe ich mich nachts zum Schlafen neben ihn gelegt. Er hat viele Male im Dunkeln geredet, aber seine Worte haben keinen Sinn ergeben. Ich wusste nicht, was ich tun sollte, also versuchte ich, ihn mit etwas Buttertee und *Thukpa* zu füttern. Ich bin besorgt, weil er immer noch nicht viel essen will, obwohl ich ihm befohlen habe, mehr zu essen. Am frühen Morgen hatte er ein wenig *Thukpa*-Suppe, aber schon kurz darauf hat er alles, was in seinem Magen war, wieder verloren.

Ich habe meinem Sohn gesagt, er muss sich ausruhen, nicht nur seinen Körper. Seine Seele war müde. Er schien während seiner Zeit in der Rebellenarmee unendlich viel Leid erlebt zu haben. Ich konnte nichts tun, um dieses Leid zu vertreiben. Mitten in der Nacht ist etwas in ihm zerbrochen. Er hat mich nicht mehr erkannt. Ich habe den Abt der *Gompa* aufgesucht und ihn gefragt, ob er nicht alle Lamas bitten könnte, für meinen Sohn zu beten.

Einige Stunden sind vergangen. Ich höre die Lamas ihre Gebete summen.

Ich habe mich immer in andere Menschen hineinversetzt, um sie zu verstehen. Aber in den Momenten mit meinem Sohn wollte ich es nicht fühlen. Ich bin wie ein Mann, der ohne Schuhe im Schnee wandert – es gibt nichts, das mein Herz bedecken könnte.

Ich kenne mein Schicksal, das Leid anderer zu spüren. Aber als ich meinen Sohn in den Armen hielt, war alles, was ich in ihm spürte, Dunkelheit … Ich habe nach dem Licht in seinen Augen gesucht und gesehen, dass es verloschen war. Nie zuvor habe ich eine solch undurchdringliche Dunkelheit erlebt. Innerlich hörte ich die Worte: *Dein Sohn ist tot.*

Die Mönche haben seinen Körper auf dem Bett aufgebahrt. Wir sprachen Gebete. *Om ami dewa hri.* Ich habe die Worte kaum über die Lippen gebracht.

Ich hielt mein Weinen in meiner Brust zurück. Wenn Dawas Geist mich hörte, würde das seine Reise durch den *Bardo* stören. Ich habe nämlich gespürt, dass mein Sohn nicht seinem Schicksal folgt. Es war sein schlechtes Karma, das gekommen ist und die Lampe ausgeblasen hat. Deshalb konnte ich keinerlei Freude über den Übergang seiner Seele empfinden.

Ich wollte immer noch die Möglichkeit haben, ihn zu überzeugen. Ihm sagen, dass er mit mir zurück nach Nepal kommen sollte. Ihm sagen, dass er die Freiheitskämpfer verlassen und zur Universität gehen sollte. Ich wünschte so sehr, ich hätte mehr gesagt, als ich es noch konnte. Irgendetwas. Um seine Meinung zu ändern.

Ich wollte hinaus an die kalte Luft, zusammen mit dem jungen Dawa, bevor wir ihn zu seiner Ausbildung ins Kloster geschickt haben. Ich wollte ihm zuschauen. Wie er durch den Schnee gewankt ist, kurz nachdem er zu gehen begonnen hatte, wie er mit seiner kleinen Hand hineingegriffen und seine Zunge ausgestreckt hat, um zum ersten Mal davon zu kosten.

Ich wollte unser altes Leben in Tibet zurück, als wir uns sicher gefühlt haben. Als wir nicht ständig über jede Kleinigkeit des Alltags nachdenken mussten, die wir vielleicht … nie wieder tun würden.

Obwohl wir damals für alles, was wir hatten, dankbar gewesen waren, haben wir es nicht geachtet. Jedenfalls nicht genug.

Dawa hat mich verlassen. Ich fühle mich so allein, als würde ich im Himalaya wandern. Und ich kann lediglich für ihn beten und hier in Lhasa auf sein Begräbnis warten, während ich mir den Kopf zerbreche, wie ich es Rinchen sagen soll.

Ich denke an ihre braunen Augen und ihre Brauen, die schräg abfallen und ihrem Gesicht etwas Trauriges verleihen. Bevor ich aus Kathmandu fortging, hat sie mir Tee gebracht und sich neben mich gestellt, während ich auf meinem Kissen saß. »Dorje-la, es wäre ein besonderer Segen für mich, wenn du versuchen könntest, Samten zu sehen.«

»Ich weiß nicht, ob die Kommunisten das erlauben werden.«

»Bitte.«

Normalerweise bittet sie nicht um Dinge, sie gibt Befehle. Und es kommt nicht häufig vor, dass sie ihre Bitte leise vorträgt. Sie wusste, es wäre schwierig, Samten zu besuchen. Ich lächelte sie liebevoll an.

Sie erwiderte mein Lächeln. »Vielleicht könntet ihr, nachdem du Dawa gefunden hast, Samten zusammen besuchen.«

Ich habe ihre Hände genommen und gesagt: »Rinchen, ich werde sehen, ob es möglich ist.«

Ich höre die Mönche das *Bardo Thodol* für den sicheren Übergang von Dawas Seele beten, die einzige Reise, die er nun noch antreten wird. Angst sitzt mir im Magen, als ich aus dem Raum gehe, in dem ich hier gewohnt habe. Ich sehe zwei junge Mönche, die mit Stöcken spielen und sie wie Schwerter benutzen. Ich schwitze in meiner *Chuba*, während ich den Innenhof durchquere. Die Sonne auf meiner Haut ist die unvergleichliche tibetische Sonne, nur sie fühlt sich an, als wäre sie direkt neben mir. Das ist mir erst aufgefallen, seit ich in Kathmandu lebe.

Ich sehe Lama Sangye, den Abt des Klosters, der einen der Korridore zur Versammlungshalle entlanggeht. Ich folge ihm. »*Khenpo*?«

Er dreht sich langsam um. »Ja?«

Ich verbeuge mich und werfe mich dann vor ihm auf den Boden. Als ich wieder stehe, sage ich: »Ich hoffe, ich störe Sie nicht?«

»Sie sind Dorje Thondup, nicht wahr? Ich habe gehört, Ihr Sohn hat seine Reise begonnen.«

»Ja. Und seine Reise in diesem Kloster zu beginnen … ist für ihn ein großer Segen. Darf ich Ihnen eine Frage stellen, *Khenpo*? Es geht um meinen Schwager. Sie halten ihn in einem *Laogai*-Lager gefangen, hier in Lhasa. Wissen Sie, wie ich es anstellen kann, ihn zu besuchen?«

»Oh. Das tut mir leid.« Er schüttelt schnell den Kopf. »Es ist … schwierig. Und sehr gefährlich. Die Chinesen haben einige unserer Mönche verschleppt und gestatten uns nicht, sie zu besuchen, vielmehr wurde ein Mönch, der es versucht hat, selbst gefangen genommen.«

Oh, lass mich diese eine Sache für Rinchen tun. »Aber *Khenpo*, meine gesamte Familie ist nach Kathmandu gezogen, und jetzt habe ich das Glück, für diese kurze Zeit hier zu sein …«

Er schüttelt erneut mit ernstem Gesicht den Kopf. »Es ist nicht sicher. Ich würde Ihnen davon abraten.«

»Oh, ich verstehe.« Ich verbeuge mich noch einmal vor ihm. »Vielen Dank, *Khenpo*.«

Ich drehe mich rasch um. In meiner Brust zerreißt etwas, das ich bis in meine Kehle spüre. Ich halte es zurück und haste zu meinem Zimmer. Ich schließe die Tür, lege mich niedergeschlagen aufs Bett und fühle mich hilflos, während ich den Mönchen lausche, die nebenan ihre Gebete aufsagen. Meine Gedanken wandern zum Gesicht meiner Frau. Es wird herabhängen, wie ein schneebedeckter Ast, wenn ich Dawa nicht bei mir habe. Und Samten immer noch eingesperrt ist, ohne dass ihn jemand getröstet hat. Ich rolle mich auf den Bauch, weine in die Matratze und hoffe, dass mich niemand hört.

Meine Freude am Tod ist viel, viel stärker noch
als das Entzücken der Händler über großen Gewinn,
als die Lust der Götter über den Sieg in der Schlacht,
als das Glück der Weisen in der Ekstase tiefster Versenkung.
So, wie ein Reisender die Straße wählt, wenn die Zeit gekommen ist zu gehen,
so will auch ich nicht mehr in dieser Welt verweilen, sondern Wohnung nehmen in der Burg des großen Glücks der Unsterblichkeit.

Longchenpa, Dzogchen-Meister
aus dem vierzehnten Jahrhundert

10. Mai 1956

Gerald

Ich höre den Regen gegen das Gefängnisdach hämmern. Regen, so dick wie eine Wolldecke. Der Monsun hat früh eingesetzt. Es herrscht eine fast nächtliche Dunkelheit. Tenzin ist nichts weiter als ein Schatten in unserer dunklen Zelle.

Er hat sich seit zwei Tagen nicht mehr gerührt. Dieser Moment fühlt sich unecht an. Ich schaue von außen zu.

Früher hätte ich gebetet. Aber seit ich gestanden habe, habe ich meine Verbundenheit mit Gott verloren. Ich weiß nicht, ob das Geständnis richtig war, aber ich würde es wieder tun, selbst wenn ich mich dabei von Gott entfernt habe. Ich weiß. *Mein* Wille geschehe. Deshalb kann ich jetzt nicht mehr beten.

Ich lege meine Hand an Tenzins Nase und spüre nur Kälte. Keinen warmen Atem von seinen Nasenlöchern. Ich gehe in eine Ecke und kauere mich dort zusammen. Ich weine lautlos. Ich will mich auflösen. Ich will, dass mein Herz zu schlagen aufhört.

Lobsang sieht das alles. Dann starrt er mit glasigen Augen in die Ferne. Sein Gesicht bleibt reglos, während ihm Tränen herablaufen.

Nachdem seine Tränen versiegt sind, beginnt er, die Stellen herzusagen, die er aus dem Tibetischen Totenbuch auswendig kennt, um Tenzins Seele auf seiner Reise zu helfen. Ich spüre einen Anflug von Stolz in mir aufsteigen, als ich Lobsang beobachte, der tapfer seine eigenen Gefühle beiseiteschiebt, um Tenzin mit diesen Worten eine letzte Ehre zu erweisen. Sein Körper ist nicht bewegt worden, weil der Schlamm draußen jede Arbeit unmöglich macht. Der alte Mönch wäre zufrieden.

Mehrere Tage sind verstrichen. Es kommt mir vor, als habe man uns seit einer Woche in unserer Zelle eingeschlossen. Ich habe wegen des Regens jegliches Zeitgefühl verloren. Der Regen ist so heftig, dass ich kaum Tag von Nacht unterscheiden kann. Mit Tenzins Leichnam hier fühlt es sich wie eine Grabkammer an. Ich bete für ihn. Verzweifelt lege ich mich hin und werde immer wieder vom Schlaf übermannt, während ich Lobsang Gebete flüstern höre.

Aber jetzt, noch bevor ich die Augen aufschlage, weiß ich, dass sich etwas verändert hat. Ich nehme ein trübes Licht durch meine geschlossenen Lider wahr. Und öffne die Augen. Der Himmel glüht mit dem Schein der Morgendämmerung.

Mein Blick wandert nach links, zu Tenzin.

Er ist nicht da!

An der Stelle, wo er gesessen hat, sehe ich nur einen Haufen roter Mönchskleidung.

Großer Gott! Sein einziger Wunsch lautete, nicht gestört zu werden, und wir haben versagt. Gott allein weiß, was sie mit seinem Leichnam angestellt haben. »Sie haben ihn mitgenommen?«, frage ich Lobsang.

Er schüttelt langsam den Kopf. Er sitzt kerzengerade da wie eine verzückte Blume, die sich zur Sonne streckt. Er lächelt friedvoll.

Nie zuvor habe ich den ängstlichen kleinen Lobsang so ruhig gesehen. *Warum ist er nicht bestürzt?*

Er sagt leise: »Lama Tenzin ist es gelungen, seinen Lichtkörper anzunehmen.«

»Was?«

»Sein menschlicher Körper hat sich in pures Licht verwandelt.« Lobsangs Augen sind so strahlend wie ein Sonnenaufgang. Er lächelt. Ich frage mich verwundert, ob er den Verstand verloren hat.

Ich blinzele. Mein Gehirn ist leer. »Was meinst du damit? Die Wachen müssen ihn mitten in der Nacht geholt haben.«

»Nein. Keine einzige Wache hat die Zelle betreten.«

Ich blicke ihn an. »Ein Leichnam … löst sich nicht einfach in Luft auf!« Ich bin wütend: *Er ist tot, die Wachen haben wahrscheinlich seinen Leichnam entweiht, und ich sitze mit einem unverbesserlichen, psychotischen Optimisten in einer Zelle.*

Ich will widersprechen, doch etwas in Lobsangs Gesicht hält mich ab. Er glaubt *wirklich* an seine Geschichte. Und früher war er nie besonders religiös.

Ich bin aufgeschlossen, aber – ein Mann der Wissenschaft. Ein Arzt. Er wird mir nicht weismachen können, dass sich Leichen in Luft auflösen. Ich halte mir den Kopf.

»Es ist tatsächlich eine große Seltenheit«, sagt Lobsang. »Es wird auch der Regenbogenkörper genannt, weil er aus schillernden Farben besteht … Ich habe sie gestern Nacht gesehen, während du geschlafen hast. Nur die heiligste Seele mit dem reinsten Gewissen kann eine solch vollkommene Befreiung erreichen.«

Ich sitze mit weit aufgerissenem Mund da. *Ich bin in Tibet.*

Hier geschehen Dinge, die … der Rest der Welt nicht versteht. Die ich selbst nicht verstehe.

Ich sehe ihn wieder an, unfähig, die völlige Verwandlung zu begreifen, die stattgefunden hat – von Tenzin *wie auch* die von Lobsang. Er spürt meine Zweifel. »Du hättest es gehört, wenn die Wachen in die Zelle gekommen wären«, sagt er.

Ich zögere, lasse seine Worte auf mich wirken. »Ja.«

Er fügt hinzu: »Und sie hätten seine Kleidung mitgenommen. Du hättest sie gehört. Er saß genau neben dir.«

Konnte ich wirklich so fest geschlafen haben? Unmöglich. Ich hätte es gehört, wenn sie die Tür öffneten. Ich hätte es ganz sicherlich gehört, wenn sie den Leichnam bewegten.

Da bemerke ich, dass Lobsang zu der Stelle zeigt, an der Tenzin gesessen hat. Der junge Mann lächelt. Dort auf dem Boden liegt Tenzins rote Robe. Lobsang deutet weiterhin auf die Kleidung, bis ich verstehe, dass ich sie anfassen soll.

Nein. Das will ich nicht.

Eingehend betrachte ich den roten Stoff. Mein Herz pocht gegen mein Brustbein. Ich beobachte, wie sich meine linke Hand von meinem Knie löst. Sie bewegt sich langsam, bis sie nur noch wenige Zentimeter von der Kleidung entfernt ist. Meine Finger berühren zitternd den roten Stoff. Ich spüre die kalte Robe an meinen Fingerspitzen. Ich hebe sie hoch und höre ein leises Klimpern auf dem Boden. Erschrocken ziehe ich die Hand zurück.

Über die Steine verteilt, befinden sich mehrere weißliche ovale Gegenstände. Einige der Gegenstände sind teilweise grauschwarz verfärbt. Dann erkenne ich, worum es sich handelt.

Tenzins Fingernägel. Und Fußnägel.

Die ich einmal pro Woche oder noch öfter untersucht habe. Ich hatte mir wegen der Bambusfolter immer Sorgen um mögliche Infektionen gemacht. Er hatte zwei Fingernägel ganz verloren – sie sind nie nachgewachsen. Vor mir liegen acht Fingernägel. Und zehn kleine Fußnägel.

Ich schaudere. Meine Finger halten immer noch den Stoff fest. Ich besehe ihn mir genauer und bemerke weiße Strähnen.

Sein Haar.

»Nur die Nägel und das Haar, das Unreine, bleibt zurück, wenn ein Mensch den Zustand des Regenbogenkörpers erreicht«, sagt Lobsang. »Und er hat noch etwas für mich dagelassen.« Er zeigt auf seine Brust. »Ich weiß nicht, was es ist«, und hier steigen ihm Tränen in die großen Augen, wie das bei ihm häufig vorkommt, »aber es ist friedvoll.«

In meinem Kopf dreht sich immer noch alles. An den Nägeln und Haaren klebt keinerlei Blut. Es gibt keine stumpfen Enden, die den Verdacht zuließen, dass das Haar abgeschnitten wurde. Nichts, was darauf hindeutete, dass die Haare oder Nägel herausgerissen oder gegen Tenzins Willen entfernt wurden. Auf dem Boden liegt auch die Gebetsschnur mit den hundertacht Knoten, die Tenzin um sein Handgelenk trug.

Ich fühle mich benommen, starre auf den Boden, auf das Haar, die Nägel, die Schnur und dann wieder auf den Boden.

Lobsang sieht meinen Gesichtsausdruck und sagt: »Man kann es kaum glauben. Aber es ist ganz wunderbar für Lama Tenzin.«

»Ich bin traurig, weil er nicht hier bei uns ist.« Ich bin selbstsüchtig. So leer und einsam wie eine Höhle. Und beschämt, dass ein Jugendlicher in dieser Situation gefasster reagiert als ich. Doch Lobsang nickt und sagt: »Ja, ich bin auch traurig.« Seine Augen füllen sich wieder mit Tränen, und ein Schluchzen lässt ihn von innen heraus erzittern.

Ich schließe die Augen. Ich will nicht mehr nachdenken. Mein Körper zieht mich hinunter, hinunter, hinunter in einen tristen Schlaf. Einen Schlaf, der die Welt ausblendet.

Ich träume, ich sei in einer Wüste. Ich glaube zu wissen, wie viele Meilen ich gehen muss, um aus dieser Wüste zu entfliehen, aber immer mehr Sand häuft sich an. Die Wüste wächst und wächst. Außer mir gibt es hier niemanden. Ich setze mich in den Sand und reibe ihn mir ins Haar. Ich komme mir wie ein Verrückter vor. Ich reibe mir die nackte Haut an den Armen mit einer Handvoll Sand ein. Dann sitze ich stundenlang da und spüre, wie mir die Sonne den Nacken und die Arme versengt. Die boshafte Sonne wird mich zu einem Häufchen Asche verbrennen. Niemand wird davon erfahren.

O Herr, wo bist Du?

»Unsere Körper sind das, woran wir am meisten hängen. Das ist der Grund, warum man am meisten gutes Karma ansammelt, wenn man ihn opfert.«

TIBETISCHER MÖNCH

Da sie aber aßen, nahm Jesus das Brot,
dankte und brach's und gab's den Jüngern und sprach: Nehmet, esset; das ist mein Leib.
Und er nahm den Kelch und dankte, gab ihnen den und sprach: Trinket alle daraus; das ist mein Blut des Neuen Testaments, welches vergossen wird für viele zur Vergebung der Sünden.

MATTHÄUS 26:26–28

15. Mai 1956

Dorje

Heute wird mein Sohn beerdigt. Der Abt des Klosters ist gekommen, um mir Trost zu spenden. Er hatte große Augen, die mich an Rinchens nach einer Pilgerreise erinnern. Ihre sind dann wie Kerzen in einem dunklen Zimmer, und seine haben auf dieselbe Art geleuchtet. Er hat Frieden in den Raum mitgebracht. Er meinte, der Tod sei ein freudiges Erlebnis. Ich glaube nicht, dass ich mich jemals darüber freuen kann.

Er sagte: »Machen Sie sich keine Sorgen um die Seele Ihres Sohns. Er ist ein Mönch, also hat er viel gutes Karma in seinem Leben angesammelt. Sein Lehrer wird ihm die Wege des Phowa gezeigt haben, was ihm geholfen haben dürfte, seinen Geist in das Reine Land seines nächsten Lebens zu übertragen. Und wir haben den Astrologen befragt. Er hat gesagt, dass Ihr Sohn womöglich in einer höheren Sphäre wiedergeboren wird.«

»Vielen Dank, Eure Heiligkeit.« Ich habe mich vor ihm verbeugt.

Seit ich mit ihm gesprochen habe, ist mein Verstand gespalten. Ein Teil von mir kann Frieden finden, kann ihn auf meiner Haut spüren, als würde ich die Augen schließen und mein Gesicht in die warme Sonne recken. Dieser Teil glaubt, dass Dawa in einer höheren Sphäre wiedergeboren wird. Aber ein anderer Teil von mir, der *Apa* von Dawa, ist kalt wie die Höhle eines Einsiedlers im Winter, mit Stürmen, die die ganze Nacht heulen.

Ich bin kein Einsiedler. Es gibt Menschen, die gutes Karma anhäufen, indem sie ein Leben lang meditieren: kein Wort sprechen, nur lobsingen und im Schutz ihrer Höhlen Gebete aufsagen. Sie sind nicht an irgendwelche weltlichen Dinge gebunden. Ich bin keiner von ihnen. Mein Herz schlägt für meinen Sohn, ist auf Wände angewiesen wie das Blut in meinen Venen. Ich habe Dawa in meinem Herzen, meinem Blut, meiner Haut, meinen Tränen, meiner Zunge. Die Luft in meinen Lungen ist Dawas Luft.

Mehrmals am Tag redet mein Körper mit Dawa. Mein Herz schlägt die Worte: *Ich werde dich in diesem Leben nicht wiedersehen. Mein lieber, anbetungswürdiger, sanfter Dawa, mit Händen, denen ich zugeschaut habe, wie sie sich im Gebet bewegen, mein Erstgeborener, der als Erster kam und geblieben ist – wie kann es nur sein, dass ich dich in diesem Leben nicht wiedersehen werde? Wie kann es nur sein, dass du nicht mehr mein Sohn bist, dessen Kopf ich geküsst, dessen Gesicht ich gewaschen habe, dessen sechsjährige Beine tapfer von mir weggegangen sind, um ins Kloster einzutreten? Wie konnte ich damals auf diese kostbaren Jahre verzichten, in dem Glauben, ich würde dich kennen, hätte dich ein Leben lang?*

Wenn ich dein Leben noch einmal von vorne beginnen

könnte, würde ich dich nicht ziehen lassen. Ich würde dich ganz nah bei mir behalten, mit zitternden Armen, sodass du ersticken würdest.

Ich kann nicht atmen, mein Sohn. Du hast meinen Atem mit dir genommen. Ich kann nicht essen. Ich kann nicht schlafen. Deine Mani*-Perlen sind alles, was ich habe. Ich kann sie nicht fest genug an mein Herz pressen – ich schließe nachts die Augen, während ich sie gegen meine Lippen drücke, da ich weiß, dass deine Gebete und das Öl deiner Finger an ihnen kleben.*

Ich liege im Bett und denke an unser letztes Gespräch, als du gesagt hast: »Pa-la, ich habe getötet, und ich habe Freude beim Töten verspürt …« Mein ganzer Körper erschaudert dann jedes Mal.

Wie konnte mein sanfter Sohn diese Worte aussprechen? Wie konnten diese Hände, die früher ein Schaf beruhigten, die den Schmerz anderer erspürten, Hände, die er gefaltet hielt, um jede Woche das geheiligte Wasser von Lama Tsethar zu empfangen, wie konnten diese Hände ein Leben nehmen?

Ich bin dir kein guter Apa gewesen. Ich habe dich nicht geführt. Ich habe dich nicht genug geliebt. Ich dachte, ich hätte dich für immer in meinem Leben und dass du dich um mich und Rinchen kümmern würdest, wenn wir alt sind.

Ich werde den Moment nie vergessen, als ich deine purpurfarbene Wunde gesehen habe. Da wusste ich es; und ich las in deinen Augen, dass du ebenfalls wusstest, du würdest mich verlassen. Ich konnte nicht einmal sprechen. Ich habe mich gekrümmt, mein Herz zerbrach in unzählige Glassplitter.

Ich habe versagt, mein Sohn. Jetzt will ich meinen Kopf, meinen ganzen Körper unter die Erde legen, aber es gibt keine Stelle, die tief genug ist, um dich zu bitten, mir zu verzeihen.

Ich habe dich in deiner Verwirrung und Verzweiflung in die Welt ziehen lassen. Warum solltest du dafür irgendein schlechtes

Karma auf dich geladen haben? Ich sollte mein eigenes nächstes Leben in der unteren Sphäre der Ahnungslosigkeit verbringen, in der niedrigsten Tierform, um Buße zu tun, weil ich bei dir versagt habe.

Ich höre ein Klopfen an der Tür und die Stimme des Abts. »Es ist Zeit.«

Ich öffne die Tür. Ich gehe den Korridor hinab zum hinteren Teil der *Gompa*. Ich singe Gebete für Dawas Seele, konzentriere mich auf meine Lippen: »*Om ami dewa hri … om ami dewa hri …*« Mein Verstand versteckt sich in meinem Schädel, als wäre er in dicke Wolle gepackt. Und trotzdem sind meine Sinne so klar. Das Singen erfüllt meine Ohren, und ich rieche die brennenden Butterlampen. Die Götter, die man auf die Wand gemalt hat, scheinen sich zu bewegen, wenn mein Schatten die Mauer trifft. Einige fletschen fürchterlich die Zähne. Ich schlinge die Arme fester um meinen Körper. Diese Trugbilder und Schrecken wird Dawa auf seiner Reise sehen.

Dann pralle ich gegen etwas – einen kleinen Jungen in seiner Mönchskutte. Er verbeugt sich vor mir und lächelt. Seine Augen sind erschreckend groß, umrandet von dicken schwarzen Wimpern. Er sagt: »Ich bringe Sie zum Abt.« Er nimmt meine Hand. Bei der Berührung seiner warmen Finger glüht mein Herz. Ich erkenne, dass ich überhaupt nicht zum Abt will – ich will diesen Jungen. Es fühlt sich an, als wäre der kleine Dawa bei mir, völlig wiederhergestellt. Das einfache Wesen des Jungen, sein Lächeln, geben mir Trost. Ich sage zu ihm: »Komm mit uns zum Begräbnis, kleiner *Bö*.«

Er lächelt wieder, zeigt sein rosafarbenes Zahnfleisch über seinen Zähnen. »Wenn es Lama Sangye erlaubt.«

Ich verneige mich vor dem Abt, als er sich zu uns gesellt, und er lässt den Jungen bei uns bleiben. Fünf andere Mönche begleiten uns ebenfalls. Schon bald ähneln wir Pilgern, die im

Gänsemarsch aus der *Gompa* und zum Bestattungsplatz marschieren. Einer der Mönche trägt Dawa auf dem Rücken. Er hat dieselbe Haltung wie damals, als mein Sohn geboren und in weiße *Khatas* eingeschlagen wurde.

Auf dem Hügel sind Steine zusammengetragen. Einige der Steine sind fast mannsgroß und ganz flach. Ein faltiger alter Mann mit Zahnlücken lächelt uns an. Er trägt eine burgunderfarbene *Chuba* mit einem roten Gürtel und eine graubraune Mütze mit Klappen, die man über die Ohren schlagen kann, aber sie sind nach oben gestellt. Abgesehen von den gemurmelten Gebeten und dem Flattern der Gebetsfahnen ist es still.

Mein kleiner Freund neben mir an meinem Ellbogen zeigt zu dem Mann in Burgunder und sagt: »Das ist der *Tomden.*« Dann reicht er mir einen kleinen Wacholderzweig. Der Geruch nach Räucherstäbchen und Wacholder hängt in der Luft, ebenso wie der Rauch eines kleinen Feuers, das von einem der Mönche geschürt wird.

Ich bin dankbar, dass Dawa das Privileg einer Himmelsbestattung bekommt. Es ist eine weitere Möglichkeit, gutes Karma anzuhäufen, indem er den Vögeln seinen Körper als Nahrung anbietet.

Der *Tomden* entfernt die seidenen *Khata*-Schals, die um Dawas Körper gewickelt sind. Der Wind erfasst die weiße Seide eines der *Khatas.* Flatternd fliegt er für einen Moment in der Luft. Ich stelle mir Dawa vor, der mir zuwinkt; meine Lippen verziehen sich zu einem traurigen Lächeln.

Dein junger Körper ist jetzt nackt. So zerbrechlich und hilflos. Ich will ihn mit meinem eigenen bedecken.

Sie legen deinen Körper auf den flachen Stein des Tomden. Er geht zu einem Grasbüschel, wo er sein riesiges, beinlanges Schwert zurückgelassen hat. Seine Hände schließen sich um den Griff, und er hebt es hoch, bevor er es zu dir trägt. Er schwingt das Schwert. Ich höre meinen Atem in meinen Ohren. Ich schließe die Augen.

Om ami dewa hri … om ami dewa hri …

Ich beobachte, wie meine Füße schon auf den Tomden zustürzen – um dich von ihm wegzureißen –, aber ich bleibe stehen. Ich muss dieses Opfer zulassen.

… Om ami dewa hri …

Ich falle auf die Knie, als das Schwert deinen Bauch aufschlitzt, dein Fleisch freilegt, sodass du deinen Körper verschenken kannst. Mein Sohn, möge dir dieses Opfer gutes Karma für viele Leben einbringen.

Der Tomden lädt die Aasgeier ein, indem er »Shey, shey« ruft. Die Aasgeier bedecken dich, und ich kann deinen Körper nicht mehr sehen.

Der junge Mönch gibt mir zu verstehen, dass ich meinen Wacholder als Opfergabe ins heilige Feuer werfen soll.

Der Abt spricht: »Es ist das höchste Opfer, seinen Körper zum Nutzen anderer lebender Wesen anzubieten, nachdem sich die Seele zu Amitabha erhoben hat, zum Reich des Reinen Lichts. Dies bringt viel gutes Karma.«

Der *Tomden* nähert sich dem Kreis aus Aasgeiern. Er trennt die Arm- und Beinknochen ab und wirft sie den Vögeln freundlich lächelnd zu. Er hebt einen Steinhammer auf. Ich schließe die Augen. Dann höre ich das Geräusch, wie er den Schädel zertrümmert. Er hämmert so lange auf die Knochen ein, bis sie zu Pulver werden.

Der kleine Mönch sagt: »Er vermischt die Knochen mit *Tsampa* für die Vögel.« Ich weiß diese Dinge, aber ich lasse den kleinen *Bö* reden, weil er auf sein Wissen stolz ist. Seine Stimme tröstet mich. Er erklärt: »Lama Sangye sagt, jeder Tibeter sollte mindestens einmal in seinem Leben eine Himmelsbestattung besuchen.« Er lächelt. »Wenn wir bei dem zusehen, was auf uns wartet, werden wir unser Leben nicht unnütz verschwenden.«

Ich starre die rote Robe des kleinen *Bö* an, während er vor mir steht. Ich bemerke, wie die Kleidung auf seinen Schultern aufliegt. Ich will, dass es Dawas Schultern sind. Ich will, dass die rasierten Haare die meines Sohns sind. Ich will seinen Kopf noch einmal berühren, unsere Stirnen zur Begrüßung gegeneinanderreiben und meinen Sohn sehen, der mich anlächelt und sagt: »Hallo, Pa-la.«

Der *Tomden* ist fertig.

Ich kann deinen Körper nicht mehr sehen, den ich gewaschen, umarmt, geküsst, über die Schulter geworfen habe, um deine Freudenschreie zu hören. Ich kann die Lippen nicht mehr sehen, die sich vor fröhlichem Gelächter geöffnet haben.

Ich werde mir keine Sorgen um deine Seele machen, Dawa. Ich werde dich nie vergessen, mein Erstgeborener. Mein Junge mit dem sanften Herzen. Mein ruhiger Lehrer. Mein ernstes Kind, das Falten auf der Stirn hatte, vom Tag seiner Geburt an.

Mein geliebter Sohn, mögest du befreit sein. Mögest du kein Leid erdulden. Fliege in den Körpern der Vögel hoch hinauf.

15. Mai 1956

Gerald

In den verträumten Strahlen der späten Morgensonne öffnet sich die Zellentür. Genosse Han kommt herein. Er packt mich am Arm. Zitternd stehe ich auf.

Er blickt sich in der Zelle um. »Wo ist der alte Mann?«

Lobsang antwortet mit einer Stimme, die überraschend stark klingt: »Er ist gestorben, und sein Körper wurde befreit.«

»Befreit?« Han schnaubt verächtlich. Er hält inne, sieht sich noch einmal um. Seine Lippen verziehen sich zu einer beunruhigten Linie. Er lässt mich los, tritt hinaus auf den Korridor und ruft nach einer Wache. »Wo ist der alte Mann?«

»Der Mönch? In der Zelle«, höre ich die Antwort der Wache.

»Nein, er ist *nicht* in der Zelle!« Ich sehe, wie sich Hans Kiefer anspannen.

Die Wache erscheint im Türrahmen. Er späht herein. »Er war hier … Anfang der Woche.« Sein Gesicht wirkt leer.

»Finde ihn. Ich nehme diesen Gefangenen mit. Heute ist sein großer Tag.« Er packt mich wieder am Arm.

Heute ist sein großer Tag. Großer Gott, was soll das heißen?

Er führt mich in Richtung des Verhörraums. *Gott steh mir bei. Nein, nein, nein, nein. Ich kann das nicht tun, Herr. Vielleicht verdiene ich es, weil ich gestanden habe, aber ich flehe*

Dich an, lass mich sterben. Ich habe nicht die Kraft. Er wird mich wegen Tenzins Verschwinden befragen.

Einen Moment. Wir gehen an dem Zimmer vorbei – was bedeutet das? Mein Herz hämmert. *Wohin führt er mich?*

Wir folgen einem anderen Korridor zu Orten, die ich in diesem Gefängnis bisher nicht gesehen habe. Er bringt mich in einen Raum mit Fliesen am Boden und an den Wänden. Die Fliesen waren einst weiß, haben jetzt jedoch die Farbe von schmutzigem Haferbrei und sind mit dunkelbraunen Flecken übersät – Blut? Meine Zähne klappern. *Ich bin ein toter Mann.*

Ohne den Kopf zu drehen, schaue ich, ob er eine Waffe bei sich hat. Eine Pistole steckt in dem Halfter, den er um die Hüfte trägt.

»Zieh die Kleidung aus«, befiehlt er.

Das ist kein gutes Zeichen. Sie legen Dinge auf Menschen – oder sie hängen Dinge an ihre Genitalien –, das habe ich von anderen Gefangenen gehört.

Seine Augen sind schwarz und schimmern eisig.

Ich taste ungeschickt nach meinen Hemdknöpfen. Meine Finger fühlen sich aufgedunsen und tölpelhaft an. Ich spüre seine Augen auf mir. Mein Atem pumpt wie ein Blasebalg durch meinen Körper. Ich öffne den Gürtel. Meine Hose rutscht mir bis zu den Fußknöcheln. Die Gürtelschnalle scheppert auf den Fliesen. Schweißperlen laufen mir die Schläfen hinab.

Eine Wache mit einem breiten Gesicht und Hängebacken betritt das Zimmer. Er trägt einen großen Holzeimer, der mit Wasser gefüllt ist, und stellt ihn neben mir ab.

»Wasch dich«, sagt Genosse Han laut. Seine Stimme hallt von den Fliesen wider.

Ich blicke hinunter und sehe einen Abfluss im Boden. Hastig schaue ich zur Decke – in meinem Kopf blitzen die Bilder von den »Gasduschen« in Auschwitz auf. Oben gibt es nichts weiter als eine weiß verputzte Decke.

Die Wache zeigt mit einem dicken Finger auf den Eimer. Daneben liegt ein schmutziges Stück braune Seife. Ich bücke mich, um die Seife hochzuheben. Mit der anderen Hand tauche ich ins Wasser. Es ist eiskalt, brennt an meinen knochigen Fingern.

Mein Kopf, ganz geflutet von Adrenalin, fühlt sich an, als würde er mit Nadelstichen malträtiert. Ich versuche, den widerlichen Gefängnisgestank wegzuschrubben. Es ist unmöglich. Die Wache und Genosse Han starren mich beim Waschen unverhohlen an. Meine Gedanken schwirren entsetzt hin und her. Drücken mich zu Boden. *Weiche ihren Blicken nicht aus.* Faulige Gerüche eines seit fast zwei Jahren ungewaschenen Körpers. Sie schauen von oben auf mich herab.

Wasche ich mich etwa, nur damit sie mich hinrichten können? Ich versuche, in Hans Gesicht zu lesen.

Eine weitere Wache betritt mit einem Eimer das Zimmer und schwenkt ihn in meine Richtung. Instinktiv ducke ich mich. Eisiges Wasser brennt auf meiner Haut. Ich zittere. Da wirft mir die zweite Wache einen Haufen blaugrauer Kleidung vor die Füße. »Zieh das an.«

Ein Mao-Anzug. Han grinst, kichert.

Ich steige in die Hose und ziehe sie hoch, lege mir die Mao-Jacke an und kämpfe mit den Knöpfen. Meine Nerven liegen blank. *Was geschieht nun?*

Han nimmt meinen Arm und führt mich den Korridor hinab. Ein weicher Baumwollstoff wird mir um den Kopf gelegt, der mir die Augen bedeckt, am Hinterkopf fest zugebunden wird.

Das ist es also. Sie erschießen mich. Herr, bleib bitte bei mir, begleite mich. Segne meine Emma. Kümmere dich um sie und unsere Tochter. Beschütze sie.

Mein Atem kommt stoßweise. Ich werde gleich ohnmächtig. Mein Herz hämmert. Ich gehe langsamer. Ein heftiger Stoß in den Rücken treibt mich weiter.

Das Geräusch einer Tür, die sich öffnet und schließt. Warme Sonne auf meinem Scheitel.

In der Sonne hingerichtet zu werden. Mit einem Kopfschuss.

Großer Gott, vergib mir für all meine Sünden!

Wir gehen, dann legt mir Han eine Hand auf den Kopf, drückt mich nach unten und schiebt mich … in ein Auto. Er sitzt neben mir, während der Wagen anfährt. Sein Zigarettengeruch steigt mir in die Nase.

Auf Wiedersehen, Emma. Ich liebe dich mehr als … ich jemals sagen könnte. Auf Wiedersehen, meine Tochter, auch wenn ich dein Gesicht nie gesehen habe.

Die Schlaglöcher in der Straße rütteln mich durch. Mir ist übel.

Das Auto hält. Ich höre, wie Han aussteigt. Die Tür auf meiner Seite wird geöffnet. Seine Hand auf meinem Arm zieht mich hoch.

»Heb die Arme und leg sie hinter den Kopf«, sagt er von hinten.

Ich strecke die Arme in einem Bittgebet zu Gott und lege meine Hände in den Nacken. Warte auf die Kugel. *Lass sie bloß meinen Kopf treffen. Gott, gleich bin ich bei dir.*

Die Binde wird entfernt.

Was ich vor mir sehe, kann nur meiner Fantasie entsprungen sein: In tausend Metern Entfernung steht auf einer Landebahn ein silbernes Flugzeug mit einer amerikanischen Flagge.

Ich blicke mich um. Erwarte immer noch die Kugel. Aber Han schreitet um mich herum und sieht mich an. Über seine Schulter hinweg sehe ich Menschen neben dem Flugzeug. Einige in Mao-Anzügen und andere in westlicher Kleidung.

»Genosse Kittredge!«, bellt er.

Meine Augen springen zurück zu seinen dünnen Lippen.

»Wir haben dich rehabilitiert. Bedanke dich beim Vorsitzenden Mao.«

Das ist ein Befehl. Seine Pistole wartet in ihrem Halfter.

Jemand winkt in der Menschenmenge neben dem Flugzeug. Doch Han rührt sich nicht. Er wartet darauf, dass ich ihm gehorche. Ein letztes Mal ein Insekt unter seinem Stiefel bin.

Etwas Gefährliches pulsiert durch meine Adern, etwas *Freies*, das zum Flugzeug laufen und eine Kugel in den Rücken riskieren will.

Die Kavallerie ist hier! Ich habe ein amerikanisches Flugzeug gesehen, und ich weiß, dass es meinetwegen hier steht!

Während ich mich zu meiner vollen Größe aufrichte, sage, nein schreie ich regelrecht: »Danke, Vorsitzender Mao!« Ich sage es, weil es keine Rolle mehr spielt.

Han dreht sich um und nickt in Richtung des Flugzeugs. Ich gehe, dann renne ich, stürze darauf zu, wobei ich mich immer noch frage, ob nicht doch eine Kugel hinter mir herfliegt. Ich höre das Anschwellen von Stimmen vor mir, die Menschenmenge jubelt.

Ich kann nicht glauben, dass das hier wirklich passiert. Mein Herz hämmert wie eine verrückt gewordene Trommel.

Eine Frau mit haselnussbraunem gewelltem Haar läuft mit offenem Mund auf mich zu. Der eisige Wind hat ihr das Haar übers Gesicht geblasen. Ihre Hand streicht sich die Strähnen aus dem Gesicht ... in einer mir wohlbekannten Geste, die ich so liebe.

Emma!

Unsere Körper prallen ineinander, und sie schlingt die Arme um mich, und ihr Geruch ist derselbe, derselbe, derselbe, ahhh, und sie hält mich fest, während ich meinen Gürtel enger schnallen will, weil ich so dünn bin. Wie kann sie mich immer noch lieben, aber sie tut es, obwohl ich ein alter Mann bin und flenne. Sie legt ihre Hände um mein Gesicht, drückt mich dann so fest, dass ich huste, und endlich erwachen meine toten Arme und umklammern meine Frau, fast zwei Jahre haben sie darauf gewartet. Ich weine, und sie weint, und sie und ich berühren uns mit der Stirn wie Tibeter, und dann pressen wir unsere Gesichter aneinander, und unsere Tränen vermischen sich. Sie macht einen Schritt zurück und sieht mich an und sagt »Geebs«, und wir verlieren das Gleichgewicht, aber wir lassen uns keine Sekunde aus den Augen. Sie ist so wunderschön, wenn sie lacht.

15. Mai 1956

Emma

O Gott, wie kann ich ausdrücken, was ich in dem Moment gefühlt habe, als ich meinen Ehemann wiedersah? Die allerköstlichste Freude. Und dann die grauenerregendste Qual.

Eine Qual, weil er unvorstellbar schlimm aussah.

Er war so dünn, bärtig und grau wie ein strenger alter Heiliger mit langem Haar. Tausend Gefühle platzten aus mir heraus. All meine Trauer sammelte sich in meiner Kehle und verklumpte sich dort.

Er war mein Geebs, aber sein früheres Aussehen verriet mir, wie viel ich verloren hatte, wie viel wir verloren hatten.

Ich sah die Stelle, wo sein Finger einst gewesen war. Allein beim Gedanken daran wurde mir übel.

Dieser greise Mann, der mein Gatte war. Ich näherte mich ihm, erschauderte bei jedem Schritt und bemerkte, dass in seinen blauen Augen immer noch ein Licht brannte. Ich hielt ihn, weinte in sein schmutziges Hemd. Ich spürte jeden seiner Knochen und sein Zittern. Ich wollte ihm das alles abnehmen, es wegwischen, doch ich wusste, es war unmöglich. Eine kranke Hilflosigkeit machte sich in meinem Magen breit.

Ich fuhr mit den Fingern durch sein glattes, stumpfes Haar, das früher einmal in weichen goldenen Locken herabgefallen war. Seine Augen schauten so traurig, als wüsste er, dass er nicht mehr derselbe war. Ich blickte in die blauen Kreise und sagte: »Ich kann immer noch das Licht in deinen Augen sehen, mein Liebster. Und ich liebe dich.«

Der einsame Junge, der wundervolle Jugendliche in ihm und der Mann vor mir waren zurückgekehrt. Alles, was ich liebte, und mehr. Mein Lächeln fühlte sich breiter als mein Gesicht an. »Bist du bereit, deine Tochter zu treffen? Ich habe sie Rin genannt, nach Rinchen, die sie mit zur Welt gebracht hat.«

Sein Mund öffnete sich, und er grinste. »Ja.« Es verschlug ihm den Atem.

»Dorje hat sie in deinem Namen gesegnet.« Ich nahm ihn bei der Hand, zog ihn leicht. Er blieb wie angewurzelt stehen, und ich sah, dass seine Beine zitterten. »Bist du okay?« Ich nahm auch seine andere Hand in meine und stellte mich vor ihn.

»Ja, es ist nur so, dass ich mich mehr wie ein Großvater als ein Vater fühle«, sagte er leise.

Ich blickte ihm in die Augen und flüsterte: »Alles wird gut. Das verspreche ich. Du brauchst bloß ein wenig Zeit … und Essen … und mich, die sich um dich kümmert. Und … sobald du in ihre Augen schaust, wirst du wissen … du bist ihr Daddy. Komm schon.«

Aronson näherte sich bereits, verlangsamte dann jedoch seinen Schritt, als er Geralds Bestürzung spürte. Wir trafen uns nach wenigen Metern, und ich nahm Rin in die Arme.

Und schließlich sahen sich Gerald und sie das erste Mal. Sie starrte ihn direkt an, ohne Angst oder Zögern. Dann streckte sie die Hand aus und packte ihn an der Nase. Er lächelte vor so viel mehr als nur Freude – es hatte den Anschein, als sähe er direkt in Gottes Antlitz –, die Art von Freude, die sich in der Kehle festsetzt und Tränen in die Augen treibt.

Für einen Moment verharrten sie so, und Rin hielt immer

noch seine Nase mit ihren kleinen samtenen Fingern fest, als führte sie einen Stier am Ring. Und das treu ergebene, väterliche Tier, das sie hielt, wäre ihr zweifellos bis ans Ende der Welt gefolgt. Er schluckte ein paar Mal, atmete tief ein. Langsam streckte er die Hand aus und nahm sie in die Arme. Sie kuschelte sich an ihn und kratzte mit den Fingern über sein schmutziges Hemd.

Ich stand da und beobachtete die beiden, ganz nass vor Tränen. Am Tag meines Todes wird mir dieser Moment durch den Kopf schießen, und ich werde wissen, dass es der kostbarste war, den ich je erleben durfte.

15. Mai 1956

Dorje

Der letzte Aasgeier ist verschwunden, und ich bin allein. Als einziges Geräusch bleibt der Wind. Sein einsamer Schrei tröstet mich. Es ist Stunden her, seit der *Tomden* fortging, und mit ihm sein langes Schwert. Der kleine *Bö* blieb bei mir und bat mich, mit ihm zusammen zurück ins Kloster zu gehen. Seine großen, runden Augen waren freundlich, und ich weiß, er wollte nicht, dass ich allein bin, aber ich brachte es nicht übers Herz, von hier wegzugehen. Ich habe zugesehen, wie die kreisenden Aasgeier herabgetaucht und wieder emporgeschossen sind, habe die Sonne gesehen, die auf ihren Federn schimmerte, habe langsame, trauervolle Schritte gemacht, meine Füße haben kaum den Boden verlassen. Ich bin tot, doch mein Herz schlägt noch. Und ich warte, worauf, das weiß ich nicht.

Der Wind heute ist warm, und die Sonne so heiß wie ein Kessel. Sie verbrennt meine Haut.

Ich spüre auch ein Brennen im Magen – weil ich an Rinchen denke. Meine einzige Aufgabe besteht nun darin, nach Hause zurückzukehren und ihr zu erzählen, dass ich versagt habe. Dass ich unseren Sohn nicht rechtzeitig erreicht habe, um sein Leben zu retten, dass ich ihren Bruder Samten nicht im Gefängnis besucht habe.

Ich kann nicht zu ihr gehen. Ich kann mich nicht bewegen. Ich kann diesen Ort nicht verlassen.

Vom Hügel aus, auf dem ich stehe, erkenne ich alles um mich herum. Ich bin seit Stunden im Kreis gewandert. Und jetzt, beim Gehen, habe ich etwas Sonderbares gesehen, etwas, das ich noch nie zuvor in Tibet gesehen habe. Einen silbernen Vogel, der durch die Luft gleitet. Ich höre ein lautes Grollen, das von seinem Bauch kommt, ein mächtiges Geräusch, das sich seinen Weg in meine Ohren bahnt. Ich halte mir mit aller Gewalt die Ohren zu, als könnte der Lärm meinen Kopf zum Platzen bringen. Während ich den silbernen Vogel beobachte, fliegt er so dicht über mich hinweg, dass ich seinen Bauch berühren will. Da sehe ich ein gemaltes farbiges Bild: lange weiße und rote Streifen und in der Ecke blaue und weiße Sterne.

Ich habe diese Vögel in Kathmandu gesehen. Flugzeuge. Früher habe ich sie stundenlang betrachtet. Ich kann nicht atmen, während ich beobachte, wie das Flugzeug nach dem Erdboden greift, bis es auf den Füßen gelandet ist, denn hier in Tibet hat es noch nie Flugzeuge gegeben. Haben die Chinesen so große Veränderungen in einer so kurzen Zeit nach Tibet gebracht? Da wird mir klar, dass das Bild, das ich auf dem Bauch des Flugzeugs gesehen habe, eine Flagge ist. Eine amerikanische Flagge.

Ich weiß nicht, warum das Flugzeug gekommen sein könnte. Sind etwa Amerikaner nach Tibet geflogen, um zu sehen, was die Chinesen tun?

Die Gesichter von Emma und Gerald tauchen in meinem Kopf auf, und mein Herz sehnt sich nach ihnen. Ich denke an Emma in ihrem Haus in Amerika und versuche, sie mir dort vorzustellen. Doch dann erinnere ich mich, dass sie gar nicht dort ist, sondern vielleicht hier, und das heute. Und Gerald ist auch hier in Lhasa. Eventuell wurde er entlassen, und dieses Flugzeug hat wirklich etwas mit meinen Freunden zu tun! Ich kann es kaum glauben, aber als ich hinabblicke, sehe ich, dass sich meine Füße bereits in Bewegung gesetzt haben, nur aufgrund der Möglichkeit, sie zu treffen. Ich renne den Hügel hinab, rutsche im Dreck aus, halte mich an Steinen fest, stolpere. Ich bin jetzt so allein, dass ich das Gefühl habe, sterben zu müssen, wenn ich nicht wenigstens versuche, meine Freunde zu sehen. Von Rinchen werde ich keinen Trost bekommen, weil ich sie im Stich gelassen habe. Aber meine Freunde zu sehen, die meinen Sohn gekannt und ihn auch geliebt haben, das zieht mich den Berg hinunter. Staub wirbelt vom Boden auf, und ich rieche, wie er mir in die Nase steigt, doch ich bleibe nicht stehen. Selbst ohne einen Pfad kann ich immer noch sehen, wo sich der riesige Vogel ausruht, und ich renne zu ihm wie zu einer Mutter.

Mein Herz klopft schneller, weil ich Angst habe, das Flugzeug könnte losfliegen, bevor ich es erreiche, als würde ich in einer Wüste herumirren, und das wäre der einzige Ort, an dem ich Wasser fände. Da ist keinerlei Vorsicht in mir, keine Angst vor den chinesischen Soldaten, die ich auf der Straße bemerke, auf die ich nun gestoßen bin.

Ich beginne zu schwitzen, und nun rennen meine Füße, als würden sie verfolgt, von allem, was ich gesehen, von allem, was ich gefühlt habe. Nur beim Laufen habe ich die Hoffnung, zu vergessen. Meine Beine brennen, und ich bekomme einen Krampf, doch ich will nicht stehenbleiben.

Jetzt rückt das Flugzeug näher, und es ist kleiner als viele, die ich in Kathmandu gesehen habe. Und da sind Menschen, eine große Gruppe von Menschen in Mao-Anzügen. Aber nicht nur Chinesen. Ich sehe auch Männer in westlicher Kleidung, und mein Herz pocht vor Hoffnung.

Da steht ein Mann in einem Mao-Anzug, er ist sehr groß und kein Chinese. Sein Haar schimmert silbern in der Sonne wie der Vogel. Seine Kleidung hängt lose an ihm herab, und er hat eine riesige Nase.

Und genau in dem Moment, als ich eine Hand spüre, die sich fest um meinen Arm schließt, denke ich: *Ich weiß, wer das ist.*

15. Mai 1956

Gerald

Meine Nase, die derart an den Gestank von schmutzigen Körpern und Blut gewöhnt war, ruhte nun am Kopf meiner süßen Tochter, die nach Milch und Äpfeln in ihrem seidenweichen blonden Haar roch.

Ich war verwirrt, als ich all die Kameras der chinesischen und amerikanischen Presse bemerkte, bis mir Emma die Abmachung erklärte, die Senator Aronson mit den Chinesen getroffen hatte. Sie erzählte mir, dass er Kriegsgefangener gewesen war, und die Chinesen hätten seine Anwesenheit bei diesem Treffen im Gegenzug für meine Freilassung verlangt. Der Senator benahm sich wie ein geübter Diplomat. Er verbeugte sich, als er Mr. Loh, dem Staatssekretär, vorgestellt wurde, und verwickelte ihn in ein Gespräch, in dem dieser ihm über die Arbeit berichten sollte, die die Kommunisten hier in Lhasa vollbracht hatten.

Die Fotoaufnahmen waren so kommunistisch und propagandalastig wie nur irgend möglich. Die drei chinesischen Offiziellen trugen Mao-Anzüge und ähnelten in dieser unscheinbaren Ausstaffierung ein wenig frommen Quäkern. Sie formierten sich mit dem Senator zu immer neuen Bildern. Dann winkte uns einer der chinesischen Offiziellen herbei, denn Emma und ich sollten ebenfalls auf den Fotos zu sehen sein.

Ich sagte zu Emma: »Ich will wirklich nicht fotografiert werden.«

»Es tut mir leid, Geebs, das ist Teil der Abmachung, damit sie dich freilassen. Aber keine Sorge, wir steigen gleich in das Flugzeug nach Kathmandu und verschwinden.«

»Also gut.«

Ich vertraute ihr und legte meinen Körper in chinesische Hände, die mich für unzählige Fotos für die kommunistische Presse benutzten. Auf einigen Bildern stand ich neben verschiedenen chinesischen Funktionären, auf anderen wurde ich gebeten, mich vor einem kommunistischen Funktionär zu verbeugen oder zu lächeln. Ich zeigte Zähne, kam mir wie ein Tier vor und dachte an den Zustand meines im Laufe der Zeit halb verfaulten Gebisses. Die amerikanischen Fotografen schossen die ganze Zeit über Bilder.

Nachdem die Fotografen ihre Arbeit beendet hatten, führte man uns zu einem behelfsmäßigen Essbereich, mit einem Podium an der Stirnseite und zwei großen runden Tischen, die zusammen die drei Spitzen eines Dreiecks bildeten. Wir wurden aufgefordert, uns an den linken Tisch zu setzen, während die chinesische Delegation den rechten für sich beanspruchte. Auf jedem Tisch waren Köstlichkeiten aufgebahrt, die ich mir nicht einmal in meinen hungrigsten Träumen im Gefängnis hätte ausmalen können. Speichel sammelte sich in meinem Mund.

Ich saß neben Aronson und meiner wunderbaren Frau am Tisch, mit dem sich windenden Gewicht von Rin auf meinem Schoß. Die amerikanischen Reporter wählten die Stühle weiter vorne, um einen besseren Blick aufs Podium zu haben.

Mr. Loh ging zum Podium, während die anderen Funktionäre auf Stühlen zu beiden Seiten davon saßen. Zwei Mitglieder des amerikanischen Pressekorps umrundeten den Tisch und schossen Fotos.

Em und ich konnten nicht aufhören, uns anzuschauen. Die ganze Zeit strich sie mir übers Haar. Das beunruhigte mich, da ich wusste, dass die Chinesen eine solch offene Zuneigung zwischen Mann und Frau nicht gewohnt waren. Schließlich nahm ich ihre Hand in meine und hielt sie fest. Wir brachten unsere Köpfe nah zusammen und hatten die Augen nach vorne gerichtet, während wir miteinander flüsterten. Es gab unendlich viel zu erzählen, und wo sollte ich anfangen. »Ich war so erleichtert, dass es dir gut geht«, sagte ich. »Eine Weile habe ich geglaubt, sie hätten dich ebenfalls geschnappt.«

»Ich bin am nächsten Morgen mit Dorje und Rinchen aufgebrochen. Sie leben jetzt in Kathmandu.«

Mr. Loh begann seine Rede. Ich hörte seine Worte auf Chinesisch nur undeutlich und dann das Echo ihres Übersetzers: *»Wir heißen Sie in China willkommen... Wir haben unseren jüngeren Bruder Tibet, seit Jahrhunderten ein Mitglied unserer Familie, unter unsere kommunistischen Fittiche genommen... Wir verbreiten die friedvolle Revolution der Gleichheit unter unseren tibetischen Brüdern, bringen ihnen Schulen, medizinische Versorgung und überführen ihre Landwirtschaft in Gemeinschaftseigentum...«*

Nachdem Mr. Loh etwa zwanzig Minuten geredet hatte, lud er uns zum Essen ein, was für mich eine große Erleichterung war. Obwohl völlig ausgehungert, zwang ich mich dennoch, langsam zu essen, knabberte an kleinen Happen Shrimps und kaute bedächtig. Auf gar keinen Fall wollte ich mich mitten während dieses wichtigen Treffens übergeben, da ein solcher Fauxpas womöglich meiner Freilassung geschadet hätte. Die Shrimps zergingen auf der Zunge, waren perfekt sautiert und in einer köstlichen weißen Soße angerichtet. Zusammen mit den Shrimps wurden leuchtend grüne herrliche Zuckerschoten serviert. Ich spießte eine der Hülsen auf, legte sie mir auf die Zunge und ließ die leichte Soße meinen Mund umschmeicheln. Bei dem Bissen spürte ich einen plötzlichen scharfen Schluchzer in meiner Brust aufsteigen, einen Schluchzer der Dankbarkeit – für Gott. Ich musste mir auf die Lippe beißen, um nicht laut zu weinen.

Da erkannte ich, dass ich nicht das Geringste von Gott verstand. Ein Lama hatte sich genau neben mir in Luft aufgelöst. Was wusste ich schon über Gott? Wie viel größer war Er als alle bisherigen Bande, die ich mit Ihm geknüpft hatte? Ich konnte Ihm nur danken, für solch ein prächtiges Festmahl, selbst aus den Händen meiner Feinde. Wie entsetzt sie wären, wenn sie wüssten, dass ich Ihm gedankt hatte!

Ich hörte auf, beim Essen Mr. Lohs Geschwätz zu lauschen, und verfiel in einen Zustand köstlicher Glückseligkeit, sodass ich glaubte, nie wieder sprechen zu können.

Mr. Lohs Rede war sehr lang, und er unterstrich sie mit lebhaften Gesten. Wie die anderen Kommunisten, die ich im Gefängnis getroffen hatte, schien er den Kommunismus wahrhaftig für die Antwort auf jedes Übel zu halten. Ich dachte gerade über sein leidenschaftliches Gebaren nach, als ich zwei kommunistische Soldaten in der Ferne sah, die auf unsere Gruppe zusteuerten. Bei ihnen befand sich ein Tibeter, und sie hielten ihn an den Armen fest. Obwohl der Gefangene stolperte, während sie ihn vorwärtstrieben, leistete er keinen Widerstand, sondern flehte sie nur an, die Hände in einer Gebets-*Mudra* verschränkt. Als sie den chinesischen Tisch erreichten, wurden sie von einem der Funktionäre aufgehalten, der sich dann mit den Soldaten zu streiten schien. Mr. Loh setzte seine Rede fort, auch wenn mir nicht entging, dass er einen Moment zögerte, während er die Geschehnisse am Nebentisch verfolgte.

Erst da betrachtete ich das Gesicht des Tibeters. Er sah wie Dorje aus!

Ich sog jäh den Atem ein, ein scharfes, schlurfendes Geräusch. Ich blickte zu Emma, und sie starrte den Tibeter auf eine solche Weise an, dass es jetzt keinerlei Zweifel mehr gab. Sie hatte ihn ebenfalls erkannt. Ohne in meine Richtung zu sehen, flüsterte sie: »Er *ist* es. Ich wusste, er wollte nach Lhasa kommen.«

Mr. Loh sprach weiter, las nun jedoch seine einstudierte Rede ab, wobei seine Augen besorgt zwischen seinem Publikum und der unwillkommenen Ablenkung hin- und herhuschten. Ich konnte Dorjes flehende Stimme hören, die gelegentlich zu uns herüberschwebte. Einer der Soldaten hatte Handschellen aus seiner Hose geholt und sie bereits um Dorjes rechtes Handgelenk gelegt. Der chinesische Funktionär schüttelte den Kopf, als sei er mit dem Verhalten des Soldaten nicht einverstanden. Der Soldat mit den Handschellen errötete, schien verärgert darüber zu sein, dass seine Autorität angezweifelt wurde. Jetzt brachte er Dorjes gefesselte Hand hinter seinen Rücken und ließ die andere Handschelle um Dorjes linke Hand einrasten.

Da bemerkte auch Aronson den Zwischenfall, und ich flüsterte ihm zu: »Wir kennen den Mann, den sie festgenommen haben. Er ist ein guter Freund.«

Aronson beobachtete das Geschehen mit wachsamen Augen, und seine Brauen zogen sich so ernsthaft zusammen, dass mir einfiel: Er war früher Soldat gewesen.

Der Soldat mit den Handschellen zerrte Dorje auf die Knie und rammte ihm dann sein eigenes in den Rücken. Dorje auf diese Art gedemütigt zu erleben, einen Mann, den ich immer draußen an der frischen Luft gesehen hatte und der nun den Atem eines befreiten Tibets spürte, entsetzte mich genauso, als hätte mir jemand kaltes Wasser ins Gesicht geschüttet. Ich fühlte mich wie aus einem tiefen Schlaf erwacht und hatte auf einmal Panik – fand mich wieder hinter einer schweren Holztür mit Genosse Han eingesperrt, im Mund den metallenen Geschmack von Blut und um meinen Kopf die kalte Luft, während ich hing …

Ich blickte auf meinen Schoß und sah das gleichmäßige Heben meiner Brust. Ein Schweißtropfen rann an meinen Fingern hinab.

Um einen klaren Kopf zu bekommen, nahm ich den Stumpf meines Zeigefingers und bohrte die Nägel meiner anderen Hand hinein. Ich kniff die Augen fest zusammen, dann öffnete ich sie wieder. Ich ermahnte mich, dass ich heute von diesem Ort verschwinden würde, und ließ meine Augen über das Flugzeug gleiten, das mich erwartete. In meinem Kopf konnte ich schon sehen, wie sich die Tür des Flugzeugs hinter mir und jedem anderen an diesem Tisch sicher schloss.

Bei diesem Gedanken hörte mein Zittern auf. Plötzlich verspürte ich ein abgestorbenes Gefühl in meinem Magen, das so schwer und hart war wie Granit: Ich wusste, ich würde sterben, wenn ich ohne Dorje von hier fortging. Das konnte ich nicht. Das konnte ich einfach nicht. Ich konnte Kommunisten Lügen aufbinden, aber ich konnte ihn nicht in ihren Händen zurücklassen.

Obwohl mein Körper unversehrt wäre, würde meine Seele das nicht überleben.

Ich blickte zu Emma, die Dorje mit besorgtem Gesicht ansah. Ich gab meiner Tochter einen Kuss auf den Kopf und wollte schluchzen. Aber ich wusste, ich würde nicht ohne ihn fortgehen.

Ich sprach leise, jedoch laut genug, damit Em und Aronson meine Worte verstanden: »Er muss mit uns abreisen, oder sie werden ihn einsperren.«

Emma drehte den Kopf zu mir und errötete. Meine arme

Frau. Ihre Augen wurden nass, und ihre Schultern hoben und senkten sich mit den schnellen, verängstigten Atemzügen eines Vogels, der gerade von einem Netz eingefangen wurde.

In ihrer Panik glaubte sie, ich könne alles zerstören. Kurz vor dem drohenden Nervenzusammenbruch berührte Aronson sie an der Hand. »Beruhigen Sie sich, Emma«, sagte er. Dann warf er mir einen Blick zu und fragte mit fester Stimme: »Sind Sie sicher, dass Sie das wollen?«

»Sein Name ist Dorje. Wir könnten behaupten, er ist gekommen, um uns zu helfen, wegen der Sprache. Er spricht Chinesisch und Englisch.«

Aronson hielt meinem Blick stand. Ich sah in seine Augen – braun mit helleren Sprenkeln – und beobachtete, wie seine Lippen einen entschlossenen Zug annahmen. Etwas verband uns, und ich sah, dass ihn meine skelettartige Gestalt, mein fahles Gesicht und silbernes Haar in seine eigene Hölle zurückversetzten. Sein Körper hatte Hunger gekannt. Seine Augen hatten das Gesicht der Folter gesehen.

Ich wusste, er würde mir helfen. Er würde nicht zulassen, dass Dorje das gleiche Schicksal widerfuhr.

Aronson beugte sich zu dem Fotografen neben ihm und sagte: »Bitte gehen Sie dort hinüber und machen ein paar Fotos von dem Mann in den Handschellen, zusammen mit den Soldaten, die ihn festhalten.«

Ich bemerkte, wie Mr. Lohs Blick dem Fotografen folgte, als sich dieser in Dorjes Richtung bewegte. Mr. Loh blinzelte mehrmals. Er schien nachzudenken, was er jetzt tun sollte.

Er gab den Männern am chinesischen Tisch ein Zeichen, und sie erhoben sich. Dann drehte er sich zu unserem Tisch und sagte: »Wir hoffen, Sie haben Ihren Besuch genossen und den Triumph des Proletariats hier in China gesehen. Sie und der Rest der Welt werden unsere Errungenschaften nicht mehr verleugnen können, nun da Sie wissen, dass sie der Wahrheit entsprechen.«

Aronson räusperte sich und hob die Hand. Als Mr. Loh ihm zunickte, stand der Senator auf und verbeugte sich leicht. »Ich muss mich für unseren Übersetzer entschuldigen«, sagte er und deutete auf Dorje, »weil er das Treffen mit seinem unbeabsichtigten Zuspätkommen gestört hat. Er ist hier, um uns zu helfen, da er Chinesisch und Englisch spricht. Mr. und Mrs. Kittredge haben ihn in Kathmandu kennengelernt. Wenn Ihre Männer nun die Güte besäßen, ihn freizulassen, wird er mit uns abreisen.«

Der chinesische Dolmetscher gab Aronsons Botschaft an Mr. Loh weiter. Der kommunistische Führer zögerte und betrachtete Aronson stirnrunzelnd. Dann sah Mr. Loh zu den Soldaten, die Dorje festhielten.

Es folgte eine Stille. Mr. Loh blinzelte ununterbrochen. Die Soldaten halfen Dorje beim Aufstehen. Dorje verbeugte sich tief vor Mr. Loh und sprach ihn dann auf Chinesisch an.

Aronson fragte: »Gibt es ein Problem?«

Nach einem kurzen Moment redete einer der Soldaten. Der Dolmetscher übersetzte: »Dieser Mann ist nicht mit Ihnen gekommen. Er ist zum Flugzeug gelaufen, um aus China zu fliehen.«

Der Senator sagte unschuldig: »Wie sonderbar. Warum sollte er denn aus China flüchten wollen? Versuchen die Tibeter oft, von hier zu fliehen?«

Als Mr. Loh Aronsons Worte verstanden hatte, legte er die Stirn in Falten. Dann setzte er wieder ein Lächeln auf und erwiderte durch den Dolmetscher: »Die amerikanische Delegation ist gekommen, um zu sehen, dass wir den Tibetern *helfen.*«

Doch der Soldat zeigte mit einem hartnäckigen Finger auf

Dorje. »Er ist zum Flugzeug gelaufen. Er versucht sicher zu fliehen.«

Alle am amerikanischen Tisch drehten fortwährend den Kopf zwischen dem Sprecher und dem Dolmetscher hin und her, als befänden wir uns bei einem Tennisspiel. Da ergriff Aronson das Wort: »Ich bin ein wenig verwirrt von all dem Gerede über eine Flucht. Vielleicht hat dieser Soldat den Zweck unseres Besuchs nicht ganz verstanden, Mr. Loh.«

Nachdem Mr. Loh die Übersetzung gehört hatte, gab er keine Antwort.

Der Senator fuhr fort: »Wie schon gesagt, ich entschuldige mich vielmals für diese Störung. Aber ich kann mir nicht vorstellen, dass hier ein Problem vorliegt, da er zu unserer Gruppe *gehört* und *mit uns abreisen wird.*«

Dorjes Augenbrauen schossen in die Höhe. Während der Dolmetscher Aronsons Worte ins Chinesische übertrug, nickte ich Dorje so subtil wie möglich zu. Er sah mein Zeichen und setzte eine ausdruckslose Miene auf. Er schien unseren Fluchtplan durchschaut zu haben.

»Wir sind hier in Tibet als eine Art älterer Bruder.« Jetzt wurde Mr. Lohs Tonfall entschlossener. Er blickte beim Reden immer wieder vom Soldaten zu Aronson. »Und heute sind wir wegen unserer Freundschaft mit den Amerikanern hier, um ihnen zu zeigen, was wir alles erreicht haben. Also gibt es *kein* Problem mit dem Mann.«

Sobald Aronson die Übersetzung gehört hatte, sagte er: »Dann ist das alles nur ein Missverständnis. Vielen Dank, dass Sie es aufgeklärt haben.«

Mr. Lohs Gesicht war angespannt. »Ja. Wir wünschen Ihnen *allen* eine sichere Heimreise.«

Als ich die Worte des Dolmetschers vernahm, stieß ich den Atem aus, den ich so lange angehalten hatte. Der Soldat ließ

Dorje los, und er kam zu unserem Tisch, setzte sich und rieb sich die Handgelenke, deren Haut ihm die Handschellen aufgescheuert hatten.

»Vielen Dank.« Aronson nickte und hob seine Teetasse. »Ich würde gerne einen Trinkspruch auf unseren geschätzten Gastgeber, Mr. Loh, und seine gesamte chinesische Delegation ausbringen. Möge Ihnen ein langes Leben … und viel Glück beschert sein. Da wir nun aufbrechen, möchte ich Ihnen von uns allen«, er machte eine ausladende Handbewegung in unsere Richtung, »von Mr. und Mrs. Kittredge und ihrer Tochter, von Mr. Dorje, unserem Dolmetscher, unseren Fotografen und meiner Wenigkeit für diesen informativen und inspirierenden Besuch danken.« Wir alle tranken auf das Wohl meiner Entführer.

Dann standen wir auf und gingen zum Flugzeug. Wir begannen, die Stufen zur Maschine hinaufzuklettern, Dorje eingekeilt zwischen Emma und mir, und Aronson und die Fotografen hinter uns. Im Gänsemarsch stiegen wir schnell ein. Von innen schloss Aronson die Tür. Und wir alle holten wieder Atem.

15. Mai 1956

Dorje

Nachdem die Flugzeugtür geschlossen war, standen Emma, Gerald, ihr amerikanischer Freund Mr. Aronson und ich einen Moment da und hatten die Arme um die Schultern des anderen gelegt. Dann berührten wir uns auf einmal mit der Stirn, wir alle, obwohl Mr. Aronson nicht wusste, was das bedeutete, und er lächelte verwirrt. Die kleine Rin befand sich in der Mitte unseres Kreises und sah zu unseren lächelnden Gesichtern hoch. Anschließend haben wir uns alle auf unsere Stühle gesetzt, die im Innern des Flugzeugs befestigt waren. Der Pilot fragte, ob wir alle unsere Gurte auf unserem Schoß hatten, und als wir sie angelegt hatten, schaltete er den Motor ein.

Der Lärm überstieg alles, was ich jemals zuvor gehört habe. Mein Herz begann zu hämmern, als würde ich laufen. Und das Flugzeug wurde schneller und schneller, und seine Nase erhob sich, und dann habe ich keine Erdlöcher mehr gespürt. Ich habe aus dem Fenster gesehen, und wir waren tatsächlich in der Luft! Ich musste meinen Freunden Gerald und Emma vertrauen, dass wir in Kathmandu sicher aus dem Bauch dieses Vogels steigen würden. Obwohl ich so viele Flugzeuge in Nepal gesehen hatte, hätte ich mir niemals träumen lassen, wie es wäre, selbst in einem zu sein.

Ich habe meine Arme und Beine berührt, weil ich nicht glauben konnte, dass ich an diesem Morgen meinen Sohn beerdigt hatte und nun in einem Flugzeug saß. Ich habe mich bei den Göttern bedankt, weil sie mich beschützt haben. Hoffentlich hatten wir sie nicht beleidigt, indem wir in diesem Flugzeug flogen. Wir Tibeter haben noch nie Flugzeuge in unserem Land gehabt, weil die Lamas uns beigebracht haben, dass die Luft über unseren Köpfen die Heimat der Götter ist. Sie dürfen nicht gestört werden, da wir sie sonst vielleicht verärgern. Wenn wir also heute stolz genug zum Fliegen waren und die Geister der Luft und des Windes erzürnt haben – wäre das denn keine Aufforderung an sie, uns eine demütigende Lektion zu erteilen?

Trotzdem habe ich mich langsam beruhigt, während ich aus dem Fenster schaute. Ich blickte zu dem Gebirge, das ich immer angebetet habe, das mein Volk seit Jahrhunderten vor Fremden beschützt hat. Zum ersten Mal habe ich es aus den Augen eines fliegenden Geschöpfes gesehen. Diesen Moment hätte ich liebend gerne mit Dawa erlebt. Er hatte einen solchen Wissensdurst und wollte verstehen, wie die Erde wirklich aussah und wie weit dieses Land von einem anderen entfernt lag. Wenn er das gesehen hätte, was ich am Fenster sah, wäre er sicher gleich aufgesprungen. Als ich an ihn dachte, kamen Tränen von meinem Herzen in meine Kehle. Ich habe ihn schrecklich vermisst. Für den Rest meines Lebens würde es Momente wie diesen geben, an denen ich an ihn dachte, immer und immer wieder.

Ich saß neben meinen Freunden. Gerald und Emma hielten sich fest an den Händen. Sie haben auf dasselbe Gebirge gestarrt. Gerald hatte Tränen im Gesicht, und Emma seufzte. Ihre kleine Tochter schlief quer über ihren Schößen.

Ich musste mich nicht in sie hineinversetzen. Auch ich habe Tränen auf meinen Wangen gespürt, und die kalte Luft blies darüber.

Aber auf meinem Herzen lag eine bedrückende Frage: *Werde ich jemals zurückkehren?* Sie hat meine Brust zerquetscht. Mein Kopf sagte: *Vielleicht, in ein paar Jahren. Vielleicht, wenn diese Reise gut geht, kann ich mit Rinchen und meiner Familie zurückkommen, wieder in der Luft. Vielleicht kann uns der Senator helfen, Samten zu befreien, und wir holen ihn.*

Es war sonderbar, sich übers Reisen in der Luft Gedanken zu machen. Es schien unmöglich zu sein. Aber dann habe ich mich an die ungeheure Kraft der tibetischen Winde erinnert. Sie bringen Gebetsflaggen zum Flattern, geben die heiligen Worte frei und tragen sie in den Himmel. Ich dachte daran, dass wir genauso über das Gebirge schweben, wie Dawas Seele es getan hat, als die Aasgeier sein Opfer angenommen haben.

Er würde in Tibet bleiben. Für diesen kleinen Trost war ich dankbar.

15. Mai 1956

Emma

Nachdem wir uns auf unseren Sitzen niedergelassen hatten, versuchte ich mich zu beruhigen. In den Stunden außerhalb des Flugzeugs waren so viele Gefühle auf mich eingestürzt. Von köstlichster Freude bis entsetzlichster Angst.

Ich weiß nicht, was alle anderen gefühlt haben. Aronson und ein paar der Fotografen lachten herzhaft, auf die Art, in der Männer ihre Furcht zu überspielen versuchen. Ich selbst saß wie festgefroren auf meinem Sitz, weil ich wusste, dass es etwas gab, das ich Gerald sagen musste. Etwas, das mir schwer auf der Seele lastete. Unsere Rettung in letzter Minute zu riskieren, indem er für Dorje den Helden spielte, hat mich verletzt, fuchsteufelswild gemacht, auf eine Weise, die ich nicht so leicht vergeben und vergessen konnte. Ich musste es ihm sagen, und sei es auch nur, um ihm klarzumachen, was das mit mir angestellt hatte. Es war nicht so, dass mir Dorje nichts bedeutete. Das tat er. Ich verdankte ihm mein Leben. Ich kam mir wie ein Tier vor, eine Bärin, die alles in ihrer Macht Stehende täte, um die Mitglieder ihres kleinen Clans zu beschützen. Und zusehen zu müssen, wie Gerald mit unserem Schicksal spielte, und noch dazu so leichtfertig, als wäre es keinen Penny wert, zerriss mir schier das Herz.

Aber das musste warten. Dorje bedeutete mir viel, weshalb

ich ihm nicht zumuten wollte, dass er mitbekam, wie ich Gerald im Flugzeug darauf ansprach. Und so saß ich einfach da, hielt Geralds Hand und stieß ein leises Dankesgebet aus.

Gerald redete mit Aronson. »Ich weiß nicht, wie ich Ihnen für alles, was Sie getan haben, danken kann.«

Aronson streckte Gerald die Hand entgegen und sagte: »Nun, genauso habe ich mich gefühlt, als ich den GI sah, der mich aus dem deutschen Gefängnis befreit hat. Jetzt wissen Sie, warum ich es getan habe, oder?«

Gerald nahm Aronsons Hand und schüttelte sie. »Ja.«

Der Fotograf neben Aronson machte ein Bild von den beiden Männern, die sich in diesem Moment der Dankbarkeit die Hände reichten.

Dann drehte sich Gerald zu Dorje um und sagte: »Ich bin so froh, dich bei uns zu haben. Gott sei gedankt, dass alles gut ausgegangen ist.«

Was dein Glück ist, Geebs, dachte ich.

»Ich kann kaum glauben, dich lebend wiederzusehen, mein Freund«, entgegnete Dorje. »Und ich muss dir sagen, dass das, was du getan hast, sehr dumm von dir war.« Dorje sah mich an. »Ich hatte nicht vor, deiner Familie so viele Sorgen zu bereiten. Es tut mir leid. Ich war nicht ganz ich selbst.« Er wurde rot, und für einen Augenblick glaubte ich, er würde in Tränen ausbrechen. Ich fragte mich, was der Grund sein mochte.

»Keine Entschuldigungen, Dorje«, sagte Gerald. »Ich habe viel durchlitten, aber wenn ich dich dort in Handschellen hätte zurücklassen müssen, wäre das schlimmer als alles andere gewesen. Mit dieser Schuld hätte ich nicht leben können. Denk also nicht länger darüber nach. Erzähl uns lieber, was du in Lhasa gemacht hast. Emma hat gesagt, du lebst jetzt in Kathmandu.«

»Oh, das ist eine traurige Geschichte.«

»Was ist geschehen?«

Rin rieb sich schläfrig die Augen.

Ich ermunterte Dorje. »Ich habe von Kingsley gehört, dass du nach Lhasa reisen wolltest.«

»Ich bin gekommen, um meinen Sohn Dawa zu suchen. Er hatte sich den Freiheitskämpfern angeschlossen.«

»Wirklich? Ich habe im Gefängnis von ihnen gehört. Aber ist Dawa denn kein Mönch?«

Dorje zögerte. »Das war er. Und Rinchen und ich waren sehr unglücklich über den Weg, den er eingeschlagen hat. Ihr wisst, als Soldat hat man das schlechteste Karma.«

Ich wurde ungeduldig. »Hast du ihn gefunden?«

Er zögerte erneut. »Nein.« Er seufzte. »Ich … habe ihn heute Morgen beerdigt.«

Eine schreckliche Stille breitete sich zwischen uns dreien aus. Gerald saß mit weit aufgerissenem Mund da, seine Augen füllten sich vor Traurigkeit mit Tränen.

Ich schüttelte den Kopf, weil ich einfach nicht glauben konnte, wie viel Dorje und Rinchen bereits verloren hatten, und hier folgte nun ein weiterer Schicksalsschlag. Ich legte Dorje eine Hand auf den Kopf. An seinen Handgelenken waren immer noch rote Spuren zu sehen. Meine Augen brannten. »Es tut mir leid. Er war eine wunderschöne Seele.« Ich wandte mich an Gerald. »Dawa war während unserer Flucht unsagbar lieb zu mir. Er ist mit uns nach Kathmandu gekommen. Er hatte so viele Fragen über die Welt. Ich habe es geliebt, wie ehrlich er die schweren Fragen gestellt hat, weil ich mir dieselben stelle.«

»Vielen Dank«, sagte Dorje. »Nach dem Begräbnis stand ich auf dem Berg und sah, wie das Flugzeug durch die Luft segelte. Ich war verrückt vor Kummer. Ich begann, darauflos zu laufen. Ich bin so weit gelaufen, dass ich es beinahe erreicht hätte – als die Soldaten mich geschnappt haben. Ich habe geglaubt, den Verstand verloren zu haben.«

Gerald fragte leise: »Weiß Rinchen bereits davon?«

Dorje schüttelte den Kopf.

Ich hatte fürchterliches Mitleid mit ihm. »Wir werden ein paar Tage in Kathmandu bleiben. Wir werden euch so gut es geht helfen.«

»Vielen Dank.«

Ich fühlte mich unerhört glücklich, alle meine Lieben um mich zu haben – nah genug, um sie mit meinen eigenen Fingern zu berühren.

»War es ein Himmelsbegräbnis?«, fragte Gerald.

»Ja.«

»Das ist gut.«

»Es war ein Segen«, sagte Dorje, aber sein Gesicht war verwüstet wie ein Haus nach einem Orkan.

15. Mai 1956

Dorje

Als wir Kathmandu erreichten, war es bereits acht Uhr abends. Erneut war es ein Schock, in dieser großen Stadt anzukommen. Ich roch den Gestank der Automobile, und meine Ohren taten weh von den kreischenden Hupen und dem Klingeln der Fahrräder.

Obwohl ich Mr. Aronson in mein Haus eingeladen habe, verabschiedete er sich höflich. Er umarmte Gerald und Emma. Er sagte etwas über das Eintauchen in eine Wanne mit heißem Wasser. Ich habe ihm für seine Güte gedankt. Dann haben wir uns mit der Stirn berührt, ganz auf die tibetische Art.

Wir vier standen an einem Platz, wo wir ein Taxi herbeirufen konnten. Ich sagte zu ihnen: »Ihr wohnt natürlich bei mir.«

Sie haben sich nicht gerührt. Gerald sah mich mit hochgezogenen Augenbrauen an, und Emma starrte zu Boden. Er sagte: »Es ist vielleicht besser, wenn du und Rinchen Zeit allein habt.«

Ich habe tief eingeatmet, mich erinnert, was vor mir lag. »Sprecht bitte Gebete für uns. Was ich heute Abend tun muss, ist das Schlimmste, was ich je in meinem Leben tun werde.«

Emma sah mich mit traurigen Augen an. »Rinchen ist eine starke Frau.«

Ich nickte langsam.

»Wir wohnen bei Kingsley«, sagte sie. »Aber wir sehen uns vor unserer Abreise?«

»Ja, das ist gut.«

»Ich denke an dich, mein Freund«, sagte Gerald und hat mir eine Hand auf die Schulter gelegt. Wir alle berührten uns mit der Stirn, und selbst während der Taxifahrt konnte ich immer noch die besorgten Augen meiner Freunde sehen.

Als ich aus dem Taxi gestiegen bin, habe ich einige Zeit gewartet und das Haus betrachtet, bevor ich hineinging. Es war dunkel, und die rostige Farbe des Hauses wirkte kastanienbraun. Gelbe Blumen blühten in Töpfen unter den Fenstern, hoben sich ab von dem Kastanienbraun, schienen zu glühen. Das Haus sah aus, als gäbe es immer noch Hoffnung. Jetzt würde ich dort mit meinen Neuigkeiten wie ein schrecklicher Sturm wüten.

Ich habe Rinchen gesehen, die sich hinter dem Fensterrahmen bewegte. Sie bemerkte mich, und wenige Sekunden später öffnete sich die Vordertür. Rinchen ist wie angewurzelt stehengeblieben. Ihre Augen starrten mich direkt an, verängstigt wie die eines kleinen Waldtiers. Sie sah die Sorge in meinen Augen.

Ihre Augen haben nach ihm gesucht und die Leere neben mir gesehen. Da wusste sie es.

In diesem Moment wollte ich sterben.

Ihre Lider haben sich ganz langsam gesenkt wie bei jemandem, der in Ohnmacht fällt. Kummer breitete sich auf ihrem Gesicht aus, presste ihre Augen fest zu, zog ihren Mund in die Breite, als wäre sie erstochen worden. Die dünnen Muskeln ihres Halses spannten sich an, und sie krampfte ihre Faust um den Stoff ihrer *Chuba*. Ihr Körper faltete sich zusammen, bis sie auf den Knien war, nach vorne gebeugt, dann schlug sie mit den Fäusten gegen ihre Beine, während ihr Wehklagen die Nachtluft durchschnitt.

O Götter, habt Erbarmen! Wie soll ich ihr helfen? Wie konnte ich nur so versagen und ihr den Sohn nicht zurückbringen?

Ihre Schreie schienen aus einem anderen Reich zu kommen, nicht aus der Brust einer Frau. Sie peitschten durch meinen Körper. Ich hastete zu ihr, legte ihr die Arme um die Schultern, drückte meine Brust auf ihren Rücken, wiegte sie hin und her. Ich habe die Hitze ihres Körpers durch ihre *Chuba* gespürt und das Zucken bei jedem Schluchzer. Die Haut an ihrem Hals war feucht vom Schweiß, ihr Gesicht nass vor Tränen. Ihr Haar roch wie immer – nach dem Schweiß von der Liebe und Pflege ihrer Kinder und nach Gewürzen.

Ich wollte sie vollkommen bedecken. Während ich meine Nase in ihr Haar presste, habe ich mich daran erinnert, dass ich auch Dawa hatte bedecken wollen, als er mir von seinen schrecklichen Taten erzählte.

Nach langer Zeit wurde ihr Weinen zu einem leisen Stöhnen. Sie wiegte sich immer noch hin und her, als hätte sie ein Baby im Arm. Meine Tränen sind auf meinem Gesicht getrocknet.

»Ich wusste es … Ich wusste es …«, sagte sie durch ihre Tränen. »Ich wollte es nicht glauben …«

Ich wartete einen Moment. »Rinchen, wovon redest du?«

Sie schüttelte den Kopf, weinte immer noch mit zitterndem Kinn: »Ich wusste es, ich wusste es.«

»Du wusstest, dass Dawa etwas zugestoßen ist?«

Sie nickte, während sie vor- und zurückschaukelte. »Ich wollte es nicht glauben … Doch dann bist du mit diesem Ausdruck in den Augen gekommen, diesem ›Es tut mir leid‹, und er war nicht bei dir …«

»Woher wusstest du es?«

»Ich hatte einen Traum … viele Träume. Ich habe ihn gesehen … aber ich dachte …«

»Du hast Dawa *gesehen*?«

Sie wischte sich das Gesicht am Ärmel ihrer *Chuba* ab. »Er ist mir in der Gestalt eines Tiers erschienen.«

Ich wollte unbedingt wissen, was sie gesehen hatte. Ihr Kopf sank nach unten wie der Ast eines abgestorbenen Baums. »Sollen wir hineingehen?«, fragte ich und hob ihren Kopf an, indem ich ihr Kinn berührte.

»Ja«, sagte sie. Ihre braunen Augen waren weit aufgerissen und leer. Ich wollte meinen Atem in sie einhauchen, Licht in ihren trostlosen Blick bringen.

Sie stützte sich auf meinen Arm. Wie ein Kind habe ich sie an den Küchentisch geführt und sie hingesetzt.

»Erzähl mir, was du gesehen hast«, sagte ich.

»Seit vielen Nächten habe ich Träume.« Ihre Stimme war glatt wie ein Kiesel im Fluss. Ihre Augen glichen braunem Glas. »Vor acht Nächten habe ich zum ersten Mal einen Schneeleoparden gesehen. Er war wunderschön, von seiner königlichen Nase und den silbernen Augen bis hin zu dem dicken Fell – einer maßgeschneiderten schneeweißen Robe. Er lebte hoch oben im Gebirge, und er war ein erbitterter Jäger, einer von der Sorte, deren Herz heftig schlägt, wenn sie das Blut ihrer Beute sehen. In seiner Jugend hat es immer genug gegeben, um seine Gier nach frischem Fleisch zu stillen. Aber dann kam eine Zeit der großen Not, und es gab nicht mehr viele Tiere, die er jagen konnte. Häufig stieß er auf die trockenen Knochen von Tieren, die verhungert waren.«

Sie setzte sich aufrecht hin und faltete die Hände im Schoß. »Also ist er in die höheren Lagen geklettert, zu einem gewaltigen Felsvorsprung. Und von diesem Felsvorsprung ist er auf die scharfen Steine herabgesprungen. Einer der Steine hat ihm das Herz durchbohrt.« Sie legte sich eine Hand auf die Brust, Traurigkeit zog ihr Gesicht nach unten. »Sein Bauch war aufgeschlitzt, sein Blut über die Steine verspritzt, sein schneeweißes Fell rosarot, und seine Organe wurden von der Sonne gewärmt. Alle hungernden Tiere des Gebirges kamen herbei und aßen von ihm und retteten sich so vor dem Tod. Auf diese Weise war das schlechte Karma, das er in seinen Tagen des Tötens angehäuft hatte, wie weggewischt, und seine Seele schwebte hinauf in den Himmel.« Ihre Stimme wurde leise, als sehe sie etwas unbeschreiblich Schönes. Ihre Augen starrten die ganze Zeit auf denselben Punkt, waren berauscht von diesem Bild.

Ihr Traum kam Dawas echtem Leben und Tod so nahe. Das wollte ich ihr sagen, aber dann hielt ich mich zurück. Ich konnte ihr nicht berichten, dass Dawa wie der Schneeleopard getötet hatte.

Sie fuhr fort: »Mehrere Nächte lang besuchte mich der Leopard in der Stille. Ich habe seine leuchtenden Augen in der Dunkelheit gesehen und das Tapsen seiner Pfoten auf dem Boden gehört, während er zu mir geschlichen ist. Lhamo und Champa haben neben mir geschlafen, aber ich hatte keine Angst um mich oder sie. Ich habe mich aufgesetzt und dem Leoparden direkt in die silbernen Augen gesehen.« Sie stieß einen Seufzer aus. »Er ist stehengeblieben und hat mich angeschaut, und dann verblasste sein Bild, zuerst sein Körper und zuletzt seine Augen – wie zwei schimmernde Münzen. Viele Male ist er so zu mir gekommen und wieder gegangen. Aber vor ein paar Nächten haben sich seine Schultern bewegt, während er langsam in meine Richtung schlich, und er hat sich neben mich gesetzt. Er hat seinen schweren weißen Kopf in meinen Schoß gelegt, und ich habe mich zurückgelehnt und bin eingeschlafen, wobei ich seine Wärme spüren konnte. Als ich erwachte, war er verschwunden. Seitdem ist er nicht mehr zurückgekommen.«

Ich nahm ihre beiden Hände in meine. Sie waren warm,

aber ohne Leben. Ich habe ein Gebet zu Padmasambhava gesandt und ihn gebeten, ihr Leiden in meinen Körper zu übertragen und meinen Händen und Worten eine heilende Kraft zu spenden. Als ich meine Frau angeschaut habe, sah sie um Jahre älter aus, älter als eine Frau, die immer noch Kinder zur Welt bringen konnte und dies wahrscheinlich auch tun würde.

Ich habe den Mund geöffnet und zugehört, wie Worte aus ihm herausflossen: »Es ist genau so geschehen, wie du es geträumt hast. Sein Körper wurde den Tieren bei einem Himmelsbegräbnis dargeboten. Ein echtes Opfer.«

»Also hat er gutes Karma angesammelt.« Ich hörte Hoffnung in dem hohen Ton ihrer Stimme. »Aber woher weißt du, dass er gestorben ist?«

»Ich habe ihn gesehen, *bevor* er gestorben ist. Ich habe mit ihm gesprochen.«

Sie hat sich aufgesetzt. »Wirklich? Wie hast du ihn gefunden?«

»Das war nicht schwer. Ich habe Khampas getroffen und nach ihm gefragt. Sie haben mir gesagt, dass er im Kloster Sera ist. Die Mönche dort haben ihn versteckt und ihn gepflegt, weil er verwundet war.«

Ihr Mund hat sich vor Besorgnis geöffnet. »Was ist ihm zugestoßen?«

»Eine Schusswunde.« Ich streichelte ihr über die Arme. »Aber er war friedvoll. Er hatte entschieden, zu uns nach Hause zu kommen, bevor er verletzt wurde.«

»Das wollte er?«

»Ja, sehr. Doch er war schwach und hat sich bereits auf seinen Tod vorbereitet.«

»Wenn ich ihn doch nur hätte sehen können.« Ihr Blick sank auf ihren Schoß. Sie wirkte beschämt. »Ich habe im Zorn mit ihm gesprochen, bevor er fortgegangen ist.«

»Mach dir deswegen keine Gedanken. Er war im Einklang mit sich. In seinem Herzen wusste er, dass du ihn liebst.«

Sie seufzte, und ich spürte die warme Luft aus ihren Lungen über meine Hände streichen. »Er war glücklich, in Tibet zu sterben«, fügte ich hinzu.

Ich habe ihr diese Geschichte erzählt, wobei ich die schreckliche Szene seines Leidens und des Geständnisses, dass er getötet hatte, mit sanften goldenen Farben übermalte. Unter der harten Schale meiner Khampa-Frau schlug ein Herz, das sanfter war als eine Lotusblüte.

In dieser Nacht schliefen wir in den Armen des anderen ein, zusammen mit unseren Kindern, die neben uns lagen. Ich habe die Gnade der Götter gespürt – ich war im selben Zimmer und atmete die gleiche Luft ein wie all jene, die mir etwas bedeuteten.

15. Mai 1956

Gerald

Kingsley war so erleichtert, mich zu sehen, dass er seine steifen englischen Arme um mich legte. Er führte uns in das kleine Häuschen hinter seinem Anwesen und ließ uns Tee und Sandwiches bringen. Dann zog er sich zurück.

Schließlich kam der Moment: Ich konnte die Tür hinter mir schließen. Ich lehnte mich dagegen und blickte zu meiner Frau, die Rins Windel auf dem Bett wechselte.

Ich atmete den Duft der beiden ein – ein pudriger, sauberer Geruch wie ein Stück Seife.

An diesem Morgen. An diesem Morgen hatte ich ein Stück Seife gesehen, und die Szene spielte sich noch einmal vor meinem geistigen Auge ab – der Eimer, die getrockneten Blutflecke an den Wänden, die Fliesen, der Geruch nach nassem Beton. Genosse Hans Gesicht. Zu jenem Zeitpunkt, vor knapp neun Stunden, hatte ich nicht gewusst, dass dies der Tag meiner Entlassung sein sollte. Dass ich an diesem Abend gegen eine Tür lehnen würde und meiner Emma und meiner Tochter zusähe.

Emma bemerkte mich und streckte mir die Arme entgegen. Ich ging auf sie zu. Wir hielten uns fest umschlungen, bis ich vor Erschöpfung zitterte.

Dann setzten wir uns nebeneinander aufs Bett. Sie schlug

einen ernsten Tonfall an. »Geebs, ich muss dir etwas sagen. Ich bin dankbar, dass alles ein gutes Ende genommen hat, aber bei der Sache in Lhasa bist du ein großes Risiko eingegangen.«

Ich wusste nicht, was ich erwidern sollte. »Emma.«

»Wie konntest du mir das antun? Uns? Du hast sogar unser Kind in Gefahr gebracht.«

Sie wartete, wandte den Blick nicht von meinem Gesicht ab. Ich zögerte. Dann sagte ich: »Ich kann dir das nicht erklären. Nur, dass es viele Arten des Sterbens gibt, Emma.«

Ihr Gesicht war hart wie Ziegel. »Das verstehe ich nicht.«

»Ich weiß.« Sie tat mir so leid. Tränen schossen ihr in die Augen.

Ich sagte: »Ich würde es nicht überleben, wenn ich ihn dort zurückgelassen hätte und er das ertragen müsste, was mir widerfahren ist.«

Sie saß ruhig da, wirkte stiller und trauriger, als ich sie je erlebt habe. Ihr Kinn zuckte, und ich sah, dass sie ihre Gefühle zu kontrollieren versuchte. Ich legte ihr die Arme um die Schultern und begann noch mehr zu zittern. Ich versuchte, nicht zu atmen, andernfalls wäre ich zusammengebrochen, und alles würde wie bei einem Krampf durch mich hindurchpeitschen, die ganzen zwei Jahre, und ich würde weinen, und Emma müsste denken, ich sei verrückt.

Womit sie nicht ganz unrecht hätte. In meinem Nacken kribbelte es, als beobachtete mich jemand, jemand, der wusste, dass ich längst nicht mehr der Mann war, für den sie mich hielt. Ich schob den Gedanken beiseite.

Sie küsste mich, langsam und zögerlich, und wir rieben unsere Wangen aneinander, riefen uns die Form des Gesichts und Halses des anderen in Erinnerung. Wir fielen aufs Bett, lagen auf der Seite und hatten einander den Kopf zugewandt, starrten uns in die Augen. Rin kletterte aufs Bett. Sie setzte sich auf Emmas Hüfte, wollte ein Teil von all dem sein.

»Ich bin wirklich durcheinander«, sagte ich nervös. Es war beunruhigend, Emma in meine Augen sehen zu lassen, sodass sie womöglich erkannte, welches Chaos sich dahinter verbarg. Mein Verstand hatte einen zweijährigen Orkan erlebt, einen Trümmersturm mit Seilen und Bambus und Haken und Parolen und Schreien, was nun alles um mich herumlag.

»Wir machen dich zurecht. Du wirst so hübsch wie früher aussehen«, sagte sie strahlend, mit einem Ausdruck von Versöhnung in den Augen.

Ich sah sie zweifelnd an. *Ich meinte nicht … mein Äußeres.*

»Wirklich. Ich habe alles da: Rasierer, Zahnbürste, Zahnpasta, Seife, Shampoo, Zahnseide. Ich bringe dir, was du willst.«

Ich bedachte sie mit einem aufmunternden Lächeln, da mir nichts anderes einfiel.

Sie sprang auf und öffnete den Koffer, den sie mitgebracht hatte. Dann kam sie zurück und hielt etwas Weißes in Händen, zeigte mir dabei ein Ich-habe-ein-Geschenk-für-dich-Lächeln. Es war ein schneeweißes Hemd, das zusammengefaltet auf einer hellbraunen Hose lag. Das Hemd glich dem, das ich die letzten zwei Jahre getragen hatte, nur dass es makellos und rein war. Als wäre ich ebenfalls wieder rein, wenn ich es anzöge.

Während ich die Kleidung betrachtete, verkrampfte sich mein Magen vor Angst. Mein Hemd zu wechseln würde nicht ausreichen, aber wie konnte ich ihr das verdeutlichen? Ich nahm die Kleidung und legte sie aufs Bett. Beim Anblick des perfekt gefalteten Haufens wäre ich beinahe zusammengebrochen und hätte geweint. »Ich … äh … ich muss mich erst ein bisschen schrubben, bevor ich ein solch sauberes Hemd anziehe.«

»Natürlich. Großartig.« Sie grinste weiterhin und zauberte

noch etwas hervor: Rasierzeug, bestehend aus Seife, Shampoo, einem Rasierer, einer Schere, Aftershave, einer Zahnbürste und Zahnpasta. Dann zog sie einen Stuhl herbei und sagte: »Setz dich. Ich schneide dir die Haare.«

»Wie hast du nur an all das denken können?«, fragte ich sie, beeindruckt und gerührt.

»Eigentlich war es Aronsons Idee. Er hatte so eine Ahnung, was du vielleicht brauchen würdest.«

Ich nahm Platz und versuchte, mich zusammenzureißen, während sie schnitt und schnipselte. Als sie mit dem Scheren fertig war – und ich meine tatsächlich »scheren«, da sie den Großteil meiner Haare und des Bartes absäbelte –, reichte sie mir einen Spiegel. Ich sah sauberer aus, und nur noch die eingefallenen Augen erinnerten an einen Geisteskranken.

Die Angst ließ meinen Magen immer noch krampfen. Vielleicht konnte mich Emma wie eine neue Münze aufpolieren. Ich konnte vielleicht sogar wieder dem früheren Gerald ähneln, der zwölf Stunden am Stück ohne aufzuwachen durchschlief, der Essen in sich hineinstopfte, ohne über jeden Bissen nachzudenken, dem Kerl, der glaubte, dass der Kern der Menschen gut sei. Aber das war ich nicht mehr. Sie tat mir so leid. Sie war auf einen Betrüger hereingefallen.

Ich schnappte mir die Kleidung, flüchtete ins Bad und tauchte ein in die kleine freistehende Wanne auf Krallenfüßen. Ich weinte geräuschlos, während ich jede Spur von all dem, was ich durchlitten hatte, wegzuschrubben versuchte.

Gib mir ein reines Herz, Gott!

Ich zog die neue Kleidung fernab von Emmas Augen an. Ich schämte mich dafür, wie verbraucht mein Körper aussah. Ich wollte sie nicht schockieren. Die Ärmelaufschläge meines Hemdes waren riesig im Vergleich zu meinen schmalen Handgelenken.

Als ich in unser Zimmer zurückkehrte, jagte sie Rin übers Bett und versteckte sich unter der Decke. Der Raum war von herzlichem Gelächter erfüllt. Sie stand auf und strahlte mich an, aber in ihren Augen war Schmerz zu lesen, obwohl sie versuchte, ihn zu verbergen.

Ich war angespannt und verängstigt. Ich wollte in ihrer Nähe sein, musste sie jedoch vor den Dingen schützen, die sie womöglich sähe, sobald ich sie an mich heranließ. »Ich mache einen Spaziergang«, sagte ich.

Ihr Lächeln verschwand, und sie zuckte zusammen, als habe ich sie verletzt. Sie wollte alles wieder so haben, wie es früher einmal gewesen war, und zwar sofort. Wer konnte ihr das verübeln?

Ich sah sie an und sagte mit einem Lächeln: »Nur einen kleinen.«

»Na schön. Sei vorsichtig.« Sie nickte lächelnd, ich drehte mich um und hastete aus der Tür.

In der ersten Nacht nach meinem Gefängnisaufenthalt habe ich wenig geschlafen. Es wäre wunderbar, wenn ich sagen könnte, dass mich meine brennende Leidenschaft für Emma wach gehalten hätte. Aber als wir uns schließlich wie Mann und Frau ins Bett legten, konnte ich es nicht tun. Meine Hände waren schwitzig, und meine Brust hämmerte, wenn auch nicht aus Erregung. Ich hatte Angst.

Es war einfach zu viel. Die einzigen Menschen, die meinen verfallenen Körper in den letzten zwei Jahren nackt gesehen hatten … hatten mich beschämt. Hatten mich dazu gebracht, dass ich nie wieder nackt sein wollte.

Wir küssten uns, atmeten schneller, und es fühlte sich so gut an, ihre samtig weiche Haut zu spüren, ihre weiblichen Formen … Und dann sah ich Genosse Hans Gesicht. Es war so real und furchterregend, als läge statt Emma auf einmal *er* in meinen Armen. Ein leises Kichern entschlüpfte seinem dünnen Mund. Weil er es wusste. Er wusste, dass es nicht mehr funktionieren würde. Ich schauderte heftig. Ich versuchte, ihre gerötete Haut und ihre verzeihenden Augen anzuschauen, sie ganz in mir aufzusaugen, ihren Geruch einzuatmen und dem Zittern Einhalt zu gebieten. Doch ich musste Abstand von ihr gewinnen. Ich setzte mich an den Bettrand, spürte ihre mitleidvollen Augen in meinem Rücken.

Sie legte mir eine warme Hand auf die Schulter, aber ich dachte immer nur daran, dass ihre Finger meine sehnigen Muskeln berührten, die meine knackenden Knochen fest umgaben. Sie streichelte mich langsamer, liebkoste mich, hielt mich. Doch ich konnte den Weg zu jenem Moment nicht zurückfinden, schämte, versteckte mich, war irgendwo in meinem Bewusstsein verloren.

Nachdem sie eingeschlafen war, rollte ich mich möglichst klein zusammen und weinte lautlos, damit sie nicht hörte, wie kaputt ich war.

Ich war so einsam, als befände ich mich wieder in der Einzelzelle.

Nach den Tränen schaute ich auf ihre schlafende Gestalt. Wer war dieses Skelett in ihrem Bett? Sie hatte nicht den blassesten Schimmer. Ein Knochenmann lag neben ihr, der seinen ehelichen Pflichten nicht nachkommen konnte, der innerlich zitterte, der sich auf Arten kompromittiert hatte, die sie sich nicht vorstellen konnte. Sie hatte immer noch ein Ideal in ihrem Kopf, ihren alten, lebenslustigen »Geebs«.

Dieses Geheimnis verbrannte mich innerlich. Aber es war nicht wirklich ein Geheimnis; mein Körper posaunte regelrecht in alle Welt hinaus, dass mit mir etwas überhaupt nicht mehr stimmte. Emma war immer ein so einsames Geschöpf gewesen, und sie war auch jetzt einsam, wartete auf die Rückkehr ihres Mannes.

Wenn ich diesen Mann fand, würde ich ihn ihr liebend gerne vorbeischicken.

Ich wusste beim besten Willen nicht, wer in dem Zimmer dieses Häuschens saß, in dem mein Kind geboren worden war. Ich konnte fast mein altes Ich spüren, als sie mich »Geebs« genannt hatte. Doch im Laufe der vergangenen zwei Jahre hatte ich mich in dunklen Katakomben versteckt und den Schlüssel verloren.

Ich spürte, wie sie an mir zog, wie sie mich wollte, aber mir fiel kein Fluchtweg aus dem Verlies ein.

Freiheit sieht so einfach aus, wenn man im Gefängnis ist. Man sitzt in einem Raum mit einem Eimer stinkender Exkremente, und man denkt wehmütig, man könne von diesem Ort weggehen und ihn hinter sich lassen.

Man weiß nicht, dass er *in* einem steckt wie ein Parasit, der sich in den Eingeweiden eingenistet hat und einen bei lebendigem Leib auffrisst.

Gab es da eine Brotkrumenspur, der ich folgen konnte, um zurückzukehren?

Rede offen und ehrlich mit ihr. Das ist die Art der Quäker. Zu diesem Zeitpunkt schien es mir ein schrecklich grausamer Weg zu sein.

Ich blickte immer noch in ihr schlafendes Gesicht, als sie die Augen aufschlug und mit einem warmen Lächeln sagte: »Ich hatte das Gefühl, dass du mich anschaust.«

»Ich bin nicht mehr dein früherer Ehemann, das musst du wissen«, platzte es aus mir heraus.

Sie setzte sich auf, ihr Gesicht nahm sofort einen ernsten Ausdruck an. »Wie könntest du das auch?«

»Nein. Ich denke, du solltest wissen, worauf du dich einlässt, Emma.« *Vielleicht geht sie, falls sie alles erfährt, weil sie denkt, sie sei dem nicht gewachsen. Aber besser jetzt als später.*

»Ich habe die Chance, dich so zu nehmen, wie du bist, und zwar genau von hier, nicht wahr?« Ihre Stimme war überraschend fest.

»Ich habe Dinge getan … Ich muss dir sagen, was ich getan habe, und warum. Ich finde keinen Seelenfrieden wegen all der Dinge, die ich getan habe, und um ehrlich zu sein, weiß ich nicht wirklich, wer ich bin. Ich muss dir sagen, was ich getan habe.«

Sie richtete sich im Bett auf, rieb ihre Augen. Dann setzte sie sich im Schneidersitz hin, hielt den Rücken völlig gerade. Ihr Haar war ein einziges Durcheinander aus Locken, hinreißend und gleichzeitig ablenkend. Sie sagte: »*Müssen* wir das tun? Denn egal, was es sein sollte …«

Meine Kiefer spannten sich an. »Ich habe versucht, stark zu bleiben, ich dachte an all die Quäker vor mir, die im Gefängnis gewesen waren. Du erinnerst dich, wie sehr ich immer für meinen Glauben leiden wollte?«

Sie nickte, ihre Locken hüpften auf und ab. Ich wollte sie berühren. Aber ich hielt an meinem Entschluss fest. »Stattdessen habe ich ein falsches Geständnis abgelegt und behauptet, ich sei Kommunist. Ich habe meine Freunde enttäuscht und einen von ihnen in seinem Schmerz zurückgelassen.« Meine Stimme zitterte, und ich versuchte, ruhiger zu werden. Ich senkte den Blick auf meine Hände. »Ich habe Mao gedankt, dass er mich wieder auf den rechten Weg geführt hat.«

Ihre Augen wurden groß, glühten wie Flammen in ihrem Gesicht. »Bist du fertig? Ich *weiß*, was du geschrieben hast. Ich habe es gelesen, Gerald. Diese Mistkerle haben uns eine Kopie geschickt!« Die Flammen füllten sich mit Tränen. »Und denkst du etwa, das kümmert mich auch nur im Geringsten? Falls du denkst…« Sie schüttelte den Kopf, und ihrer Kehle entrang sich ein würgendes Geräusch. »Falls du denkst, dass ich vor den Gittern deiner Zelle stehen und irgendetwas, einfach *irgendetwas* verurteilen würde, das du getan hast, dann solltest du vielleicht deine Frau neu kennenlernen, denn du scheinst überhaupt nichts mehr von ihr zu wissen.«

Ich setzte mich neben sie, und wir brachen schluchzend zusammen, lehnten uns aneinander. Mein Schluchzen klang nach dem Heulen eines Tieres, und ich merkte, dass ich hin- und herschaukelte und mein Gesicht in den Händen barg. Ich spürte, wie sich eine Höhle aus Tränen in mir öffnete, und war sicher, dass ich nie wieder aufhören könnte zu weinen.

Doch schon nach kurzer Zeit zerrte Rin an meinem Ärmel. Ich sah zu ihr hoch.

Sie drückte mir ihren Schnuller in den Mund. Um mein Weinen zu beenden.

Ich war so überrascht, dass ich lachen musste. Emma brach ebenfalls in Gelächter aus. »Großer Gott, dieses Kind!«, rief ich.

Sie lächelte, nickte vor Verwunderung. »Ist sie nicht ein Prachtexemplar?«

Ich lächelte Rin an, während mir die Tränen in zwei Strömen das Gesicht herabrannen.

Emma sagte: »O ja, so verdient sie wohl einmal ihren Lebensunterhalt, nämlich indem sie Menschen aufmuntert. Ich habe jemanden gebraucht, der mich zum Lachen bringt.«

»Das kann ich mir gut vorstellen«, sagte ich traurig.

Ich nahm Rin fest in die Arme. Dann küsste ich Emmas Stupsnase und ihre vollen Lippen, langsame Küsse, die immer länger wurden. Ich begann, Fuß zu fassen. Da blitzte ein winziges Licht in meinem Kopf auf: Vielleicht, vielleicht könnten wir doch wieder zusammen sein, so wie früher.

Sie umfasste meine Hüfte und sagte: »*Du* bist mein Geebs.« In diesem Moment, als ich ihr Verlangen spürte, flatterte mein Herz noch heftiger als die Schmetterlinge in meinem Bauch.

Da erscholl wieder diese hässliche Stimme: *Sie weiß immer noch nicht, an wen sie sich gerade klammert.* Ich antwortete: *Nein, sie weiß noch nicht alles von mir. Aber das hier war schon mal ein Anfang.*

Am folgenden Tag gingen wir zum Mittagessen zu Dorje und Rinchen. Champa war in der Schule, also trafen wir uns zu viert, dazu Rin und die einjährige Lhamo.

Ich klopfte an der Tür, und Rinchen öffnete. Als sie mich sah, bedeckte sie den Mund und starrte mich lange an. Die grauen Schatten unter ihren kaffeebraunen Augen ließen sie alt und müde erscheinen. Mit erstickter Stimme rief sie Dorjes Namen. Dann verschwand sie schnell in der Küche.

Ich wusste, dass sie jetzt an Samten dachte, und er schien tatsächlich bei uns zu sein, in all unseren Gedanken, für den Rest unseres Besuchs an diesem Tag. Dorje begrüßte uns warmherzig und entschuldigte sich für die Schroffheit seiner Frau. Rinchen war schon seit dem Morgengrauen auf, um *Momos* zu machen, erklärte er. Das berührte mich. Den Teig herzustellen, auszurollen und ihn dann zu befüllen, war mit so viel Arbeit verbunden, dass dieses Gericht nur an besonderen Tagen gegessen wurde.

Nach einem Moment kam Rinchen aus der Küche zurück und gesellte sich zu uns, während wir in einem unbehaglichen Zirkel beisammenstanden. Sie beugte sich zur kleinen Rin hinab, die in Emmas Armen lag, und berührte ihr Gesicht. Emma legte ihrer Freundin den Arm um die Schulter und sagte: »Warum hast du dir so viel Mühe gegeben und *Momos* zubereitet? Das wäre nicht nötig gewesen. Wir sind doch Familie.«

Rinchen wandte sich zu mir um und zwickte mich in die Haut an den Armen. »Dein Mann ist zu dünn! Er muss essen, essen, essen. Also habe ich *Momos* gemacht.«

»Nun, dann lass mich dir wenigstens helfen«, sagte Emma, und sie gingen in die Küche.

Ich drehte mich zu Dorje und sagte: »Ich will nicht, dass sie sich mit dem Kochen verausgabt, Dorje. Sie muss sehr erschöpft sein.«

»Hast du jemals versucht, Rinchen zum Zuhören zu bewegen?«, fragte er mit einem schiefen Lächeln. »Ich hatte Yaks, die besser gehorcht haben als sie.«

»Ach.« Ich lachte, trotz des ernsten Themas.

»Wie auch immer, sie … Ich glaube, dass sie das tun muss. Weißt du, das hält sie davon ab, in ihrem Schmerz zu versinken. Sie schneidet die Zwiebeln und sagt Gebete auf. Sie verquirlt den Buttertee, während sie ihre Mantras spricht. Das hat Seine Heiligkeit der Dalai Lama uns allen aufgetragen. Sie ist wie ein Gebirge im Monsun – es müsste Hunderte Jahre auf sie herabregnen, bis sie zusammenbricht. Und … weil sie Samten nichts zu essen geben kann, gibt sie dir zu essen.«

Ich sog scharf die Luft ein, als hätte er mir ein Schwert in den Magen gerammt.

Dorje fügte rasch hinzu: »Ich will nicht, dass du traurig bist. Ich sage dir nur die Wahrheit.«

»Nun gut«, antwortete ich leise. »Und sobald ich kräftig genug bin, werde ich alles in meiner Macht Stehende tun, um Samten freizubekommen.«

»Vielen Dank. Das ist ein Segen.«

Wir setzten uns auf Kissen um den niedrigen rechteckigen Tisch, während Rinchen Teller voll Essen vor uns abstellte: Nudeln, Suppe mit Yakfleisch und grünem Gemüse, dampfende Schalen mit Buttertee und ein nach Ingwer duftender

Berg *Momos*. Ich habe den Schmerz in ihrem gebeugten Rücken und in der Art gesehen, wie sie sich in Momenten der Ruhe schwer auf den Tisch lehnte.

Wir aßen schweigend, und nur gelegentlich durchbrach ein genüssliches Seufzen von Emma und mir die Stille – das Essen war köstlich. Während wir aßen, wurde mir unangenehm bewusst, dass es am Tisch einen freien Platz gab, ein leeres Kissen. Ich sah zu dem Kissen und fragte mich verwundert, ob es für Dawa oder Samten bestimmt war. Ich blickte mich am Tisch um und bemerkte, dass Rinchens Augen ebenfalls auf dem Kissen ruhten. Einer nach dem anderen sah dorthin. Rinchens Gesicht wurde rot, und dann sagte Dorje besorgt: »Bitte, esst alle.«

Nachdem wir fertig waren, schauten wir unseren Kindern beim Spielen zu. Ich wurde das Gefühl nicht los, dass sie Cousins und Cousinen waren. Champa war von der Schule zurückgekehrt, kümmerte sich um die zwei kleinen Mädchen und brachte ihnen sogar ein Spiel bei, das er »Fuchs-geh-um« nannte. Emma erklärte, sie habe es ihm gezeigt. Die beiden Kleinen verstanden die Regeln nicht. Die meiste Zeit über stand Champa in der Mitte, während die Mädchen kichernd um ihn herumliefen und »Fuum!« riefen. Schließlich gab er auf und setzte sich zwischen sie, wobei er theatralisch mit den Schultern zuckte, als wolle er sagen: »Ich habe mein Bestes gegeben, nicht wahr?«

Die einfache Freude, ihnen zuzusehen, ließ meine Kehle zu einem festen Klumpen zusammenschrumpfen, der sich noch lange, nachdem wir uns unter vielen Tränen verabschiedet hatten, nicht auflösen wollte.

17. Juni 1956,
Middletown, Connecticut

Emma

Ich stehe an der Küchenspüle, beobachte Geebs und Rin vom Fenster aus. Der Duft der Lilien weht in der feuchten Sommerluft herein. Meine Hände sind aufgequollen, liegen reglos in der warmen Seifenlauge. Meine Finger sind runzlig wie Rosinen.

An der Stelle, an der meine Kehle sein sollte, schmerzt es.

Er hebt sie hoch und trägt sie zu einem Rosenbusch mit Blütenblättern von der Farbe eines leuchtenden Sonnenuntergangs. Sie zeigt auf die Dornen und sagt: »Aua, aua.« Ihr Gesichtsausdruck ist schrecklich ernst. Er sagt: »Ja, da *kann* man sich wehtun.« Er nimmt ihren kleinen Finger und zeigt damit auf die schillernden Blüten. »Aber die Blumen sind wunderschön.« Er bringt Rin näher, damit sie die Nase in die Blüten stecken kann. »Riechst du das?«

Sie hebt den Kopf und grinst. »Hmmmm.« Sie beugt sich erneut von der Hüfte an herunter, was ihr den Anschein einer herabtauchenden Möwe verleiht. »Hmmmm!« Dann zeigt sie auf eine Dorne. »Aua.«

Dieses Spiel wiederholt sich nun schon seit zehn Minuten, ohne Pause. Geebs hat die Geduld eines riesigen, bedächtigen Tiers.

Hinter mir, an der Pinnwand, sind mehrere Zeitungsartikel über Senator Aronson und unsere Ankunft in den Vereinigten Staaten geheftet. Wir sind im selben Flugzeug wie der Senator zurückgekommen und von einer großen Menschenschar begrüßt worden, Reportern, Quäkern, Geralds Eltern und natürlich Genevieve. Zwischen dem verwirrenden Blitzgewitter in meinen Augen habe ich sie geduldig dort stehen sehen, mit ihrer abwaschbaren Vinylhandtasche.

Ich habe alle Zeitungsausschnitte gelesen, die ich finden konnte. Die meisten konzentrierten sich auf Aronson, und mehrere Reporter steinigten ihn, weil er nach China gefahren war und »mit den Kommunisten unter einer Decke steckte«. Doch die Journalisten, die uns tatsächlich begleitet hatten, erzählten eine andere Geschichte, von einem ehemaligen Kriegsgefangenen, der es nicht ertragen konnte, untätig danebenzustehen, während ein anderer Mann gefoltert wurde, und der sein politisches Ansehen aufs Spiel setzte, um seinem Gewissen zu folgen. Was Aronson, den mit unzähligen Orden ausgezeichneten Kriegshelden, und Gerald, den Kriegsdienstverweigerer, betrifft, so werden sie für den Rest ihres Lebens Freunde sein.

Wir sind nun seit einem Monat zurück. Ich klammere mich an diese Momente wie eine Schiffbrüchige an das letzte Stück Holz. Ich bete zu Gott: *Kann ich mich darauf verlassen, dass diese Menschen nun bei mir bleiben?*

Es gibt nichts Erschreckenderes, als jemanden zu lieben. Selbst in meinem eigenen Land ist es mir nicht gelungen, meine Angst zu überwinden. Erst jetzt beschleicht mich die Sorge, Senator McCarthy könnte von Geralds Geständnis erfahren und uns die Polizei auf den Hals hetzen. Oder er zerrt Gerald und Aronson vor ein parlamentarisches Komitee und veranstaltet dort eine Hexenjagd. Hoffentlich schaffe ich es im Laufe der Zeit zu glauben, dass wir wirklich in Sicherheit sind.

Ich greife in das lauwarme Wasser. Meine Finger schließen sich um eine hölzerne Schale, und ich ziehe das tropfnasse Teil heraus.

Sie ist von einem solch dunklen Braun, dass sie fast schwarz wirkt. Eine geschnitzte Holzschale für Buttertee, die ich in meinem Gepäck mitgebracht habe. Ich lächle, hebe sie vor mein Gesicht, spüre die weiche, nasse Wärme an meiner Wange.

Ich habe dieses Verlangen. Nach Tibet. Ich muss durchgeknallt sein. Man sollte annehmen, dass ich mich allein bei dem Gedanken an das Land übergeben würde. Aber ich vermisse die Anmut und Güte von Dorje und seiner Familie. Ich vermisse es, Menschen zu sehen, die sich voreinander verbeugen. Sich Respekt erweisen und bekommen. Jetzt, da ich diesen warmen Respekt am eigenen Leib erfahren habe, erscheint mir die Luft hier kälter als das Land des Schnees. Es war der erste Ort, an dem ich mich nicht einsam gefühlt habe. Diese Erkenntnis hat mich schon in dem Tempel neben unserem Zuhause in Shigatse getroffen. Dorje hatte uns eines Tages eingeladen, beim Singen der Mönche zuzuhören. Wir sind über die hohe hölzerne Türschwelle geschritten und haben uns der Flut der Dorfbewohner angeschlossen, die zur Versammlungshalle strömte. Der schwere, süße Geruch nach verbrannter Yakbutter hing in der Luft. Wir stellten uns in die Schlange aus mehreren hundert Tibetern, die gekommen waren, um eine *Kora* zu machen.

Wir reihten uns also ein, und unsere Körper berührten die vor und hinter uns. Eine Gruppe Fremder in intensivem Körperkontakt, aber niemand drängelte, und niemanden störte das Gewühl. Trotz der schmutzigen Pilger fühlte auch ich mich nicht beengt. Ich fühlte mich umarmt. *Als gehörten wir hier zusammen. In dieses Leben.*

Es spielte keine Rolle, wer ich war. Sie ließen mich eine der ihren sein. Und während wir uns wie ein Tier mit tausend Beinen vorwärtsbewegten, stiegen mir Tränen in die Augenwinkel. Mein Herz konnte unter all diesen Menschen nicht einsam sein. Wir gingen hinaus, wo die Sonne meine Stirn verbrutzelte. Ich dachte: »Das ist nicht das Dach der Welt. Das ist der Boden des Himmels.«

Wir sind mit so großen Erwartungen nach Tibet gekommen. Wir wollten nicht nur Touristen sein, sondern berührt, verändert werden. Und das hat es, wahrhaftig. Tibet hat unser Inneres mit einer anderen Farbe übermalt: dem dunklen Bronzeton der tibetischen Haut oder dem Schwarz eines mondlosen, tibetischen Nachthimmels. Diese Farben sickerten in einer Million kleiner Momente in uns ein – etwa während wir den schweren, salzigen Buttertee tranken, Dorjes köstlichem Lachen lauschten und Frauen zusahen, die sich beim Beten in den Staub warfen.

Ich höre Rins Freudenschreie. Vor dem Fenster hat sich Gerald nun zum Lasttier gemacht: Er ist auf allen vieren, und Rin stürzt sich auf seinen Rücken. Er streckt den Arm nach hinten und sagt in seiner Svengali-Stimme, die ich immer geliebt habe: »Aaaaber ich biiin das Kiiitzel-Monsssster, und jetzt gehörrrst du miiir!«

Rin findet die Freude in ihm und erwärmt sie, bis die Freude wie weiches Kerzenwachs über ihr zerläuft. Ein Lächeln bahnt sich einen Weg durch meine Kehle bis zu meinem Mund.

Ich rufe mir den Tag am Marktplatz ins Gedächtnis, an dem unsere Tortur begann. Ich habe mich oft gefragt, was genau uns in dieses Schlamassel gebracht hat. Ich bin zu dem Entschluss gekommen, dass es Geralds Güte war.

Seit seiner Freilassung behauptet Gerald, er schäme sich immer noch manchmal wegen des Geständnisses, das er vor den Kommunisten abgelegt hat. Er nennt es seinen »Verlust des

Anstands«. Und wenn er das sagt, möchte ich ihn am liebsten ohrfeigen. Gott sei Dank tue ich es nicht. Ich sage ihm wieder und wieder: »Willkommen bei der menschlichen Rasse, mein Liebster.«

Von uns beiden bin immerhin ich die mittelmäßige Quäkerin gewesen, der löchrige Eimer für Gottes Licht und Liebe. Ich war nie gut, Gerald hingegen außergewöhnlich. Er ist Fehler oder Kompromisse oder Dinge, die einem die Brust vor Bedauern brennen lassen, nicht gewöhnt – ich schon.

Er *hat* sich verändert. Aber was er nie verloren hat, nicht einmal im Angesicht der Folter, ist seine Güte. Obwohl der Feind uns umzingelt hatte, weigerte er sich, Dorje für sich allein kämpfen zu lassen.

Jetzt, da ich meine Wut überwunden habe, liebe ich ihn deshalb umso mehr.

Seine Güte ist keine zerbrechliche Schönwettergüte. Es ist eine zähe Güte, die den Folterern die Zähne zeigt und dennoch stets das Richtige tut. Es ist die Art Güte, die den Quäkern innewohnte, die Juden während des Holocausts versteckt haben und schließlich selbst in den Gaskammern landeten.

Eine Sache konnte ich immer schon schwer glauben, diese Redensart der Quäker: Es gibt das von Gott in jedem Menschen. Ich bin miserabel darin, andere mit liebenden Augen zu betrachten. Meine Augen sind schon immer zynisch, ungeduldig, verbittert gewesen. Aber sonderbarerweise, nach all dem, was wir durchgemacht haben, glaube ich letztlich an diesen Spruch. Und es kostet mich keine Mühe, ich muss nicht *mit aller Kraft* versuchen, daran zu glauben. Es ist ein Wissen, das in meiner Brust gewachsen ist, durch die Art, wie Fremde dahinschmelzen, wenn Rin »Hi« im Vorbeigehen zu ihnen sagt. Es ist ein Glaube, der einem Blumenbeet gleicht, das von der echten Güte meines Mannes bewässert wird und von Dorje und Rinchen, die mich wie ihr eigen Fleisch und Blut beschützt haben, und von einem Botschafter, der mit einem Fahrrad durch den dichten Regen geradelt ist und eine Haftstrafe riskierte, nur um sicherzustellen, dass ich ein Foto meines Gatten erhalte.

Das sind die Dinge, die es beweisen.

Es gibt das von Gott in jedem Menschen.

Ich schaue hinaus und sehe, wie die Morgensonne die zarten Finger meines Mannes in ein weiches Licht taucht, während er Flieder für meinen Tisch schneidet. Auf dem Flug nach Hause habe ich seine Hand genommen und sie gedrückt. Seine Knochen und seine Haut haben sich in meine gepresst. Ich spürte Rins sanften Schlafatem, sie döste auf meinem Schoß. Das waren Wunder, die ich am eigenen Leib gespürt habe. Ich ermahnte mich, diese außergewöhnlichen Gefühle nie wieder für selbstverständlich zu halten.

Wie kann ich nur jemals dankbar genug, achtsam genug sein, um diese Momente so zu würdigen, wie sie es verdienen? Ich reinige das Spülbecken und zerbreche mir gleichzeitig den Kopf über diese Dinge, während das Glück draußen vor dem Fenster verweilt, genau vor meiner Nase.

Still! Pass auf! Genieß diese Momente, bewahr sie in deinem Herzen und sei ruhig!

5. September 1956, Middletown, Connecticut

Gerald

Emma hat ein Festessen vor mir aufgetischt, wie sie es immer tut, wenn sich ihr die Gelegenheit bietet. *Ich werde dich schon mästen, Geebs…* Sie ist aufgestanden und kümmert sich um Rin, die gerade von einem späten Nickerchen aufwacht.

In meinem Kartoffelbrei gibt es Gipfel. Bei dieser Gebirgslandschaft bin ich in Tränen ausgebrochen. Warum sitze ich vor dem Umriss des Himalaya in meinem Kartoffelbrei und weine?

Ich berühre die Gipfel mit der Gabel, streiche einen glatt. Es ist ein riesiger Haufen – eine regelmäßige Gebirgskette aus Kartoffeln. Emma versucht, mich vom Rand des Abgrunds wegzuführen. Diese Kartoffeln sind wie ihre Fürsorge für mich, sind leicht und locker, aber sie lasten auf meinem Gewissen wie schwere Felsbrocken. Allein deshalb, weil *ich* jetzt Kartoffeln habe, und andere nicht. Lobsang hat keine. Ebenso wenig wie Samten.

Essen ist zu einer *Sünde* geworden. Obwohl ich ihr das erklärt habe, sorgt sie sich viel zu sehr um mich, als dass sie sich die Zeit nähme, über solche Dinge nachzudenken.

Seine Frau neu kennenzulernen ist eine sonderbare Sache. Alles, wofür sie sich interessiert, bin *ich*. Doch bei jedem Bissen Hühnchenauflauf und Hackbraten und Rhabarberkuchen denke ich an Lobsangs Augen, Kinderaugen, die im Vergleich zu seinem restlichen Gesicht zu groß sind. Ein Gesicht, das täglich dünner wird. Tenzin und ich haben ihn im Stich gelassen. Ich rufe mir ins Gedächtnis, wie es ihm ging, als ich ihn zum letzten Mal sah – die Hoffnung, die diese Augen erfüllte. Wie lange würde sie anhalten, sobald er erkannte, dass er vollkommen allein war?

Ich esse mich satt, während er langsam verhungert. Wenn ich einen Hühnerknochen anschaue, sehe ich immer noch die Schatten seiner Wangenknochen und Ellbogen und Hüftknochen vor mir. Und Samten?

Emma versteht nicht wirklich, dass mir dies bleischwer in den Knochen liegt. Das nagende Gefühl des Verhungerns und jetzt das Gefühl, gerettet zu sein, und zwar nicht aus eigenem Verdienst. Sie versucht es, aber ich kann es ihr kaum beschreiben. Anfangs ist es nur wie eine kleine Ratte, die an deinem Fleisch knabbert, dann eine viele größere Ratte, die an deinen Muskeln kaut, dich verschlingt und zu dünnen Seilen abmagern lässt, die die Knochen zusammenhalten. Und schließlich die Schuld, überlebt zu haben, die den ganzen Rest auffrisst.

Die Supermärkte hier quellen über vor Nahrungsmitteln. Freunde und die Familie – die Damen in der Quäkerversammlung – haben sich von der Hysterie mitreißen lassen, mich zu mästen. Ich kann es ihnen nicht einmal übelnehmen. Sie wollen, dass mich ihre Aufläufe und Brathähnchen und grüne Bohnen heilen.

Ich esse, kleine Mengen. Und all die Menschen heilen langsam meinen Körper, wenn auch mit Gewalt. Doch meine Seele, die in der Zelle gelebt hat: Ich bin nicht sicher, ob sie mir bereits bis hierher gefolgt ist.

Kurz nach unserer Rückkehr habe ich Emma von Lama

Tenzin und Lobsang erzählt. Aber es war unmöglich, ihr zu beschreiben, wie viel sie mir bedeuteten. Dass Tenzin für den Rest meiner Tage in meinen Gedanken und meinem Herzen weiterleben würde. Und dass ich Lobsang nach und nach wie meinen eigenen Sohn geliebt habe, den ich vor all dem, was uns langsam tötete, beschützen wollte. Ich habe ihr gesagt: »Ich muss ihm helfen. Und Samten ebenfalls, denn er säße nicht im Gefängnis, wenn er an jenem Tag nicht mit mir zusammen gewesen wäre. Dann erst kann ich essen.«

Sie hat die Hände zu entschlossenen Fäusten geballt und gesagt: »Ich bin genau die richtige Person, die dir zeigen kann, wie man das anstellt – Briefe. Briefe, Geebs, in denen die beiden Namen fallen, damit die chinesische Regierung weiß, dass jemand in Amerika sie beobachtet.«

Jeden Tag nach dem Abendessen schreiben wir sie. Und wir sind nicht die Einzigen. Die Mitglieder der Middletown Quäkerversammlung haben sich die tibetische Angelegenheit zu eigen gemacht. Wir haben viele Sonntage mit »Gesprächen aus der Stille« verbracht und über das geredet, was mir in Tibet widerfahren ist. Einige Mitglieder haben laut geweint, als sie meine Geschichte hörten. Anschließend sind viele vorgetreten und haben gesagt, sie fühlten sich verpflichtet zu helfen. Im Frühling wird eine Delegation von drei Quäkern aus unserer Gruppe tibetische Flüchtlingslager in Nepal und Indien besuchen, um herauszufinden, was sie tun können.

Den anderen Quäkern mein Schicksal zu erzählen, war Teil meines Heilungsprozesses. Wenigstens verleiht es dem Gräuel, das ich durchlebt habe, irgendeine Art Sinn. Vielleicht bekommen wir Lobsang und selbst Samten eines Tages frei. Und ich glaube fest daran, dass wir das Leben der Flut an Tibetern, die aus ihrer Heimat fliehen, verbessern können. Wenn ich mutlos bin, sagt Emma: »Denk wie ein Tibeter, Geebs. Jeder Brief ist eine Möglichkeit, gutes Karma anzuhäufen. Und du solltest lieber essen, denn andernfalls hast du nicht mehr die Kraft, einen Stift zu halten.« Dann küsst sie mich und streichelt mir übers Haar.

Ich weiß nicht, ob ich diese Sache mit dem Karma glauben soll. Was könnte ich je in irgendeinem meiner früheren Leben getan haben, um eine solch liebende Frau zu verdienen?

Es ist ein Uhr früh. Ich höre Rin weinen. Als ich das Kinderzimmer betrete, sitzt sie aufrecht in ihrem Gitterbett, blinzelt ins Halbdunkel, sieht verloren und schrecklich einsam aus. Sie streckt mir die Arme entgegen, und ich hebe sie mit einer Zärtlichkeit hoch, die mir die Kehle zuschnürt.

Wahrscheinlich hatte sie einen schlimmen Traum, und in diesem Punkt kenne ich mich aus. Ihre Schreie haben mich aus einem meiner eigenen Albträume geweckt, die mich schweißgebadet zurücklassen. Es zerreißt mir schier das Herz bei dem Gedanken, dass Rins zartes Bewusstsein auch nur von Kindheitsmonstern gequält werden könnte, und ich will nichts weiter, als sie beschützen, während meine Arme ihre winzige Gestalt halten.

Ich beruhige sie, indem ich behutsam im Kreis gehe, bis ihr die Augenlider zufallen und sie ein Dämmerschlaf übermannt. Mein sanft wiegender Tanz zieht sie in einen friedvollen Schlummer. Ich höre, wie sich ihr Atem im Schlaf von einem unregelmäßigen jammernden Weinen zu einem leisen Seufzen wandelt. Ihr Kopf fällt allmählich auf meine Brust, während ich sie halte, aufstehe und sich Glückseligkeit über mich legt.

Ich tappe mit ihr im Arm leichtfüßig aus dem Kinderzimmer ins Wohnzimmer. Mit einer Hand senke ich die Nadel des Grammofons auf die schwarze Schallplatte. Bachs »Air auf der G-Saite« erfüllt den Raum. Das Stück beinhaltet alles, selbst diesen Moment: Ich tanze langsam, verlagere mein Gewicht behutsam von einem Fuß auf den anderen, spüre Rins immer fester werdenden Atem. Meine Füße folgen dem gleichbleibenden Bass der Cellos. Ich sauge den Duft ihres weichen Haars ein, das immer noch feucht vom Baden ist. Die seidene Haut ihrer winzigen Hand ruht auf meinem Arm, während ich sie halte. Der Schmerz in meinen Armen ist süß von ihrem köstlichen Gewicht, einem Gewicht, das mein Herz erwärmt. Und Bachs »Air« verwandelt sich von Frieden zur Qual und zum Missklang, zwei Noten, die sich in einem Akkord aneinander reiben und einfach alles in sich tragen: den Gestank, die Demütigung der Nacktheit, den Hunger, alles, was ich durchlebt habe. Die Erinnerungen, die Bilder von Genosse Hans Schlangenmund überwältigen mich noch manchmal und überlagern das glückselige Geräusch des leisen Schniefens meiner Tochter.

Tenzin hat mich eines gelehrt: Lass es dort, lass dein Bewusstsein genau dort, wo es in diesem Moment ist. Bleib bei den Atemgeräuschen deiner Tochter, die nach Milch riechen, und widersteh den Heimsuchungen deiner Peiniger.

Es sind nur Gedanken, und Gedanken sind Illusion.

Manchmal frage ich mich, ob es das wert ist: weiterzuleben mit einem Bewusstsein, das sich gegen sich selbst gewandt hat. Ich kann es nicht abstellen. Ich kann Genosse Han nicht in eine kleine Zelle sperren, so wie er es mit mir getan hat.

Aber jetzt höre ich auf, mir Fragen zu stellen.

Das ist das Leben, mit all seinen Qualen und seinen einfachsten und kostbarsten Sekunden, Atemzügen, Herzschlägen, während wir alle am Leben sind.

Gott sei gedankt.

Epilog

Wenn der Eisenvogel fliegt und die Reitpferde auf Rädern rollen, dann wird der Mann aus dem Schneeland seine Heimat verlassen müssen, und der Dharma wird die Länder des rotwangigen Mannes erreichen.

GURU RINPOCHE (PADMASAMBHAVA),
8. JAHRHUNDERT N. CHR.

September 1966

Dorje

Der Mond greift mit seiner silbernen Hand durchs Fenster und berührt mein Gesicht, während ich im Bett liege. Ich schließe die Augen, aber ich kann diese Berührung nicht ignorieren. Also stehe ich auf, wickle mir ein Schafsfell um meine *Chuba* und nehme die Einladung des Mondes an. Ich öffne die Tür und trete hinaus in den Garten. Die Reihen mit grünen Bohnen, Rettich und Rüben schimmern im blauen Licht.

Oh, wie er strahlt, dieser Mond! Gähnend strecke ich die Arme nach ihm aus.

Ich stecke die Hände zurück in die *Chuba*, damit mir warm

wird. Unter dem Stoff spüre ich glattes Papier, dann scharfe Kanten. Ein Brief von Champa. Ich habe ihn den ganzen Tag nah an meinem Herzen getragen, seit ich ihn das erste Mal gelesen habe, denn ich vermisse meinen Sohn. Nachdem ich ihn Rinchen vorgelesen hatte, saß sie lange Zeit da und starrte das Bild von Champas Universitäts-Abschlussfeier an. Sanft hat sie ihren Finger auf die Fotografie gelegt, wo Champas Gesicht war. Er ist jetzt ein weiterer Teil unseres Lebens, der zu weit entfernt ist, um ihn zu berühren.

Ich hole den Brief heraus und falte ihn auseinander.

Liebster Pa-la,
ich hoffe, jedem in der Familie geht es gut. Bitte richte Mutter, Lhamo, Thubten und dem neuen Baby meine Liebe aus. Ich habe darum gebetet, dass dieses Kind ein langes und gesundes Leben haben wird. Ich hoffe, Lhamo und Thubten sind eine gute Schwester und ein guter Bruder.

Es ist ein solcher Segen, bei Gerald und Emma zu wohnen! Sie haben mir in ihrem Haus ein eigenes Zimmer gegeben. Es fühlt sich sonderbar an, ein ganzes Zimmer für sich allein zu haben, und ich habe ihnen gesagt, dass es nicht nötig gewesen wäre. Aber Gerald hat darauf geantwortet, als Medizinstudent brauche ich einen ruhigen Ort zum Lernen. Er hat darauf bestanden, sogar gelacht und gesagt: »Das wirst du schon noch merken, Champa.«

Er ist so gütig und hilft mir mit meinen Hausaufgaben in Anatomie, wenn ich Fragen habe. Er hat gesagt, er wird mein »persönlicher Lehrer« sein, falls ich das möchte. Ich kann kaum glauben, dass das wirklich mein Leben ist – dass ich die medizinische Fakultät in Amerika besuche, mit meinem eigenen Zimmer und einem Lehrer!

Emma kümmert sich sehr gut um mich. Sie hat meine

tibetischen Lieblingsgerichte gekocht. Sie sagt, sie will nicht, dass mein Studium leidet, weil ich Heimweh habe. Ich habe so großes Glück! Wie viele andere Menschen kommen denn nach Amerika und haben eine Köchin, die von ihrer eigenen Mutter angelernt wurde?

Am Tag meiner Ankunft hat mich Emma in ihr »Esszimmer« geführt und mich dort auf einen Stuhl gesetzt. Sie hat sich breit lächelnd auf ihrem Platz vorgebeugt und gesagt: »Erzähl mir alles!« Sie wollte jede Neuigkeit von unserer Familie wissen, von den beiden Kindern, die sie noch nicht gesehen hat, und von Tibet. Ich habe ihr alles berichtet, was mir gerade in den Sinn kam. Natürlich wusste sie bereits, dass Seine Heiligkeit, der Dalai Lama, Tibet verlassen hat. Sie fragte: »Wie kommen die Menschen zurecht, nun, da er fort ist?« Ich musste sie daran erinnern, dass ich in den vergangenen Jahren in Neu-Delhi studiert hatte und schon lange nicht mehr in Tibet gewesen war.

Sie sagte, den Universitätsabschluss mit neunzehn gemacht zu haben, sei eine »Glanzleistung«. Und dann hat sie mir natürlich erklärt, was das Wort bedeutet. Durch sie werde ich mein Englisch sehr schnell verbessern! Ehrlich gesagt, ich darf nur eine Stunde am Tag Tibetisch sprechen – »Du musst Englisch lernen«, sagt sie. Es kommt mir vor, als sei Mutter bei mir, die mir sagt, was ich zu tun habe! Aber ich weiß, es ist nur zu meinem Besten.

Kürzlich, während wir alle am Esstisch saßen, meinte Emma: »Rinnie, wusstest du, dass Champa dabei war, als du geboren wurdest?« Da wollte Rin alles über ihre Geburt wissen. Ich habe ihr gesagt, ich wüsste gar nichts, weil ich an diesem Tag mit meinem Vater und dem Engländer Süßigkeiten vor dem Zimmer gegessen hatte.

Ich nenne sie Kleine Rin, aber sie hat protestiert: »Ich

bin nicht klein.« Ich habe ihr erklärt, dass es eine große Rin gibt, die meine Mutter ist, weshalb es auch eine kleine Rin geben muss. Dann sagte sie: »Ich bin bereits zwölf, und ich klettere auf Bäume.« Da Gerald und Emma einen Obstgarten hinterm Haus haben, gibt es jede Menge Bäume, auf die sie klettern kann. »Ich schaue nach den Äpfeln«, hat sie gesagt und mich gebeten, ihr bei der Apfelernte zu helfen, sobald die Früchte reif sind, aber Gerald meinte: »Champa muss lernen, Rinnie.«

Ich bin dankbar, bei einer so warmherzigen Familie zu wohnen, denn es fällt schwer, sich an Amerika zu gewöhnen, wo alles schnell, schnell, schnell ist! Sogar noch schneller als die Autos in Kathmandu. Alles hier ist so sauber. Selbst die Straßen sind sauber. Und alle Dinge im Leben geschehen hier genau zur vorgegebenen Zeit. Gerald hat mir die Bedeutung von Pünktlichkeit beigebracht.

In jedem Haus lebt nur eine kleine Anzahl von Menschen. Nicht viele Kinder und keine Verwandte. Nur die Mutter und der Vater und die Kinder. Und ein Fernseher! Jedes Haus hat einen Fernseher. Langsam freunde ich mich mit Leuten in meinen Kursen an. Hauptsächlich verbringe ich Zeit mit den Studenten aus Indien. Manchmal treffen wir uns bei Gerald und Emma, und Emma kocht tibetisches Essen, und dann will sie von einem meiner Freunde lernen, wie man indische Speisen zubereitet. Das ist etwas, das sie so glücklich macht – noch Tage später hat sie ein breites Lächeln auf dem Gesicht. Sie sagt, sie vermisst diesen Teil der Welt.

Ich vermisse euch alle. Ich hoffe, dass ihr mich bald besuchen könnt.

Jetzt sollte ich lieber wieder weiterlernen. Bitte richte allen meine Liebe und Grüße aus.

In Liebe *Champa*

Ich lasse den Mond auf den Brief scheinen. Das blaue Papier scheint zu leuchten, mit den französischen Worten »Par Avion« darauf.

Dawa. Mein Sohn Dawa, der nach dem Mond benannt worden war.

Als Dawa noch am Leben war, habe ich mich immer gefragt, warum Lama Norbu ihm diesen Namen gegeben hatte. Er ist so schnell durchs Leben gegangen. Er schien viel eher zu meinem Namen zu passen, Dorje, oder zum Blitz, der durch die Luft schießt. Aber heute Nacht, jetzt da ich das Mondlicht auf meinen Armen sehe, verstehe ich vielleicht, warum sein Name in diesem Leben Dawa lautete.

Der Mond scheint aus großer Entfernung, trotzdem spüren wir sein Licht. Es kommt heimlich zu uns, nachts, und redet leise mit uns. Nicht wie die Sonne, die am Tag auf die Menschenmenge strahlt. Wenn der Mond dich findet, ist es dunkle Nacht, und alle anderen schlafen.

Ich habe immer auf diese Art mit Dawa gesprochen: nur wir beide, nach langen Zeiten der Trennung. So, wie der Mond ab und zu sein Gesicht versteckt, gab es dunkle Tage, an denen ich das Gesicht meines Sohnes nicht sehen konnte.

Ich strecke den Arm aus, und der Mond passt genau in die Rundung zwischen meinen Fingern und dem Daumen. Langsam drehe ich meine Hand. Ich berühre den Mond, als wäre es Dawas Gesicht. Während meine Hand an meiner Seite herabgleitet, schließe ich die Augen und lasse meine Lider vom Licht bemalen. Innerlich bin ich voller Frieden und Sehnsucht, eine süße und traurige Mischung.

Dieser Mond scheint auch auf das Land des Schnees. Es ist zehn Jahre her, seit ich seine Erde unter meinen Füßen gespürt habe. Und zwölf Jahre, seit wir Samten gesehen haben, der immer noch im Gefängnis in Lhasa festgehalten wird. Ich war überzeugt, dass wir inzwischen alle wieder zusammen und in unsere Heimat zurückgekehrt wären, um dort zu leben. Ich habe mir gesagt, ich dürfte diese Hoffnung nicht haben, aber ich habe sie in mir getragen wie Luft für meine Lungen. Vor sieben Jahren, als Seine Heiligkeit aus Tibet nach Indien floh, hatte ich das Gefühl, als gäbe es nur noch wenig Luft für meine Lungen.

Meine Traurigkeit gleicht nun einem Organ, das in meinem Körper gewachsen und immer da ist. Aber wie Seine Heiligkeit uns aufgetragen hat, bedanke ich mich für den Segen, der mir widerfahren ist. Ich bete für alle fühlenden Wesen. Und ich sage mir, dass Tibet vielleicht nicht nur einen Ort bedeutet. Ich vermisse zwar Dinge, die nirgends sonst zu finden sind: die Berghänge im Frühling, die vom schmelzenden Schnee grün angestrichen werden, die Haufen von *Mani*-Steinen entlang von Fußpfaden, Gipfel, auf denen das einzige Geräusch das Flattern der Gebetsfahnen ist. Aber Tibet sind auch die Dinge, die ich jeden Tag in Kathmandu um mich spüre: das klatschende Geräusch von Händen, die beim Beten über dem Kopf zusammengebracht werden, und das kratzende Schwingen von sich drehenden Gebetsmühlen. Es ist das Korallenrot und Türkis, das in schimmernde schwarze Zöpfe geflochten wird. Es ist das regelmäßige *klack klack* der hölzernen Webstühle. Es sind Rinchens Gebete, die sie vor sich hermurmelt, während sie den Schmutz aus den Teppichen klopft. *Om mani padme hum …*

Trotzdem bete ich, dass Seine Heiligkeit irgendwann nach Tibet zurückkehrt. Und dann werden wir es ebenfalls.

Ich bete, dass es bald geschieht.